D1081061

10
18

12, AVENUE D'ITALIE. PARIS XIIIe

Sur l'auteur

Colin Harrison est né dans la région de Philadelphie. Il est l'auteur de cinq romans, dont *Havana Room* et *Manhattan nocturne* et *La nuit descend sur Manhattan*. Également éditeur, il vit aujourd'hui à Brooklyn.

COLIN HARRISON

MANHATTAN NOCTURNE

Traduit de l'américain
par Christophe CLARO

10
18

« Domaine policier»

BELFOND

Titre original :
MANHATTAN NOCTURNE
(Publié par Crown Publishers, Inc., New York.)

Tous nos remerciements pour l'autorisation de reproduire un extrait de *Low Life* : « Lures and Snares of Old New York » de Luc Sante. © Luc Sante 1991. Réimprimé avec l'autorisation de Farrar, Straus & Giroux, Inc.

ISBN 978-2-264-05158-5

Pour Lewis

La nuit est le couloir de l'histoire. Non l'histoire des gens célèbres ou des grands événements, mais celle des marginaux, des ignorés, des supprimés, des non-reconnus ; l'histoire du vice, de l'erreur, de la confusion, de la peur, de la misère ; l'histoire de l'intoxication, de la vanité, de l'illusion, de la débauche, de la folie. Elle écaille le vernis urbain de progrès, de modernité et de civilisation, et révèle l'état sauvage. À New York, c'est une sauvagerie acculturée qui contient tous les crimes accumulés des nuits passées... et ce n'est pas une illusion. C'est le grand jour qui est la chimère, qui fait croire que New York est comme partout ailleurs, avec peut-être des immeubles plus hauts, mais tout aussi banale, avec une population qui vaque à ses occupations puis rentre se coucher, une énorme machine qui bourdonne et s'affaire pour le bien de l'humanité. La nuit révèle que cet état de fait est une pantomime. Dans les rues, la nuit, tout ce qui est resté caché surgit, chacun devient esclave des lois du hasard, chacun est à la fois un assassin et une victime potentiels, chacun a peur, de la même façon que quiconque en a décidé ainsi en son for intérieur peut inspirer de la peur chez autrui. La nuit, tout le monde est nu.

Luc SANTE
Low Life

Je vends le meurtre, la mutilation, le désastre. Et ce n'est pas tout : je vends la tragédie, la vengeance, le chaos, le destin. Je vends les souffrances des pauvres et les vanités des riches. Les enfants qui tombent des fenêtres, les rames de métro qui flambent, les violeurs qui s'éclipsent dans la nuit. Je vends la colère et la rédemption. Je vends l'héroïsme musclé des pompiers et la poussive cupidité des chefs de la mafia. La puanteur des ordures, les espèces sonnantes et trébuchantes. Je vends le Noir au Blanc et le Blanc au Noir. Aux démocrates, aux républicains, aux anarchistes, aux musulmans, aux travestis, aux squatters du Lower East Side. J'ai vendu John Gotti et O. J. Simpson et les poseurs de bombes du World Trade Center, et je vendrai tous ceux qui suivront. Je vends le mensonge et ce qui passe pour la vérité, et tout le spectre des nuances qui les séparent. Je vends le nouveau-né et le mort. Je revends la misérable et splendide ville de New York à ses habitants. Je vends des journaux.

Le maire me lit au petit déjeuner, les vendeurs d'obligations qui prennent le train dans le New Jersey me feuillettent, idem pour les dockers italiens à la retraite qui mâchent leurs cigares éteints sur leurs porches à Brooklyn, les infirmières qui vont en bus de Harlem au Lenox Hill Hospital. Les types de la télé me lisent, et parfois me volent mes histoires. Les Pakistanais qui attendent dans leur taxi devant Madison Square Garden, et qui, bien décidés à déchiffrer l'Amérique, lisent tout. Les jeunes avocats, le midi, pendant leur pause du déjeuner, après avoir parcouru les publicités vantant les boîtes de strip-tease. Les portiers des immeubles de l'East Side, qui lèvent les yeux chaque matin quand passent en coup de vent les femmes d'affaires, brillamment happées par leur avenir. Et les flics – tous les flics me lisent pour savoir si j'ai bien écouté ce qu'ils m'ont dit.

Ma chronique sort trois fois par semaine, avec souvent une accroche en première page du style : L'AMOUR L'A TUÉE – PORTER WREN, PAGE 5 ; PORTER WREN S'ENTRETIENT AVEC LA MÈRE DE L'ASSASSIN, PAGE 5 ; LE BÉBÉ CONGELÉ – PORTER WREN, PAGE 5. C'est un boulot merveilleux. Très agréable. Les gens heureux ne manquent pas dans ma profession. Je parle aux inspecteurs de police et aux parents des victimes, aux témoins hésitants et à tous ceux qui étaient là quand la mauvaise nouvelle est tombée. Je leur demande de me raconter ce qu'ils ont vu, ce qu'ils ont entendu ou ce qu'ils ont imaginé. Au milieu de mon article figure un encadré avec mon nom et une vieille photo de moi – rasé de près, plein d'une assurance à bon marché en costume et cravate, un sourcil arqué par une ironie désabusée. J'ai l'air du parfait crétin. C'est le rédacteur en chef qui a choisi la photo, il trouvait que j'avais un air « ordinaire ». Ce qui est le cas. Coupe de cheveux, traits du visage, cravate, chaussures : ordinaire sur toute la ligne. Appétits ordinaires, également, même si ce sont eux qui m'ont toujours attiré des ennuis. Ma vie, toutefois, n'est pas ordinaire ; je reçois des appels la nuit qui m'obligent à m'habiller dans le noir et à laisser ma femme et mes enfants endormis pour me rendre où la chose a eu lieu : voiture, bar, rue, club, boutique, appartement, couloir, parc, tunnel, pont, épicerie, coin de rue, quai de chargement, peep-show, toit, allée, bureau, sous-sol, salon de coiffure, officine de paris, salon de massage, labo clandestin, école, église. Là, je contemple les visages défaits d'hommes, de femmes et d'enfants qui auraient pu ou non y réfléchir à deux fois. Et une fois de retour chez moi, quand je me penche pour embrasser mes deux enfants et qu'ils se tortillent dans mes bras, je ne me dis pas que la mort survenue dans la nuit est

12

contrebalancée par la vie que je me plais à réveiller. Et c'est précisément cela que cette stupide photo promet : *Salut, j'ai encore une histoire de dingues pour vous. Vous êtes prêts ?*

Il existe, toutefois, certaines histoires que je ne peux pas relater dans ma chronique. L'information cruciale peut être sujette à caution ou lacunaire, un confrère d'un autre journal ou une équipe de télévision peuvent être arrivés avant moi. L'histoire peut être terne. Ou trop ancienne. Ou précédée d'un : *Casse-toi de là, petit con de plumitif, je te revois une seule fois et je te tire dans les couilles.* Ou cela peut parler d'un de mes amis. Quelqu'un a une relation haut placée dans l'entourage du maire ou la police : *Euh, dis donc, Wren, tu sais, ce truc, on m'a dit que ce type t'avait raconté quelque chose, une histoire à la con complètement bidonnée.* L'histoire est complexe et ne souffre pas la simplification, elle ne saurait tenir sur une page de quotidien. Les lecteurs de journaux veulent tout d'abord un bilan concis de l'actualité, quelques potins mondains, puis ils passent aux pages Sport, aux petites annonces, aux ventes de voitures, aux pages boursières. Ils n'ont pas de temps à consacrer à l'analyse grammaticale du cœur humain, ni à l'épluchage soigneux des motivations. Ils veulent un produit à base d'encre et de sensation à bon marché, et nous leur en donnons pour leur argent.

Il existe, naturellement, une autre catégorie d'histoire que je ne peux pas rapporter dans ma chronique : une histoire dans laquelle je suis impliqué. Je veux dire réellement impliqué. Mes lecteurs trouveraient la chose étrange ; pour eux, je ne suis rien de plus qu'une voix, une vision, un type qui pose des questions. L'expression figée sur ma petite photo en noir et blanc est simple, c'est un masque lisse de certitude et d'ingéniosité – et non un visage qui serait tour à tour surpris, déformé par la lubricité, adouci par le plaisir, un visage de fou, violent, et pour finir – il en est toujours ainsi – miné par le remords.

Comment débutent tous les récits malheureux ? Quand on ne s'y attend pas, qu'on regarde ailleurs, qu'on pense à d'autres problèmes, aux problèmes ordinaires. À l'époque – cela remonte à janvier dernier –, la ville reposait sous des amoncellements de neige sale, les camions-poubelles passaient en gémissant dans les rues boueuses, des gens achetaient des billets d'avion pour Porto Rico, les Bermudes, n'importe où loin de ce froid qui les gelait jusqu'aux os, loin de la vie trépidante de Manhattan. C'était un lundi, et je devais rendre mon papier pour l'édition du lendemain matin. Il fallait que je me remue, que je dégage une histoire un peu comme l'arrière des Knicks doit faire sa percée. Habituellement, je mâchonne des tas de chewing-gums, je bois des litres de Coca-Cola et je m'efforce d'ignorer mes mains douloureuses, usées par des années de frappe à la machine. C'est un jeu qui vous oblige à faire sans cesse vos preuves, à sans cesse contacter les acteurs principaux, à battre de vitesse les types de la télé, à montrer que vous avez quelque chose que les autres journalistes n'ont pas, d'autant plus que ces derniers sont nombreux à briguer votre place et s'estiment plus compétents que vous. (C'était assurément mon point de vue quand j'ai débuté dans le métier.) Un type comme Jimmy Breslin, c'est une institution, il n'a plus besoin de s'en faire. Moi, je suis nerveux la plupart du temps, et je ne tiens rien pour acquis. À trente-huit ans, je suis assez vieux pour être au sommet, assez jeune pour tout foutre en l'air. Ma règle, dans la vie aussi bien que dans le travail, est la suivante : éviter les erreurs grossières. C'est un bon conseil, et je regrette de ne pas l'avoir suivi plus souvent.

Ce que je vais raconter ici commença plus tard dans la journée, et je pourrais fort bien partir de là – dans un décor respirant l'aisance et le standing, plein de smokings et de montres à dix mille dollars. Un endroit où des personnes séduisantes prennent plaisir à s'entretenir sur les tout derniers borborygmes du directeur de la Réserve fédérale ou la cuisine interne d'ABC. Mais ces mondanités sont à l'exact opposé des cercles que je fréquente d'ordinaire.

La plupart du temps, j'évolue laborieusement dans les quartiers les plus violents et les plus tristes de New York. Dans des lieux où les ouvriers fixent pendant de longues minutes, d'un air inconsolable, la facture d'électricité qu'ils viennent de recevoir, des lieux où l'achat d'un uniforme scolaire s'accompagne d'un grand espoir. Où de jeunes enfants capitalisent d'inquiétantes cicatrices sur leurs corps. Où les gosses trimballent des armes en plastique criantes de vérité et des armes réelles maquillées en jouets. Où les gens ont de l'énergie mais pas d'avenir, de l'ambition mais aucun avantage. Ils sont pauvres et ils en souffrent énormément. C'est par ces gens-là que je commencerai, afin de montrer d'où je partis ce jour-là, et d'expliquer pourquoi j'abordai les frivolités sociales de la soirée avec une certaine fatigue détachée, une volonté de boire exagérément – avec, pour tout dire, une prédisposition à me laisser séduire par une étrange et belle femme, si stupide et facile que cela puisse paraître à dire.

Je passai des coups de fil à mon bureau, dans les locaux du journal, en plein quartier est. Il était un peu plus de treize heures, et beaucoup de journalistes n'étaient pas encore là. Quand j'étais plus jeune, les rivalités et les intrigues de salle de rédaction m'intéressaient, mais aujourd'hui elles me semblent mesquines et banales ; toutes les associations d'êtres humains – les équipes de journalistes, les équipes de football, etc. – s'agitent selon des schémas établis de formation et de déclin ; les visages changent, les dirigeants vont et viennent, le schéma persiste. En treize années de reportage à sensation, autrement dit une éternité, j'ai assisté à des rachats, des fermetures, des grèves syndicales, et vu défiler trois propriétaires. Ma seule ambition se résumait à faire mon travail, et s'il s'agissait là d'une piètre ambition, du moins se fondait-elle sur deux observations chèrement acquises : la première était que mon travail n'avait d'autre fonction utile que celle d'entretenir ma famille. Comment pouvais-je croire que ce que je faisais avait la moindre importance ? Je n'apprenais rien à personne, je ne rendais personne plus sage, je ne sauvais personne. Les journaux ont-ils encore la moindre importance ? Ma seconde observation était que ce décor flétri que nous appelons la civilisation urbaine américaine était en fait simplement une autre forme de la nature : un paysage anormal, imprévisible, bourdonnant, tarabiscoté, délirant, effrayant. Un monde où les gens mouraient pour rien, tout comme ces tortues et ces pinsons étudiés par Charles Darwin. Un champ de bataille en damier que je contemplais à l'écart, papier et crayon en main, attentif aux canonnades et au tir nourri des armées en présence, me contentant de noter qui tombait, comment tel fantassin se tordait et à quel moment il mourait. Il y eut une époque où je cherchais à user de mes talents limités pour narrer les histoires de ceux qui souffraient injustement ou qui ne méritaient pas le pouvoir que leur avait confié la population, mais ces ambitions ont été pour ainsi dire érodées (de même qu'elles ont en général disparu des médias américains, lesquels, en cette fin de siècle, semblent ressentir leur propre incongruité bruyante, leur humble soumission à une culture païenne de la célébrité). Ou peut-être mon attitude n'était-elle que le cynisme dépenaillé d'un homme dont les sens s'étaient émoussés et corrodés, et qui n'éprouvait plus de gratitude pour tout ce qu'il avait eu. Oui. Je n'étais, je le vois aujourd'hui, qu'un connard qui voulait doubler la mise.

J'étais aussi un type en quête d'une idée d'article, et après le déjeuner je reçus finalement un appel d'un de mes contacts – un coursier jamaïcain du service des urgences médicales qui pensait que j'aurais dû écrire uniquement sur les enfants en danger. D'une voix sifflante, il me donna les détails : « Vous pigez ? Dieu, il fait encore des miracles ! La nana qui a appelé le 911, elle a dit qu'elle n'avait encore jamais vu un homme faire une chose pareille... » J'écoutai, puis lui posai quelques questions, et voulus savoir entre autres choses si la femme en question avait contacté une chaîne de télévision. La réponse fut négative. Parfois vous sentez que vous êtes sur un coup, or c'était le cas : une fusillade ordinaire assortie d'un incendie mais avec un petit coup de théâtre bien triste, juste ce qu'il faut pour pondre votre chronique du lendemain. Mes critères ne sont pas élevés – je ne fais pas de l'art, après tout –, mais l'histoire doit posséder ce je-ne-sais-quoi qui vous titille le cœur.

Je me rendis donc à Brooklyn au volant de ma voiture de fonction, une Chrysler Imperial noire. Il y a de ça des années, quand j'ai commencé, je conduisais une vieille voiture de police repeinte, avec une suspension plus souple et un moteur plus puissant. Puis j'ai eu une petite Ford, pour pouvoir me garer facilement, mais un soir, dans le Queens, un camion-poubelle de trente tonnes a brûlé un feu rouge et m'a écrasé le capot. Le chauffeur a sauté à bas de sa cabine, les bras dressés, prêt à se battre, et quand il a compris que je n'allais pas sortir de mon épave, il est allé chercher une pelle dans son camion et s'est mis à défoncer ma portière de rage. J'en ai fait un article, mais j'ai renoncé aux petites voitures. Lisa et les gosses ne prennent jamais la Chrysler. Lisa conduit une Volvo – de location, afin que je puisse rapidement changer de véhicule, ce que j'ai fait spécifier dans le contrat passé avec la direction. Nous avons décidé depuis longtemps que nous avions besoin de prendre certaines précautions : un système de sécurité électronique à la maison, un numéro de téléphone sur liste rouge. L'école que fréquente notre fille n'a pas inscrit notre adresse dans l'annuaire des parents, et nous avons donné à l'institutrice une photo de Josephine, notre baby-sitter, au cas où il y aurait un doute les après-midi où elle vient chercher notre fille. J'ai deux autres lignes téléphoniques chez nous, avec un appareil qui se déclenche chaque fois que je reçois ou que je donne un appel, et qui enregistre chaque numéro. Le journal tire à sept cent quatre-vingt-douze mille exemplaires, plus d'un million le dimanche, aussi les lecteurs ne manquent pas. Des lecteurs en colère. Des lecteurs qui prétendent connaître la vérité, ce qui est parfois le cas : des flics qui achètent de la drogue, où se trouve le cadavre, ce que tel proviseur d'école fait aux fillettes de sixième. Des appels sordides. Ou parfois une plainte : « Je vois que vous avez omis de préciser la race de l'accusé ! Quoi – vous aimez les nègres ? » Les gens s'imaginent que je peux quelque chose pour eux. C'est fort possible, mais ce n'est pas dans mon contrat. La famille Wren n'a pas d'adresse personnelle. Tout notre courrier est adressé au journal ; tout ce qui paraît louche – une grosse boîte, une enveloppe dégoulinante, n'importe quoi – est remis aux soins des types de la sécurité. J'ai vu des envois à la fois ignobles et pathétiques : des armes, des douilles, un gâteau au chocolat, une capote pleine de dents de chiens (et dont la signification reste encore mystérieuse à mes yeux), un sac à main trempé contenant des photos anciennes de bébé, le poisson mort classique, une liasse de billets de banque chinois, un anneau de mariage en or avec le nom d'un mort gravé à l'intérieur, une tête de poulet, diverses photos et gadgets pornographiques (et en particulier un énorme vibro à extrémité double), ma chronique (déchirée en petits morceaux ou raturée d'insultes), une pochette pleine de sang (le sang d'un cochon, selon la police), et, à trois reprises, la Bible. Je suppose que je devrais faire preuve d'une certaine indifférence à l'égard de ce genre d'envois, mais je n'y parviens pas. Tout au fond de moi, je suis resté un gosse de la campagne. Je m'effraie facilement. Aussi, je prends autant de précautions qu'il m'en vient l'idée. Peut-être ne sont-elles pas nécessaires, peut-être le sont-elles. New York est une ville au potentiel dangereux.

Une ville où je m'aventurai vingt minutes plus tard – dépassant des bâtiments de briques bossus, des femmes poussant des landaus, des *bodegas*, des kiosques à journaux, des fleuristes, des arbres de Noël abandonnés dans la neige, de vieilles femmes portant leurs commissions et avançant prudemment. Je me dirigeai vers les Brownsville Houses, un témoignage bien intentionné des barbaries architecturales inaugurées dans les années 1940 par quelques New-Yorkais blancs et riches qui avaient décidé que les pauvres Noirs du Sud apprécieraient de vivre dans des immeubles carrés et sans façade avec des murs en parpaings et des portes en tôle. Les Brownsville Houses étaient situées à deux rues d'East New York Avenue, et je roulais prudemment, en prenant soin d'éviter les fondrières. Il y avait du soleil, et la température avoisinait zéro degré. Quelques adolescents sur une véranda (qui auraient dû être à l'école, mais qui étaient sans doute plus en sécurité en séchant les cours) reluquèrent ma voiture. À l'époque où cette dernière était neuve, les gosses n'y touchaient pas, s'imaginant qu'une Imperial noire ne pouvait appartenir qu'à un détective ou un politicien. Mais depuis mon véhicule avait été enfoncé, éraflé, embouti et enlevé ; on l'avait barbouillé de graffiti, forcé, on lui avait pissé dessus et arraché le parechocs. Mais on ne l'avait volé que deux fois. J'essayais de décourager les vandales en laissant tout un fatras sur les sièges avant et arrière : des bouteilles de Coca vides, des emballages, des pages de calepin froissées, des cartes routières. J'avais installé à un moment un antivol sur le volant, mais des gosses avaient vaporisé de l'aérosol dessus, gelant le volant puis le cassant à coups de marteau. Je suppose que j'aurais pu conduire quelque chose de plus seyant, une Sentra par exemple, mais elle se serait retrouvée au bout de trois jours sur un cargo en partance pour Hong Kong.

Je trouvai facilement les Brownsville Houses. C'était un ensemble de bâtiments identiques de cinq étages et, au-dessus des gribouillages déliés, des menaces stylisées et des surnoms auxquels on avait apposé des †, s'étageaient des fenêtres munies de barreaux – pour empêcher les enfants de tomber et les criminels d'entrer. On entendait du rap jaillir d'un peu partout, entrecoupé par les aboiements de chiens qui se répondaient d'un immeuble à l'autre. Ici et là, des matelas pendaient comme des langues, des fenêtres étaient décorées avec de vieilles guirlandes lumineuses, certaines allumées, d'autres éteintes, et encore et toujours des graffiti, des planches pourries supportant des pots de fleurs, des gréements de cordes à linge où battaient des chaussettes, des culottes ou des grenouillères.

C'était un spectacle étrange, sinistre mais en rien inhabituel.

J'aperçus alors les flics, les pompiers et les éternels gosses à bicyclette. C'est la présence de ces derniers qui vous informe que le drame est récent – ils se désintéressent vite, surtout quand ce n'est pas aussi sanglant qu'à la télé, et s'ils tournent en rond, commencent à se disputer et à faire les andouilles, ça veut dire que l'ambiance refroidit, que les cadavres ont été évacués, et que les témoins seront difficiles à trouver. À première vue, le théâtre des opérations n'en avait plus que pour dix minutes. Je me frayai un passage pour recueillir mon histoire, heureux de ne remarquer aucune camionnette de la télé. Les simples policiers ne me reconnaissent pas en général, mais, quand quelqu'un a été tué, un inspecteur de la Criminelle déboule rapidement, et souvent nous nous sommes déjà parlé. (Je dois préciser dès maintenant que je suis en cheville avec la police depuis un bon bout de temps – l'un des sous-commissaires de l'ancien maire Giuliani, Hal Fitzgerald, est le parrain de ma fille, ce qui constitue à la fois un avantage et un inconvénient : vous commencez à rendre service pour service, vous oubliez dans quel camp vous êtes, vous oubliez que vous êtes dans l'équipe adverse. C'est là une autre erreur grossière que je n'ai pas réussi à éviter.) Le commissaire dépêché sur place, un grand type aux cheveux roux, me mit au courant de la situation : un jeune père habitant le troisième étage d'un des immeubles n'avait pas réglé sa facture de cocaïne ; de sympathiques individus s'étaient introduits chez lui pour lui faire peur ou le tabasser – on ne savait pas trop – et avaient fini par mettre le feu à l'appartement. Le commissaire me raconta l'incident ainsi qu'il convient, le regard fixé sur l'horizon de briques, ses pensées apparemment tournées sur tout autre chose – ses enfants, sa femme, son bateau –, n'importe quoi hormis un autre cas de ce que les flics appellent parfois un « homicide mineur ». Il n'y a rien d'autre ? demandai-je. Il y a peut-être eu une bagarre, répondit-il avec un haussement d'épaules, ou une balle a touché la gazinière. Ou les deux agresseurs ont mis le feu à dessein – on ignorait encore les détails, la petite amie étant en état de choc et à l'hôpital, et sur les trois autres adultes qui avaient assisté au drame, deux avaient disparu de la circulation (les nerfs en pelote, ils devaient sans doute boire un coup dans un bar d'un autre quartier) et le troisième était mort. Seule certitude, les agresseurs, après avoir vidé les lieux, avaient renversé un vieux cadre de lit entre la porte métallique bleue de l'appartement et le mur du vestibule. La porte s'ouvrant sur l'extérieur, en violation de tous les règlements relatifs à la sécurité de l'habitat new-yorkais, la femme s'était retrouvée piégée avec son bébé et son petit ami abattu.

Je me rendis dans la cour intérieure et traînai suffisamment longtemps pour dénicher un des locataires, une femme approchant la trentaine et vêtue d'un épais manteau noir. Elle habitait l'immeuble en face, au même niveau. Je ne la retiendrais pas longtemps, juste quelques questions. Afin que les gens sachent ce qui s'était passé, ainsi que je dis d'habitude tout en prenant des notes dans mon carnet (je ne recours que très rarement au Dictaphone – effrayés, les gens se taisent, et en outre je n'oublie jamais les propos marquants, ils restent gravés dans ma mémoire). La femme tenait contre son épaule un nourrisson enveloppé dans un anorak, un bébé on ne peut plus captivé par cet homme d'une drôle de couleur. Les yeux noirs dans le minuscule visage marron cherchèrent mon regard, et un court instant le monde fut rédimé. Oui, racheté de tous ses péchés. Je demandai alors à la femme ce qu'elle avait vu. Eh bien, dit-elle, je ne m'attendais à rien de particulier, c'était juste le matin, et d'habitude il ne se passe rien de ce genre le matin, tout le monde dort. Elle avait un beau visage aux traits marqués, mais quand elle leva les yeux vers l'appartement, dont les fenêtres avaient été brisées de l'intérieur par les haches des pompiers, je vis que ses yeux étaient las et chassieux. Les flammes avaient maculé le mur de briques du bâtiment, et les pompiers avaient balancé par la fenêtre des formes carbonisées : une table de cuisine, des vêtements, quelques chaises, du linge, un berceau, un téléviseur, un sommier métallique à ressorts. Éparpillées dans la neige, ces épaves noircies faisaient penser à ces agglomérats qu'on peut voir dans les galeries de SoHo, vision pessimiste d'un artiste sur l'époque à laquelle nous vivons.

Vous connaissiez ces gens ? demandai-je à la femme. Oui, je suis allée chez eux des centaines de fois. Comment avez-vous découvert ce qui s'est passé ? Personne n'a eu besoin de me le dire, j'ai tout vu de mes propres yeux. Je faisais la vaisselle et j'ai vu de la fumée qui sortait de la fenêtre, je me suis dit y a du grabuge, ça doit être Benita. Alors j'ai appelé police-secours et je suis descendue en bas. La femme me regarda. Elle avait encore des choses à dire, et j'attendis. En général, je n'insiste pas. Les gens disent ce qu'ils veulent dire. Mais quand ils se bloquent, il est toujours possible de procéder par ordre chronologique. Il était quelle heure ? demandai-je. Presque midi. Très bien, vous faisiez la vaisselle ; qu'est-ce que vous avez fait quand vous avez vu la fumée, ça vous a surprise ? J'ai tellement été surprise que j'ai laissé tomber un plat, pour tout vous dire. Que s'est-il passé quand vous êtes arrivée en bas ? Je regardais leur fenêtre en espérant que les pompiers allaient faire vite, et voilà que tout d'un coup Demetrius, il saute par la fenêtre. Il était en feu, il brûlait, des flammes partout sur sa chemise, ses cheveux, son pantalon, et il tenait le gosse de Benita, euh, Vernon, il a à peine quatre mois, et Demetrius je le vois tomber, juste tomber, comme ça, et je me dis qu'il va atterrir sur le bébé, c'est ça qui me chiffonnait, et juste avant que Demetrius il touche le sol, il fait, comment dire, une espèce de retournement, et il atterrit sur son dos en maintenant le bébé à bout de bras, j'ai bien vu que c'était fait exprès pour que le môme ait rien. Et ç'a été la dernière chose que Demetrius a faite dans sa vie, ce coup de reins pour se retourner et tenir le bébé vers le haut, parce que Demetrius, il a atterri sur le dos, juste comme ça – la femme abattit une de ses paumes noires contre l'autre –, il a plus bougé, alors j'ai couru vers eux et j'ai vérifié que le bébé avait rien, et j'ai remercié le Seigneur, parce que Vernon il avait rien. Juste un peu secoué, c'est tout. Il pleurnichait et je l'ai pris dans mes bras. Mais Demetrius, lui, ça avait l'air grave. Il y avait du sang qui coulait de ses oreilles, et alors j'ai vu que les autres lui avaient tiré dessus des tas de fois. Et alors je me suis dit, pourvu que Benita elle saute pas elle aussi...

La femme s'interrompit et détourna le regard, revenant à la fenêtre. Elle changea son bébé d'épaule, lui donna une petite tape sur les fesses. Rien d'autre ? demandai-je. Nan. J'attendis encore un peu, sans cesser de la fixer. Merci pour votre temps, dis-je. Elle se contenta de hocher la tête. Elle n'était ni troublée ni sous le choc, du moins pas en apparence. Les événements survenus ne bousculaient pas sa vision du monde, ils ne faisaient que la confirmer dans sa tendance.

Je vois quantité de choses de ce style, pour être franc, et il ne servait à rien de perdre mon temps à traîner et m'ébahir devant la violence de la vie urbaine : mon papier devait être saisi sur l'ordinateur du journal d'ici à 17 h 30 – ça ne me laissait que trois heures. J'avais ce que je cherchais, et je me dirigeais vers la voiture, en composant déjà dans ma tête les premières lignes, quand mon beeper bourdonna contre ma cuisse. CONTACTE TA CHÉRIE, disait le message. C'était Lisa, qui appelait du St. Vincent's Hospital, où elle opère. Nombre de journalistes se trimballent avec des téléphones cellulaires, mais moi je les ai en horreur ; ils vous asservissent aux horaires d'autrui et peuvent vous interrompre au pire moment, gâcher une interview. Je me rendis au coin de la rue jusque dans un petit snack dominicain et, quand la clochette de la porte tinta, deux habitués se retournèrent ; et un garçon d'environ dix-huit ans s'éclipsa par la porte du fond, juste au cas où j'aurais représenté une source d'ennuis. Ils voient avant tout un grand Blanc qui n'a pas peur de venir chez eux, et ils se disent que je suis peut-être un flic.

Il y avait un téléphone mural.

— Tu es attendu à une soirée cocktail ce soir, me

rappela Lisa. J'ai mis ton smoking dans le coffre de la voiture.

La fête annuelle, donnée par Hobbs, le milliardaire australien propriétaire du journal où je travaillais. En ma qualité de chroniqueur, ma présence était obligatoire. Si lui était le cirque, moi j'étais l'un des singes savants avec un petit collier rouge autour du cou.

— Je ne peux pas y aller, dis-je.

— Hier, tu as dit que tu étais obligé.

— Tu es sûre que c'est ce soir ?

Je consultai ma montre, inquiet à l'idée de ne pas tenir les délais.

— Tu as dit six heures et demie.

— Toute la direction sera là, à cirer les pompes de Hobbs.

— Qu'est-ce que tu veux que je te dise ? demanda calmement Lisa. Tu m'as dit que tu devais y aller.

— Les enfants vont bien ?

— Sally avait une répète. Tu es dans le Bronx ?

— À Brooklyn. Un incendie. Un type a sauté par la fenêtre avec un bébé. (Je vis que les habitués me regardaient. Yo, saleté de Blanc, qu'est-ce que tu fous ici à étaler ta saloperie de salive de Blanc sur mon putain de téléphone ?) Bon, écoute, on se verra après.

— Plutôt tôt ou plutôt tard ?

— Plutôt tôt.

— Si tu rentres assez tôt, tu y arriveras peut-être.

— Oh ? J'arriverai peut-être à quoi ?

— À temps.

— Tu m'intéresses.

— Tu as jusqu'à onze heures. Sois prudent si tu conduis, d'accord ?

— Promis.

J'allais raccrocher.

— Attends ! Porter ?

— Oui, qu'est-ce qu'il y a ?

— Le bébé, il s'en est tiré ? demanda Lisa d'une voix inquiète. Le bébé qui est passé par la fenêtre ?

24

— Tu veux vraiment le savoir ?
— Tu es horrible ! Est-ce qu'il est vivant ?
Je répondis puis raccrochai.

Il existe, dans la partie ouest de Greenwich Village, dans l'une de ces anciennes rues étroites (je ne préciserai pas laquelle) bordées de maisons en briques à deux étages et datant des années 1930, un mur. Un certain mur, sis au milieu de la rue, d'environ dix mètres de long, qui relie deux maisons. Il est en briques vernies et fait bien quatre mètres cinquante de haut. Il est surmonté d'une grille ancienne en fer forgé noire d'à peu près un mètre cinquante de haut qui s'incurve gracieusement sur la rue et se révèle impossible à escalader. Au-dessus de cette grille, et en bien des endroits entre ses barreaux, s'étendent les branches épaisses d'un ailante, une calamité végétale luxuriante qui affectionne tout particulièrement les terrains vagues de la ville, et qui se tord dans tous les sens afin de survivre. Il n'a d'autre choix que de dépérir ou d'être complètement déraciné. Cet ailante particulier est si tenace dans sa quête de lumière qu'il semble conspirer avec le mur et la grille pour tenir les gens à l'écart.

J'ai consacré pas mal de temps à me poster sur l'autre trottoir, les bras croisés, et à observer d'abord l'arbre et son enchevêtrement de branches, puis la grille, et enfin le mur de briques. Jusqu'à l'hiver dernier, examiner ce mur m'emplissait d'une certaine assurance. Le mur est virtuellement infranchissable, et cela a son importance, car, encastré dans sa paroi, se trouve un étroit passage pourvu d'une porte – pas le rectangle habituel de barres d'acier horizontales, mais une solide porte blindée qui arrive à un centimètre du trottoir de brique. On doit pouvoir glisser un hebdomadaire sous la porte avec un peu de persévérance, mais il est impossible de glisser dessous un journal du dimanche avec tous ses suppléments. Cette porte est la réplique exacte de celle qui la précédait depuis plus d'un siècle, une vieille porte en fer, rendue friable par le passage

du temps, rouillée ici et là, et repeinte en noir une quinzaine de fois. J'ai embauché un soudeur russe de Brooklyn
de soixante ans pour me la refaire en acier. Puis, à nous
deux, nous avons arraché l'ancienne porte, avec ses gonds
et le reste, et installé la nouvelle à sa place, en rejointoyant
l'ouvrage. Je me rappelle ma satisfaction en pensant qu'il
serait sacrément difficile de la forcer – il faudrait pour cela
un marteau de forgeron et une scie à métaux, ou bien garer
l'arrière d'un gros camion face à la porte, y attacher deux
chaînes et tirer.

Mais ce qui est important, c'est ce qu'il y a derrière la
porte. En effet, un étroit tunnel voûté forme un coude
abrupt de deux mètres trente avec le trottoir. Il monte puis
descend en longeant les murs de fondation de l'arrière de
trois maisons datant des années 1830, dont les entrées principales donnent sur la rue d'après. Cet arrangement figurait dans les actes notariés de ces propriétés et, d'après
mon avocat spécialisé dans le droit immobilier, il représente une singulière anomalie eu égard à tous les règlements en vigueur. La plus grande partie de cet ensemble
résidentiel, bien sûr, est visible, et les longueurs et largeurs
en sont précisées. Ce n'est pas le cas pour le tunnel. Léga-
lement, il s'agit d'« un passage voûté, d'une hauteur d'un
mètre quatre-vingts, avec de légères variations là où il
s'oriente vers l'ouest ». C'est un conduit calme et mystérieux, et le soir quand il n'y a pas beaucoup de circulation, on peut entendre l'eau glouglouter dans les tuyaux
d'écoulement des bâtiments adjacents, ou quelqu'un jouer
du piano dans une des chambres de l'étage. Ou percevoir
les bruits indistincts d'une conversation. Aussi ce tunnel
fait-il office de noir ombilic, il frôle à leur insu des existences qui s'ignorent avant d'aboutir de l'autre côté sur
un terrain irrégulier, six mètres cinquante sur vingt-deux
mètres, là où se trouve ce dont ma femme et moi sommes
tombés amoureux. Là, avec les tours jumelles et illuminées
du World Trade Center en proche arrière-plan, se trouve
l'objet de notre émerveillement initial : une petite maison
de ferme en bois.

Elle a tenu bon malgré des encadrements pourris, des solives rongées par les termites et un toit en bardeaux de cèdre qui s'affaisse – le vestige d'une époque révolue de Manhattan, bâti en 1770, quand l'île était au sud un port de marchands anglais et au nord un paysage de rivières, de routes de terre et de fermes tenues par des Hollandais et même quelques quakers. Les plafonds étaient bas et les fenêtres de travers, et les vitres d'origine pleines de bulles branlaient dans les vieux cadres pendant les orages, mais pour une raison ou une autre on n'avait jamais songé à la démolir, soit que la marqueterie en noyer fût trop belle, soit obstination du propriétaire, dissension familiale, hasard – les raisons ne nous sont pas parvenues. Et ça nous était égal. Nous la voulions, avec son minuscule jardin au milieu duquel poussait un petit pommier noueux. Partout ailleurs, une telle maison aurait été banale ; à Manhattan, c'était un miracle.

Lisa et moi venions d'avoir trente ans et n'étions alors mariés que depuis quelques années. La maison était horriblement chère, mais Lisa, qui est chirurgienne (les mains sont son domaine), était rentrée un soir à la maison, une expression d'incrédulité sur les traits, pour m'apprendre que le spécialiste new-yorkais du pouce, un virtuose vaniteux qui approchait la soixantaine, lui avait demandé de devenir son associée. La proposition avait un caractère assez urgent ; en étant à son troisième mariage, le bon docteur avait engrossé son épouse – pas d'enfant, la quarantaine –, la croyant à l'abri de tels risques, mais ignorant qu'elle prenait en douce des médicaments pour maintenir son taux de fertilité. Résultat : trois minuscules mais tenaces battements de cœur à l'échographie. La perspective d'une existence aussi radicalement nouvelle avait flanqué une trouille monstre au brave homme ; comme pas mal de grosses pointures grisonnantes en ville, il avait brusquement atteint le stade où il lui fallait une jeunette pour le soulager du gros œuvre. Et il était prêt à y mettre le prix – le paquet. Il savait que Lisa aurait bientôt envie d'avoir des enfants ; peu lui importait ; il avait confiance dans son talent et dans son endurance de jeune femme. « Que vais-je faire de tout cet argent ? » s'était exclamée bêtement Lisa. C'est alors que le vieux chirurgien lui avait sorti une diatribe paternaliste sur le gigantisme de la dette fédérale et le besoin inévitable du gouvernement d'imprimer des billets : « Investissez autant que vous le pouvez dans l'immobilier. »

Par exemple, une maison de ferme en plein New York. Après avoir gravi le porche et poussé la porte d'entrée, nous avions examiné la chambre à coucher en essayant de nous imaginer en train de dormir et de nous réveiller dans ce qui n'était alors qu'une petite pièce vide, aux planchers poussiéreux, sentant le renfermé. L'agent immobilier avait veillé à ce que les anciens murs de plâtre soient retapés et repeints. Là, campés sur les larges lattes de pin, nous avions songé aux inconnus qui avaient vécu dans cette pièce, aux éclats de rire, aux cris d'orgasme ou de colère, aux bébés et aux enfants, aux souffrances et aux morts.

C'est grâce à cette maison exiguë, avec ses trois chambres inconfortables, que je suis demeuré tant bien que mal honnête, du moins l'ai-je cru, me rappelant que cette ville était là depuis longtemps et resterait longtemps après que j'aurais cessé de respirer. Mes enfants grandiraient peut-être dans un appartement de l'Upper West Side avec un portier en livrée et les courses, le linge et les vidéos livrés à domicile – ce qui n'avait rien de négatif en soi – mais il y avait quelque chose de mémorable dans notre petite maison, et je savais que Sally et Tommy raffolaient déjà du passage biscornu en briques, du toit en pente, des poutres basses des plafonds. (D'autres enfants avaient vécu ici, bien sûr ; ma femme retrouva entre les lattes du plancher des boutons de culotte vieux d'un siècle et, enterrés dans le jardin, des petits soldats de plomb. Et, quand nous avons refait la cuisine, la tête d'une poupée Barbie en plastique, qu'on put dater, d'après sa coupe de cheveux, des années 1965.) Quand mes enfants seraient adultes, je l'espérais, ils comprendraient que leur maison était quelque chose de remarquable. Plus que tout, je voulais qu'ils sachent que nous les aimions, et que cette certitude imprégnait pour ainsi dire moléculairement l'endroit où ils habitaient. Il est facile de distinguer, je crois, chez les adultes, ceux qui ont été aimés enfants et ceux qui ne l'ont pas été ; cela se lit dans leurs yeux, leur façon de marcher et de parler. On perçoit une certaine clarté brutale. On peut presque la sentir.

De retour au journal, je longeai le mur de la longue salle de rédaction rectangulaire, mon smoking dans une boîte sous le bras, passai devant le bureau du rédacteur en chef, croisai quelques conspirateurs qui s'entretenaient à voix basse, d'un ton mécontent, j'aperçus les types des pages Sport qui déjeunaient en plein après-midi, et parvins devant l'antre lumineux de la chargée de potins. Elle compulsait un Rolodex électronique tout en parlant au téléphone. Coiffure impressionnante, comportement à l'identique, sa corbeille débordant de listings de courrier électronique, de communiqués de presse, de vidéos promotionnelles et d'affiches de film. Elle a deux assistants, deux jeunes hommes à la sexualité postmoderne qui sont heureux de hanter toutes les nuits une demi-douzaine de night-clubs, un téléphone cellulaire dans leur poche, et de graisser la patte aux videurs, à l'affût de miettes, de ragots périssables sur les célébrités. Mon bureau était juste après. Il est vrai qu'il ressemble moins à un endroit où un homme travaille chaque jour qu'à une expérience sur le chaos, avec de vieux journaux et des taches rondes de café qui maculent le bureau, un téléphone et un ordinateur.

Demetrius Smith, le jeune homme qui avait trouvé la mort en sauvant son bébé, avait été gymnaste en fac, au dire de sa sœur que je réussis à joindre en Caroline du Nord. Des trophées de toutes sortes, et une bourse universitaire qu'il n'avait jamais empochée. Ce petit détail pouvait être utilisé à son avantage mélodramatique, et après quelques coups de fil je finis par entrer en contact avec son entraîneur en gymnastique de la fac. Non, Demetrius n'avait jamais eu la moindre disposition, aboya celui-ci, et certainement pas reçu de bourse d'études – qui vous a raconté ça ? Je suis désolé d'apprendre qu'il est mort, mais il n'avait vraiment pas l'étoffe d'un gymnaste. Il avait trop le vertige, si je me souviens bien.

Ce coup de théâtre se voyait doublé d'une ultime ironie, mais il n'est rien de tel qu'un plumitif besogneux pour triturer l'ironie des choses comme s'il s'agissait d'un simple fil téléphonique. J'insérai le témoignage de l'entraîneur dans mon article, ainsi que le fait que le revenu moyen par foyer dans les Brownsville Houses était de 10 845 dollars selon le Bureau des recensements ; il était alors cinq heures vingt-sept. Le rédacteur chargé des nouvelles locales commençait à trépigner, inquiet pour sa une, et tôt ou tard il finirait par venir me voir. Je déposai mon papier sur la table des informations locales, jetai un œil à mon courrier, mis de côté mes factures, puis refermai ma porte et enfilai mon smoking de location. Apparemment les loueurs de smokings d'occasion n'hésitaient pas à mentir sur les tailles : l'étoffe, tout comme l'article que je venais de boucler, manquait de tenue.

Puis au revoir et à bientôt. Bon vent, bonne chance – même si le président est assassiné par une vedette de cinéma, défense de toucher à mon papier. D'autres journalistes étaient en train de boucler et les rédacteurs du soir venaient d'arriver pour préparer la mixture qui figurerait au menu du lendemain, et je les croisai sans m'attarder. Nous nous entendons bien, sans plus. Je sais qu'il y a quelques vieux reporters qui me détestent, parce que mes papiers ne sont jamais refusés à la dernière minute, et parce que je gagne beaucoup plus d'argent qu'eux. J'ai effectivement passé un accord avec la direction du journal, alors que les membres permanents de la rédaction sont encore entravés par les diverses et insignifiantes clauses que leur syndicat a décrochées au cours du dernier marchandage collectif.

Une fois sur le trottoir, je boutonnai mon manteau à cause du froid et envisageai un instant de rentrer chez moi, pour le simple plaisir de dîner avec mes enfants et de les regarder balancer leurs macaronis par terre. C'est ce que j'aurais dû faire. Oh oui, espèce de connard, me dis-je aujourd'hui, tu aurais dû filer directement chez toi. Au lieu de ça je pris ma voiture et me retrouvai coincé dans les embouteillages de fin de journée. Il faisait déjà nuit et je dus être vigilant ; je ne connais pas la ville au point de pouvoir conduire machinalement. Comme je l'ai dit, je n'ai pas grandi ici, or, pour un journaliste, c'est un désavantage. Toutes les grandes plumes de New York sont nées ici, Jimmy Breslin et Pete Hamill par exemple. Moi, j'ai été élevé à quatre cents kilomètres de cette ville, pour ainsi dire au Canada, dans une ferme perdue au milieu des champs. L'hiver, l'étendue gelée du lac Champlain s'étendait devant mes yeux, je passais des heures dans la petite cabane de pêcheur que mon père remorquait derrière notre camionnette. Certains jours, mes copains et moi on s'enfonçait dans les bouleaux et les pins jusqu'à la voie ferrée qui longeait le lac et on attendait que passe le train de l'après-midi qui reliait Montréal à New York ; quand il déboulait, énorme, terrifiant, et projetant de la neige sur les côtés, on se mettait tous en rang d'oignons, une ribambelle de gamins de dix ans en manteau d'hiver et bottes, et on balançait une bonne douzaine de boules de neige chacun en visant les visages qui défilaient derrière les vitres, des visages que nous imaginions appartenir à d'importants et riches personnages. Ça se passait dans les années 1969-1970. Mon enfance fut sans conteste villageoise et baigna dans une innocence joyeuse qui plus tard m'entraîna vers tout ce qui était démesuré et merveilleux, tout ce qu'il y avait de sinistre dans New York. Car ici, le potentiel est tel que ce qui est étrange ne se jauge pas d'après ce qui est normal, mais d'après ce qui est encore plus étrange. J'ai vu des mendiants atteints du sida brandir des pancartes annonçant leur taux de lymphocytes, j'ai vu un homme nu dévaler à bicyclette la voie du milieu dans Broadway en sens contraire de la circulation, j'ai vu des ouvriers de la compagnie d'électricité travailler dans les égouts en

écoutant Pavarotti. J'ai vu des inspecteurs de la Criminelle mâchonner des frites tout en remuant les orteils d'un
cadavre pour estimer l'heure du décès. J'ai vu une grosse
femme embrasser des arbres dans Central Park, j'ai vu un
milliardaire rajuster sa moumoute.

Aussi est-il étrange que, après avoir laissé ma voiture
dans un parking et franchi les quelques centaines de mètres
qui me séparaient de la fête, j'aie pu assister à une scène
que je n'avais encore jamais vue – rien qui annonçât vraiment ce qui allait suivre, mais une scène suffisamment
remarquable pour servir d'emblème à la brutalité du désir
humain. Oui, disons-le tout net : cette scène était révélatrice. La rue était sombre et des travaux de rénovation
devaient être en cours dans l'une des maisons de ville, à
en juger par la benne déposée au coin de la rue. Je
m'aperçus soudain qu'il y avait dans la benne, au sommet
des gravats, deux silhouettes qui bougeaient, se débat-
taient. Une bagarre ? Je m'approchai prudemment et, en
même temps que j'identifiais des manteaux dépenaillés et
des tignasses crasseuses – un couple de sans-abri –, je
compris à quoi rimaient les mouvements saccadés de la
silhouette du dessus. Ils baisaient. Sans complexe. Deux
sans-abri dans le froid. Quelqu'un avait balancé un vieux
matelas dans la benne, et là, au sommet d'une montagne
de lattis, de tuyaux et de carrés de plâtre, à plus de deux
mètres au-dessus du niveau de la rue, ils s'en donnaient à
cœur joie. La femme, qui avait remonté ses lourdes épais-
seurs de manteaux et de robes, martelait les fesses nues
de l'homme avec son poing, et un instant je craignis qu'il
ne s'agît d'un viol. Mais elle braillait de plaisir et le frap-
pait tant et tant que j'en déduisis que ces coups assenés
magistralement sur son postérieur étaient destinés à encou-
rager l'incessante pénétration dont elle faisait l'objet. En
petit pervers veinard que j'étais, je m'attardai à quelques
mètres. Ils ne me remarquèrent pas. Je les observai encore
quelques instants, quelques instants de trop, puis
m'enfonçai dans les ombres de la rue.

Une minute plus tard, je me retrouvais dans un

immeuble opulent et tendais mon manteau à un préposé au vestiaire grisonnant, qui prenait grand soin des visons des dames. Un groom en veste verte m'accompagna dans l'ascenseur.

— Il y a du monde ? demandai-je.

Mais il n'eut pas besoin de me répondre. Je pus distinguer la musique et le brouhaha bien avant que les portes de l'ascenseur ne s'ouvrent. Je me retrouvai alors au sein d'une tumultueuse assemblée, parmi les visages fardés, les yeux papillonnants, les dents, les cigarettes et les lorgnons coûteux, les coupes de cheveux récentes et les langues roses jacassantes, les conversations débridées, bruyantes, alimentées par un immense goût de la conspiration. Quand vous débarquez dans une fête importante à Manhattan, vous savez immédiatement si vous faites partie du troupeau, si vous allez vous confondre avec ces types souriants qui ont un verre à la main et promènent paresseusement les yeux dans la salle. Ce ne fut pas mon cas. Mais le fait est que je ne me suis jamais senti à l'aise dans une assemblée – je suis toujours en vadrouille, toujours dehors. Oui, je suis resté ce gamin du nord de l'État de New York qui passait des heures dans une cabane glaciale au beau milieu d'un lac gelé, à creuser un trou dans la glace (la secousse brutale et soudaine, la forme gigotante qu'il fallait remonter à la force du poignet au bout de la ligne, et arracher aux froides profondeurs).

C'était un des appartements extraordinaires que possédait Hobbs. À moins que ce ne fût sa société qui le possédât – pareilles distinctions importent peu ; l'endroit était une grotte aux parois soyeuses, avec un plafond haut de douze mètres tout en dorures, et environ une soixantaine de meubles d'époque et de nombreuses peintures anglaises sur les murs (choisies par un expert-conseil, achetées au poids), agrémentée de quatre buffets confiés chacun à trois serveurs – et pas seulement des intermittents du spectacle désireux de faire des rencontres, mais de vrais professionnels hautains qui toutefois se souvenaient de ce que vous buviez d'une heure à l'autre. Un balcon dominait la pièce principale, et un sextuor avec piano s'efforçait de maintenir un sérieux bruit de fond. Près d'une dizaine de photographes étaient sur le pied de guerre, certains se considérant eux-mêmes comme des célébrités. Il y avait d'autres pièces, dont une avec des tables remplies de mets divers, de fruits, de fromages et de légumes et des montagnes de petits chocolats, et d'autres où les sofas étaient plus moelleux et les lumières moins crues, et donc l'intimité plus facile.

Hobbs était à New York. Et tel était le but de cette soirée : rappeler à chacun qu'il était vivant, qu'il n'était pas juste un homme mais un concept, un empire, un monde à lui tout seul. Chaque hiver, il faisait une descente à Manhattan pour inspecter ses diverses propriétés, y compris son journal à ragots, et se pointait avec tout l'entourage prévisible. Mais ce n'était pas ce dont se souvenaient les gens après son départ – ils ne se rappelaient que ce que *lui* voulait qu'ils se rappellent, à savoir qu'il avait donné une fête absolument géniale. Grâce à lui, il se passait des choses, la température montait, les esprits et les corps entraient en ébullition. Les gens faisaient des affaires, rencontraient des célébrités, repartaient dans la nuit avec la bonne personne. On s'insultait joyeusement, et on calomniait encore plus joyeusement. On proférait des choses brillantes ou choquantes en espérant que quelqu'un les entendrait. Tout cela était très excitant, et si les rubriques mondaines du lendemain affirmaient que la fiesta avait été vulgaire, c'était encore mieux.

Hobbs avait la soixantaine, mais cela ne signifiait pas qu'il avait peuplé le lieu d'antiques débris sur leur trente-et-un (vieux millionnaires obscurs arborant un bronzage hivernal optimiste, rombières aux poignets noueux et à la denture restaurée, qui avaient cessé de croire à grand-chose, hormis la nécessité de s'entourer de domestiques et d'avaler quotidiennement des pilules aux œstrogènes) ; non, son bureau de Manhattan avait convié une brassée absolument pétillante de personnalités – se trouvaient là Joe Montana, moins large d'épaules qu'on ne l'aurait pensé,

Gregory Hines, un peu grisonnant à présent, et quelques-uns des barons des chaînes d'informations locales, le financier Felix Rohatyn, avec sa mine de petit besogneux, en train de parler à un des nouveaux sorciers du cyber-espace, Frank et Kathie Lee Gifford, l'homme qui venait juste d'être inculpé pour une escroquerie se montant à 400 millions de dollars, le chirurgien qui avait regonflé les seins de Dolly Parton avec une telle maestria, et non loin de lui le célèbre patineur artistique, dont le nom m'échappait, à côté du jeune mannequin noir dont le visage était sur tous les arrêts de bus. Les femmes étaient belles, dans l'ensemble, et paraissaient vaguement familières, des actrices de télévision sans doute. Fraîchement débarqué de l'ascenseur aussi, un contingent de la Time-Warner, une bande de requins aux airs sinistres et ambitieux avec des cravates imposantes ; George Plimpton, que n'avait pas reconnu un trio de femmes aux longues jambes qui ne pouvaient être que des danseuses de Broadway, et que détaillait ostensiblement le sénateur Moynihan. Et ainsi de suite. Le petit gros du *Times* et son esprit agile comme une perruche savante. Le célèbre reporter italien, celui-là même qui avait rapporté toutes ces horribles photos de Sarajevo. Il arborait une cicatrice au front que les femmes trouvaient incroyablement séduisante. Des personnes discutaient d'un émir du pétrole qui était réputé garder en permanence près de lui une jeune femme afin que celle-ci puisse lui donner l'organe qui viendrait à lui faire défaut (cœur, poumon, rein, au choix). Un peu plus loin, en costume mais sans cravate, indifférent à la longue cendre de sa cigarette, se tenait un célèbre romancier naguère prometteur, l'auteur culte d'un livre unique qui s'était fait un nom dix ans plus tôt grâce à sa maîtrise ingénieuse du *Zeitgeist* et qui désormais jouait au softball dans l'équipe des Hamptons avec d'autres stars déclinantes du milieu littéraire. Il devait se teindre les cheveux, et les femmes l'évitaient. J'aperçus James Earl Jones, plus élégant que jamais dans son beau costume bleu ; il écoutait Mario Cuomo, qui est plus petit qu'on ne le pense, qui lui s'écoutait lui-même, et il y avait encore beaucoup d'autres personnes, peut-être quatre cents en tout, sans compter les journalistes qui s'activaient en tous sens, donnaient des ordres aux photographes, arrangeaient des portraits de groupe, et qui souriaient, souriaient, sou-ri-aient jusqu'à en avoir les commissures des yeux humides, en proie à l'euphorie, portés par elle, souriant, hochant la tête, répétant à l'infini : Oui, oui ! Tout le monde en parle ! en drapant ce « en » d'une aura indéfinissable.

Et là-bas, comme chu au milieu d'un énorme canapé, se tenait le grand homme en personne, Hobbs, un hareng entre ses doigts boudinés, à mi-chemin de ses lèvres perpétuellement entrouvertes et jamais rassasiées. Le poisson mort et huileux atteignit son but, les épais sourcils du magnat se redressèrent comme s'ils faisaient partie d'un mécanisme complexe actionnant les mâchoires pour révéler une forêt de dents jaunes qui paraissaient trop longues, des dents de cheval, des chicots usés par des dizaines d'années de mastication, puis, ultime horreur, une épaisse langue grise, d'une largeur déraisonnable, gonflée de toxines, lourdement échouée sur sa lèvre inférieure.

Hobbs était réputé pour son immoralité et sa sagacité, mais cela signifiait simplement qu'il achetait à bas prix et vendait au plus offrant. N'importe quel journal est dépendant de ses encarts publicitaires, et l'on racontait que Hobbs n'avait pas eu l'intention d'acheter le journal mais qu'il se trouvait à New York pour une autre affaire et avait appris que le plus grand tabloïd de la ville connaissait de sérieux ennuis. Tout aussi peu fortuitement, il avait eu vent des hôtels désertés et du prix en chute libre des gratte-ciel. C'était un homme des grandes métropoles (Londres, Melbourne, Francfort) et, après avoir assisté à toutes sortes de hausses et de faillites, il avait mis au point une méthode standard pour décider quand racheter un journal – il prêtait l'oreille aux plaintes des riches. Le propriétaire du journal à l'époque, un promoteur immobilier, succombait sous le reflux des dollars japonais. Il voulait décrocher et s'était mis à fermer le robinet à crédits ; la situation empirait au point que chaque soir un employé faisait la tournée pour ramasser les stylos inutilisés sur les bureaux des journalistes, afin qu'ils s'en resservent le lendemain. Sans prévenir, Hobbs avait débarqué et joué les magiciens ; l'offre était extrêmement basse, mais sous forme de liquidités – pas d'atermoiements financiers, de dettes épongées ou d'opérations boursières. Le promoteur immobilier, vexé, argua qu'il avait à cœur le bien public ; jamais il ne vendrait une grande institution new-yorkaise à un tel gredin – tout le monde savait le genre d'ordures choquantes que Hobbs imprimait dans ses journaux londoniens. Par comparaison, le promoteur immobilier était un preux chevalier, et il profita un temps de cette nouvelle version de lui-même, on le vit à la télévision et aux séminaires de la Columbia University School de journalisme, où il vint se répandre sur les dimensions et la beauté de ses convictions éthiques. Quinze jours plus tard, il acceptait le marché de Hobbs et disparaissait. Hobbs débarqua, se heurta violemment aux syndicats, menaça de fermer le journal. Cela paraissait impossible, dans la mesure où il l'avait seulement acheté comptant, mais des observateurs firent alors remarquer que l'immeuble abritant le journal possédait une énorme valeur immobilière ; dans un marché en plein essor, il devait avoisiner la valeur du journal. Les syndicats prirent peur. Le maire voulut intervenir, mais Hobbs ne parut pas intéressé. Il resta à Londres tandis que ses associés négociaient, et pour finir les syndicats se dégonflèrent. Hobbs réduisit les frais, offrit aux transporteurs une nouvelle armada de camions, et bénéficia ensuite à fond de la reprise économique.

Désormais le journal engraissait la société de portefeuilles de Hobbs, lui fournissant des liquidités pour accroître son empire ; à moins que ce ne fût pas le cas, et qu'il le maintînt simplement à flot pour forcer la main aux politiques quand c'était nécessaire. Quoi qu'il en soit, son génie avait une fois de plus été confirmé. Je l'observai avec une espèce de curiosité zoologique : il marmonnait grassement quelque chose à une gracieuse jeunette qui ne devait pas porter de culotte sous sa robe alors qu'elle passait, aguichante, devant lui ; puis la grosse caroncule molle qui pendait sous son gigantesque menton – sorte de pis de chair – tressauta sous l'effet de sa propre malice, et au-dessus de ses yeux d'un vert vif les épais sourcils se haussèrent et s'abaissèrent une seconde fois, comme reliés à une ficelle, tandis que des bouts de hareng mastiqués écumaient momentanément à l'embouchure de ses lèvres avant d'être aspirés par sa grosse langue bouffie. Une fois de plus la bouche béa, mécaniquement, juste à temps pour recevoir un autre hareng doré et voué à l'engloutissement.

Une femme d'une cinquantaine d'années avec une coiffure semblable à un casque me sourit.

— Porter Wren, n'est-ce pas ? dit-elle avec un faux accent d'outre-Manche tandis que le piano du balcon égrenait rêveusement ses notes.

— Oui.

Elle me prit par le bras.

— Vous devez à tout prix lui parler... Il est très désireux de faire votre...

Elle me guida vers le caillot de décideurs qui s'était formé autour du divan de l'Australien. Hobbs était si énorme qu'il était incapable de rester debout très longtemps. On ne pouvait qu'imaginer des tricots de corps sur mesure, des cols de soixante-dix centimètres. Des masses de chair avachie se frottant les unes aux autres. Des chevilles larges comme des Thermos à café. Je fus aiguillé sur un jeune homme aux traits constipés qui dit : « Oui, oui, bien sûr, oui... » avant de m'insérer dans l'écheveau de gandins entourant le grand homme et de me pousser en avant, si bien que je me retrouvai nez à nez avec le monstre aux doigts immenses.

— Monsieur, Porter Wren, monsieur, qui tient la chronique...

Ses yeux roulèrent vers le haut dans ma direction, et il ouvrit sa large bouche humide en une espèce de aah-hmm, hocha deux fois vaguement la tête, comme épuisé par sa propre indifférence, puis reporta son regard sur une autre attraction. C'était un homme suffisamment riche et puissant pour ne plus avoir besoin de parler. Je me crevais le cul à travailler pour lui. Mais cela n'avait aucune importance – mon labeur ne pesait pas plus que de la peluche sur la manche de son veston. Presque aussitôt, je sentis une pression polie contre mon coude, et le constipé m'éloigna du sofa. Et voilà. Terminé.

J'étais désormais prêt à me poser quelque part et à attendre que la soirée s'écoule. Une question méritait toutefois d'être débattue : boire ou ne pas boire, gin, vodka ou rhum, combien de verres, dans quel but, et pourquoi pas, merde ? Derrière moi, assises sur un énorme canapé Empire tourné à l'opposé, deux femmes conversaient ou conspiraient en fumant et en dégustant une bouteille de vin certainement chapardée au buffet. En tournant la tête je réussis à bien les examiner ; c'était le genre de jolies célibataires qui, approchant la quarantaine et s'étant endurci du fait de la raréfaction des prétendants, a décidé de passer les années à venir entre le bureau, les clubs de remise en forme, les grands magasins, les soirées habillées et les lits d'hommes mariés. Ces femmes-là patrouillent le périmètre de leur carrière avec une énergie indéfectible. Je les soupçonne de se sentir désespérément seules et de l'admettre dans les bonnes circonstances. Le dimanche matin, on ne les voit en général pas à l'église (moi non plus), mais plutôt en train de promener un gros chien au bout d'une large laisse – une énorme et belle bête dont le pedigree se mesure depuis la naissance en milliers de dollars et qui, systématiquement, toujours, est un mâle, un mâle qui bave, halète et pisse en pleine rue. J'étais sur le point d'aller parler au reporter italien quand l'une des femmes déclara :

— Il n'y a personne ici, vraiment.

— Tu as pourtant aperçu Peter Jennings. J'ai entendu dire qu'on lui teignait les tempes en châtain tous les soirs.

— Oui, il est nettement plus dégarni en vrai.

— J'ai vu JFK Jr la semaine dernière, je te l'ai dit ?

— Pas possible ! s'écria la femme.

— Comme je te vois.

— À quoi ressemble-t-il ?

— Il passe trop de temps au soleil. Un peu comme ce type dont je t'ai parlé, celui que j'ai rencontré...

— Celui avec la grosse verrue ?

— Non, l'autre, qui ne pouvait pas...

— Mr. Ramollo ?

— Ouais. Et il n'a que trente-trois ans, soupira-t-elle. Je crois que c'était à cause du Prozac.

Je remarquai alors une blonde en robe de soirée blanche. Je la fixai délibérément. (Ma femme est belle et séduisante. Mais je regarde néanmoins les autres femmes, je les regarde attentivement, longuement, sans éprouver de sentiment de culpabilité : ma concupiscence n'est pas bien méchante, elle passe sur les femmes comme une caresse, s'attarde sur chaque moite promesse, et plus je dilapide cette concupiscence sur tout ce qui passe à ma portée, plus, mystérieusement, celle-ci s'accroît.) La femme en blanc sirotait un verre de vin et tenait la main d'un grand type en costume qui ne devait pas avoir plus de trente ans ; je devinai en lui le jeune cadre qui montait ; il avait l'allure qui va avec : il était beau, propret, large d'épaules, et goûtait visiblement la compagnie de pontes plus âgés. Je savais qu'un grand nombre de financiers assistaient à cette fête. La femme avait l'allure d'une épouse de cadre, et elle répondait aux questions avec grâce et déférence, riant juste comme il le fallait, la lumière ricochant sur le collier de perles qui ceignait son cou, un éclat indistinct à son poignet. Son compagnon ne semblait guère apprécier l'aisance avec laquelle elle faisait tout cela. Lui se contentait de plaisanter, de sourire et de hocher la tête en même temps que les autres. Il était fort possible qu'elle fût la plus belle femme dans la pièce – ce qui tenait de la prouesse – et cependant je vis qu'elle n'était qu'un addendum à sa présence. Immédiatement, je le perçai à jour, et vis son âme : il y a un moment dans la vie d'un homme où il comprend qu'il est devenu, irrévocablement, un adulte. Cela n'est pas lié à la virilité, mais plutôt à une certaine prise de conscience du temps – du temps qui passe, brutalement (il s'ensuit souvent un intérêt pour les jardins publics et les enfants). Du coup, on remarque mieux ceux qui sont encore de jeunes hommes, des hommes qui n'ont pas encore été déçus ou profondément effrayés, même si cela ne saurait tarder. L'homme qui accompagnait la femme en robe blanche faisait partie de cette catégorie.

De nouveau, par-dessus la musique et le brouhaha des centaines de conversations, me parvinrent les voix des deux femmes sur le canapé derrière moi, et je penchai la tête en arrière, en fixant des yeux le plafond, pour entendre plus nettement :

— ... elle me raconte qu'elle était arrêtée à un feu, au croisement de Broadway et Houston, quand un grand Noir, un laveur de pare-brise, est venu s'étaler sur son pare-brise, on était au mois d'août, tu vois, et il n'avait pas de chemise...

— Non !

— Si ! couina l'autre. Et sa poitrine, ses tétons étaient pressés contre le pare-brise humide.

— J'arrive pas à y croire. C'est dingue !

— Alors elle regarde, elle commence à gamberger...

— Non ! Ne me dis pas que...

— Elle ouvre sa portière et lui dit de monter !

— C'est révoltant !

— Je lui ai dit : « Alice, comment as-tu pu faire une chose pareille ? Il aurait pu... »

— Elle lui a dit de monter, comme ça ?

— Elle est aux abois. Bon, d'accord, elle n'est pas franchement belle, mais...

Je redressai la tête et promenai à nouveau mon regard dans la pièce, et c'est alors que je vis que la femme en blanc me fixait. Elle adressa un sourire à son petit ami, ou mari, murmura une excuse, puis, assez bizarrement, se dirigea droit vers moi, son verre de vin à la main. Son visage, vu de plus près, n'était pas moins beau, mais je relevai une certaine détermination dans ses traits. Des sourcils foncés, des cheveux blonds relevés sur sa nuque.

Le collier de perles. Ses seins se déplaçaient lourdement contre la soie de sa robe, qui, je le vis alors, n'était pas blanche, mais couleur de pêche, ce qui était encore plus séduisant. Il paraissait impossible qu'elle vienne me parler, mais, en approchant, elle eut un petit sourire entendu, s'assit à mon côté, croisa les jambes et se tourna vers moi.

— Votre photo, Mr. Wren, dit-elle d'une voix pleine et rauque, est trompeuse, vous le saviez ?

Je la dévisageai.

— Celle qu'ils impriment en regard de ma chronique ?

Elle acquiesça. Ses yeux étaient bleus.

— Dessus, votre cou paraît trop maigre.

— Eh bien, elle a été prise il y a quelques années, au déclin de ma jeunesse.

— Ils devraient en refaire une, affirma-t-elle en souriant.

Je hochai légèrement la tête, la remerciant en silence.

— Je lis votre chronique de temps en temps, dit-elle.

— Je vois.

Elle était assise suffisamment près de moi pour que je puisse deviner les endroits où elle s'était mis du parfum.

— Mais je dois vous dire, ajouta-t-elle en fronçant les sourcils, que je ne l'apprécie guère. Certes, c'est toujours bien écrit et tout ça (elle eut un petit geste agacé des doigts), mais je trouve que vous perdez votre temps dans ces endroits horribles. Vous devez assister à des scènes épouvantables, non ?

On m'a déjà posé cette question, et d'habitude elle est prononcée avec légèreté, sur un ton pour ainsi dire badin, comme si je devais réciter une liste de drames de la même façon que les ours polaires du zoo de Central Park s'amusent avec d'énormes jouets en plastique, avec une bonhomie et une résignation dues au dressage. Mais il est vrai que nous vivons à une époque où tout ce qui est horrible a été recyclé en divertissement. Nous avons appris à dîner tout en regardant tomber les bombes, à mastiquer pendant que les flics organisent en direct une chasse à l'homme, à boire tandis que glousse sincèrement tel *serial killer* dans le micro d'un journaliste.

— C'est vrai, j'ai vu pas mal d'atrocités, dis-je pour lui complaire avant de vider le reste de mon verre. Mais si vous lisez mes chroniques, vous devez savoir de quoi il retourne.

— Oui, bien sûr. (Une nuance d'impatience transparut dans sa voix.) Cela dit, je voulais vous demander comment vous faites pour dénicher certaines de ces choses.

Je haussai les épaules.

— Vous devez pousser les gens à vous dire des choses.

— Oui, c'est vrai.

— Comment ?

Je la regardai.

— D'habitude ce sont eux qui me parlent. Ou alors ils n'ont pas envie de me parler, mais il faut bien qu'ils parlent à quelqu'un.

Elle parut méditer mes propos.

— Puis-je vous demander comment vous vous appelez ?

— Je suis désolée : Caroline Crowley.

Ses yeux se posèrent sur les miens, y cherchant non pas une lueur de reconnaissance, mais la conscience que sa décision de me dire son nom était révélatrice.

— Qu'est-ce qui... ?

Je m'interrompis.

— Oui ?

Elle s'amusait, c'était évident.

— Qu'est-ce qui vous amène ici ?

Un nouveau geste évasif avec ses doigts.

— La banque de mon fiancé fait des affaires avec la société qui, je crois, possède votre journal. Quelque chose dans ce goût-là.

Je jetai un œil à son fiancé. Il émanait décidément de lui une aura de jeunesse ; peut-être était-ce dû à la finesse de son cou, ou à la façon dont il hochait vigoureusement la tête, avec assurance, devant ses camarades cadres. Je me demandai si cette Caroline Crowley n'était pas un peu plus âgée que lui ; d'un autre côté, les femmes qui approchent la trentaine sont, je pense, en général plus posées que les hommes du même âge, aussi se pouvait-il simplement que ses manières fussent plus matures. Mais il y avait autre chose. Si elle n'était pas plus âgée, alors c'est que quelque chose avait dû prématurément la vieillir de quelques années.

— ... oh, je ne voulais pas dénigrer votre journal, dit-elle en balançant l'une de ses jambes toujours croisées. C'est un journal merveilleux, vraiment. J'aime assez le... la lecture d'un tabloïd. Bon, je lis le *Times*, bien sûr, pour les nouvelles nationales et internationales, mais je lis votre papier pour cette autre chose – cette prise directe sur la ville, vous voyez ? Son esprit pugnace. On ne trouve pas ça dans le *Times*.

Elle jeta un coup d'œil à son fiancé, lequel devait raconter une anecdote se rapportant au tennis, car il mimait un coup droit.

— Votre fiancé joue au tennis.

— Charlie ? Oui. Puis-je vous poser une autre question ?

— Bien sûr.

— Ne trouvez-vous pas que ce que vous faites est désormais prévisible ?

Je l'examinai attentivement. Nous avions une discussion, mais elle n'avait guère de rapport avec ce qui se disait réellement.

— Je veux dire, c'est toujours la même chose, non ? (Elle haussa ses sourcils foncés.) Il arrive quelque chose de triste à un pauvre hère, en général pour des raisons très ordinaires, très simples, et vous, vous allez chercher le témoignage idéal, enfin ce qui intéresse les journalistes, et le lendemain c'est en gros la même chose, je me trompe ?

— Je trouve ces histoires intéressantes, rétorquai-je en prenant une gorgée d'alcool.

— Mais j'ai entendu dire que vous aviez été autrefois un grand journaliste d'investigation, que vous faisiez des papiers où vous fouilliez dans le passé atroce, sordide, horrible de quelqu'un, d'un homme politique, et découvriez quelque chose d'important, quelque chose digne de donner lieu à des poursuites...

— S'agit-il vraiment d'une discussion sérieuse ?

— Eh bien, répondit-elle, une certaine réserve dans la voix, si j'ai l'air grossière, c'est parce que les questions brutales sont souvent les plus pertinentes.

— Vous aimez les questions brutales ?

— Mm-hmm.

Je sentis l'alcool barrir dans ma cervelle.

— Alors je pourrais vous demander pourquoi vous allez épouser un type visiblement honnête, intelligent, beau, sain, et en passe de devenir riche, alors que vous pourriez jeter votre dévolu sur un psychopathe inutile et fourbe aux dents pourries, aux T-shirts pisseux, sans argent à la banque, et avec une cervelle bourrée d'impossibilités pornographiques, mais qui, toutefois, serait d'une conversation plus intéressante et d'un meilleur rapport qualité-prix au lit.

Elle eut un mouvement de recul, sous l'effet de la surprise, et resta bouche bée.

— Oui, dis-je, voilà une question brutale. Je vais peut-être vous en poser une autre. Je vais vous demander combien de temps je dois faire comme si cette conversation tendancieuse n'avait ni conséquence ni but. Les femmes dans votre genre n'abordent pas des inconnus dans les fêtes pour insulter leur image puis leur mode de vie en se protégeant derrière leur charme et la présence de leur fiancé. Sans bonne raison, en tout cas, non ?

Elle contempla ses genoux.

— Écoutez, repris-je en adoucissant le ton, je dis simplement que si vous voulez réellement jouer, si vous recherchez quelque chose de précis ce soir, par exemple une vraie conversation, et non les conneries habituelles qu'on débite à un cocktail, très bien. Je suis partant. Je me coltine des baratineurs toute la sainte journée, et j'ajoute que ça m'intéresse au plus haut point, mais là je suis à mon propre compte, alors soyez gentille – allez droit au but, d'accord ? Abordez franchement la question qui vous préoccupe à mon sujet.

Elle leva alors les yeux et me fixa. Je ne lui avais pas du tout fait peur. Une lueur amusée passa dans son regard.

— J'espérais pouvoir vous entretenir de quelque chose d'important, en fait, dit-elle d'une voix toute différente, une voix calme, limpide.

— De quoi s'agit-il ?

— C'est compliqué... Je veux dire, c'est assez long.

— Je vois.

Mais bien sûr, je ne voyais rien du tout.

— Pourrions-nous en discuter ?

— Bien sûr.

— Ce soir ?

— Vous êtes sérieuse ?

Elle fit signe que oui.

— Nous pourrions partir tout de suite.

— Et où donc irions-nous ?

— Chez moi, à une quinzaine de rues d'ici. (Elle me regarda.) Charlie ne nous accompagnera pas.

Ses yeux, je m'en aperçus, étaient du même bleu qu'une boîte aux lettres.

— J'hésite un peu, Caroline Crowley. Peut-être ne devrais-je pas me retrouver seul avec vous.

Elle porta un doigt à ses perles et sourit pour elle-même. La scène de séduction était passée, et elle me dévisagea sans ciller.

— Dois-je comprendre, dit-elle d'une voix rauque, que c'est votre vertu, et non la mienne, qu'il s'agit de sauvegarder ?

— Oui. Exactement.

Mais il ne s'agissait pas de sexe, et je le savais. Elle avait autre chose en tête. Et ce pouvait être matière à article. J'ai appris qu'il vaut mieux être disponible si on veut dénicher les bonnes histoires. Je lui expliquai que j'avais besoin de quelques minutes, trouvai un téléphone et appelai Lisa, sachant qu'il était juste assez tard pour qu'elle ait neutralisé la sonnerie afin que les enfants ne soient pas réveillés dans notre petite maison. Je tombai sur l'annonce de notre répondeur. Je marmonnai quelque chose dans le récepteur, j'avais rencontré des gens, nous allions prendre un verre ensemble. Était-ce un mensonge ? Oui, si l'on veut. Je n'avais rien fait dont je pusse me sentir coupable, ni ne pensais le faire, mais mentir paraissait plus simple qu'expliquer que je quittais la soirée en compagnie d'une femme en robe couleur pêche que je venais juste de rencontrer. Aussi prétextai-je un verre entre amis. Mon épouse a l'habitude – cela fait partie de mon travail – et elle s'attend seulement que je garde mes habits et sois de retour à l'heure où les gosses grimpent dans notre lit, à savoir vers cinq heures et demie, six heures. Sally et Tommy débarquent à moitié endormis dans notre chambre et se glissent sous les draps entre nous, parfois nous nous rendormons avec le parfum sucré et fort de leur haleine, mais la plupart du temps ils s'agitent en tous sens et tout le monde est obligé de se réveiller. Ou alors je me rendors, d'un sommeil troublé et profond, et Sally reste sans bouger, à réfléchir à quelque chose, puis elle roule vers moi et me pose une question directement à l'oreille, du genre : « Papa, est-ce que LaTisha a des poils sur ses fesses ? » LaTisha est la fille de Josephine, une petite Noire maussade de quinze ans qui mesure déjà près d'un mètre quatre-vingts. Je veux bien croire qu'elle a des poils sur ce que Sally appelle « ses fesses », et je ne doute pas que la zone en question ait été minutieusement tripotée par son petit ami. Alors j'ouvre péniblement les yeux, il est 6 h 02 ou quelque chose d'approchant, ma petite fille de trois ans et demi est là, les yeux grands ouverts et vifs, qui regarde son papa mal rasé émerger de la tombe du sommeil (peut-être remarque-t-elle la lourdeur de mes paupières, les mouchetures grises dans ma barbe naissante, peut-être en déduit-elle déjà que je suis plus près de la mort qu'elle) – et de voir ainsi son visage, si proche du mien, est la chose la plus agréable du monde. Puis voilà que débarque son frère dans sa grenouillère jaune toute froissée, un an et demi, déjà amoureux de son pénis, un vrai violeur d'ours en peluche, qui ricane bêtement en se jetant sur moi, et je les ai tous les deux dans les bras, je pousse des grognements de monstre qui les effraient un peu et les rendent heureux, pendant que ma femme profite de l'occasion pour filer à la salle de bains, et ce sont là des instants auxquels je ne renoncerais pour rien au monde.

Et cependant. Et cependant quand je raccrochai le combiné et m'en retournai dans la soirée bruyante, vers Caroline Crowley qu'embellissait un éclairage, son ticket de vestiaire à la main et prête à partir, je m'intéressais à tout autre chose. Ce n'était pas comme si j'étais devenu une autre personne – oh non, j'étais bien le même, celui qui souhaite poursuivre un secret dialogue avec tout ce qui est mauvais dans la nature humaine. Certains hommes n'ont pas à affronter ce débat intérieur. Ils semblent dotés d'une certaine grâce. Ils sont heureux – ou, plutôt, ils sont satisfaits. Ils jouent au tennis en plein air, vérifient régulièrement le niveau d'huile de leur voiture, rient quand leur entourage rit. Ils acceptent les contraintes. Ils ne s'intéressent pas à ce qui peut surgir du puits sombre et froid de l'âme humaine.

La banquette arrière du taxi était un lieu intime, un cocon chaud dans la nuit, avec nous deux engoncés dans nos manteaux. Caroline regardait droit devant elle, comme si je n'étais pas là, et donnait des ordres secs au chauffeur. Puis, de son sac à main, elle sortit une bourse et du papier à cigarette, prit une feuille et y déposa une pincée de tabac. Elle répartit les brins dans le sens de la longueur et roula le tout en un tube inégal. Elle passa sa langue sur la bande restante de quelques millimètres et la colla d'un rapide coulé du bout du doigt.

— Je parie que vous vous servez d'allumettes, dis-je.

— Vous êtes décidément très malin.

Elle sortit une boîte d'allumettes de son sac, en prit une, et avec l'extrémité dépourvue de soufre tassa le tabac à un bout de sa cigarette. Elle me regarda. Les lumières du dehors défilaient follement dans ses yeux bleus.

— Les femmes n'aiment pas avoir du tabac entre les dents.

— Je m'en doute.

Elle entrouvrit la fenêtre de son côté et alluma sa cigarette. Je m'aperçus que sa voix était distincte et posée, sans ces voyelles plaintives et ces nasales avalées que j'entends toute la journée ; cela, ajouté à son habitude de rouler ses cigarettes, indiquait qu'elle n'était pas native de New York ni même de l'Est. Mais avant que je puisse en déduire davantage, notre taxi s'était rangé devant un immeuble de la 66ᵉ Rue Est, à l'écart de la 5ᵉ Avenue, et elle se penchait en avant pour payer. Le portier, qui avec ses boutons de cuivre et ses épaulettes ressemblait à Napoléon, lui sourit comme il devait le faire chaque fois, mais se renfrogna en me dévisageant. Je suivis Caroline à travers le vestibule de marbre. Elle marchait à longues enjambées. Nous pénétrâmes dans l'étroite cabine de l'ascenseur, tout en cuivre et acajou.

— En fait, je déteste ces soirées, déclara Caroline en déboutonnant sa fourrure, la cigarette aux lèvres.

L'ascenseur s'ouvrit sur un petit vestibule avec une porte noire laquée. Une paire de bottes de cow-boy trônait sur le carrelage ; plusieurs parapluies étaient soigneusement suspendus à un crochet de cuivre.

— Nous y voilà, dit-elle en tournant la poignée.

À l'intérieur, des tapis persans par terre, des murs blancs, quelques objets d'art qui ne retinrent pas mon attention, une immense baie qui donnait sur le panorama new-yorkais à l'ouest. L'endroit paraissait d'une propreté fonctionnelle, mais je n'y décelai rien d'excessivement luxueux – rien qui valût quarante, cinquante ou cent millions.

— Nous conversons poliment, dis-je, ou nous en venons au fait ?

— Nous en venons au fait. Asseyez-vous là.

Elle me désigna un fauteuil rembourré, et comme j'y prenais place elle alluma un lampadaire, dont la brillance rendit sa robe encore plus translucide.

— Avant que nous ne commencions ce que nous avons...

— Oui ? demanda-t-elle.

— Vous êtes venue à cette soirée, vous m'avez vu et vous avez décidé spontanément d'engager avec moi une conversation, en vous disant que le petit curieux que j'étais était disposé à écouter ce que vous aviez l'intention de me dévoiler. C'est bien ça ?

— Oui.

— Je vois.

— Je crois en la spontanéité.

Elle ne bougeait pas et la lumière se déversait sur sa tête, ses épaules et ses seins.

— Et si vous me disiez ce que vous voulez me dire ?

— Entendu. Mais avant le débat il y a toujours le film.

— Je vais avoir droit à un spectacle ?

Elle se dirigea vers la cheminée en me tournant le dos.

— Ça ne vous plaît pas ?

— Je n'attends que ça.

— Bien. Cela signifie qu'en dépit des quelques verres que vous avez bus j'aurai toute votre attention.

Elle prit deux grosses enveloppes molletonnées qui étaient posées sur le manteau de la cheminée, puis se tourna vers la fenêtre. Devant elle s'étendaient le sombre carré enneigé du parc et, au-delà, les lumières du West Side.

— Vous ne savez rien de moi, n'est-ce pas ? reprit-elle sans quitter des yeux l'immensité nocturne.

— Rien, reconnus-je. Vous avez environ vingt-huit ans, vous possédez quelques millions de dollars, vous portez de ravissantes robes couleur pêche dans les soirées, vous n'aimez pas ma photo dans le journal, votre fiancé joue au tennis et ne connaît presque rien à la souffrance et au malheur, et Napoléon, votre portier, se réjouit de votre présence mais pas de la mienne. À part ça, c'est tout.

— Ce doit être épouvantablement drôle d'être aussi perspicace que vous.

— Ma foi, lui dis-je. Je suis là.

Elle resta silencieuse et, un moment, je me demandai si cette étrange complicité n'allait pas s'effondrer ; si cela advenait, je n'aurais plus qu'à me trouver un taxi, essayer

50

d'oublier tout ça et ajouter la note de taxi à mes frais généraux. Mais elle s'éloigna alors de la fenêtre et me tendit les enveloppes. Je choisis la moins volumineuse et posai l'autre de côté. Je défis la ficelle rouge qui retenait le rabat et en sortis deux douzaines de photographies en couleurs. Sur la première, on distinguait le corps d'un homme aux vêtements sales couché sur des gravats. J'en examinai quelques autres prises de trois mètres, d'un mètre cinquante, de moins d'un mètre et, malheureusement, de trente centimètres.

— Fort bien, dis-je en me raclant la gorge. C'est donc de cela qu'il s'agit.

— Oui, nous commençons par là.

— Commençons ?

— Oui.

Elle s'approcha de moi et je humai son parfum.

— Un autre verre ?

— Pourquoi pas ?

— Scotch ou vodka ? J'ai oublié.

— Gin.

Je reportai mon attention sur les clichés en couleurs : le corps n'avait pas été épargné. Il semblait que chaque os important eût été broyé, y compris le crâne qui ressemblait à une citrouille oubliée un hiver entier sur le seuil d'une maison. Un des clichés montrait ce qu'il restait du visage : un œil entrouvert fixé sur l'infini, inconscient de sa propre déliquescence suintante. La putréfaction avancée du cadavre était également évidente sur les clichés où la chemise avait été remontée. L'un d'eux dévoilait une étendue de chair mutilée, impossible à identifier. L'inscription disait : Torse, antérieur. La suivante était un gros plan d'un poignet rongé. Je passai rapidement les autres en revue ; j'avais vu quantité d'exemples des conséquences de la sauvagerie humaine, mais la plupart étaient dues à des armes à feu et à des couteaux. Ce qu'on avait là était pire, et avait dû requérir de grandes forces physiques. Je glissai les photos dans l'enveloppe. Quelqu'un était mort d'une mort ignoble : un terrain vague jonché de gravats, un cadavre, des mouches zélées.

— Tenez, pour vous aider à franchir les portes de l'enfer, dit Caroline en me présentant un verre sur un plateau d'argent.

Je pris le verre, bus une gorgée. Elle se tenait près de moi et fumait une autre cigarette roulée par ses soins.

— Regardez dans l'autre enveloppe.

J'obéis. Dedans se trouvait un rapport de police complet concernant un décès non résolu dans un terrain situé au 537, 11ᵉ Rue Est, secteur du 9ᵉ District, lequel correspond au Lower East Side. J'avais déjà vu des rapports de ce genre, bien que les inspecteurs qui me les avaient montrés n'eussent jamais admis avoir aidé un journaliste. Je sautai une page ou deux ; c'était la paperasserie policière habituelle qui accompagne les photos de mort violente : le corps en décomposition d'un jeune homme de race blanche avait été découvert le 15 août au matin dans les décombres d'un immeuble en démolition, le cinquième jour de la démolition. Le cas n'était pas récent puisqu'il remontait déjà à dix-sept mois.

Je bus une gorgée de gin.

— Un peu léger au niveau tonic et glace, fis-je remarquer.

— Je vous veux ivre, répondit Caroline derrière moi, afin de découvrir si vous êtes ou non un butor.

— La possession de ce rapport pourrait vous valoir de sérieux ennuis.

— Je le sais.

— Les inspecteurs de police ne laissent même pas les simples flics les regarder.

— Oui. Ça aussi je le sais.

Je repris ma lecture. Un bulldozer avait heurté le corps une ou peut-être deux fois avant que le conducteur s'en aperçoive ; une partie de la chair de la poitrine et du ventre avait été arrachée par les chenilles d'acier. À la lividité dorsale, il était clair que l'homme était mort sur le dos, et non sur le ventre, comme avait été découvert le corps. Mais la police n'avait pu déterminer si le cadavre se trouvait dans le bâtiment avant la démolition et avait dégringolé jusqu'au sol au cours de celle-ci, ou si l'homme avait été tué ailleurs et sa dépouille cachée dans les gravats. Si le corps s'était trouvé dans le bâtiment désert, en déduisis-je, l'homme était peut-être mort de mort accidentelle, d'une overdose par exemple. L'autre possibilité – à savoir que le corps avait été disposé dans les décombres après le commencement des travaux de démolition – impliquait qu'il s'agissait d'un meurtre : après tout, il était impossible pour un homme de creuser un trou, de se suicider, puis de s'enterrer sous des monceaux de briques et de béton. Toutefois, me dis-je, il est possible en théorie qu'un homme se suicide ou meure accidentellement, puis que quelqu'un d'autre l'enterre sous des décombres, animé par un de ces motifs qui poussent les dingues de New York à faire des choses dingues.

Le cadavre, expliquait plus loin le rapport, était vêtu d'un T-shirt bleu, d'un blue-jean maculé de vieilles taches de peinture, et de chaussettes rouges. Le contenu des poches de pantalon se résumait à un peu moins d'un dollar en pièces, un jeton de métro, et un paquet de Marlboro. La poche de poitrine du T-shirt contenait un fragment de pierre verte, qu'un marchand d'art consulté par la police avait facilement identifié comme étant du jade ; il semblait avoir été arraché à une figurine sculptée. Il ne correspondait à aucune statuette ayant été vendue ou volée en ville récemment. Il n'y avait ni papiers d'identité ni portefeuille, aucun objet personnel sur le corps ou à proximité.

Divers termes techniques décrivaient la condition du corps. Selon le rapport dicté par le médecin légiste, les tissus étaient suffisamment décomposés et endommagés par le bulldozer pour qu'il soit impossible de déterminer l'exacte cause de la mort. Mais certaines causes pouvaient être écartées : l'overdose, entre autres. Ou une blessure par balle ; la radiographie n'avait révélé aucun projectile dans le corps, ou du moins ce qu'il en restait. Le légiste avait noté en outre que le cou avait pu recevoir un coup de couteau, mais il était très hésitant sur ce point, non seulement à cause de l'intervention déplorable du bulldozer, mais également parce qu'il y avait des signes d'une intense activité animale (les rats), ce qui était souvent le cas quand des corps étaient abandonnés dans des lieux déserts. L'absence de la main, par exemple, était peut-être due aux rats, ajoutait le légiste. « L'intervention de rats est également confirmée par les striures et empreintes dentaires triangulaires post mortem. » Le degré de dégradation tissulaire du corps par le bulldozer avait conduit l'expert en médecine légale à s'étendre minutieusement sur la présence de larves actives dans les parties tendres du corps. Ces *diptera pupae* et coléoptères révélaient que la décomposition avait débuté environ sept à dix jours avant la découverte du corps. L'intense activité des larves dans la bouche, les conduits auditifs et l'anus impliquaient une chronologie similaire.

Je continuai ma lecture. J'étais sonné et pouvais lire n'importe quoi désormais. Le rapport s'étendait en détail sur les questions des inspecteurs concernant le lieu où avait été découvert le corps. La société de démolition, Jack-E Demolition Co., dans le Queens, avait érigé le long du trottoir un passage protégé haut de quatre mètres, ainsi que l'exigeaient les ordonnances des édiles, puis déroulé au-dessus deux bobines de barbelés urbains. L'accès aux doubles portes principales du bâtiment ne pouvait se faire que par une issue située dans le mur de la coursive. Apparemment, les trottoirs protégés de devant et de derrière, les barbelés, les chaînes et serrures diverses ne semblaient pas avoir été forcés. Pour introduire le cadavre en ces lieux, il aurait fallu hisser le corps par-dessus, ce qui paraissait improbable, eu égard à la difficulté de l'entreprise et au peu de discrétion d'une telle démarche.

Comment, dans ce cas, le corps avait-il échoué là ? Il ne pouvait pas avoir été balancé depuis un toit voisin, puisqu'il gisait au milieu du site, à facilement dix mètres de la palissade. Pour parvenir à cette distance, le corps aurait dû être tiré depuis un canon. Et même s'il avait été jeté depuis un des toits adjacents, cela n'aurait pas expliqué comment il avait fini enseveli sous les gravats.

Aussi, il était évident que le corps se trouvait dans le bâtiment *avant* sa démolition. Mais cette explication générait à son tour d'autres problèmes. Les portes, celles de la coursive, puis celles du bâtiment, avaient-elles pu être déverrouillées par quelqu'un ? Le propriétaire coréen de l'immeuble n'avait aucune idée quant à la façon dont on aurait pu s'introduire dans le bâtiment. Ayant acheté récemment le site tout en le sachant promis à la démolition, il n'avait jamais pris la peine d'aller le visiter. Mais, oui, il possédait les clefs de l'immeuble – il avait fait mettre de nouvelles serrures – et il les avait confiées au gérant de l'entreprise de démolition, lequel affirmait avoir passé les six précédentes nuits chez lui à Fort Lee, dans le New Jersey, les clefs en poche, dans la robuste compagnie de, respectivement, ses copains de bowling, sa tablée de poker, et son équipe de volley-ball, affirmation qui avait été vérifiée. Avait-il fait un double des clefs ? Non. Les avait-il données à quelqu'un ? Sûrement pas, l'ami. On a là-dedans pour un demi-million de dollars d'engins de démolition.

Qui plus est, l'immeuble lui-même avait été protégé contre des squatters éventuels l'année d'avant, toutes les fenêtres du bas ayant été cimentées. Personne n'avait souvenir qu'elles aient été fracturées. Pour entrer dans l'immeuble, il fallait l'accord du propriétaire, or les seules personnes l'ayant reçu appartenaient aux diverses entreprises de service public et d'entretien chargées de couper l'eau, le gaz et l'électricité. La dernière personne connue à avoir pénétré dans l'immeuble était le chef d'équipe de l'entreprise de démolition, venu vérifier les lieux une dernière fois le matin où devait débuter la démolition. Avait-il procédé à une inspection exhaustive ? lui demandèrent les inspecteurs. Non, il s'était contenté de jeter un œil au sous-sol et aux étages inférieurs. Mais, avait-il expliqué, il était impossible d'accéder aux étages supérieurs de l'immeuble, l'ascenseur étant hors service et les portes coupe-feu de l'escalier fermées à clef.

Le *toit*, pensai-je.

La police avait posé des questions concernant le toit. Peut-être le défunt avait-il accédé au toit du 537 par celui du 535, le seul immeuble adjacent, puis était mort ou y avait été assassiné, l'assassin s'échappant alors par le 535. Mais le gardien du 535 ne se rappelait pas avoir vu d'inconnu entrer dans son immeuble ni en sortir, et, en outre, la porte donnant sur le toit était soigneusement fermée à clef afin que les jeunes n'y aillent pas. Et il était la seule personne à posséder un jeu de clefs.

Même si le corps était parvenu, d'une façon ou d'une autre, à échouer sur le toit du 537 avant la démolition de l'immeuble, il n'en demeurait pas moins l'épineuse question des rats, comme le fit remarquer un inspecteur. Le corps avait apparemment été malmené par des rats *à dater de son décès*, pendant un laps de temps d'au moins une semaine, or les rats ne vivent pas sur le toit des immeubles en été – il y fait trop chaud, le soleil tape trop, l'eau est rare. Et les pigeons ne sont pas des charognards. Il est vrai qu'on trouve parfois des corbeaux en ville, mais les corbeaux ne dévorent pas la chair, ils la picorent cruellement puis l'arrachent par bandes, laissant un schéma de mutilation tout à fait différent. En outre, les yeux n'avaient pas été crevés. Une telle information semblait indiquer que le corps ne s'était pas trouvé sur le toit du bâtiment démoli, ce qui du coup pouvait signifier qu'il avait été enseveli dans le terrain, ce qui, étant donné ce qu'ils savaient déjà, signifiait que les inspecteurs étaient dans une impasse, et pas qu'un peu mon coco.

Un autre paragraphe du rapport indiquait que la race de l'homme et ce qu'on pouvait encore deviner de sa taille et de son poids correspondaient à une demande de recherche de personne disparue, demande déposée par l'épouse du défunt sept jours auparavant, le 8 août, deux jours après avoir vu son mari pour la dernière fois. Le dossier avait été établi au 9e District, dans l'Upper East Side de Manhattan. L'épouse identifia les vêtements et l'anneau de mariage qu'on avait récupéré, non sans difficulté, sur la main gauche du cadavre. On lui montra une photo du tatouage découvert sur l'aine du défunt. Elle l'identifia également. On lui montra le fragment de jade. Elle ne put l'identifier. Puis on lui montra le corps. Son identité ne laissait plus aucun doute : il s'agissait de Simon Crowley, vingt-huit ans, résidant au numéro 4 de la 66e Rue Est.

Je connaissais ce nom.

— Vous êtes la veuve de Simon Crowley ?

— Oui.

— Le jeune type qui faisait des films ?

Elle acquiesça.

— Bon sang... (Je n'avais pas fait de chronique sur sa mort, étant à l'époque trop absorbé par la rédaction d'un papier sur les dealers à Harlem.) Vous étiez la femme de Simon Crowley ?

— Oui.

Le jeune et célèbre cinéaste.

— Je l'ignorais.

Caroline s'assit dans un fauteuil, face à moi.

— Comment avez-vous obtenu ce rapport ? demandai-je.

— J'ai versé une grosse somme d'argent à un homme qui se prétendait détective privé. Il affirmait avoir été inspecteur dans la police et être en mesure d'accéder à de tels dossiers.

— Vous êtes pleine de ressource.

— Oui. Avez-vous déjà vu un ou plusieurs de ses films ?

— Non. Je n'ai pas trop l'occasion d'aller au cinéma.

— Mais vous avez entendu parler de lui ?

— Bien sûr. Je sais qu'il était une sorte de réalisateur scandaleux et qu'il est mort dans des conditions horribles.

Agacée, elle hocha la tête.

— Je suis navré, dis-je. Je ne peux pas m'intéresser à toutes les vedettes d'Hollywood. Je veux dire, ces types comme River Phoenix, Kurt Cobain...

— Simon n'était pas une vedette d'Hollywood, comme vous dites.

— Exact.

— Mais vous saviez qui était Simon, vous avez conscience de ce qu'il était ?

Dix-sept mois plus tôt, quand Simon Crowley était mort, j'étais à fond dans mon article et manquais cruellement de sommeil, car Tommy venait de naître et nous avions deux enfants en bas âge qui nous prenaient toutes nos nuits. Alors, non, je n'avais pas conscience de qui était Simon Crowley, pas dans le sens que voulait dire sa belle veuve, et elle le vit sur mon visage.

— Une minute, dit-elle.

Elle quitta la pièce et revint avec un énorme album, d'une épaisseur d'au moins quinze centimètres.

— Ceci devrait vous renseigner.

On avait conservé tous les articles parus dans les journaux et les revues. Oui, tout y était. Simon Crowley, me fut-il rappelé, était un jeune réalisateur new-yorkais de grand talent. Il était sorti de l'ombre suite à plusieurs films novateurs à petit budget qui étaient devenus des films cultes, avant d'être découvert par le mécénat hollywoodien. Je parcourus les articles en relevant certaines expressions typiques – des bouffées d'admiration béate, des plates-formes critiques, des perles de faux discernement. Les revues américaines sont décidément stupides, et d'une indécrottable flagornerie. Néanmoins je les lus. Le premier film de Simon Crowley, *Good Service*, un moyen métrage de seulement quarante-quatre minutes, avait été tourné sur de la pellicule non développée – autrement dit des chutes –, délaissée ou revendue par d'autres réalisateurs. Recourant à des acteurs et des techniciens bénévoles, Crowley avait écrit et dirigé l'histoire d'un jeune aide-serveur de restaurant branché fasciné par une femme plus âgée fréquentant les lieux. Cette femme, la quarantaine, riche, finit par remarquer ses attentions superflues et l'autorise à croire qu'il la séduit, jusqu'à la scène finale où... Je sautai. Le travail de Simon Crowley se distinguait, de l'avis général des articles, par des personnages qui vivaient dans les marges de la ville. Crowley lui-même avait grandi dans le Queens, fils unique d'un couple de travailleurs âgés.

Le père réparait des ascenseurs, la mère offrait ses services dans une école catholique, tous deux vivaient chichement dans la quotidienneté et la dévotion. La mère était morte tôt. Le père était consciencieux. Simon avait été un enfant étrange et turbulent, brillant mais s'ennuyant ferme en cours sauf dans les disciplines artistiques. Il avait traîné adolescent dans les milieux underground, travaillé comme aide-serveur dans divers restaurants tout en fréquentant le département cinéma de l'université de New York. Son deuxième film, *Mr. Lu*, avait été remarqué par un chasseur de têtes de la plus grande usine à talents de Hollywood lors d'un festival cinématographique, et il avait gravi dès lors tous les échelons de la gloire. Les photos en noir et blanc prises par Annie Leibovitz pour *Vanity Fair* montraient un être de petite taille, maigre et figé dans une posture semblant préluder à un effondrement, comme s'il fumait des cigarettes depuis l'âge de huit ans (ce qui était le cas, à en croire l'article), et sous une tignasse et des sourcils noirs apparaissait un visage qui semblait défier toute tentative de description de sa laideur. Ce n'était pas qu'il parût difforme, mais plutôt que ses traits semblaient grossiers et dysharmonieux, comme s'ils avaient été découpés dans trois ou quatre masques d'Halloween différents. Il en résultait un visage à la fois grotesque et sensuel. « L'entretien était commencé depuis plusieurs heures, écrivait l'auteur d'un article dans *GQ*, quand je finis par m'apercevoir que Simon Crowley ne souriait jamais – pas du moins comme le font la plupart des gens. Son sourire, quand sourire il y a, ce qui est rare, semble souligner les tristes illusions dont se berce son interlocuteur ; sa bouche – sorte d'entaille noire – s'ouvre, révélant une fâcheuse denture. Puis vient un rire râpeux et cynique. La bouche alors se referme brutalement et Crowley vous fixe avec une expression de marbre. L'effet est voulu et déconcertant. Il n'est pas quelqu'un d'aimable, et peu lui importe que vous vous en rendiez compte. Avide de grands films, de femmes et de cigarettes – dans cet ordre, à peu près –, il se moque bien d'être agréable, et pour lui les bonnes manières ne feraient que dissimuler un appétit désespéré de vivre. On peut en conclure que la vanité de Crowley n'a pas encore été corrigée par les déceptions et les souffrances qu'apporte toute existence, mais, d'un autre côté, un individu humble et dépourvu d'ego n'aurait pas réalisé les films brillants qu'a faits Crowley. »

Je levai les yeux de ma lecture. Caroline m'observait.

— Continuez, dit-elle.

Ce que je fis. En dépit du fait que Crowley en était venu à dîner avec les vedettes et les pontes de Hollywood, prétendait un autre article, il demeurait célèbre pour ses « investigations » nocturnes en ville et s'entourait d'un petit contingent de fidèles débauchés avec qui il se déplaçait, l'un d'eux étant apparemment un meurtrier libéré sur parole, un autre le rejeton dissolu d'un milliardaire. Suite à ses escapades nocturnes, Crowley était souvent découvert évanoui – dans une limousine fermée à clef, nu sur les dalles en marbre italien d'un vestibule d'immeuble, etc. Les atrices exigeaient à grands cris de figurer dans ses films, même celles qui se déclaraient publiquement indifférentes à « tous ces connards de réalisateurs machistes ». Le troisième film important de Crowley dépassa le budget prévu de trente pour cent, et l'on parla de bagarres sur le plateau, de cadres l'engueulant dans des salons privés. Il aurait rétorqué qu'il ne les craignait pas, et, pour prouver sa détermination, aurait pris son couteau à viande et se serait fait dans l'avant-bras une entaille longue de sept centimètres, qui lui occasionna par la suite une vingtaine de points de suture et apparemment traumatisa les pauvres dirigeants, qui capitulèrent. Son actrice vedette, la très jeune et très ravissante Juliet Tormana, qui avait mis au supplice les vieux célibataires d'Hollywood (y compris Warren Beatty, désormais marié), déclara qu'elle couchait avec Crowley et qu'elle « [n'avait] jamais connu de meilleur coup ». Et ainsi de suite. Le battage publicitaire habituel, toutes les sornettes du culte de la personnalité. Quand *The Time of No Return* fut projeté dans neuf cents salles américaines, ce fut un succès gigantesque, qui rapporta vingt-quatre millions de dollars la première semaine – une somme jamais vue pour un film « sérieux » – et que la critique salua comme le portrait précieux et audacieux de l'Amérique fin-de-siècle, une œuvre « sombre, colossale et immensément dérangeante ». Le film fut nominé pour trois Oscars et remporta celui du meilleur scénario, scénario écrit par Crowley lui-même. On le vit dans tous les endroits où on picolait, à New York et Hollywood. Il fut arrêté pour avoir agressé Jack Nicholson dans un café de Brentwood, le traitant, devant tout le monde, de « vieux sac à merde tout juste bon à cabotiner ». Il déclara que Spike Lee était un « talent sans importance, un réalisateur noir alibi dont le travail était considéré de l'avis de tous comme médiocre ». Kathleen Turner, précisa-t-il, « est devenue grosse et nulle, avec un petit menton gras et teigneux d'actrice minable, incapable même de jouer les putes, alors pourquoi est-ce que j'irais tourner avec elle ? ». Quentin Tarantino, selon lui, réalisait des dessins animés.

Je reposai l'album et levai les yeux.

— Ils n'ont jamais trouvé l'auteur du meurtre, dit Caroline.

— Oui, je me rappelle à présent.

— Ils n'ont jamais arrêté personne.

— Ils ont pourtant dû y mettre le paquet.

De fait, la mort de Crowley avait reçu toute l'attention requise de la part des autorités, eu égard à l'intense spéculation médiatique. La mort d'une célébrité américaine du monde des arts est une denrée qui vaut un paquet, tant qu'elle agite la conscience de la nation.

Caroline m'apporta un nouveau verre et, bien que je n'en eusse pas envie, je le pris. Je suppose que nous en étions là où elle voulait que nous fussions.

— C'est donc ça que vous vouliez que je regarde ? demandai-je.

— En fait, non.

— Non ?

Elle secoua la tête.

— Je ne comprends pas.

61

— C'est ce que je devais vous faire voir avant de passer aux choses sérieuses.

— Me serais-je fait piéger ?

Elle sourit.

— Non, pas vraiment. Tout cela va finir par vous apparaître comme très cohérent.

— Dois-je contempler ce que vous désirez vraiment me faire voir ?

— Je désire que vous le voyiez, mais pas ce soir. Demain, ou après-demain.

Il y avait quelque chose d'égoïste dans sa réponse, comme si je n'avais pas un travail et une famille, ou comme si elle était tellement belle que j'allais renoncer à mes obligations pour me pencher sur sa vie et celle de son défunt mari, ce qui, tant qu'elle était là, pouvait, après réflexion, se révéler le cas.

— Qu'attendez-vous de moi ? demandai-je. Que j'écrive un article sur votre défunt mari ? Tout a déjà été écrit sur lui.

Caroline soupira.

— Non.

— Quoi, alors ? Apparemment la police s'est cassé les dents sur cette enquête.

— Oui, dit-elle calmement. Je sais tout cela, Porter.

Elle paraissait soudain mélancolique, et je m'aperçus que je ne lui avais pas demandé ce que tout cela signifiait pour elle, son époux assassiné, sa vie brutalement bouleversée.

— Depuis quand le connaissiez-vous ?

L'alcool rendait ma voix épaisse, mon ton stupide.

— Nous n'avons été ensemble qu'environ six mois.

— Vous vous êtes mariés vite ?

— Oui. Très vite. Il était comme ça... (Elle referma soigneusement le gros album.) J'étais comme ça, moi aussi.

Les minutes s'écoulèrent, bizarrement voluptueuses. Nous restâmes sans rien dire. Caroline roula trois cigarettes, en déposa deux sur la table basse en verre et se rassit pour fumer la troisième. Je me rendis dans sa cuisine pour reprendre des glaçons et eus soudain conscience de la blanche désolation des plans de travail, des placards et des appareils ménagers. Je ne m'attendais pas nécessairement à trouver un portrait de son défunt mari, mais il n'y avait rien ici, pas de numéros de téléphone de la famille ou d'amis sur le réfrigérateur, pas de stylos dans un bocal, de courrier entassé, de livres de cuisine écornés ou de coquillages rapportés de vacances. Quand je revins dans le salon, je m'aperçus pour la première fois que l'appartement entier était aseptisé. Comme une suite d'hôtel, mais en plus raffiné, il n'avait aucun caractère, ne renfermait en rien l'essence de ses habitants. Quand les gens ont vécu longtemps en ville, leur lieu de résidence se retrouve imprégné de leur histoire personnelle ; cela est vrai non seulement des pauvres mais également des riches, et peut-être surtout des riches, qui ont tendance à vouloir accumuler des témoignages de leur réussite. En tant que journaliste, j'avais visité pas mal d'intérieurs aisés ; si les salles de séjour ne trahissent souvent que le bon goût et un dédain du désordre, en revanche on a toujours droit à un antre agrémenté de plantes vertes avec un trophée de golf, des photos des enfants sur la plage de Nantucket, des diplômes professionnels encadrés, une photo du maître des lieux en train de serrer la main de Bobby Kennedy il y a trente ans. Mais l'appartement de Caroline ne révélait aucune personnalité de ce genre, rien que des surfaces et des volumes onéreux. Il me vint à l'idée que l'absence de détails biographiques n'était pas due au fait que Caroline n'en eût pas, mais au fait qu'elle ne possédait rien qu'elle souhaitât exposer.

— Vous n'êtes pas d'ici, dis-je en revenant.

Elle me regarda, perdue dans ses propres pensées.

— Non.

La façon distraite qu'elle eut de confirmer mon impression fut pour moi une révélation. Je suppose qu'on peut appeler ça de l'intuition, ou de la chance, mais il se trouve que j'ai traîné mes guêtres à New York pendant vingt ans, assez pour finir par comprendre certaines choses ; et dans le cas de Caroline Crowley, ce que je sus instantanément était qu'elle avait travaillé très dur pour posséder tout ça, ou plutôt, que ce qu'elle possédait lui avait coûté très cher – et pas seulement un mari. J'ai souvent pensé que les personnes les plus déterminées à New York ne sont pas ces jeunes avocats qui essaient de s'associer aux contrepartistes de Wall Street, ni ces jeunes Noirs qui ont peut-être l'étoffe de champions de basket-ball, ni les épouses de cadres qui se disputent vicieusement la première place dans les réseaux caritatifs. Ce ne sont pas non plus les immigrants qui viennent d'endroits désespérés – le chauffeur de taxi originaire du Bangladesh qui trime cent heures par semaine, la Chinoise qui s'échine dans l'atelier clandestin –, de tels individus sont certes héroïques dans leur sévère endurance, mais je les considère plutôt comme des professionnels de la survie. Non, je dirais que les personnes les plus déterminées sont ces jeunes femmes qui débarquent en ville des quatre coins de l'Amérique ou du reste du monde pour vendre, d'une façon ou d'une autre, leur corps : les mannequins, les strip-teaseuses, les actrices et les danseuses qui savent que le temps joue contre elles, que leur jeunesse est leur lettre de créance temporaire. J'ai passé pas mal de nuits dans les sombres arrière-salles des deux ou trois meilleurs strip-clubs de la ville – des salles où, afin d'être caressés par de jeunes femmes, des hommes paient sans discontinuer des bouteilles de champagne à trois cents dollars comme s'ils glissaient des pièces dans un horodateur –, j'ai parlé avec ces femmes qui travaillaient là et j'ai été ébahi par les sommes qu'elles comptaient gagner – cinquante mille, cent mille, deux cent cinquante mille dollars d'ici à telle ou telle date. Elles savent avec précision combien de temps il leur faudra travailler, quels seront leurs frais d'exploitation, etc. Elles savent quelle sorte de condition physique elles doivent entretenir et comment la conserver. (Songez, par exemple, à l'énergie nécessaire pour danser avec plusieurs hommes d'affilée, de façon sexy, en talons hauts, dans un club enfumé pendant huit heures de suite, cinq jours par semaine.) Tout comme les mannequins de mode, elles vivent dans de petits meublés où personne ne se souvient du nom du précédent locataire, les chambres étant refilées comme les maillons d'une chaîne au fur et à mesure que chaque femme réunit son pactole puis retourne s'installer à Seattle, Montréal ou Moscou. De même les souffrances endurées par les mannequins, qui sont choses connues. Les danseuses de music-hall et les danseuses classiques ne sont pas mieux loties. (Un jour, comme j'allais consulter un orthopédiste pour une blessure au genou, je vis une femme ravissante d'environ trente-cinq ans entrer dans le cabinet sur des béquilles. Elle souffrait horriblement et on la fit entrer dans le cabinet du médecin. L'infirmière laissa ouverte par mégarde la porte qui donnait sur la salle d'attente et je pus surprendre la requête désespérée de la femme : « Je vous en supplie, faites-moi cette piqûre. » Une voix masculine indistincte lui répondit. « Je vous en prie, sanglota la femme. Il faut que je danse ce soir. ») Caroline Crowley n'était ni une strip-teaseuse ni une actrice, pour ce que j'en savais, mais je devinais qu'elle avait été animée de la même volonté qu'une de ces dernières quand elle avait débarqué à New York, qu'elle était arrivée en ville pour dialoguer avec le destin, et qu'elle savait, ainsi que le sait n'importe quelle femme authentiquement belle, que l'entretien va porter sur son visage, ses dents, ses seins et ses jambes.

Pris dans ces pensées, je vidai mon verre et m'en resservis un autre. Cela portait le compte à cinq ou peut-être six, voire sept. Je me suis saoulé de nombreuses fois dans ma vie et j'y ai pris plaisir la plupart du temps, mais jamais l'ivresse n'a révélé en moi quelque secret penchant à l'autodestruction ; je ne conduis pas quand je suis ivre, je ne saute pas par la fenêtre ni ne déclenche de bagarre dans les bars. Quand j'ai bu, je suis incapable d'un geste regrettable. Cela ne signifie pas que je ne commets pas d'erreurs, mais seulement que mes erreurs de jugement les plus désastreuses ont lieu quand je ne suis pas ivre, quand, apparemment, je suis lucide. Aussi, en cet instant, quand Caroline Crowley, la belle veuve solitaire, se tint devant moi, avec à la main le rapport sur la mort violente de son mari, néanmoins disposée à se laisser enlacer, embrasser et entraîner dans une voluptueuse copulation – il me revint en mémoire l'image de ce couple de sans-abri baisant fiévreusement dehors dans le froid –, en cet instant, donc, je choisis de me rappeler ma femme endormie, son bras étendu sur mon oreiller vide, et cela me donna la force de me lever, non sans maladresse, et de dire :

— Je suis désolé que votre mari ait été assassiné, ou se soit tué, ou je ne sais quoi, Caroline. J'imagine que ça a dû être terrible, et je crois que vous êtes encore sous le choc. Je sais que nous avons flirté toute la soirée, mais laissez-moi vous dire... laissez-moi vous dire simplement que, s'il est possible d'éprouver soudain une certaine affection pour quelqu'un en l'espace d'une seule soirée, en seulement quelques heures, alors c'est ce que je ressens pour vous, Caroline, et je suis attristé à la pensée de ce que cela a pu être de perdre votre mari. Chaque semaine, ou presque, je parle à des gens qui viennent de perdre quelqu'un qu'ils aimaient, et cela m'attriste toujours, Caroline, cela me... cela me rappelle que nous, nous tous, sommes... que tout cela... peut nous être ôté. Vous êtes belle, vous avez vingt-huit ans environ et vous devriez ne connaître que des moments heureux. Si je n'étais pas marié, je devrais, non j'éviterais, il serait peut-être mieux que... disons que peut-être vous m'avez choisi, moi, ce soir, parce que vous vous êtes dit que, en bon plumitif d'un journal à scandales, j'avais dû voir une quantité peu ordinaire de catastrophes humaines et que je pourrais par conséquent vous offrir quelques paroles utiles de réconfort ou d'espoir. Mais je vous assure (et là je désirai toucher sa joue avec mes doigts, juste un instant, en manière de réconfort, comme je l'aurais fait avec ma fille) que je ne suis pas à la hauteur de la tâche. Je suis aussi perplexe devant la mort, aussi effrayé par elle que n'importe qui, Caroline. Je ne peux vraiment rien vous dire d'utile... surtout dans un état aussi, aussi amoindri... si ce n'est que je vous invite à embrasser la vie, à aller de l'avant et épouser votre fiancé, si c'est un type bien, et à penser que certaines pertes sont compensables, que la vie a en fin de compte... pardonnez-moi, vraiment, je suis complètement saoul, que la vie a réellement... un sens, quel qu'il soit.

Elle ne répondit rien, se contentant de me fixer, ses lèvres pincées en une moue amusée, et je regrette aujourd'hui de n'avoir point vu que cette moue amusée n'était aucunement l'expression d'un quelconque amusement. Elle me vit me débattre avec moi-même. Je me levai et me dirigeai vers la porte, surveillant mes pieds pour être certain qu'ils me conduisaient là où je voulais qu'ils aillent. Elle me suivit et m'aida en silence à mettre mon manteau, puis passa mon écharpe autour de mon cou. Elle était d'une beauté stupéfiante.

— Oh, Caroline Crowley..., dis-je en titubant.

— Oui.

— Les hommes sont tous des chiens, et je ne fais pas exception.

Elle se contenta de sourire. Puis elle tendit une main, posa ses doigts chauds sur ma joue et déposa un baiser sur mon autre joue, lentement, en même temps qu'elle respirait.

— Je vous rappellerai, murmura-t-elle. (Elle m'embrassa de nouveau.) Entendu ?

— Entendu, marmonnai-je, sentant qu'elle m'avait piégé.

— Ça va aller ?

— Je suis... je suis perplexe, Caroline. Je suis simplement...

Mes lèvres étaient engourdies sous l'effet de l'alcool, et je m'affalai contre le montant de la porte. J'étais à présent tellement ivre que j'allais devoir rentrer chez moi en taxi et récupérer ma voiture plus tard. Je me faisais l'effet d'un idiot.

— Mais bon, bredouillai-je, il se peut que ce soit ce que vous vouliez.

Vingt minutes plus tard, mon taxi pilait devant mon mur

de briques. Je sors toujours mes clefs avant d'ouvrir la portière, parce qu'une fois que le taxi s'est éloigné la rue est sombre et n'importe qui pourrait me tomber dessus. Même saoul, je ne me départais pas de cette paranoïa new-yorkaise. Ce ne fut qu'après avoir refermé le portail derrière moi, m'être adossé contre et avoir poussé le verrou que je me détendis. La ville, pour l'instant, demeurait de l'autre côté du mur. Mais, portail ou pas portail, Caroline Crowley et l'histoire de son mari maudit venaient d'entrer dans ma vie.

Six heures et demie du matin. Une main ivre (la mienne), commandée par un cerveau ivre (le mien), rampa jusqu'au téléphone à côté du lit, s'abattit sur le combiné, le fit tomber de sa base, puis chercha à tâtons le dernier bouton de mise en mémoire automatique, intitulé BOBBY D., que l'index ivre (le mien) enfonça. Comme la tonalité retentissait, la main souleva le combiné du sol, tandis que le cerveau ivre pensait à Caroline Crowley, la plus belle femme que je n'avais jamais baisée, pendant que les oreilles, sobres celles-ci, attendaient d'entendre la voix de Bobby Dealy, le permanent de nuit à la rédaction du journal, un homme si cadavérique qu'on aurait dit qu'il buvait de l'essence et mangeait ce que le chat vomissait – ce qui arrive peut-être quand vous passez toutes vos nuits pendant vingt ans assis dans une salle de rédaction à écouter la fréquence radio de la police, à téléphoner aux commissariats, à lire une douzaine de journaux de tout le pays, à manger des doughnuts et, par la même occasion, une sacrée quantité de papier journal.

— Rédac, Dealy ?

— T'as quoi pour moi, Bobby ?

— Ah, Porter, nous avons une collision entre un taxi et un philosophe sur Broadway. Nous avons l'amnésique standard à poil dans une allée dans le 104, et, euh, dans le 70, nous avons deux jeunes cadres d'un labo pharmaceutique avec chacun une balle dans la tête. Mais ça ne les a pas trop gênés. À Brooklyn, nous avons un gars qui a dévalisé une banque avec un marteau piqueur. À Midtown, nous avons deux théologiens qui ont essayé de monter sur un camion de pompiers fonçant à tombeau ouvert. Nous avons aussi... Un instant.

À présent le cerveau ivre distinguait d'autres voix. Lisa et les gosses étaient au rez-de-chaussée. Cuiller, bol. Tous les enfants aiment les céréales. L'aiment, elle. Sait s'occuper d'eux. Un physique admirable, nage ses mille cinq cents mètres tous les deux jours, pourrait me mettre KO au lit comme elle veut. Aime le faire par-derrière. Pourquoi ? L'action va plus loin, entre autres raisons. Adore ça. Ne jette pas tes œufs ! Maman, j' peux pas manger mes céréales. Chéri, mange-les, c'est tout. Mais Tommy il a pas mangé les siennes. Il mange des œufs, ma belle. Elle a allaité les petits si longtemps qu'ils lui ont massacré les seins. Ils les ont pompés, en fait. J' veux du pomme. Tu veux du jus de pomme ? Du pomme, maman. Mange tes céréales, Sally.

— Ouais, Porter, on a aussi un as de la plongée...
J'ouvris les yeux.
— Quel pont ?
— T'as une drôle de voix. T'es malade ?
— Nan. Quel pont ?
— Le pont de Brooklyn.
— Mais encore ?
— Un type du bâtiment, ahana Bobby. S'est pété la jambe au travail, pouvait plus aller faire les courses, sa copine est allée faire du lèche-vitrines ailleurs. Le mec est mort d'une attaque avant même de toucher l'eau. Quand ils l'ont repêché, il portait encore son chapeau.
— Tu plaisantes.
— Eh, je mens jamais.
— Le type saute du pont de Brooklyn et il a toujours son chapeau ?
— Puisque je te le dis. Je tiens l'info de la police.
— Allez, Bobby !
— Eh, t'as qu'à les appeler toi-même.
— Si c'était un chapeau, ça devait être un casque de footballeur.

— Non, c'était une casquette des Yankees.

— Il l'avait fixée avec du bolduc, alors !

— Non.

— Ou c'est qu'elle était collée sur son crâne avec de la superglu, Bobby !

— Non.

— Entendu. Tu en as encore une autre comme ça ?

— Justement, il se trouve que... attends, encore désolé – quitte pas.

Je fermai les yeux, prêtai l'oreille au chaos de l'étage en dessous. Tu veux encore des Chocopops ? Du jus ! Du jus pomme ! Oui, Tommy. Voilà. Mange tes œufs. Nan ! Maman les a faits exprès pour toi. Mon épouse est une sainte, nom de Dieu ! J'avais de la chance d'être son mari. Le gros malin, il voit une robe couleur pêche, il se met à bander. Qu'est-ce que ça peut foutre que son mari se soit fait écrabouiller par un bulldozer ? Pauvre de moi. J'étais un cabot avec la trique. Allez, redresse la tête, me dis-je, histoire de voir l'effet que ça fait. Putain de tournis. Tu devrais boire plus souvent, mon petit, te blinder un peu. Je lui avais sorti un baratin plutôt moche. Elle avait vu clair dans mon jeu. Serre-toi de ta cuiller, mon bichou, et redresse-toi, s'il te plaît, Sally, redresse-toi tout de suite. J' peux pas. Redresse-toi, tu renverses des céréales partout sur la... Redresse-toi, j'ai dit ! Voilà, très bien jeune fille, soyez sage maintenant ! Est-ce ma vertu ou la vôtre que nous cherchons à protéger ? J' veux du nœuf ! Tu viens juste de le jeter ! Trop fru ! Trop froid ? Voui. Je vais le faire réchauffer. Maman, quand les gens y meurent, leurs corps ils pourrissent ? Qui t'a raconté ça ? Lucy Meyer. Lucy Meyer a dit ça ? J' veux le nœuf ! Oui, Tommy. Chérie, quand les gens meurent, ils ont encore leur âme. C'est quoi une âme ? C'est, euh – tiens, ma belle. Trop hau ! Ce n'est pas trop chaud ! C'est quoi une âme, maman ? Souffle dessus, chérie. Trop hau ! Allez, souffle dessus. Souffleudsu ? Pas de chronique à rendre aujourd'hui, juste quelques coups de fil à passer, traîner au bureau, régler les factures. Lève-toi, connard. Encore

71

bourré. Une âme, c'est... c'est ton cœur, ma chérie, c'est ce que tu es. Mais maman, quand on meurt, est-ce que l'âme elle s'en va chez Dieu ? Qui t'a dit ça ? Je me rappelle pas. C'est Josephine qui t'a dit ça ? Saleté de baby-sitter noire, elle leur fait du catéchisme vaudou. Chérie, est-ce que tu as fait pipi ? Nan. Je crois que tu as du pipi dans ta couche. Passer quelques coups de fil, poster le chèque du remboursement logement. Pas pipi dans couche ! Oublie cette femme, dont tu te souviens pour l'instant comme de la plus belle femme que tu n'as jamais baisée. Sors de table, mon minou, tu as presque mangé tout ton œuf. Pas pipi ! Je crois que tu as fait pipi. Des yeux bleus comme une boîte aux lettres. Tu es encore saoul mais je crois que tu peux... te lever, allez, tu peux le faire, je le faisais, je me redressais, de nouveau en piste, et Bobby était de nouveau en ligne :

— Porter, j'ai une femme qui s'est fait descendre hier soir dans l'Upper West Side, dans une laverie chinoise. Peut-être par son petit ami.

— Et quelle est la cerise sur le gâteau ? demandai-je en scrutant le soleil par la fenêtre.

— Elle est morte sa robe de mariée à la main.

Je passai mes pieds par-dessus le lit. Un peu plus moches chaque année, avec des ongles incarnés en permanence.

— Elle faisait quoi ?

— Comptable. Trente-deux ans.

— Son petit ami ?

— Dans les assurances. Cinquante-six ans.

— Elle aimait les hommes mûrs.

— Elle se faisait peut-être un petit plan œdipien.

— Tu es en train de manger un doughnut, Bobby.

— Mouaip.

— Il faudra que tu penses un de ces quatre à gratter l'encre qui te colle aux mains.

— Le café s'en charge très bien.

Je soupirai.

— Ils savent où il est ?

— Non, mais ils sont à sa recherche.

Je me levai et sentis un grain de céréales au chocolat crisser sous mon pied.

— La télé en a parlé hier soir ?

— C'est arrivé trop tard pour eux.

— La robe de mariée, comme ça, bam bam ?

— Ouais. Je savais que ça te plairait.

— Effectivement.

— C'est du bon. Le côté romantique. Tu as toujours aimé le côté romantique.

Tout en m'habillant, j'entendis Josephine qui arrivait, tapait ses bottes pour en faire tomber la neige. Elle avait une clef du portail dans le mur. Bonjour, comment va mon petit poussin ? J' veux du nœuf ! Il vient juste de finir son œuf. Josephine est une immense Noire de Haïti. Nous l'avons dénichée quand Lisa était enceinte de sept mois de Sally et avait dû contacter une agence de femmes de ménage. Josephine est arrivée, colossale, respectueuse, gênée par l'uniforme bleu de gamine qu'elle était contrainte d'endosser. Elle a fait le ménage chez nous une fois par semaine pendant quelque temps, et je ne faisais que l'entr'apercevoir le matin avant de partir au travail, mais elle m'a tout de suite frappé comme étant trop fatiguée et trop âgée – elle approchait la cinquantaine – pour faire le ménage. Le deuxième samedi, je suis sorti et j'ai acheté un nouvel aspirateur que j'ai laissé à l'étage dans le placard du couloir pour que Josephine n'ait pas à porter dans l'escalier notre encombrant Electrolux. Puis nous lui avons demandé combien elle était payée pour faire le ménage, et il s'est avéré que ses patrons, deux femmes blanches expérimentées, futées, la trentaine, retenaient presque la moitié de son salaire. Nous lui payions ses tâches dix dollars de l'heure et Josephine touchait cinq dollars et vingt *cents* de l'heure, avant retenues. Aussi nous avons appelé l'agence et nous avons annoncé que nous n'avions plus besoin d'elle parce que le bébé était né. On nous a demandé si nous étions mécontents de Josephine, et nous avons répondu, oh non, pas du tout, c'est une femme absolument merveilleuse. Puis nous l'avons engagée à dix dollars de l'heure et l'avons payée directement afin qu'elle puisse garder tout l'argent. Après ça, elle nous a donné un coup de main pour les enfants et s'est retrouvée progressivement à travailler à plein temps pour nous, arrivant à huit heures et partant à cinq. Il y a eu une période d'acclimatation, car Josephine est, après tout, issue d'une culture insulaire ; en rentrant de la cour de récréation, elle cueillait des plantes qui poussaient dans le parc et concoctait d'étranges potions l'après-midi, mélangeant un peu de ceci et un peu de cela à partir de la flore locale. Nombre de ses mixtures étaient ensuite rapportées chez elle et données de force à la pauvre LaTisha, celle au derrière poilu, dans le but de corriger certains comportements adolescents maussades. Mais il arrivait que Josephine laisse ses potions dans des bocaux non étiquetés dans notre réfrigérateur ; on les distinguait à leur teinte verdâtre et aux volutes de dépôt inquiétant ; or, ce premier été, je me levai au beau milieu de la nuit et, désireux de boire quelque chose de frais, j'ouvris le réfrigérateur et m'emparai d'un bocal qui semblait contenir du thé glacé ; je le vidai avec facilité, mais dix minutes plus tard ma bouche s'emplit de salive et je ressentis un étrange désir de manger du riz cru. Une autre fois, Lisa était rentrée tôt à la maison et Tommy, alors âgé de onze mois, avait son crâne recouvert de petits bouts de mouchoir humides. Pendant un moment, Lisa fut sonnée devant ce spectacle, mais comme Tommy semblait aller parfaitement bien, elle se contenta de demander la raison de cette mascarade, et Josephine lui expliqua que Tommy avait eu le hoquet et que tel était le remède.

Oui, au début cela fut on ne peut plus pittoresque et multiculturel, avec ma femme et moi qui nous félicitions d'avoir « sauvé » Josephine, mais la réalité était qu'une Noire sans instruction et opprimée débarquait chaque matin chez nous en pantalon de survêtement et baskets. Et aujourd'hui j'en avais assez de la voir. J'étais las de sa bonté, de ses souffrances muettes. J'étais las de sa pauvreté. Je me détestais et me sentais coupable, je dissimulais nos souches de chéquier, nos relevés bancaires et nos versements retraite et tout ce qui témoignait du gouffre financier qui nous séparait de Josephine. Et elle ne nous révéla jamais que sa famille vivait dans des conditions épouvantables, entassée dans une cahute délabrée perchée au-dessus d'une rivière qui gelait sur ses rives ; on pouvait compter sur elle, elle prenait soin de sa personne (d'une façon empesée très catho, d'où j'en déduisais qu'elle ne s'était jamais beaucoup marré), mais elle avait eu deux maris et faisait de temps à autre allusion à un cousin ou un neveu qui s'étaient mis dans un sale pétrin, sur quoi elle secouait la tête comme si quelqu'un allait essayer de la rendre coupable de cet état de fait, par-dessus le marché, et ça il n'en était pas question, mais alors pas du tout. Je l'avais raccompagnée un jour chez elle, dans le Bronx – des gamins vendaient du crack dans la rue, d'énormes radios beuglaient, la totale. Son mari travaillait aux cuisines dans une maison de santé ; c'était un colosse, presque deux mètres, une sacrée bedaine, une tension artérielle impressionnante, aussi, et quand je fis sa connaissance je sus qu'il pouvait me broyer instantanément, prendre ma petite main blanche et la briser comme une brassée de bâtonnets. Mais quand nous nous serrâmes la main, il eut un sourire respectueux et ses doigts se replièrent à peine autour des miens ; ce n'était pas de la politesse – non, j'étais le patron blanc de sa femme et il ne s'agissait pas de m'offenser ou de m'intimider accidentellement par une poignée de main un peu trop ferme.

J'étais à présent dans la salle de bains et j'écoutais Josephine préparer Sally pour l'école. Nous l'emmenions à tour de rôle à l'école. Puis j'entendis ses petits pieds gravir les marches de l'escalier.

— Papa ?

Sally fit irruption dans la salle de bains en tenant une de ses poupées Barbie par la jambe.

— Pourquoi tu fais pipi ?

— Parce qu'il le faut.

— Pourquoi ?

— À ton avis ?

— Parce que c'est comme ça !

— Exact.

— Les garçons ont pas besoin de s'essuyer quand ils font pipi.

— C'est vrai.

Elle me suivit dans la chambre.

— Papa ?

— Oui ma belle ?

— Papa, est-ce que les gens morts ils meurent tous couchés ?

— Je l'ignore, Sally. C'est plutôt une drôle de question.

— Lucy Meyer elle dit que les gens morts quand ils meurent ils ont la langue qui pend.

— Je ne crois pas.

— C'est Lucy Meyer qui me l'a dit, à l'école.

— Est-ce que Lucy Meyer a vu beaucoup de gens morts ?

— Lucy elle dit qu'ils meurent tous avec les yeux fermés, et que si, et que si ils oublient de les fermer, alors, eh bien les insectes ils leur mangent les yeux.

— Ne t'inquiète pas pour ça, ma belle, d'accord ?

Lisa appela Sally du rez-de-chaussée, puis monta avec les journaux qui chaque matin s'entassaient les uns sur les autres devant le portail et qu'on devait vite récupérer sous peine de se les faire voler.

Elle était prête à partir. J'ai toujours été étonné qu'elle se parfume et enfile des bas pour aller charcuter les gens.

— J'ai pensé que tu aimerais connaître la tragédie qui s'est abattue sur la classe de Sally, me dit-elle.

Elle me tendit une note émanant du secrétariat de l'école de Sally, signée par deux de ses maîtresses, des jeunes femmes sérieuses qui savaient s'y prendre non seulement avec des enfants de trois et quatre ans, mais également, ce qui était peut-être aussi capital, avec leurs parents.

Chers Parents,
Nous vous écrivons pour vous faire part d'une triste nouvelle. Comme vous le savez sûrement, Banana

Sandwich, notre cochon d'Inde, souffrait d'une blessure à la patte, suite à quoi son état s'est détérioré. Quand le vétérinaire l'a examinée, il a diagnostiqué un problème neurologique. Nous avons été informées que ce mal pouvait amener Banana à se mordre ou à mordre autrui. Le vétérinaire a fortement suggéré de l'euthanasier, et, après mûre réflexion, nous avons accepté. Banana a été conduite au cabinet du vétérinaire jeudi après-midi dernier.

Nous n'avons pas donné tous les détails aux enfants. Nous leur avons dit que Banana devait aller chez le vétérinaire parce qu'elle était malade, et qu'elle était morte là-bas. Nous ferons circuler quelques ouvrages sur la mort des animaux domestiques et discuterons de nos sentiments concernant Banana. Si vous avez la moindre question, n'hésitez pas à nous le faire savoir.

Patty et Ellen

— Sally a ramené ça hier, dit Lisa.

— Est-ce que ça l'a perturbée ? demandai-je.

— Je ne pense pas.

— C'est ces horribles histoires que lui raconte Lucy Meyer qui la perturbent.

— Les enfants sont toujours perturbés par quelque chose, dit Lisa.

— Oui, mais ce ne sont que des enfants. Ils sont trop jeunes pour s'angoisser.

— Les enfants sont des êtres humains. Les êtres humains ont des angoisses. Tout le monde a des angoisses.

— Moi y compris, dis-je.

— Tu fais bien de t'inquiéter, chéri.

— Je le fais, ne t'inquiète pas pour ça.

Elle me regarda d'une certaine façon.

— J'ai aimé ta chronique de ce matin.

— Le fait qu'il était un gymnaste exécrable comptait pour beaucoup.

Elle sourit.

— Tu as lu le chapeau ?

77

— C'était si mauvais ?

Elle trouva la page cinq et me tendit le journal pour que je lise : RETOURNEMENT DE DERNIÈRE MINUTE.

— Épouvantable.

— Ta tête va mieux ? demanda-t-elle tout en se brossant les cheveux face au miroir.

— Ça va s'arranger d'ici une heure ou deux.

— Tu n'es pas rentré en voiture ?

— Taxi.

Elle fit la moue et appuya l'embout d'un tube de rouge à lèvres sur sa bouche.

— Merci, dit-elle.

— Je suis la décence même.

Elle me regarda.

— Il te reste encore quelques indécences.

— Et tu les adores.

— Exact, dit-elle en souriant.

— Tu charcutes quelqu'un aujourd'hui ?

— Quelques phalanges.

Elle se leva pour partir. Nous nous embrassons rarement le matin au moment de nous quitter. Parfois je dis « À plus », ou elle dit « Je t'aime », mais c'est tout. Nous sommes pressés. C'est plus facile comme ça.

Je crois que ce récit constitue à la fois une confession et une enquête. Ma femme apparaît ici et là dans cette histoire et mérite, je suppose, d'être décrite. Comme je l'ai dit, c'est une chirurgienne habile spécialisée dans les mains. Elle est grande et trop mince, ses cheveux sont de la couleur d'un penny, et elle a fait des études d'histoire de l'art et de biologie à Stanford. Elle aménage son emploi du temps afin de n'opérer que les lundis, mardis et mercredis. Le reste de la semaine, elle le consacre à des visites, des consultations et des tournées à la clinique. Les jours où elle opère, elle boit un épais café colombien le matin ; les autres jours, du thé Earl Grey. Détail comique, son travail a des répercussions sur ses propres mains. La peau de ses

78

paumes et de ses doigts est sèche et marbrée à force d'être lavée énergiquement, non seulement les jours où elle opère mais entre deux rendez-vous à son cabinet, quand elle manie les mains des patients pour les examiner, les unes après les autres, nombre d'entre elles ayant des plaies plus ou moins refermées qui saignent ou suppurent. La rugosité de ses mains est pour elle une cause minime mais réelle d'affliction, car ses enfants s'en sont presque toujours plaints. Quand elle m'a dit ça, elle a fait glisser son anneau de mariage au-dessus de sa seconde phalange – sans l'ôter – pour me montrer l'étroite bande de peau intacte et douce en dessous. Parmi ses patients, il y a des secrétaires qui souffrent de syndromes plus graves que le sien, dus à la frappe machine, des policiers mordus par des pitbulls, des ouvriers du bâtiment qui se sont pris des poutrelles en acier sur le pouce, des gosses qui ont eu la main déchiquetée par des pétards, des cadres du Connecticut qui se sont coupé les doigts en essayant de se servir d'une tronçonneuse. Elle est sacrément douée, ma femme, et je l'admire énormément. Son métier, à la différence du mien, est utile.

Quoi d'autre ? Elle se détend en lisant des livres d'histoire – sur la Chine, l'Inquisition espagnole, les chefs mongols en Inde. Elle empile ses livres et ses revues près d'elle, au pied du lit. Jane Austen. *Le Silence des agneaux.* Une biographie de Tolstoï. *Vanity Fair.* Salman Rushdie. D'étranges récits sur des saints du XVIᵉ siècle. *Le Monde selon Garp.* Elle lit un peu de tout. Elle adore lire au lit quand les enfants sont endormis. Elle possède une astucieuse petite lampe qui se fixe au sommet du livre. Elle a un grain de beauté à côté de son nombril. Elle a un peu de sang séfarade en elle, ses orteils sont plats, des orteils d'Arabes habitués à marcher pieds nus dans le sable, qui ont génétiquement coupé l'atout de ma lignée anglo-saxonne : nos deux enfants ont les orteils arabes, ce dont elle tire fierté. Elle ne regarde pas la télévision. Elle lit deux journaux chaque jour et se désintéresse cependant de la politique politicienne. Elle a lu les principaux manifestes féministes écrits au cours de ces quarante dernières années et pense que les hommes et les femmes sont presque incompatibles et le seront toujours. Accablée par la comptabilité cauchemardesque de sa pratique médicale, elle préfère que ce soit moi qui gère le budget familial. Elle vieillit comme un beau voilier ancien – des traces d'usure mais toutes les lignes intactes, une maintenance accrue à chaque saison. (Ma façon de vieillir à moi s'apparente plus au glissement lent et inexorable d'une coulée de boue. Dans le miroir, j'examine mes cheveux gris, en arrache quelques-uns, et me trouve ridicule.) Elle refuse pour l'instant de cotiser à un organisme privé médical assurant un forfait santé. Elle est souvent fatiguée, mais en général veut quand même faire l'amour, histoire de ne pas rater une occasion. Depuis la naissance de nos enfants, elle est devenue de plus en plus vorace au lit. D'une année sur l'autre nous semblons expérimenter une nouvelle trouvaille dans notre vie sexuelle ; récemment Lisa apprécie de me sucer pendant qu'elle se caresse. Cela peut durer un certain temps, et, finalement, comme elle jouit, elle m'enfonce dans sa gorge l'espace d'une ou deux secondes. Ou c'est moi parfois qui m'enfonce. Puis nous changeons de position et je la pénètre. Elle me demande souvent d'y aller aussi fort que je peux, et je lui réponds que c'est difficile de faire mieux, mais elle en veut toujours plus. Elle a repris la pilule, parce que, bien qu'elle désire un autre enfant, elle ne veut pas vraiment d'autre enfant. Elle a deux amies très proches – des femmes intelligentes dont le mariage capote – et quand elles viennent ici elles s'asseoient toutes les trois sur des chaises longues sur le porche et sirotent du bourbon en fumant des cigarettes. Leurs rires s'élèvent et s'éteignent et parfois semblent mêlés de pleurs, et ensuite, quand ses amies sont parties, Lisa rentre dans la maison et paraît heureuse de vivre la vie qu'elle mène et non la leur.

Nous avons un sujet de dispute qui dure. Je pense que la société va vers le pire et Lisa pense que non. Cette différence s'est manifestée clairement le jour où je l'ai rencontrée, alors qu'elle était interne et travaillait aux urgences.

J'avais accompagné une victime d'une blessure par balles à l'hôpital pour essayer de grappiller quelques infos auprès de la famille. Lisa était assise avec le père dans la salle d'attente, elle lui expliquait quelque chose sur un lambeau de poumon dans les voies respiratoires, quand elle remarqua ma présence et me dit : « Qui êtes-vous ? » avec irritation. « Et qu'est-ce que vous voulez ? »

La question est toujours à l'ordre du jour. Qui j'étais alors ? Un jeune type de vingt-cinq ans qui s'échinait dans le sillage des policiers de la Criminelle, complètement dépassé par les événements, et prenant sans cesse ses jambes à son cou. Un type qui louait un minuscule appartement à Brooklyn, se levait tôt, filait à la salle de presse, faisait son boulot, rentrait tard chez lui, puis lisait les premières éditions des quatre journaux new-yorkais. Et quant à ce que je voulais, je voulais Lisa. Quand je lui dis cela, deux jours plus tard, elle éclata de rire. À cette époque, elle était sur le point d'épouser un homme qui est aujourd'hui un ponte de la Citibank. Je lui ai ravi Lisa. Je la lui ai prise de force, à coups de baratin, et je l'ai baisé, lui, sur toute la ligne. C'était la seule solution que j'avais.

Que dire d'autre concernant ma femme ? C'est une mère attentive, et cela, je pense, vient de ce qu'elle fait grand cas de la vie. Son père a été une des premières victimes hétérosexuelles du sida. Il a eu un accident de voiture en 1979 : un adolescent ivre lui est rentré dedans puis s'est éclipsé. Aux urgences, le père de Lisa a reçu une transfusion. Le sang était infecté, et après s'être complètement remis d'une fracture de la mâchoire, d'une perforation du foie et de diverses fractures aux jambes, il s'est mis à décliner, son corps sujet à toute une série d'infections. L'accident s'est produit quand Lisa était en fac, et comme son père allait de plus en plus mal elle a délaissé les sciences humaines pour celles du comportement, puis pour les sciences dures. Elle a été reçue dans toutes les écoles de médecine auxquelles elle s'est présentée, et son intérêt pour les mains est venu de son désir d'aider les gens dans leur vie de tous les jours. Elle a des satisfactions et elle a des frustrations, surtout quand un enfant a perdu un doigt pour cause de négligence de la part d'un adulte. Elle comprend la façon dont fonctionnent les muscles, les tendons et les nerfs de la main un peu comme un chef d'orchestre comprend la complexité d'une partition musicale. Elle a publié quelques articles sur les techniques de remplacement de nerfs dans des revues médicales. Parfois elle se réveille la nuit et pense aux mains des autres.

Après tout cela, est-il nécessaire que j'en dise davantage ? Je ne le pense pas. À une exception notable, je ne crois pas avoir besoin de raconter nos conversations privées au cours de la période que je décris. Elle n'a pas pris part à ce qui va suivre, et il serait inexact et trop facile de laisser à penser que mes actes ont été motivés par notre union, ou ses prétendus défauts de caractère. Ce ne serait pas la vérité. J'étais heureux dans mon mariage. Ma femme est intelligente, perspicace et douce, et il n'est pas utile d'en savoir davantage, je pense. Je veux qu'elle reste protégée dans cette histoire. Quelqu'un pourrait jouer les malins et dénicher des motivations ironiques dans chaque mot que j'utiliserais pour décrire Lisa (ainsi, on peut entendre « douce » d'une certaine façon), alors qu'en fait ce qui m'est arrivé ne découle pas de mon mariage avec Lisa mais des actes de quatre personnes – moi, Caroline Crowley, Simon Crowley et une quatrième personne. Nous formions une étrange combinaison qui s'est percutée dans le temps et l'espace. Il y a eu des acteurs mineurs dans notre petit drame urbain, et je parlerai en son heure de chacun de ces individus. Mais ma femme n'a pas influé sur le cours des événements. Elle est simplement allée travailler tous les jours et s'est occupée des enfants pendant que je m'attirais des ennuis. Cela ne fait pas pour autant d'elle quelqu'un d'impuissant ou d'irréprochable, d'ailleurs ; et cela ne veut pas dire qu'elle ignorait ce qui se passait ; ma femme est capable de garder son calme tout en ouvrant l'œil, et le bon. Ma femme, dois-je me hâter de préciser, est nettement plus maligne et plus raisonnable que moi.

Une heure plus tard, je me trouvais au coin de la 38e et de Broadway, dans le froid mordant, en train de préparer mon papier sur la morte et sa robe de mariée. Elle s'appelait Iris Pell, et elle avait éconduit son petit ami, un type du nom de Richard Lancaster. Elle avait des yeux sombres, des yeux battus, elle était belle et avait connu de nombreuses déceptions amoureuses. Elle faisait de la paperasserie pour un important cabinet comptable dans le Rockefeller Center ; lui était cadre moyen pour une compagnie d'assurances, et ses collègues se souvenaient de lui pour ses manières courtoises et ses fastidieux nœuds papillon. Un homme qui allait chez le coiffeur tous les dix jours. Iris avait dit à Richard qu'elle annulait le mariage et ne voulait plus jamais le revoir, mais il l'avait quand même retrouvée, il l'avait suivie et agressée dans la laverie chinoise alors que celle-ci fermait. Ainsi que me l'avait dit Bobby, Iris tenait dans ses mains une robe de mariée qui venait juste d'être nettoyée quand la voix de Lancaster la fit se retourner, et les balles, au nombre de deux, avaient transpercé la Cellophane, la robe, la seconde couche de Cellophane, son manteau d'hiver, le chemisier qu'elle portait, son soutien-gorge, puis étaient entrées dans son cœur. Oui, comme Bobby l'avait dit, Iris Pell était morte une robe de mariée dans les bras. Il y avait beaucoup de sang, surtout par terre, en longues traînées étalées et mêlées de poussière, le sang avait séché mais était devenu collant au contact des chaussures pleines de neige des gens. Quelqu'un avait disposé par terre quelques journaux, mais ça n'avait pas servi à grand-chose. Je vis les inspecteurs adresser un signe de tête au propriétaire de la boutique, qui avait fait le pied de grue toute la nuit pendant qu'ils allaient et venaient, ainsi qu'un jeune Chinois en T-shirt qui passait une grosse serpillière humide sur les taches sombres et nettoyait ce qu'Iris Pell avait laissé derrière elle. Le jeune homme maniait la serpillière avec une certaine déférence ; il connaissait Iris Pell, et sa tristesse était réelle.

Richard Lancaster – hier simple citoyen, aujourd'hui assassin – avait pris la fuite. Mais il n'était pas allé loin, ainsi qu'on le découvrit peu après. Évitant son appartement, il avait fréquenté les salles de cinéma, retiré de l'argent à un distributeur automatique, dîné dans un restaurant chic. Laissé un bon pourboire au serveur. On l'avait vu taper furieusement sur un ordinateur portable puis trinquer à l'adresse de la chaise vide en face de lui. Ce même matin, alors que je prenais le métro, il avait été découvert par une joggeuse anorexique sur un parc dans une allée des Brooklyn Heights. Là, le panorama miroitant du bas Manhattan semble accueillir le soleil à son lever. Lancaster portait son complet de travail, tous ses papiers d'identité se trouvaient dans son portefeuille, et il tenait à la main un message où était écrit : *J'ai tué Iris.* Il s'était tiré une balle dans la bouche puis s'était affalé là, le sang avait goutté entre les lattes du banc puis dévalé le long de la pente du trottoir.

Mais il n'était pas mort. Une seconde femme, qui regardait par la fenêtre de son appartement, avait vu Lancaster se tirer une balle dans la bouche et avait appelé la police. L'ambulance arriva et on s'aperçut que, bien que la moitié de sa joue, de son crâne et son œil gauche eussent été emportés, il était encore tout ce qu'il y a de plus vivant, à tel point, même, qu'il avait supplié qu'on le laisse mourir dans l'ambulance. La police ne put retrouver d'arme près du banc où il s'était suicidé. La femme qui avait appelé la police déclara spontanément qu'elle avait vu une silhouette, sans doute un sans-abri, se pencher près de la forme avachie de Lancaster juste après la détonation, mais qu'elle n'avait pas été en mesure de la voir clairement, ni de voir ce qu'elle avait fait, si ce n'est que la silhouette s'était relevée pour déguerpir dans la brume matinale.

Il me fallut bien deux heures pour rassembler ces informations, à la suite de quoi je quittai Brooklyn. Je ne voyais toujours pas comment tirer de tout ça une chronique digne de ce nom pour le lendemain. J'avais des faits, mais hormis le détail du jeune Chinois passant la serpillière, aucun contenu émotionnel, aucun témoignage éloquent. Je ne réussis pas à joindre la famille d'Iris Pell, et les commentaires des collègues de Richard Lancaster ne me servirent à rien (« Richard Lancaster était un très bon employé, jamais une plainte », décréta le chargé de communication de la compagnie d'assurances). L'ex-femme de Lancaster avait décroché son téléphone et pensait peut-être qu'elle avait eu de la chance, ainsi que nous le pensons bizarrement quand le désastre frappe tout près de nous.

Je bloquais sur ma chronique, et ce fut le moment que choisit Caroline Crowley pour m'appeler. Dès que j'entendis sa voix, j'éprouvai une sensation nerveuse au bout de mes doigts comme c'était le cas autrefois juste avant un match de football à l'université, quand nous étions tous sur le terrain en tenue et chaussures à crampons, et que les haut-parleurs annonçaient dans des crachotements : *Début de la rencontre dans dix minutes.*

— J'ai essayé de vous joindre, dit-elle. Vous partez tôt.

— Je travaillais sur une histoire.

— Vous vous rappelez notre conversation ?

— Je me rappelle avoir fait un discours sentimental de poivrot. Le public larmoyait.

— Non, ce que vous avez dit était très gentil.

— Eh bien, ma foi...

— Bon, que mangez-vous d'habitude le midi ?

— N'importe quoi.

— Et si vous passiez chez moi pour manger n'importe quoi ?

Je ne dis rien.

— Alors ? dit Caroline.

— Je suis en train de sourire, dis-je. Vous vouliez que je sourie, alors je souris.

— Vous faites quoi d'autre ?

— Je flirte avec d'étranges femmes au téléphone.

— Vous voulez dire qu'elles flirtent avec vous.

— Seulement quand elles attendent quelque chose de moi.

— Je veux juste que vous passiez. C'est une requête innocente.

— Vous avez d'autres choses à me montrer, des photos de votre époux mort, des trucs dans ce genre ?

— Quatorze heures, ça vous va ? demanda-t-elle en ignorant ma question. Je ne vous servirai pas de gin-to.

— Je serai donc en mesure de bien me tenir.

— Oui, et de comprendre les motivations, etc.

— Y compris les vôtres ?

— Les miennes ? Mes motivations sont on ne peut plus claires. Je cherche la délivrance.

— N'est-ce pas ce que nous recherchons tous ?

— Pas comme moi, lâcha-t-elle.

C'est ce qui déclencha tout – je surpris une inflexion dans sa voix, perçus de noirs silences, l'aveu par Caroline de sa propre complicité dans quelque chose. Entendu, lui dis-je.

Il n'était pas loin de midi, et c'est d'une humeur massacrante à l'idée de perdre mon temps que je me retrouvai dans la rue, où je fis cirer mes chaussures par un homme qui m'annonça qu'il allait devenir aussi riche que Bill Gates, avant de pénétrer dans une boutique qui vendait des cassettes vidéo, où je dénichai des films de Simon Crowley. Je m'emparai d'un des boîtiers brillants recouverts de Cellophane.

« *Mr. Lu* est la deuxième œuvre du jeune et brillant réalisateur mort tragiquement. Âgé alors de vingt-six ans, Simon Crowley tourna *Mr. Lu* en seulement quatre semaines. Le film fit sensation au moment de... »

Le film durait soixante-deux minutes, et je me dis que, puisque j'allais revoir Caroline, ce ne serait pas une mauvaise chose que de visionner une des œuvres de son défunt mari. De retour au journal, je me faufilai dans une salle de conférence vide et mis en route la cassette. Le film, tourné à New York, parlait d'une conductrice de rame de métro noire, Vanessa Johnson. Un monde de sombres tunnels avec pour seul paysage des ordures, des rats et des signaux rouges puis verts, les deux pinceaux de lumière de la rame qui balayaient au-devant d'elle comme dans une interminable quête. Vanessa a dans les trente-cinq ans, elle est célibataire, mère de trois enfants, elle pense en avoir fini avec les hommes et leurs attentions. Elle doit se coltiner des tarés qui arrachent les câbles de cuivre dans les tunnels du métro puis les déposent en travers des rails afin que la rame, en passant, les tranche, elle est confrontée à un sans-abri dont le bras est sectionné alors qu'elle lui passe dessus pendant qu'il gît ivre mort sur l'un des rails. Ses traits ne révèlent aucune expression, dans ses yeux ne brille aucun espoir. Sa seule consolation semble être un vieux magnéto-phone sur lequel elle écoute en entier le *Requiem* de Mozart, enclenchant la cassette en début de tournée. Un jour, elle remarque un vieil homme d'affaires chinois. Il prend ce métro tous les soirs, monte dans le wagon au même accord de la partition chaque fois. Elle l'observe dans le miroir d'angle de la cabine du machiniste quand il entre et descend, vêtu de son éternel complet sur mesure. Finalement ils se parlent. Il s'appelle Mr. Lu. Il l'inter-roge sur elle et elle se confie un peu, mais laisse entendre par son attitude qu'elle aimerait en savoir davantage sur lui. Mr. Lu possède un magasin d'articles de quincaillerie en gros à Chinatown, et prend tous les soirs le métro pour rentrer dans le Queens. Après plusieurs rendez-vous, chacun étant marqué par la gaucherie et la tension, Vanessa se donne à lui, en lui demandant expressément qu'il ne la touche pas entre les jambes avec ses mains. Quelque chose s'est produit il y a longtemps et lui revient en mémoire si l'on... Il acquiesce. Il est tendre avec elle, mais ses manières demeurent réservées. Il préfère ne pas parler de lui, si ce n'est pour lui dire qu'il a vécu en Chine jusque dans les années 1970. Le film dégage un érotisme étrange et puis-sant, et s'il est clair qu'aucun des deux protagonistes n'est franchement attirant, chacun est avide de cette passion qui leur a échappé jusqu'à présent. Finalement, Vanessa apprend que Mr. Lu a de graves problèmes cardiaques – il risque littéralement la mort chaque fois qu'ils font l'amour – et qu'il a été un des bourreaux au service de Mao

87

Zedong pendant la révolution culturelle. Au cours d'un long et pénible monologue sur la terrasse panoramique de l'Empire State Building, au milieu des touristes qui se filment les uns les autres et dégustent des cornets glacés, Mr. Lu lui explique qu'il a personnellement exécuté plus de huit cents hommes – et quatorze femmes, dont une enceinte. Puis il déclare à Vanessa qu'il ne comprend plus rien au monde, hormis le fait qu'il y a joué un rôle néfaste. Il reconnaît avoir détesté les personnes de race noire après avoir émigré en Amérique, les trouvant sales et stupides. Il n'a jamais eu de famille, dit-il, et regrette ardemment de ne pas avoir vécu une vie différente. Il pense que Vanessa est une femme remarquable qui « mérite » qu'on la respecte. Il aimerait que quelqu'un sache qu'il éprouve du remords d'avoir fait ce qu'il a fait. Il a peur de mourir bientôt, en montant un escalier ou en traversant la rue. Il demande à Vanessa si elle veut bien qu'il lui pose une « terrible, terrible question ». Elle dit que oui. Il lui dit qu'il pense pouvoir déclencher une crise cardiaque fatale et voudrait tenter la chose pendant qu'ils font l'amour, afin de ne pas mourir seul mais dans les bras d'une femme. Elle lui répond qu'elle va réfléchir. Quelques jours plus tard elle refuse. Il écoute sa réponse avec respect et calme. Alors qu'ils doivent se revoir, elle apprend qu'il est mort le jour même, en transportant un carton trop lourd dans son magasin. Le film s'achève sur un plan atrocement long de Vanessa dans sa cabine, avec les voix du *Requiem* qui s'élancent et déclinent, les stations et les usagers de la ligne qui défilent, comme hypnotisés, épuisés, les yeux de Vanessa les voyant et ne les voyant pas, son visage triste et énigmatique.

Il s'agissait en effet d'un film discrètement brillant, et, me rappelant les photographies que j'avais vues la veille au soir, je compris que le destin de Simon Crowley prolongeait la vision lugubre de Mr. Lu. La mort de Crowley, assez bizarrement, me causait désormais une certaine peine. Battage culturel mis à part, on avait affaire là à quelqu'un qui avait eu quelque chose à dire.

À quatorze heures, dégrisé par le film, je montai dans l'ascenseur menant à l'appartement de Caroline Crowley en compagnie de Sam Shepard. Il allait deux étages plus haut, sûrement chez quelqu'un d'aussi séduisant que lui. Il regardait droit devant lui, espérant ne pas être reconnu. Il était encore beau mais avait une mine terrible, la peau flasque sous le menton, le regard battu. Il vit que je le dévisageais.

— Salut, mec.

Les portes de l'ascenseur s'ouvrirent alors, et je me retrouvai face à la porte noire, éprouvant une sensation bizarre à être de nouveau là, moins de douze heures après l'avoir poussée en titubant. C'était à la fois étrange et profondément logique à mes yeux ; nos motivations ne nous apparaissent pas toujours clairement, je crois, même si nous les craignons.

Caroline ouvrit la porte à peine eus-je frappé, ses cheveux retenus en queue-de-cheval. Elle portait un jean et un pull-over en cashmere blanc.

— J'ai pris l'ascenseur avec Sam Shepard, dis-je.

— Il connaît quelqu'un dans l'immeuble.

L'appartement baignait dans la pâle lueur hivernale et paraissait plus grand que la nuit précédente. Je distinguai les traces récentes d'un aspirateur sur le tapis.

— J'ai préparé un petit en-cas, dit Caroline.

Je la suivis dans la salle à manger, où du potage et des sandwiches attendaient sur une longue table en acajou. Au centre de la table trônait un saladier avec les plus grosses oranges que j'aie jamais vues.

— Hier soir..., commençai-je.

— Il n'y a pas de problème avec hier soir, m'interrompit-elle.

Je ne comprenais pas ce qu'elle voulait dire.

— Vous ne pensiez pas faire ma connaissance, reprit-elle. Je vous ai vu à un bout de la pièce et j'ai eu envie de vous parler. Je sais que cela paraît étrange, mais je me suis dit que vous aviez entendu toutes sortes d'histoires dingues, or celle-ci était très... eh bien, il faut que vous sachiez que mon, que Charlie est un homme d'affaires, on peut compter sur lui et tout ça, mais il ne s'intéresse guère à ce qui s'est passé entre Simon et moi... (Elle prit une orange dans le saladier et entreprit de la peler.) Je crois que j'ai un petit problème, et c'est plutôt gênant. (Elle leva les yeux sur moi.) Je veux dire, si ce n'était que gênant, alors ça ne serait pas bien grave. Mais c'est plus que ça.

Nous ne nous connaissions pas mais déjà une étrange intimité s'était instaurée entre nous. Elle semblait très désireuse de me dire certaines choses, et il me vint à l'idée que peut-être elle avait décidé qu'il s'agissait là de choses qu'il valait mieux que son fiancé ignore. Car si elle avait pu lui en parler, pourquoi m'en aurait-elle fait part à moi aussi ? Je commençais également à me demander si Caroline Crowley ne se sentait pas tout simplement seule. Pas dans le sens de délaissée, car une telle femme avait toujours de la compagnie, mais fondamentalement seule. Elle était brillante et belle et paraissait pourtant sans attache. Qu'elle voulût me parler de son « petit problème » prouvait le caractère hasardeux de son existence, et je soupçonnais que son problème n'était en rien « petit ».

Elle me passa le plateau de canapés.

— Hier soir vous avez peut-être remarqué que les articles que je vous ai montrés concernant Simon ne parlaient pas de moi. C'est que nous nous sommes mariés en secret, et que je ne l'ai rencontré que très peu de temps avant sa disparition. L'annonce de notre mariage n'a été rendue publique qu'après son décès, et je suis partie alors au Mexique où je suis restée quelques mois pour éviter les types de la télévision, les gens comme ça.

— Les gens comme moi, dis-je en prenant un canapé. Les fouineurs et les plumitifs.

— Oui, exactement.

— Comment avez-vous rencontré Simon ?

— Par hasard. (Elle décortiqua l'orange en plusieurs quartiers, qu'elle disposa en ligne, huit quartiers.) À l'époque, j'étais, enfin j'avais déjà vécu, si vous voyez ce

90

que je veux dire. J'étais là depuis quelques années... (Elle s'interrompit et, d'un geste, me fit comprendre qu'il s'était passé quelque chose avant son arrivée à New York, mais elle parut refouler l'incident afin de mieux se concentrer sur ce qu'elle allait me dire.) Je menais l'existence lassante d'une belle New-Yorkaise, vous voyez ? Je n'avais presque pas d'argent et je... il y avait toujours dans mon entourage des types corrects, mais j'étais fatiguée, j'avais traîné dans pas mal de soirées et tout ça... J'étais restée un temps en Californie, puis j'étais venue à New York, juste pour voir la ville, connaître quelque chose de différent, enfin vous comprenez.

J'acquiesçai vaguement. Plus tard seulement je comprendrais que Caroline me proposait une version simplifiée jusqu'à l'absurde et à peine véridique des raisons qui l'avaient conduite à New York. Il m'apparaîtrait alors clairement que les raisons expliquant son déplacement géographique prenaient racine loin dans son passé et que les effets s'en faisaient ressentir à chaque instant. Mais alors, comme je la regardais tripoter les épluchures d'orange, je savais seulement que l'angoisse la tenaillait.

— J'étais depuis suffisamment longtemps en ville pour comprendre que je devais passer à quelque chose de sérieux, reprit-elle. Car enfin, c'est une ville dure. Vous devez savoir pourquoi vous êtes là. Si vous ne le savez pas...

— ... vous risquez de gros ennuis.

— Oui, vous risquez de gros ennuis, car vous vous retrouvez embringué dans une histoire ou vous vous faites avoir d'une façon ou d'une autre. C'est ce qui est arrivé à une de mes amies. Elle s'est mise à fumer du crack et je ne l'ai plus revue, puis elle a refait surface, maigre et malade, et on a dû la renvoyer au Texas en car. (Caroline glissa un quartier d'orange entre ses dents.) À l'époque, donc, j'étais sans travail, je suis allée dans une agence et on m'a trouvé un poste de standardiste dans un cabinet juridique, à l'accueil, et j'ai réussi à vivoter comme ça. Cela faisait trois jours que je travaillais pour eux quand un des avocats, un des plus âgés, m'a demandé si je voulais prendre un verre avec lui après le travail. Il était très important et tout, mais c'était un type des plus ordinaires – il ne m'aurait absolument pas comprise... Je ne cherchais à me mettre avec personne, je m'étais habillée de façon très sage et je ne mettais pas trop de maquillage. Je ne voulais pas être remarquée, en fait, je voulais de la stabilité, enfin bref, il me demande de sortir avec lui, et le voilà qui se pointe en costard, cheveux gris et tout, dans les quarante-cinq ans, l'air content de lui, comme s'il venait de gagner un million de dollars ou je ne sais quoi, et si ça se trouve c'était le cas, il était plutôt séduisant, mais... bon, j'avais connu des types en Californie qui étaient assez bizarres... Je lui dis que tout ça était très gentil mais que je ne voulais pas. Bon, lui, c'était un avocat, il lui fallait des raisons solides, il m'a demandé si c'était une question de disponibilité, ou de préférence. C'est en ces termes qu'il s'est exprimé. Ça m'a un peu agacée et j'ai dit préférence. (Elle mordit dans un quartier d'orange.) Le lendemain, le chef du personnel m'a virée quand je suis revenue du déjeuner. Elle a dit que je ne faisais pas...

— C'est lui qui lui avait dit de...

— Bien sûr. Alors je suis partie, à pied, j'ai marché, marché, au moins une heure, vous savez comme ça peut être agréable quand il fait un froid sain, je me promenais donc quand je suis passée devant un petit bar minable de Bleecker Street. Il faisait chaud à l'intérieur. Je me suis installée à une table pour réfléchir et Simon est arrivé – on le reconnaissait tout de suite, il ne ressemblait à personne d'autre. J'avais vu ses films. En fait, j'avais vu deux fois *Mr. Lu*. Il était seul, il m'a vue, il m'a abordée et m'a demandé s'il pouvait me payer un verre, j'ai dit oui et nous avons bavardé un moment. Je l'ai trouvé encore plus laid qu'à la télévision. Plus petit, l'air encore plus mauvais, avec des bottes de cow-boy, ce qui fait stupide sur un type de la ville. Mais la discussion était très chouette. Il voulait que je lui parle de mon enfance. (Elle engloutit un nouveau quartier d'orange.) Savoir en particulier s'il y avait une corde à linge tendue dans le jardin, avec des T-shirts, des sous-vêtements et des jeans qui séchaient dessus, c'était marrant, mais j'ai dit oui, en fait, on avait une corde à linge de ce genre. Son père, comme le mien, faisait des métiers physiques... mon beau-père était camionneur. Je me demandais pourquoi il s'intéressait tellement à moi.

— Ma foi...

— Oui, bon, d'accord, mais Simon avait toujours eu plein de femmes autour de lui après que ses films eurent remporté du succès. J'avais lu des articles sur lui et j'en avais déduit que c'était un connard comme pas mal de gens à Hollywood... mais ce n'était pas ça, non. Dans ce bar, nous avons juste parlé. Puis Simon a décrété qu'il devait partir – on l'attendait à l'autre bout de la ville. Sharon Stone ou je ne sais plus qui. Je me suis dit, ça y est, fin de la conversation. C'est alors qu'il s'est rapproché de moi. Il m'a dit qu'il allait me poser une question, une question dingue, mais qu'il était sérieux. Il me suffirait de répondre par oui ou non. (Caroline me regarda droit dans les yeux, me défiant de son regard bleu de ne pas la croire.) Ça lui suffisait comme réponse. Oui ou non. J'ai dit d'accord. Alors Simon a déclaré : « Je veux t'épouser. » Je me suis dit qu'il était fou et j'ai failli éclater de rire. Puis j'ai réalisé qu'il était sérieux, et nous sommes restés silencieux. J'ai regardé par la vitre du bar, j'ai pensé qu'il était vraiment laid, mais également si intelligent, et que c'était sans doute ça qui le rendait séduisant. Alors j'ai répondu, j'ai dit oui.

— Vous le rencontrez dans un bar, il vous demande en mariage, et vous dites oui ? En moins d'une heure ?

— Oui.

— C'est l'histoire la plus ridicule que j'aie jamais entendue.

— Je suis bien d'accord.

— Mais je suppose que c'est plutôt romantique.

— Non, me reprit-elle. C'est complètement dingue.

— Mais vous avez accepté.

Elle acquiesça.

— Il m'a écrit tous ses numéros de téléphone, il a noté mon adresse, il m'a dit qu'il devait aller rejoindre des gens, il était vraiment navré, mais il me ferait signe le lendemain. J'ai pensé qu'il allait m'embrasser ou je ne sais quoi, mais il est juste parti. Une voiture l'attendait dehors. Quand je suis sortie du bar, environ un quart d'heure plus tard, il y avait une voiture qui m'attendait, moi. Il avait demandé à son chauffeur de m'envoyer une autre voiture.

J'avais fini mon déjeuner. Caroline prit une nouvelle orange dans le saladier et me la tendit.

— Elles sont bonnes, dit-elle.

— Qu'est-ce qui s'est passé après ça ?

— Je suis rentrée chez moi dans la voiture, en me demandant à quoi rimait tout ça, si je devais prendre la chose au sérieux. J'ai plus ou moins attendu son coup de fil ce soir-là, mais il n'a pas appelé. Le lendemain après-midi, j'ai reçu un colis posté de Los Angeles dans la matinée, ça venait de Simon. C'était une cassette vidéo et une bague de fiançailles – alors je n'ai plus su du tout quoi penser. C'était si bizarre et si merveilleux, en même temps. Je vous montrerai la cassette, si vous voulez.

— Tout cela mène quelque part ? demandai-je.

— Je vous le promets.

— Je veux dire, c'est intéressant, ne vous méprenez pas...

— Non, non, vous verrez.

Nous sommes allés dans le salon, elle a glissé une cassette étiquetée REGARDE-MOI, CAROLINE [N° 11].

— Il faut que vous compreniez bien que Simon n'était pas comme tout le monde, dit-elle. Il était obsédé par ces petites cassettes. Obsédé. Il n'aimait pas écrire, sauf des scénarios, alors il faisait des cassettes. Comme un journal intime. Il en tournait de toutes sortes. C'était vraiment son truc – les films étaient la forme la plus haute de l'art, l'image avait détrôné l'écrit, des trucs dans ce genre. Il avait toute une philosophie... bon, le mieux, c'est que vous regardiez.

Elle tira les rideaux, plongeant la pièce dans l'obscurité, puis s'assit sur le grand canapé à côté de moi et se roula une cigarette.

[La neige à l'écran laisse place à une image : une chaise et une table dans la cuisine d'une luxueuse demeure. Une fenêtre en arrière-plan est sombre, et une pendule à affichage digital indique 1 h 17 du matin. Quelques secondes s'écoulent, puis on entend un soupir hors champ. Apparaît alors le postérieur de Simon Crowley qui se dirige vers la chaise, une cigarette et un cendrier à la main. Il est petit, maigrichon, avec un peu de ventre. Ses cheveux noirs pendouillent sur le haut de son visage et de temps en temps il les repousse. Son visage est légèrement difforme, les lèvres et le nez trop gros. Mais il y a dans son regard une lueur pénétrante, intelligente. Il soupire de nouveau, lentement.] Très bien. Salut, Caroline, me voilà de nouveau à Bel Air, j'ai atterri à l'aéroport de Los Angeles il y a environ une heure. Pendant tout le temps qu'a duré le vol j'ai pensé à notre mariage. J'y ai beaucoup réfléchi, et une chose m'a tarabusté : cette histoire de promesses me met mal à l'aise, quelles que soient celles qu'on décide de faire. En fait, ça serait mieux que tu décides lesquelles et je te suivrai. Ce n'est pas la cérémonie, ni le texte, c'est simplement que je suis, comme tu le sais, que j'ai un appétit immense pour les choses qu'on dit, Caroline, et un « Oui » ne me suffira pas. Non, ça ne ferait pas mon affaire. [Il tire sur sa cigarette en plissant les yeux sous l'effort, presque comme s'il extrayait sa prochaine pensée de l'extrémité incandescente elle-même.] Et donc la raison pour laquelle je suis là ce soir, environ treize putains d'heures après notre rencontre, c'est que je veux te faire ma promesse maintenant, à cet instant précis. C'est mieux pour moi ainsi. Je ne sais pas exactement ce que je vais dire, mais quand ça sera fait, ce sera ma promesse de mariage. Et je filme tout ça. Visiblement. Pardonne-moi pour ça, si tu le veux. J'ai idée que tu devras me pardonner quantité d'autres choses. [Il baisse les yeux, sourit pour lui-même. Tire sur sa cigarette.] Donc, après t'avoir dit au revoir, j'ai dîné avec Sharon Stone. Elle veut tourner dans mon prochain film. On en a discuté. Elle est encore très jolie. C'était juste une discussion standard. Je veux dire, j'étais là, à parler avec Sharon Stone, et je pensais à toi, une fille que je venais de rencontrer, d'accord ? Juste une fille dans un bar, l'après-midi. La belle Sharon Stone ne m'intéressait pas. Elle ne m'a pas fait flasher. Toi tu m'as fait flasher, Caroline, tu m'as fait flasher d'une façon que je n'avais pas ressentie depuis très, très longtemps... Et donc je pensais à toi, Caroline, et je me suis rappelé quand j'étais aide-serveur. Je t'ai raconté cet après-midi que j'avais été aide-serveur, mais je n'ai jamais vraiment raconté à quiconque ce qui m'était arrivé, les trucs que j'avais appris... [Il sort une boîte d'allumettes de sa poche de chemise et joue avec.] Tu sais, j'habitais chez mon père dans le Queens, j'allais encore à la fac. Je voyais tellement de films, du genre quatre ou cinq le samedi, j'en louais aussi en cassettes, que je n'avais plus d'argent. Mon père voulait que j'obtienne mon diplôme de technicien d'ascenseur, mais ça ne me convenait pas. Je lui filais quand même un coup de main de temps à autre. Le syndicat a accepté que je sois ce qu'ils appelaient un apprenti temporaire. Je l'accompagnais parfois quand il était appelé. Il avait plein de petits clients, de vieux immeubles en ville, partout. Mais je n'avais pas envie de passer ma vie à faire ça. Il fallait donc que je me trouve un boulot, et je suis devenu aide-serveur dans ce restau qui s'appelle le Dante's Café, et qui était autrefois dans le Village avant de faire faillite. J'aimais bien travailler dans le Village, à cause de tous les cinémas alternatifs. Même quand je finissais à onze heures, il y avait encore des séances. Très vite j'ai réalisé comme ce restau était branché, à quel point il était fréquenté par les gens de la télé, les écrivains, même les sportifs de haut niveau, Darryl Strawberry quand il était encore au top, des gens comme ça, des mannequins, des Japonaises avec leurs petits sacs à main noirs. Les gens prenaient toujours des Pola-roïd et faisaient circuler les photos, transformant chaque minute en micro-événement... [Il se lève et s'éloigne. Derrière lui, la pendule de la cuisine indique 1 h 21 du matin. Il revient avec une autre cigarette et l'allume.] Ce boulot était une aubaine. Je pouvais observer les gens.

Je pouvais comprendre comment on se comportait quand on était riche et célèbre. Bien sûr, moi, je n'étais personne, juste un aide-serveur maigrichon. C'était un travail pénible. À la fin de chaque service je puais les poubelles, la cigarette et toutes sortes de trucs mélangés, mes bras étaient gluants. Au bout d'un moment j'ai fini par connaître les habitués, par savoir s'ils voulaient un menu, un cendrier, n'importe quoi... J'étais invisible. J'étais juste un jeunot en chemise blanche avec nœud papillon. Parfois les mannequins qui venaient étaient si beaux que j'allais me branler dans les toilettes. Je n'avais pas le choix. Je pouvais le faire debout, en, disons, vingt secondes. Une fois, je me branlais quand un rat est sorti d'un petit trou qui menait à la réserve. Je voyais tout l'argent qui se dépensait. Deux types claquaient quelques centaines de dollars en plats et bonnes bouteilles. Je me faisais des pourboires corrects et j'ai acheté une caméra. Je me promenais un peu partout et je filmais, les gens qui se disputaient, les péniches qui remontaient le fleuve, tout. Cela faisait près d'un an que je travaillais au Dante's Café quand ce superbe mannequin a commencé à le fréquenter – elle s'appelait Ashley Montgomery. Tout le monde l'a oubliée parce qu'elle a fini par épouser un magnat du Koweït. Elle était grande, avec quasiment le plus beau cul d'Amérique et de longs cheveux noirs et raides, elle était parfaite. Pendant six mois elle a fait la une de tous les magazines. Au cours de mes petits dialogues intimes, je défiais quiconque de trouver une femme aussi belle qu'elle. Mais ce serait une erreur, une erreur pitoyable que d'affirmer que je tombai amoureux d'Ashley Montgomery dès l'instant où je la vis pénétrer au Dante's Café. [Il secoue la tête d'un air de dégoût désabusé.] On peut mettre ça sur le compte de la musique des hautbois en arrière-fond, les rires, les petites tables. On peut estimer que son entrée dans ma conscience a été orchestrée par le Malin. [Il semble s'abîmer dans une songerie, revivre des souvenirs.] Oui, on peut partir de là. Mais il serait faux de prétendre que je l'aimai aussitôt. Non, ce serait user d'une terminologie inadéquate, ce que stigmatisent les hommes de loi quand ils essaient de démolir un contrat cinématographique. Il serait insuffisant de dire que j'aimais Ashley Montgomery. Elle me tuait. Je le pense sincèrement. D'une certaine façon, elle m'a tué. Ashley Montgomery me tuait. Elle ne me voyait pas... [Il ne regarde plus la caméra mais, enveloppé par la fumée ondoyante de sa cigarette, fixe un point sur le côté, la lumière de la lampe implacablement crue sur ses étranges traits.] Je me souviens de tout – ses yeux qui balayaient le restaurant en entrant, cherchant des gens, des gens réels, pas les interstices. Mais elle ne me voyait pas. Elle ne me voyait... tout simplement... pas. Je le comprenais de la même façon que je comprenais que je respirais, bordel ! Je veux dire, la plupart des gens, quand ils regardent dans une salle, quand ils croisent le regard de quelqu'un qui les regarde, ils réagissent toujours pareil : soit ils soutiennent votre regard, même une seconde, soit ils clignent les yeux et les détournent. Ce clignement est une transition physiologique. C'est tout. Ça en dit long. Ça veut dire : « Je passe à autre chose, ce que je vois ne retient pas mon attention. » Cela prouve, toutefois, que quelque chose a été enregistré... [Il ferme les yeux et inspire, refoulant en volutes le souvenir au fond de sa mémoire. Ses yeux se rouvrent.] Mais Ashley Montgomery ne cillait pas quand son regard passait sur moi. Pourquoi ? Je n'étais pas là. J'étais une pauvre cuiller dans une simple tasse de café, j'étais une empreinte digitale sur la tapisserie, j'étais la poussière qui stagnait imperceptiblement dans la pénombre de la salle. Je n'étais pas là, bordel de merde ! Elle me tuait. Je rentrais le soir chez moi en pleurant dans le métro. Parfois, quand j'étais dans la cuisine et qu'elle était dehors à une table, je me forçais à ne plus penser à elle en m'entaillant avec un couteau à émincer. Juste une petite coupure... un stigmate. Ça ne marchait jamais. Je me suis même coupé un bout de pénis dans les toilettes pour hommes. Juste pour voir à quel point je l'aimais. Quand elle arrivait, je soudoyais un autre aide-serveur pour qu'il me laisse m'occuper de sa table. Je conservais ses mégots de cigarette. J'avais un petit sac à fermeture Éclair dans ma poche. Chaque mégot comportait le même motif de rouge à lèvres... Je me rappelle ça, aussi : l'empreinte rouge était inégale, elle commençait environ un demi-centimètre après l'extrémité du filtre. Des nuances différentes. Je m'étais aperçu que le rouge à lèvres était coordonné avec ce qu'elle portait. Si elle débarquait un soir en robe noire, alors son rouge à lèvres était d'un rouge sombre. Si la robe était d'une couleur plus lumineuse, alors plus lumineux était son rouge... Je pense que nous sommes tous des fétichistes. Ashley Montgomery possédait au moins six nuances de rouge. J'étais dans tous mes états quand je découvrais une...

Je me penchai en avant et pressai le bouton Pause.
— Ce type vous fait sa promesse de mariage.
Caroline se tourna vers moi.
— Simon était comme ça.
— Original.
Elle sourit.
Je remis la cassette en marche.

SIMON : ... nouvelle couleur. Quand elle entrait, je devinais aussitôt la nuance de son rouge à lèvres. Parfois j'allais directement aux toilettes et parfois j'attendais d'être rentré chez moi. Une fois dans mon appartement, je me déshabillais, m'allongeais sur mon lit et disposais les mégots sur ma poitrine. Je les glissais sous ma langue, dans mes oreilles, mon nez, et même parfois dans mon cul. Le rouge à lèvres conservait son parfum, une fragrance même diffuse, puis... puis je faisais mes petites affaires. Je ne considérais pas cela comme une dépravation. Elle était un fétiche, un magnifique fétiche. Au bout de quelques semaines, Ashley a fini par me reconnaître, même de loin... un sourire, une phrase aimable. Peut-être même a-t-elle senti quelque chose... mon attitude frémissante et attentive. J'avais tendance à transpirer, à emporter son assiette trop rapidement, comme si je voulais qu'elle s'en aille. Je compris qu'il me fallait garder cet emploi. Je devins le meilleur aide-serveur du Dante's Café. Ils voulaient que je passe serveur, mais j'ai refusé. Les serveurs, je le savais, étaient trop occupés. Ils ne pouvaient pas rester au fond de la salle à observer les gens. Moi, je le pouvais. Je pouvais la regarder parler, je pouvais la regarder écouter, sortir ses cigarettes de son sac, puis les fumer et les poser dans le cendrier. D'habitude elle venait avec plein de gens, une fois par semaine. Des acteurs, des gens de la télé, de Broadway. C'était toujours quelqu'un d'autre qui payait. Ashley ne proposa pas une seule fois de régler l'addition. Elle arrivait en jeans, avec une casquette de base-ball, et ça marchait, ou elle venait vêtue d'un vison qui descendait jusqu'à terre et pesait une cinquantaine de kilos, et c'était également parfait. Les hommes ne lui faisaient pas peur – c'est, de loin, la qualité la plus érotique qu'une femme puisse avoir. Elle adorait les hommes – dans leur variété. Elle était un peu plus âgée qu'elle ne le paraissait. Elle avait vingt-six ans. Elle pouvait avoir le sens de la repartie. Manifestement, elle passait la plupart de son temps avec des gens du cinéma. Des types d'un certain âge, des réalisateurs. Un type en particulier. C'était son nouveau cavalier, et ça m'a paru très sérieux. Bon sang, qu'est-ce que j'ai pu les étudier attentivement ! Elle l'écoutait. Il y avait quelque chose en elle qu'il comprenait. Parfois ils choisissaient une table dans le fond et ils se contentaient de lire, parfois elle lui faisait la lecture à voix haute. Une fois j'ai vu qu'il lui lisait des passages des *Confessions* de saint Augustin. Je suis sorti, j'ai acheté le livre dans une librairie et je l'ai lu. C'était vraiment un truc classieux à faire. À deux reprises ils sont restés jusqu'à l'heure de la fermeture. Ils semblaient s'apprécier énormément. C'était sexuel, bien sûr, mais il y avait des tas d'autres choses également. Il était à la hauteur de sa vitalité. Il était là, à respirer dans la fumée de cigarette des autres hommes, pétant de santé, avec sa chemise repassée, à lire du saint Augustin à une des plus belles filles de la ville. Et puis un jour il a débarqué avec une glacière, une grosse glacière. Il était tôt, peut-être dix-huit heures, avant l'affluence. Il portait la glacière sur son épaule et il est entré dans les cuisines. Elle contenait quatre thons, de chacun peut-être vingt kilos. J'en suis resté stupide d'admiration. Peut-être étais-je à cet âge où on tombe amoureux de tout le monde. Je ne sais pas. Quoi qu'il en soit, ce type nous a dit qu'il les avait pêchés l'après-midi même dans le Gulf Stream à soixante-quinze bornes de Montauk. Il a sorti les poissons. Ils étaient énormes. Magnifiques. [Simon prend une allumette, la frotte d'un air recueilli contre le grattoir, puis il contemple la flamme qui régresse vers ses doigts.] Chaque poisson était une grotesque amplification de sa virilité. J'étais fasciné. [Il jette l'allumette.] Je n'aurais jamais ce qu'il avait, jamais. Il a donné un des poissons au gérant et un autre au cuisinier. Il comptait inviter des gens ce soir-là et il voulait qu'on cuisine les deux autres pour sa tablée. Bon Dieu, il était fabuleux. Il était beau, bien habillé, sur le chemin de la gloire, il était arrogant. Qui ne l'aurait été ? Il devait avoir trente-deux ou trente-trois ans. Il n'avait aucun doute sur la façon dont se passeraient les choses, j'ai entendu la conversation, bien sûr, j'étais invisible, j'étais une ombre, j'étais la fumée derrière la table. [Simon enflamme une autre allumette, l'éteint d'un soupir. Son visage est froid à présent, sombre.] Puis, deux heures plus tard, alors qu'il revenait juste des toilettes, alors qu'il rejoignait sa place à table, il s'est tourné vers moi et a murmuré à mon oreille comme un conspirateur. Pendant un moment je suis resté tétanisé, puis j'ai compris ce qu'il disait : « Un des chiottes est bouché, petit. » C'est ce qu'il a dit. J'ai hoché la tête et j'ai filé dans les toilettes des hommes. Ce salopard avait obstrué la cuvette avec du papier. Toute la plomberie du restau était vieille comme Hérode, et je devais déboucher les chiottes un soir sur deux. Mais là c'était trop. Je tombai à genoux et contemplai sa merde et le papier avec lequel il s'était torché et, putain, j'ai éclaté en sanglots. [Il lève les yeux vers la caméra.] J'ai pleuré parce que j'étais moche, parce que j'étais un raté, Caroline, j'ai pleuré parce que j'étais tout juste assez malin pour comprendre mon propre malheur. Et je crois que j'ai pleuré d'amour, aussi. Je ne saurais mieux le dire. J'étais certain que je ne serais jamais aimé. Jamais. Je me fis la promesse que si l'occasion se présentait d'aimer quelqu'un, je sauterais dessus. Sans hésitation. Je suis resté au moins dix minutes dans cette position. Finalement le gérant est entré... [Il se frotte les yeux, respire, détourne les yeux.] Voilà ce que je serai toujours, Caroline. Je me détesterai toujours, je serai toujours ce gamin de quinze ans, Caroline, toujours en vadrouille, toujours à moitié cassé. J'ai tourné trois grands films, à présent, et chacun a eu plus de succès que le précédent, ils m'ont valu un Oscar, et je suis content, c'est l'extase. À présent tout le monde pense que je suis un génie, mais qu'est-ce que ça signifie à la fin ? Pourquoi est-ce que je raconte tout ça ? J'essaie de dire que, toute mon existence, j'ai essayé d'être heureux. J'ai essayé de découvrir le meilleur de moi-même, et je ne crois pas y être arrivé des masses. Donc... ma promesse, c'est que je t'aimerai de mon mieux, mais je te préviens que je suis un type complètement barré par bien des côtés, Caroline. [Il fixe la caméra, puis expire, se lève, va chercher une autre cigarette, revient.] Maintenant, si tu le veux bien, ouvre la petite boîte qui est jointe à cette cassette. D'accord ? C'est dedans, enfin j'espère. J'ai passé quelques coups de fil depuis l'avion pendant que je pensais à toi et j'ai demandé à un type de s'en occuper. Ce que tu tiens dans ta main, Caroline, est une antiquité romaine. La pierre est de la cornaline. Si tu la portes à la lumière, tu verras qu'elle la réfracte à travers elle, un peu en étoile... le bracelet en or est très imparfait. Le visage sur la pierre, la déesse avec le casque, c'est Athéna. Le vendeur m'a dit qu'elle remontait à deux mille ans, en gros, et qu'on l'avait découverte dans une grotte en Italie en 1947. Elle a appartenu longtemps à un millionnaire brésilien. Nous ne saurons jamais qui portait cette bague, Caroline, sa première propriétaire était sans doute une jeune Romaine née dans une riche famille. Peut-être a-t-elle été transmise sur plusieurs générations, peut-être a-t-elle été volée puis enterrée dans la grotte avec le reste du butin. Je l'ignore mais je m'en fiche. Je veux seulement qu'elle soit à toi... J'espère que je ne te déçois pas, Caroline. Nous devrons... tu vois, quand je t'ai remarquée dans ce bar, j'étais ce jeune type qui adorait Ashley Montgomery, sauf que c'était toi à présent que je vénérais. Aujourd'hui j'ai vu une femme qui a pas mal voyagé, qui pouvait comprendre, me comprendre, qui serait capable de me rendre la pareille en cas de nécessité. De là mon excitation et ma frayeur... Tu vois, mon cœur se transporte vers ton cœur, Caroline, mon sombre cœur frémit et répond à ton sombre cœur. Ceci est ma promesse, Caroline. Le serment que je te fais. [Simon se lève. La neige envahit l'écran. Fin.]

J'avais trouvé la performance largement complaisante et cependant étrangement émouvante.

— Nous nous sommes mariés en secret trois jours plus tard, à New York. (La voix de Caroline ne trahissait aucun bonheur à ce souvenir.) Je n'ai pas jugé bon de lancer des invitations – c'était bien trop bizarre. Il a fait venir un employé de mairie dans son appartement. J'ai pris un taxi. Nous n'avions pas couché ensemble, mais cette nuit-là, si. Il m'a demandé de ne pas utiliser de préservatif et je lui ai dit d'accord. J'ignore comment j'ai fait pour ne pas me retrouver enceinte. On a eu six mois pour se connaître, et on a dû passer quelque chose comme sept semaines ensemble. Il travaillait sur des projets de films, allait à Los Angeles, tout ça. Il a acheté cet appartement et nous avons commencé à le meubler...

Elle s'interrompit. Tout ce qu'elle me révélait semblait préparer le terrain à autre chose, mais je ne dis rien.

— Je suis sûre qu'il a couché avec d'autres femmes tout ce temps-là, mais il était très prévenant avec moi, et vu la bizarrerie de notre rencontre je ne me plaignais pas, même si à la longue j'avais l'intention de le faire. Il est rentré ici en août, surchargé de travail. Il avait un bureau au Village, il y bossait beaucoup, et croulait sous les rendez-vous – avec des distributeurs, des producteurs, des scénaristes, etc. On se voyait un peu le soir puis j'allais me coucher. Simon, lui, sortait. Un type lui servait de chauffeur, Billy Munson. Billy connaissait la ville par cœur. Simon se baladait, il cherchait des choses, des situations, toutes sortes de choses et de situations. Je lui ai demandé un jour si je pouvais l'accompagner, mais il a dit non. Parfois il faisait des enregistrements vidéo de ces escapades.

« Et puis un matin il n'est pas rentré. J'ai voulu appeler la police mais j'ai attendu encore un jour, parce que je savais que, si je me trompais, il serait furieux de la publicité que ça lui vaudrait, les gens diraient, regarde, sa femme ne sait même pas où il est. Puis j'ai appelé les flics et les jours ont commencé à défiler et je me suis mise vraiment à avoir peur. Bien sûr, dès qu'il a manqué ses rendez-vous, tout le monde s'est rué sur le téléphone, tout le monde s'est inquiété. Puis la police a retrouvé son corps... (Caroline rejeta la tête en arrière en fermant les yeux.) Ça ne m'a pas vraiment pris de court. Mais j'étais comme folle. Comment avait-il osé mourir ou se faire tuer alors que ça commençait juste entre nous ? Je lui en veux toujours un peu. Mais c'est surtout de la tristesse. On passait nos soirées à regarder des films au magnétoscope, il repérait un truc, arrêtait la cassette, revenait en arrière et expliquait l'angle de prise de vues, l'éclairage, le fonctionnement des dialogues. Il connaissait tous les films par cœur.

Caroline se leva et, comme elle longeait les murs de l'appartement, j'admirai la longueur de ses jambes, la perfection de sa nuque.

— J'ai longtemps cru que la police ferait la lumière sur sa mort. Ils prétendent qu'ils n'ont pas refermé le dossier, mais moi je crois que si. Ces stupides inspecteurs ne valent rien, en fait, hormis celui qui m'a transmis une copie du dossier, le dossier que je vous ai montré hier soir.

— Le studio a-t-il été de quelque utilité ? demandai-je.

Elle secoua la tête.

— La direction avait changé du tout au tout depuis son

104

arrivée. Il est mort, alors il ne peut plus leur rapporter de fric, vous comprenez ? Bien sûr les films qu'il a tournés rapportent encore de l'argent, mais ce n'est que du bénéfice dérivé et... (Elle s'interrompit.) Les gens viennent-ils vous voir avec toutes sortes de problèmes ? Je suppose que vous connaissez plein de types haut placés, tout ça.

— On vient me trouver, ça arrive, oui.

— Qui, par exemple ?

La réponse, je le vis, était une étape nécessaire pour elle. Elle voulait sentir que sa démarche n'avait rien d'inhabituel ou d'étrange.

— Il y a deux mois de ça, dis-je, la petite amie d'un flic est venue me raconter comment ce dernier tabassait les dealers. Ça n'a rien d'inhabituel, sauf qu'un des dealers était son frère à lui. Plus récemment, un vieux bonhomme qui lit ma chronique m'a raconté comment son épouse, qui avait une hanche artificielle – ils habitent Brooklyn – s'est fait renverser par des jeunes qui conduisaient une boom-car. Ils roulaient à soixante kilomètres-heure et ne se sont même pas arrêtés. Ils n'ont jamais été inquiétés. Ce genre de choses, des gens m'en parlent, vous voyez.

— Ils veulent quelques lignes dans le journal, ils veulent une sorte de...

— Ils veulent une transaction, ils veulent parler de ce qui est arrivé, de ce qu'ils ressentent.

Elle réfléchit un instant.

— Bien sûr, certains veulent juste qu'on les écoute, ajoutai-je.

— Je n'entre pas vraiment dans cette catégorie, enfin je ne pense pas. Je ne veux pas que vous mentionniez mon nom dans votre chronique.

— Fort bien.

— Je veux que tout cela reste entre nous.

— Fort bien.

Elle leva un sourcil.

— Vous étiez vraiment saoul hier soir.

— Oui.

— Vous avez...

— J'ai dit les bêtises qu'on dit quand on est saoul.

Je suppose que Caroline trouva mes paroles provocantes, car elle sourit, s'approcha de moi, ne s'arrêtant qu'à trois centimètres de ma personne. J'étudiai attentivement son visage, le front lisse – plus jeune que celui de ma femme –, les sourcils, les grands yeux bleus – pétillants, amusés –, les pommettes hautes, le nez légèrement accusé, la bouche à la moue suggestive, puis de nouveau les yeux. Si bleus qu'on pouvait s'y perdre. Elle ajoutait de la vélocité à tout ce qui pouvait se passer entre nous. Elle inspira légèrement, se figea, me regarda. Elle venait de ce lieu où je désirais aller ; elle savait pourquoi les gens s'y rendaient, elle était en mesure de me révéler mon moi véritable, mon trouble l'amusait, elle s'attendait à ce que je succombe à ses charmes, et cependant elle ne voulait pas me jauger à cette aune, car c'était dans l'ordre naturel des choses. Elle expira calmement et baissa les yeux. Ses cils étaient sombres. Puis elle me regarda de nouveau, posa l'index sur sa lèvre inférieure, très délicatement, l'ongle blanc et parfait comme un glaçage, puis la timide et rose extrémité de sa langue apparut, toucha son doigt, lequel, à peine humide, avec ses circonvolutions légèrement scintillantes, quitta alors ses lèvres pour voyager jusqu'aux miennes, et quand je quittai son doigt des yeux pour regarder les siens, je vis qu'elle me fixait avec un appétit qui dépassait de loin mes propres compétences sexuelles et prenait racine dans l'abysse de ses désirs.

— Si j'étais vous..., murmura-t-elle.

— Oui ?

Elle désigna ma taille.

— Je l'éteindrai.

— L'éteindre ? fis-je.

— L'éteindre.

Le beeper.

— Vous êtes amusante, dis-je.

Elle hocha la tête.

— Oui. Je suis amusante.

Son lit était immense. Elle ôta une barrette de sa

chevelure et la jeta sur une coiffeuse, puis ce fut le tour de sa montre, et elle entreprit ensuite de se déshabiller, passant par-dessus sa tête son T-shirt et l'abandonnant à l'envers sur une chaise. Son soutien-gorge était noir et fin et rapprochait l'un de l'autre ses seins. Puis elle baissa les yeux comme ses doigts se posaient sur le bouton de son jean. Jamais je ne m'étais senti aussi coupable, aussi excité. Le sang affluait massivement dans mon sexe tandis que j'ôtais mes chaussures, ma chemise, mon pantalon et mon caleçon. À mon âge, je ne suis pas gêné par mon corps, ni fier de lui – je n'ai pas ce ventre commun à tant d'hommes mûrs, et je fréquente le gymnase encore une fois par semaine. Elle, de son côté, était resplendissante dans sa nudité. Elle n'avait pas dilapidé son essence comme tant de New-Yorkaises obsédées par leur régime ; elle était pleine et en chair, avec des bras, un dos et des cuisses musclés.

— Ne bougez plus, lui dis-je.

— Pourquoi ?

— Vous le savez très bien.

Je remarquai quelques cicatrices et une marque colorée sur son omoplate.

— Qu'est-ce que c'est ?

Elle tourna la tête pour regarder son épaule.

— C'est ce qui reste de mon papillon. C'était l'aile.

— Un tatouage ?

— Oui. J'ai encore une séance. Le médecin fait ça au laser.

— Douloureux ?

— Pas vraiment. Le laser efface l'encre.

— J'aurais aimé le voir. Je parle du papillon.

Elle me regarda.

— Il était magnifique.

Puis elle se glissa sous les draps.

— Vous tremblez, dit-elle.

— Oui.

Nous avons pris notre temps. Son ardeur ne me gêna pas. La lumière d'hiver rasait la frange des immeubles derrière la fenêtre. Elle serra ma langue entre ses dents ;

à un autre moment, dans une autre position, elle ferma les yeux et fronça les sourcils, comme si elle se concentrait sur un complexe morceau de musique. Je me rappelle ses mains ouvertes sur les draps, puis fermées, puis ouvertes, je me rappelle ses cheveux blonds pris dans sa bouche, la boucle d'oreille qui s'était détachée et était tombée sur les draps avant qu'elle ne la déloge d'un geste machinal, la largeur de ses hanches devant mes yeux, moi qui aspirais du mieux que je pouvais la pointe de ses seins, à m'en étouffer, et la ferme tumescence de ses tétons, qui frôlaient mon palais. Je me rappelle qu'au dernier moment je m'enfonçai violemment et profondément, acculé à ma propre inconséquence et mû par cette cruauté qui est l'apanage de la plupart des hommes. Et plus tard, comme j'appuyais mon visage contre son ventre plat et tiède, je sentis une joie éclore en moi, une joie à l'idée que la vie m'offrait encore des possibilités, à l'idée que, à tort ou à raison, j'avais étreint, sous la forme de cette femme, l'étrangeté du possible même. J'avais tort de l'avoir baisée, mais je n'avais pas tort d'avoir désiré la baiser ; non, je n'avais pas eu tort du tout.

Dans la classe de maternelle de ma fille Sally, il y a un garçon qui est né sans mâchoire. Je le vois les matins où j'accompagne Sally à l'école. Là, au milieu du joyeux chaos de la salle de classe, alors que tous les enfants sont plongés dans des livres illustrés ou jouent avec des cubes, il reste debout, les bras raidis le long du corps, le regard aiguisé, regardant tout, pauvre gamin qui n'a pas tant une bouche qu'un humide orifice incurvé vers le bas avec une ou deux dents qui saillent. Au-dessus de la lèvre supérieure s'étend un beau visage d'enfant, avec des yeux pétillants et une chevelure châtaine ; dessous, c'est un cauchemar de chair torturée. Hormis cela, il est tout ce qu'il y a de plus normal, à ce qu'on m'a dit, et même brillant. Il ne peut pas parler, et il y a peu d'espoir qu'il parle normalement avant longtemps, ou même jamais. J'ai souvent vu les parents de ce gosse, des adultes que la fatigue et la déception ont ternis. Je reconnais que mon cœur est étroit et petit, que je les évite et n'ai aucune envie de croiser leurs regards, et que néanmoins mon attention revient par une maladive fascination au visage de l'enfant ; quand c'est possible, je m'y reprends à deux fois, ne serait-ce que pour réaffirmer ma répulsion, pour tirer quelque facile réconfort de ce que ce destin n'est pas le mien. Combien cela doit être pénible pour une famille, et comme la vie de ma fille doit paraître facile comparée à celle de leur fils. Je n'échangerais ma place avec le père de cet enfant pour rien au monde. Égorgez-moi, je n'échangerai pas ma place. Quel effet cela fait-il d'avoir un enfant comme ça ? Voilà ce que je me demande le matin en embrassant Sally. Le supporterais-je ? En veut-on au destin, aux chromosomes, à Dieu ? Cet homme voit-il le visage de son fils quand il fait l'amour avec sa femme ? Existe-t-il assez d'amour, de sérénité et d'argent dans cette famille pour supporter les inévitables opérations, les déceptions, les complications et les frustrations ? Et si ce n'est pas le cas ? De quoi est faite une famille ? D'après ce que je vois, la famille de ce garçon ne semble pas se porter très bien ; le mari a bien quarante kilos de trop, ses manières sont mornes. J'ai envie de lui passer un bras autour des épaules et de lui dire que je suis navré de ce qu'il lui est arrivé. Je veux qu'il sache que je vois sa souffrance, mais au lieu de ça, quand son fils lui dit au revoir en recourant au langage des gestes, je me dégonfle systématiquement et m'éclipse, par la porte, hors de la prison momentanée de leur chagrin. J'imagine que le père travaille quelque part dans un bureau, il a l'air d'un représentant en assurances. Il gagne assez pour payer l'éducation du petit, mais je parie que chaque dollar mis de côté par le couple est dépensé pour leur fils, ou à cause de lui. Autrefois, cet homme a été lui aussi un enfant, un gamin sur une bicyclette, le vent dérangeait ses cheveux, puis il a grandi, il est tombé amoureux ; maintenant il a la quarantaine, ses cheveux grisonnent, il prend du ventre et son fils souffre d'une grave malformation de naissance. Et sa femme – elle est abattue, vaincue, avec des cernes profonds sous les yeux. J'imagine que c'est elle qui s'occupe des soins particuliers dont leur fils doit faire l'objet, elle qui l'accompagne chez le thérapeute, etc., elle qui interroge les médecins sur les possibilités de greffes osseuses. C'est elle qui gère l'édifice de douleur de la famille. Le mari comme la femme donneraient n'importe quoi pour que leur fils ait une mâchoire normale, n'importe quoi. Et s'il arrivait que ces deux-là jettent un œil dans la maison des Wren, à l'heure bruyante et gaie qui précède le départ pour l'école par exemple, ils verraient ce dont ils sont à jamais privés et pourraient affirmer qu'eux aussi seraient capables d'une telle joie, si seulement... Et tous deux, surtout le mari, lui qui devrait être sujet aux vents changeants de la luxure masculine, me diraient que je dois être fou pour jouer ainsi avec la cohésion d'une famille. Peu m'importe que ce soit un coup d'enfer, me murmurerait cet homme à l'oreille. Regarde-moi, et considère la destruction. Et tout en l'écoutant soigneusement, avec respect, je hocherais la tête en signe d'approbation.

Mais... Mais j'étais là, dans la noire cabine ruisselante de la douche de Caroline Crowley, à me laver la bite. Toutes les surfaces de la douche avaient été découpées dans un marbre ébène qui renvoyait des myriades d'éclats de quartz. Il paraissait épais de trente bons centimètres, à mille dollars le mètre carré. Je sentis son savon et son shampooing et renonçai à m'oindre de leurs odeurs – Lisa s'en apercevrait. Une fois rhabillé, je déclarai que je devais partir, et Caroline hocha la tête, tristement peut-être. L'instant était tendre, mais sans joie, comme si nous venions tous deux d'être blessés. La pièce semblait froide et couleur de cendre. Nous n'avons fait aucune allusion à ma femme ou à son fiancé. Nous n'avons pas parlé de la profonde inopportunité de ce que nous venions de faire – l'incident planait au-dessus de nous, stupide et monstrueux. Elle se tenait voûtée dans un fauteuil, en peignoir blanc, ses jambes ramassées sous elle, apparemment plongée dans un état contemplatif. Faire l'amour avec quelqu'un pour la première fois est un acte qui s'inscrit souvent dans la chaîne des autres premières fois ; l'étape qui nous amène à connaître l'extase avec un nouveau partenaire est également, du fait de la logique du temps, une nouvelle étape vers la mort, et si rien d'autre ne nous assagit, il serait bon que nous le soyons par cela même. Quand je quittai Caroline, elle passait un peigne en écaille de tortue dans ses cheveux dorés. Ma rencontre avec elle n'avait aucunement diminué mon amour pour ma femme et mes enfants – non, cela est plus qu'évident ; le mystère est que mon amour pour eux n'excluait pas la possibilité que je puisse désormais aimer également Caroline Crowley, de cet amour subit, écœurant et incertain auquel on aspire et que l'on devrait à juste titre redouter.

Contemplez l'homme infidèle. Dans la surface cuivrée et miroitante de l'ascenseur je m'examinai – rougeaud, les cheveux humides, les lèvres légèrement enflées. Je ressentis moins de honte que je ne l'aurais dû, éprouvai un léger frisson obscur, perçus une jouissance diffuse dans mes couilles. Je resserrai mon nœud de cravate et boutonnai mon manteau de laine. J'allais devoir, bien sûr, me considérer comme un homme qui avait, pour la première fois, trompé sa femme. Presque spontanément. Cependant je comprends aujourd'hui à quel point il aurait été préférable que je me voie sous un tout autre angle, également – à savoir que je venais de pénétrer dans un labyrinthe bien plus étrange et dangereux que ce que j'aurais pu concevoir, une aventure autrement plus minable qu'un banal adultère. L'ascenseur ouvrit ses portes de laiton, je traversai le hall de l'immeuble, passai devant la réception et Napoléon, le portier en livrée. C'était un petit bout d'homme gras, et ses yeux me suivirent de biais jusqu'aux portes. Il m'adressa un long hochement de tête onctueux, porta ses doigts à sa casquette et me fit signe qu'un taxi m'attendait dehors.

Ce ne fut que par le plus grand des hasards, après avoir pris place sur la banquette arrière, après que le portier eut cru que je regardais ailleurs, que je le vis jeter un œil à sa montre, sortir un stylo et un carnet de sa poche et inscrire quelque chose – me concernant, je le compris plus tard.

Nous pensons connaître la ville où nous vivons, mais il n'en est rien. À chaque lumière correspond une part de ténèbres, pour tous les endroits que nous fréquentons il en existe d'autres qui regorgent d'existences oubliées et de musiques perdues. J'ai toujours été attiré par ces endroits ; ils sont humides, froids, ils défient l'espoir, s'affaissent, pourrissent, succombent à la rouille, se rient de la frivolité et parlent de la mort : une chaussure de femme dans le caniveau, un cadavre de bouteille sur une pierre, une porte repeinte dix fois en un siècle. Tôt le lendemain matin je me trouvais en un endroit semblable – la partie située au nord de la 11e Rue, derrière l'Avenue B –, sans raison particulière si ce n'est que je m'étais réveillé avec un étrange désir de voir le numéro 537, le terrain à construire où le corps de Simon Crowley avait été retrouvé dix-sept mois plus tôt. Mais alors que le cadavre avait été découvert au milieu de gravats, l'endroit était désormais plat et divisé en parcelles à jardiner. Je pus m'en rendre compte en dépit de la neige, épaisse par endroits, le vent ayant violemment soufflé sur le terrain et créé des congères, allant jusqu'à édifier un récif d'un mètre de haut qui commençait près d'un mur, passait au travers de la palissade et finissait devant le numéro 535. Mais c'étaient les jardinets qui m'intéressaient ; les enveloppes de maïs, les plants de tomates séchés, les parterres de fleurs pourries que séparaient des allées courbes en briques de récupération ornées de lumières de Noël et d'enjoliveurs chromés. Un petit drapeau portoricain flottait sur le jardin, et en dépit du froid des poules picoraient au fond du jardin près d'une cabane. Une banquette arrière de voiture trônait à côté de cette dernière. Un énorme animal empaillé et dépourvu d'yeux, rendu gris par le temps – un ours ou un chien – était suspendu au mur du bâtiment adjacent, comme s'il veillait aveuglément sur le jardin ou, peut-être, plus précisément, sur la statue du Christ qu'on avait installée dans une petite grotte plantée de roses rouges et de roses trémières. L'hiver avait tout anéanti, mais au printemps l'endroit retrouverait luxuriance, vie et couleur.

Une vieille femme obèse sortit de la cabane avec un râteau et se mit à ratisser un des petits parterres. Cela me parut une étrange activité pour un jour d'hiver, mais elle semblait satisfaite et fumait tout en travaillant. Puis elle me remarqua, comme je l'avais espéré, et mit une main en visière au-dessus de ses yeux pour mieux distinguer la silhouette sur laquelle la palissade jetait son ombre.

— *¿Qué quieres?* me lança-t-elle.

Ce que je voulais ? Je haussai les épaules avec emphase. Elle s'approcha de moi en se frayant un chemin au milieu des gravats les plus importants, et je pus entendre sa respiration sifflante. Le souvenir de ma mère, morte il y a plus de trente ans, clignota quelque part dans ma mémoire. Ma mère m'avait aimé, moi, son fils unique, de tout son cœur, mais ce cœur était confit dans la graisse ; elle était énorme ; et elle était morte en me sortant de la baignoire quand j'avais six ans. Encore aujourd'hui j'étais incapable de m'expliquer la chose.

La femme n'était plus très loin ; elle tenait dans sa main une petite boîte en plastique, le doigt posé sur un bouton. Je vis que son visage était marqué par l'adversité, la mauvaise santé et la tristesse. Ses sourcils portaient les cicatrices fines et hachurées d'une femme qui a été battue.

— Voui, m'sieur, je peux vous aider ?

— J'aime les jardins, aussi je me suis arrêté pour admirer le vôtre.

— Voui ?

Une lueur de méfiance brillait dans ses yeux.

— On avait un jardin quand j'étais petit, lui dis-je. On faisait pousser pas mal de légumes. Du maïs, des tomates. Vous en avez ici ?

— Voui.

— On faisait pousser des laitues, des choux, des brocolis, toutes sortes de trucs. Des petits pois tôt dans l'année. Je parie qu'on pourrait en planter ici dès avril. Vous avez mis des soucis entre les rangs contre les pucerons ?

— Des soucis ? demanda-t-elle. *¿Las flores?*

— Oui, les fleurs. Des soucis. Vous en plantez, les pucerons détestent le parfum.

Cette idée parut l'intriguer.

— Je vous montre le jardin ?

— Oui, dis-je. Ça me ferait très plaisir.

Elle m'ouvrit la grille de son jardin qu'elle referma soigneusement à clef derrière moi.

— Je m'appelle Estrella Garcia, dit-elle.

— Porter Wren, répondis-je.

Le nom ne parut rien lui dire, ce qui était tout aussi bien.

— Et ça, qu'est-ce que c'est ? demandai-je en désignant la petite bombe dans sa main. Du gaz incapacitant ?

Elle hocha la tête solennellement.

— On peut pas utiliser le gaz sur les chiens. Ça vous donne de la pleurésie. (Elle désigna ses propres yeux, qui étaient d'un marron verdâtre, et il me vint à l'esprit que, il y a longtemps, ils avaient dû être magnifiques.) C'est du poivre, parce que le poivre va dans le nez, hein ? Le poivre il marche sur les chiens et les méchantes gens, hein ?

J'acquiesçai.

— Je craignais que vous ne m'en balanciez une dose.

Elle fronça les sourcils.

— N'ayez plus peur vous maintenant.

Nous longeâmes une grossière allée de briques qui contournait le jardin. Je localisai en silence l'endroit approximatif où avait été découvert le corps de Crowley ; c'était à présent un carré de zinnias fanés disposés dans des

115

jardinières faites à partir de bouts de pneus. La terre n'était pas très bonne, encombrée d'éclats de ciment, de brique et de verre. L'entreprise de démolition avait laissé de gros morceaux de béton coulé et même quelques poutrelles d'acier, et je me demandai si la découverte du corps de Simon Crowley avait effrayé les ouvriers, ce qui les avait conduits à bâcler le déblayage.

— Dans mon pays nous avons beaucoup de jardins partout, disait Estrella Garcia. Dans le village les gens font pousser du maïs, des tomates, c'est un endroit juste pour les gens qu'ils soient heureux et fassent pousser peut-être quelques fleurs, ou même du poivre...

— Ce jardin est récent ? demandai-je, l'air de rien.

— Juste un été. Tout le monde il travaille très dur au printemps dernier parce que les gens, ils mettent, vous savez, plein d'ordures et de choses cassées, d'abord, ça c'est planté par mon petit-fils. (Elle me désigna une rangée étique de tournesols.) On l'entretient très beau pour des gens qui vivent ici. Tout le monde aime ce jardin, vous savez.

— Tous ceux qui s'en servent habitent dans la rue ?

Elle acquiesça distraitement, repoussant du pied une brique abandonnée.

— Ma famille elle habite la maison d'à côté juste là-bas, dit-elle en me désignant le 535. D'autres gens ils habitent le trottoir d'en face, vous savez, tous ceux qui viennent ici habitent le coin.

— L'immeuble qui était là avant tombait en ruine ? demandai-je.

Elle haussa les épaules.

— Non, c'était pas si terrible.

— Il n'était pas condamné et à l'abandon ?

— Personne y vivait, mais il était en bon état.

— Et le toit ?

— Je sais pas pour le toit. Des gens ils essayaient de vivre ici, mais on les a chassés. Notre immeuble il est mieux. Mon gendre est le gardien. Il fait du travail très bon. Il nettoie toujours le vestibule, le perron, tout...

Nous marchâmes jusqu'à la haute clôture.

— Ils étaient vraiment obligés de démolir l'immeuble ?

— Non, il était très bien, je crois.

— Est-ce que votre gendre sait pour l'immeuble ?

— Oh oui.

— Ça l'embêterait que je l'interroge à ce sujet ?

Que cela l'embête ou non, elle ne le dit pas. Nous nous frayâmes un chemin jusqu'au fond de la propriété, et Mrs. Garcia me fit descendre trois marches en ciment qu'obstruaient des bicyclettes d'enfant, poussa une porte marquée BUREAU, et descendit un escalier en bois, où l'air devint subitement très chaud, jusque dans une immense salle sombre où serpentaient partout des tuyaux et où l'on distinguait une bruyante chaudière de la taille d'un camion, une rangée de cumulus à eau chaude sifflants, une cage d'ascenseur vide, encore des bicyclettes, une cage d'escalier, divers morceaux de charpente, et, sous une ampoule nue munie d'une longue chaînette se terminant par une balle de tennis, un beau bureau ancien, où un Latino grisonnant avec des lunettes à verre épais et maculé limait un petit outillage graisseux, en proie à une détermination furieuse qui me fit comprendre qu'il savait exactement ce qu'il faisait, et dans l'ensemble aurait préféré être ailleurs.

— Luis, dit Estrella Garcia, le monsieur voudrait savoir pour l'immeuble qu'ils ont détruit.

Il leva les yeux et posa son regard sur moi.

— Çui d'à côté ?

— C'est ça, répondis-je.

— Oui ? demanda-t-il en ôtant ses lunettes.

— Je voulais savoir pourquoi on l'avait détruit.

— Il valait plus rien, dit-il en haussant les épaules et en s'essuyant les mains sur un chiffon.

— Oh. Votre belle-mère a dit qu'il était en très bon état.

Il hocha la tête d'un air dégoûté.

— Non, non, elle y connaît rien à ces immeubles. Il était plus bon. Ils avaient rien remplacé depuis, disons, 1970. Je suis allé dans cet immeuble un millier de fois. Le toit était une catastrophe, le premier niveau avait un défaut de construction, avec des lézardes inquiétantes, pas bon. Ils ont pas refait le toit, or ça il faut le faire. Il faut réparer le toit ou alors l'eau s'infiltre, vous comprenez, les choses se mettent à geler, se craqueler et pourrir. L'endroit grouillait de rats aussi.

Je me présentai et lui expliquai que j'étais journaliste.

— Vous êtes au courant pour le corps qu'ils ont découvert en démolissant l'immeuble ?

Le gardien acquiesça et soupira, comme si toute activité humaine était pour lui un fardeau, d'une stupidité qui n'avait rien de surprenant.

— Je pensais bien qu'il s'agissait de quelque chose dans ce genre.

— Je suppose que la police vous a posé tout un tas de questions ?

— Ils m'en ont posé quelques-unes.

— Ils n'ont jamais résolu cette affaire.

Il haussa les épaules. Peu lui importait.

— Les gens se font tout le temps tuer, vous savez. Il y avait une dame au cinquième. Et un gosse en bas de la rue.

Je hochai la tête.

— Vous ne vous êtes jamais demandé comment le corps avait fini dans ce terrain ?

— Pas vraiment. C'est pas mes oignons.

— Eh bien, je vous pose la question parce que le terrain était fermé par une coursive surmontée de barbelés et que l'immeuble lui aussi était condamné.

— Sauf pour la porte d'entrée.

— C'est vrai, mais elle était fermée à clef. Ce n'est sûrement pas...

— Eh, eh, une minute, dit-il en s'essuyant une fois de plus les mains de façon distraite. Vous savez combien il y a de serruriers dans cette ville ? J'ai des locataires ici qui changent leur serrure en permanence. Ils ne veulent plus payer leur loyer, alors ils font changer leur serrure. (Il secoua la tête.) C'était le propriétaire qui changeait les serrures avant ! Maintenant c'est les locataires. Ils menacent toujours de faire une grève des loyers. (Il balança son

118

chiffon sur le bureau. Ma question ne l'intéressait pas ; il en profitait seulement pour sortir sa rengaine plaintive.) Moi je vous le dis, ça commence à bien faire de réparer l'évier et les merdes de tout le monde. J'ai un seul gars pour m'aider... (Il se tourna vers un couloir sombre qui courait le long de gros tuyaux protégés par des gaines isolantes.) Adam ! Viens par ici !

Un jeune homme pas très grand et d'aspect tranquille en T-shirt des Mets apparut. Il se mordillait la lèvre.

— Adam ! s'écria le gardien. Va chercher la boîte. Montre au monsieur journaliste combien de clefs tu as. (Il se tourna vers moi.) J'ai demandé à Adam de garder des doubles des clefs. Non, Adam, je parle de la grosse boîte. Les locataires sont censés m'avertir et me donner un nouveau jeu, c'est dans les contrats de location, mais ils me donnent aucune clef. Je travaille pour le propriétaire de l'immeuble. Quel beau connard. Des implants sur le crâne. Chaque fois que je le vois, il en a de nouveaux. Je bosse pour lui. Je lui rapporte du fric et lui il le transforme en implants. On dirait des buissons en quinconce, merde ! (Il eut un sourire amer.) Mais je bosse pour lui. Faut bien qu'on travaille pour quelqu'un, pas vrai ? Il me fait poser des serrures spéciales, des machins à deux clefs, des serrures d'hôtels, et toutes sortes de conneries de ce genre, et moi je repasse trois jours après et le locataire a fait venir un serrurier pour qu'il les ouvre, style j'aimerais récupérer ma bouilloire, me suivez ? Pas vrai, Adam ? Va me chercher cette boîte de clefs, maintenant, Adam. Merde, arrête de traîner dans mes pattes ! (Il s'adressa de nouveau à moi.) Je connaissais tous les serruriers dans le temps, et ils passaient me voir en venant, mais ça c'est du...

Le téléphone sonna ; il décrocha un lourd combiné noir d'une fourche fixée au mur.

— Oui, oui. Non ! N'y touchez pas, Mrs... Dites à Maria de ne pas y toucher. Non, ça marchera pas. J'arrive.

Il raccrocha et me regarda.

— La dame du premier a une gamine de cinq ans. Le truc qui protégeait l'antenne de télé s'est barré. La gosse a fourré l'antenne dans la douille de la lampe. C'te môme devrait être grillée comme un toast à l'heure qu'il est, mais elle a rien. Me demandez pas pourquoi. Peut-être que la douille est nase. Faut que j'y aille. (Il prit sa boîte à outils puis se dirigea vers la cage d'ascenseur vide et appuya sur un bouton rouge.) Bon, comme je le disais... euh, ouais, avec toutes ces histoires de serrures ici, cet immeuble, peut-être qu'ils sont pas passés par la porte principale, mais ils auraient pu, ils auraient pu faire ce qu'ils voulaient, ils auraient pu passer de mon toit à l'autre, pour péter la porte d'accès et faire la bringue là-dedans.

J'étais sur le point de lui rappeler qu'il avait déclaré à la police qu'il doutait qu'on ait pu emprunter son toit vu qu'il fermait toujours la porte qui y donnait accès. Mais le téléphone sonna une nouvelle fois, et il dut décrocher.

— Oui, oui, j'arrive tout de suite.

Il raccrocha et contempla la cage d'ascenseur dont on voyait à présent bouger les câbles latéraux.

— Ce truc est trop lent. Bon, excusez-moi, faut que j'y aille. Je peux pas laisser cette môme jouer aux électriciens. (Il se dirigea vers l'escalier.) Adam ! Laisse tomber pour c'te boîte de merde ! On prend l'escalier. Adam, suis-moi, je vais au 204. Mrs. Salcines. Adam ? Adam, arrête de glander, bordel !

Je restai là, dans le sous-sol, sous un faisceau de canalisations. Estrella Garcia, son cou cerclé d'un dòughnut de chair affaissée, me regardait.

— Mrs. Garcia, dis-je, puis-je revoir votre jardin ?

Elle me fit signe que oui. Peut-être même était-elle contente.

Une demi-heure plus tard, je pénétrais dans le hall du journal et adressais un signe de tête à Constantine, le garde chargé de la sécurité.

— Bonjour, Mr. Wren, dit-il avec une chaleur qui me laissa pantois.

Constantine travaillait ici depuis près de vingt ans et

avait vu défiler des centaines de journalistes, d'éditeurs, de coursiers, de photographes, de vendeurs d'espaces publicitaires. Trois ans plus tôt, on l'avait surpris en train de remplir ses cases de loto, encerclant au stylo les petits numéros derrière son bureau. Au début il en remplissait plusieurs par jour, mais il s'était vite mis à en cocher plusieurs dizaines par semaine. Et tout ce temps il vous saluait, un petit signe de la tête accompagné d'un bonjour. Bientôt, des personnes averties ne purent s'empêcher d'aborder le sujet avec lui. Elles se dirent inquiètes face à cette manie compulsive. Avait-il besoin d'aide ? D'un analyste ? Se rendait-il compte que les billets de loto étaient une forme d'impôt déguisé ? Que les chances de gagner étaient infimes et qu'il ne pouvait sans doute pas se permettre de dépenser autant ? C'était avant que Constantine ne gagne douze millions de dollars. Néanmoins, il avait souhaité conserver son emploi de garde de la sécurité, et désormais les gens qui travaillaient dans l'immeuble lui apportaient leurs billets de loterie pour qu'il les remplisse.

Je pris l'ascenseur avec un jeune journaliste qui venait d'acheter son déjeuner au traiteur du coin. Il avait les cheveux en bataille, comme s'il s'était décoiffé volontairement, dans un accès de rage, et il n'arrêtait pas de ciller, plongé dans ses pensées, battant une mesure intérieure avec le pied.

— Laisse reposer, dis-je, ayant oublié son nom.

— Comment ?

Il me jeta un regard inquiet.

— Un article qui te pose problème ?

— Je... Oui, j'y arrive pas. Comment le savez-vous ?

— Pas de manteau. Pas de carnet. Beaucoup de café. Tu es sorti, te revoilà déjà.

— Comment vous avez dit, déjà ?

— Laisse reposer.

Il hocha la tête en signe de compréhension.

— Ouais.

Nous sortîmes de l'ascenseur et le jeune journaliste obliqua vers une autre partie de la salle de rédaction.

Je longeai au pas de course le mur du fond. Il y a de ça des années, j'éprouvais une certaine affection pour les autres journalistes, mais cela se passait à une époque où nous étions tous en plein essor. On s'asseyait autour d'une table et on parlait de Ed Koch, le maire de New York à l'époque, on cherchait ce qu'on allait bien pouvoir lui coller sur le dos, un truc bien vachard. Mais on ne l'a jamais fait, et pas mal de gens sont partis bosser pour d'autres journaux ou dans les relations publiques pour un salaire trois fois supérieur. Ou bien ils ont pété les plombs. En vieillissant, on voit de moins en moins de gens de sa génération, les autres paraissent plus jeunes. Ils veulent tous se payer quelques têtes. Et il y a les journalistes d'investigation qui en ont assez de remuer de la boue. Trop de travail sur le terrain pour un salaire de misère, mon pote. Ils ont une épouse, des enfants, des dettes, et ils sont pris au piège. Il faut qu'ils trouvent l'affaire qui fera du bruit, qu'ils la vendent aux éditeurs, puis qu'ils pondent leur papier. J'ai fait ça ; j'ai traîné à l'Hôtel de Ville, dans les commissariats, le bureau du procureur, les tribunaux fédéraux. J'ai attendu. J'ai perdu du temps. Quand on en a marre d'être journaliste d'investigation, on s'efforce de devenir chroniqueur. Tout le monde trouve que je suis surpayé. Je peux le lire sur leurs visages. C'est gênant. Ils me regardent et je sais ce qu'ils pensent. Ils ne savent pas quelle pression c'est d'être Porter Wren. Ils peuvent se cacher derrière l'écran de l'objectivité, mais un chroniqueur, lui, doit monter au créneau, il doit trouver des sujets chocs, viser la une. Une chronique trois fois par semaine, c'est comme un vautour qui vous ronge le foie aussi vite que celui-ci peut repousser. Vous êtes enchaîné au rocher, l'oiseau approche, les yeux brillants, le bec encore puant du dernier festin, et, descendant soudain en piqué, il s'acharne à coups de bec sur la plaie qu'il a délaissée deux jours plus tôt, se gave tout son saoul, avalant les lambeaux de chair, puis s'éloigne à tire-d'aile. Les autres journalistes pensent qu'ils comprennent ça, mais c'est faux, et leur ressentiment à mon égard m'indispose. Aussi je me fais discret, je ne quitte pas mon manteau, je longe le mur du fond de la salle de rédaction, la mine renfrognée, sans dire bonjour. Passez votre chemin. Ne m'embêtez pas. Je viens de tromper ma femme.

Richard Lancaster a arraché ses tubes, disait l'écriture étrangement lisible de Bobby Deal sur le bout de papier collé sur mon écran. *Mort instantanée.* Il s'agissait de l'agent d'assurances de cinquante-six ans qui avait tué Iris Pell. Plus longtemps il restait en vie, bien sûr, et meilleur serait l'article. Je contemplai mes notes de la veille. Les lignes inégales et hérissées me dégoûtèrent : comment décrire ce qui était arrivé à Iris Pell en huit cents mots ? Ça intéressait qui ? À quoi rimait une chronique la concernant, au juste ? J'aurais mieux fait d'être dans la douche de Caroline Crowley. J'appelai l'hôpital, dont je connaissais le porte-parole. Il se contenta de me confirmer que l'état de Lancaster s'était dégradé en raison d'une infection cérébrale, et refusa de me dire si en s'arrachant ses tubes Lancaster avait réussi son coup – c'eût été faciliter la tâche à la famille de Lancaster, qui aurait alors prétendu que le personnel médical avait tacitement participé à ce geste, ce qui était sans doute le cas.

— On dit qu'il s'est débranché tout seul, expliquai-je au porte-parole.

— Je ne peux confirmer, me répondit-il.

Ça voulait dire : Oui, mais trouve-toi une autre source.

Peut-être n'était-ce pas l'angle à adopter. Tous les types de la télé allaient se pointer à la veillée mortuaire. La seule source valable serait une infirmière ou un garçon de salle, mais ces derniers avaient sûrement reçu ordre de l'administration de garder le silence. Je feuilletai mon carnet. Le dernier numéro de téléphone qui me restait était celui de la mère d'Iris Pell. Peut-être serait-elle plus loquace, sachant que Lancaster venait de faire sa sortie.

J'adore les dates butoirs, je flirte avec elles, je les caresse et leur fais des promesses, je leur mens et me mens à moi-même. Mais la date butoir arrive toujours, et il était temps de contacter la mère de la défunte. Une telle chose exige du doigté. Quelqu'un est mort, tout de même. Dix ans plus tôt, je foirais ce genre d'appel quand j'étais pressé. Aujourd'hui, j'en sors vainqueur à presque tous les coups. Il convient de respecter le chagrin, mais pas au point qu'il vous ébranle ni que la personne vous mette dans l'embarras. Vous devez accuser le coup sans broncher, vous y abandonner, et oublier vos impératifs, vos délais, oublier tout le reste, et quand vous avez oublié tout le reste, alors ils savent que vous comprenez leur peine et ils vous parlent, or c'est ce dont ils ont envie, vraiment. J'appelle ça le point de dilatation. Au téléphone, Mrs. Pell se montra au départ circonspecte, comme si elle se mordait le poing avant de dire quoi que ce soit. Puis elle s'entrouvrit légèrement. Puis s'épancha. Personne ne lui avait parlé, personne ne lui avait demandé quoi que ce soit. Sa fille avait marché à dix mois. Sa fille avait montré des dispositions pour les mathématiques à l'âge de quatre ans. Sa fille avait élevé des poissons rouges quand elle avait sept ans. Sa fille avait donné son sang toutes les six semaines à dix-huit ans. Sa fille avait fait des études de comptable. Sa fille avait accepté un travail rémunéré à quarante et un mille dollars l'an, puis, au bout de quelques années, avait rejoint un centre de remise en forme où, sous la pression de l'âge, des hommes d'affaires à bout de souffle pédalaient sans bouger sur des bicyclettes fixes ou grimpaient machinalement des escaliers mécaniques. Dans le hall d'accueil du centre, un cadre d'entreprise – sûrement un banquier spécialisé dans les investissements – avait déposé une pile de prospectus vantant une offre publique initiale d'actions dans une société. C'était un drôle d'endroit pour trouver une publicité d'OP, bizarrerie voulue, bien sûr, car du coup les gens s'y intéressaient, et Iris Pell, la comptable, la remarqua. Le visage rougi par sa séance de remise en forme, dotée d'une épaisse chevelure brune, elle fut à son tour remarquée par Richard Lancaster, le cadre assureur. Il lâcha une remarque, l'air de rien. Elle y répondit. Chacun devina en l'autre une science des arcanes monétaires. Ils débattirent du projet. Comme c'était amusant d'être là, dans le hall d'un centre de remise en forme, quel commentaire sur notre façon de vivre. Ah. Oui, ah. Et ainsi de suite. Ce dont ils parlaient vraiment, c'était le prospectus d'une relation, et au cours de ces dix premières minutes, à force de hochements de tête, de sourires et d'examens attentifs, un marché fut passé. Peu importait que Lancaster fût bien plus âgé qu'elle. Ce fut alors le temps des bons vins, du lit, des projets. Iris Pell avait tout raconté à sa mère. Cinq mois plus tard, la robe de mariée de la famille Pell, remisée dans une boîte en carton à l'intérieur d'un placard en cèdre dans une maison de banlieue du New Jersey, la fameuse robe fut solennellement soustraite à son lit de naphtaline. Près de trente-huit femmes s'étaient mariées dans cette robe. Les coutures avaient été déchirées et recousues, le corsage ajusté, tantôt pour mettre en valeur tantôt pour dissimuler la naissance des seins (selon les charmes disponibles, le souci qu'avait la mère des apparences, la coquetterie de la fille), mais la robe, la robe de base, avait drapé de blancheur les rêves de trente-huit femmes pendant près de quatre-vingt-dix ans — presque un siècle —, mères, filles, cousines et belle-filles, et bien que la dentelle eût subi les outrages conjugués du parfum, du rouge à lèvres, de la cendre de cigarette, du champagne, des glaçages, et bien qu'un pourcentage standard des mariages eût mal tourné, la robe elle-même demeurait sacrée aux yeux de la famille Pell ; la robe représentait pour cette famille de travailleurs du New Jersey une valeur dans un monde qui n'en avait plus. Oui, la robe de mariée d'Iris Pell avait connu sa dernière heure de gloire sous les lumières fluorescentes d'une laverie chinoise dans l'Upper West Side, lors d'une ultime danse, quand Iris Pell avait subitement pivoté sur elle-même en apercevant son amant délaissé, Richard Lancaster, faire irruption dans le magasin et lui tirer dessus à bout portant, les balles traversant la robe de mariée avant de perforer le cœur d'Iris Pell, puis, par le fait d'un lointain ricochet, celui de sa mère. La fille était tombée, l'assassin s'était enfui, la police était arrivée, la mère souffrait. La robe fut photographiée à la va-vite par la police avant d'être restituée à la mère, qui, dotée d'une connaissance toute maternelle du sacré et du profane, avait fait incinérer la robe de mariée – sa robe de mariée, la robe de mariée de sa mère. Et, les larmes aux yeux, elle m'avait déclaré : « J'étais obligée d'agir ainsi, vous comprenez, je ne pouvais plus la garder. Je n'en ai même pas parlé à mon mari, Mr. Wren, je l'ai fait parce que je le devais. Je n'aurais jamais pu regarder cette robe, jamais plus... Je... excusez-moi un moment... Je suis désolée... c'était ma fille ! C'était ma fille. Pourquoi ma fille est-elle morte ? Pourquoi personne ne peut m'expliquer pourquoi ? »

Oui, Bobby Deal avait raison. J'aimais l'angle romantique. Et si une chronique est semblable à un vautour, alors elle le rassasie tout en me déchirant. En écoutant, disons, les confessions douloureuses d'une humble et honnête femme dans sa cuisine du New Jersey, je découvris qu'il existait un moment où j'atteins la plénitude dans la souffrance d'autrui, quand j'entrevois l'humanité d'un inconnu, où je deviens meilleur que je ne le suis vraiment.

Quand la chronique fut bouclée, mes pensées retournèrent au précédent après-midi, et je gage que, si ma culpabilité maritale était une grotte, je devrais à présent me déplacer le long de ses parois humides et glacées à la recherche des endroits acérés et des fissures que j'avais créés en moi. Je me devais de réfléchir là-dessus, et de décider s'il me fallait m'en ouvrir à ma femme et, si oui, quand et comment. Et si l'aveu n'avait pas lieu d'être, que devais-je alors penser de moi ? Je suppose que d'autres maris coupables d'adultère ont dû se pencher sur ces questions. Je supposai également que Caroline Crowley apprécierait sans doute ma valse-hésitation, et, de fait, ne chercherait pas trop vite à me revoir. Et peut-être avait-elle assez à faire avec son propre remords, puisqu'elle était fiancée au jeune cadre que j'avais vu à la soirée donnée par Hobbs. Mais je me trompais. À peine eus-je expédié ma chronique qu'elle m'appela.

Notre conversation fut brève et pleine de nouvelles perspectives sexuelles. Je me promis de ne plus la revoir et lui fixai donc rendez-vous d'ici à une demi-heure dans un restaurant de Park Avenue plein de sculptures abstraites vaguement marines sur les murs. J'arrivai le premier et demandai au serveur de garder la carte des vins, puis Caroline Crowley apparut derrière la vitre du restaurant, en fourrure et blue-jean, et je sus une fois de plus pourquoi j'avais agi ainsi. Elle poussa la porte, et tous les hommes la regardèrent, ils la regardèrent quand elle ôta son manteau et quand elle le tendit au serveur. Leur journée était plus agréable à présent ; ils allaient conserver un peu de Caroline Crowley pour eux-mêmes, conserver une parcelle qu'ils iraient déposer dans la précieuse cassette où ils remisaient leur trésor. Elle m'embrassa et s'assit en poussant le profond soupir d'une femme qui vient de marcher dix minutes dans Manhattan, les yeux brillants, l'air encore plus jeune que la première fois où je l'avais rencontrée.

— Cet endroit me plaît, dit-elle en regardant autour d'elle. Vous y venez souvent ?

— Jamais.

— Vous me cachez ?

— Oui, mais au vu et au su de tous.

— Et si vous tombez sur une connaissance ?

— Ça n'arrivera pas.

— Ça pourrait.

— Oui, ça pourrait.

Elle rit.

— Je pourrais faire comme si j'étais votre épouse.

— Ça ne prendrait pas.

— Ou votre assistante.

— Je n'en ai pas.

— Je pourrais être une source capitale.

— Vous êtes une source capitale.

— Une source de quoi ?

— De culpabilité.

— Je n'éprouve aucune culpabilité, déclara Caroline. Je sais que je devais avoir l'air plutôt songeuse quand vous êtes parti, mais je n'étais en rien d'humeur maussade, ni mélancolique. Je pensais simplement que vous étiez adorable et que j'avais envie de vous dire certaines choses, à quel point cela était délicat à faire, et je pense aussi qu'il serait bon que je vous montre ces choses, et qu'on parte de là. Je... je suis... (Elle tripotait sa serviette, et je vis que ses doigts tremblaient, quoique très légèrement. J'avais tenu ses doigts entre mes mains, les avais plaqués contre des draps.) Je suis plutôt seule en ce moment, Porter. Je vois Charlie, certes, mais il est jeune, enfin je veux dire c'est quelqu'un de très bien... (Elle leva les yeux avec inquiétude puis les baissa de nouveau.) Il pense que nous allons nous marier en juin, probablement... (Elle eut un geste agacé de la main.) Bon, c'est une façon un peu compliquée de vous dire que je veux vous montrer la chose dont je vous ai parlé. Cet après-midi. Maintenant. Si vous avez du temps de libre.

Je hochai la tête. Un silence s'installa et je commandai du thé pour me réchauffer. Caroline désirait de moi quelque chose de particulier, et j'étais incapable de savoir quoi exactement, du moins pour l'instant. Elle voulait toute mon attention, c'était clair, ainsi que de l'amour, mais rien ne pouvait lui donner à penser que j'étais en mesure de les lui fournir, car mon énergie, de toute évidence, était presque entièrement dévolue à ma famille et mon travail. Et si c'était le sexe qui l'intéressait, alors – eh bien, je suppose que je suis aussi doué que n'importe qui, mais si elle voulait choisir, tout ce qu'elle avait à faire, c'était de traîner dans un bar une minute ou deux et elle pourrait lever l'amant de son choix. Il en va de même pour des loisirs moins importants ; elle aurait pu lever un brillant causeur, un prophète affamé, un héroïnomane au bon cœur, un homme d'affaires implacable aux passions hors de prix, un activiste underground – n'importe qui. J'étais un journaliste marié. Ça n'avait pas grand sens à mes yeux. Mais ce n'était pas nécessaire, pour l'instant.

Nous avons remonté Park Avenue en croisant des

cadres, des femmes portant chapeau, des coursiers, des livreurs, des secrétaires en Patentes.

— C'est là, a fait Caroline en me prenant le bras.

J'ai examiné la façade de l'immeuble ; c'était une banque de Malaisie dont j'ignorais l'existence mais qui sans aucun doute s'occupait du nombre toujours croissant des riches intermédiaires malais qui travaillent pour les industries de fabrication japonaise et sud-coréenne, et adaptent la production des biens de basse technologie aux tarifs féodaux de la Malaisie. Nous pénétrâmes dans un hall de marbre qui comportait, derrière une partition vitrée, un immense bouddha assis de deux mètres cinquante de haut et vieux de plusieurs milliers d'années. Caroline le toisa d'un œil expert. Puis elle se présenta aux trois gardes en uniforme qui étaient assis derrière un vaste guichet. L'un d'eux décrocha aussitôt un téléphone, parla une seconde, puis hocha la tête.

— Vous avez de l'argent dans cette banque ? dis-je.

— Non, répondit-elle en riant. C'est Simon que je garde ici.

Nous traversâmes un vestibule. Caroline adressa un signe de tête à une réceptionniste qui appuya sur un bouton. Les portes d'un ascenseur s'ouvrirent derrière nous. Nous montâmes au quatorzième étage. Puis Caroline donna un numéro de compte à une autre réceptionniste. Un peu à l'écart, je pouvais voir son visage sur l'écran en couleurs – il paraissait curieusement exsangue. Un garde armé nous rejoignit et nous escorta au-delà de portes vitrées renforcées le long d'un labyrinthe de couloirs. Une fois passée une autre porte, celle-ci encore plus impénétrable – de l'acier trempé d'au moins huit centimètres d'épaisseur, une petite Malaisienne nous précéda le long d'un couloir flanqué de nombreuses portes aveugles. Un monsieur en turban et une femme voilée sortirent d'une salle, et je pus jeter un œil dans la petite chambre forte, le temps d'apercevoir brièvement ce qui semblait être un soldat d'argile chinois grandeur nature. Le couple nous dépassa calmement sans nous regarder : manifestement, le protocole exigeait que personne ne voie personne. Au bout du corridor, notre guide composa un court code sur un clavier inséré dans une porte, puis se tourna pendant que Caroline composait le sien. Une minuscule lumière verte s'alluma et la femme ouvrit la porte pour Caroline, salua de la tête et nous laissa.

Je ne savais pas à quoi m'attendre, mais je fus frappé par la sobriété de la pièce, dont le mobilier se résumait à cinq éléments : deux fauteuils de bureau, une petite table, un téléviseur assorti d'un magnétoscope et un immense coffre de la taille du grand congélo que mon père possédait dans notre garage, et où il entreposait le daim qu'il abattait chaque automne.

— J'étais vaguement au courant de l'existence de tout cela du vivant de Simon, mais je n'y ai eu accès qu'après sa mort.

Caroline défit les fermoirs du couvercle du coffre. Il était monté sur ressort et révéla aussitôt une rangée de cassettes vidéo. Chacune comportait une petite étiquette blanche et était numérotée en chiffres arabes : 1, 2, 3, 4, 5, etc. Les cassettes n'étaient pas rangées par ordre numérique. Il devait y en avoir entre soixante-quinze et cent.

— Quelles cassettes dois-je visionner ? demandai-je.

— Le plus possible.

— Sérieusement.

Elle me regarda en haussant les sourcils.

— Ça va prendre... Elles font toutes deux heures ?

— Non. La plupart durent dix ou vingt minutes. Certaines sont plus longues. Il ne doit y en avoir que deux qui sont vraiment longues.

— Je ferai ce que je peux.

— Vous pourrez revenir pour voir le reste.

Elle sortit le tiroir de cassettes.

— Dois-je les regarder en respectant les chiffres inscrits dessus ?

— Ça n'a pas d'importance.

— Il n'y a pas d'ordre particulier ?

— Non. Absolument pas. Ce n'était pas ainsi qu'il voyait

les choses. Son idée était qu'il n'y avait pas de plan. Cela aurait été par trop simpliste. Il trouvait que les plans étaient l'apanage des pleutres, en fait.

— Vous comptez rester ici et les regarder avec moi ?

— Non.

Je l'interrogeai du regard.

— Je suis désolée. Je ne peux plus les regarder. (Un souvenir passa dans ses yeux.) Je les ai vues de trop nombreuses fois. Je ne pourrai plus les revoir. C'est trop éprouvant.

J'approchai un des fauteuils du coffre et commençai à piocher dans les cassettes.

— Je vais prévenir les gens de la banque que vous risquez de rester un bon moment.

— Entendu.

Elle s'approcha de moi.

— Merci, Porter.

— C'est un des moments les plus étranges de ma vie, je crois.

— Rappelez-vous simplement que Simon était extrêmement déçu par la vie qu'il menait et qu'il recherchait quelque chose, la vraie vie – c'est la vérité qu'il voulait capturer. C'est peut-être idiot, mais c'est ce qu'il voulait faire. Ces cassettes sont en quelque sorte sa collection personnelle. Il en choisissait une pour chaque chose qu'il aimait. Il en a jeté des quantités. Nous en avons parlé une fois. Il essayait de réunir un ensemble de moments filmés. Rien à voir avec un film. Ou une séquence. Juste une collection.

— Est-ce que Charlie a vu ces cassettes ?

— Charlie ? Bien sûr que non ! Il ne comprendrait pas.

— Et donc...

— Et donc je vous demande de les regarder.

— Pourquoi ?

— Eh bien...

Elle posa sur moi ses grands yeux bleus, et ils me parurent pleins de réponses qui avaient gardé le souvenir non seulement du temps qu'elle avait passé avec Simon, mais de sa vie avant cela ; elle semblait suggérer qu'une chose était liée à une autre et que toutes ces choses étaient liées au reste, et que la seule façon de comprendre était de la laisser m'expliquer la chose à sa manière, quelle que soit la difficulté de l'entreprise.

— J'ai besoin de... Je veux que vous les regardiez, parce qu'alors je pourrai parler d'autre chose avec vous.

Je connais assez mon métier pour savoir qu'au cours d'une interview il est parfois plus utile de laisser libre cours au caractère évasif de certains propos plutôt que de bousculer la personne interrogée. Les déclarations évasives creusent pour ainsi dire un espace en négatif de ce dont on ne veut pas parler. Aussi me contentai-je de hocher la tête. Caroline se pencha en avant et déposa un baiser prolongé près de mon oreille.

— Pouvons-nous nous revoir demain chez moi ? murmura-t-elle.

J'acquiesçai – bêtement.

Elle sortit et la porte se referma dans un bruit sec. Ce bruit m'incommoda, puis m'effraya, et au bout d'un moment je me précipitai pour vérifier qu'on ne m'avait pas enfermé. Puis je pris une cassette portant le numéro 26, l'introduisis dans le magnétoscope et enclenchai la touche Marche.

CASSETTE 26

[Des formes sombres, le bruit d'un moteur de camion.]
PREMIÈRE VOIX : ... Gulf Stream, et tu sais quoi, le bateau faisait près de quinze mètres de long.
SECONDE VOIX : Et on trouve quoi sur ces machins – six chaises ?
PREMIÈRE VOIX : Ouais, quatre à l'arrière en vis-à-vis, deux sur les côtés. [Le bruit de moteur s'amplifie. Le soleil illumine la scène et révèle une énorme saillie métallique ; derrière, c'est un défilé continuel de chaussées et de nids-de-poule. On entend le chauffeur passer les vitesses,

appuyer sur les freins. Au loin, un bruit de circulation, des sirènes. Le camion s'arrête. Un homme habillé en éboueur apparaît, traînant une grosse poubelle ; y disparaissent des sacs-poubelles, des chaussures, des revues ; puis un autre homme, avec une autre poubelle, et ensuite le premier avec une autre ; après une demi-douzaine de poubelles la route derrière la saillie métallique devient floue pendant dix secondes, puis on entend un bruit de freins ; les hommes réapparaissent, en rythme, ils vident les poubelles les unes après les autres : des ordures, des vêtements, des sacs en papier mouillés, quelques bouteilles, une radio hors d'usage, des journaux qui devraient être recyclés, des sacs, des sacs, des sacs, un vieux moniteur d'ordinateur, des jouets d'enfant, des revues, des emballages en polystyrène, des papiers...] J'ai vu un banc de poissons magnifiques là-bas.

SECONDE VOIX : C'était quoi ?

PREMIÈRE VOIX : Des thons, quinze kilos. Je suis monté sur le pont, c'était magnifique... [Le camion fait une embardée en avant ; des hommes apportent d'autres poubelles, les retournent les unes après les autres, le souffle court sous l'effort, le visage éclairé par le soleil. Sous leurs épaisses chemises vertes on devine des épaules et des bras musclés. Quand la lumière passe sur leurs visages, ils semblent plus âgés qu'on n'aurait pu s'y attendre, eu égard à l'effort considérable qu'ils fournissent en soulevant les lourdes poubelles.]

PREMIÈRE VOIX : Et donc j'étais là et on les a vus. Incroyable. La mer était bleue, tellement bleue, tu vois, et le capitaine qui lance tout d'un coup : « Les voilà, ils arrivent », et je suis là sur le pont, je vois ces lumières, ces formes, et elles vont vite, comme des éclairs, à peut-être un mètre sous la surface, et c'est la chose la plus belle que j'aie jamais vue. [Le camion avance encore un peu. Les hommes travaillent avec constance, ne s'interrompant que pour abaisser le levier qui met en branle le compacteur digestif du camion-poubelle. Et de nouveau, des déchets de la société : des sacs, des carreaux en céramique cassés, une bicyclette, de la litière pour chats, des sacs-poubelles déchirés et qui débordent, révélant des coquilles d'œuf, des mégots de cigarette, une culotte de femme, sale, translucide et fascinante alors qu'elle surnage momentanément sur une écume d'ordures.] C'est quelque chose que je n'oublierai jamais, tous ces poissons qui venaient vers moi, peut-être deux cents au total.

SECONDE VOIX : Ouais.

PREMIÈRE VOIX : Un truc vraiment beau à voir, je te le dis.

[Le camion avance une fois de plus, freine dans un grincement, et les hommes reprennent le travail. Cela dure encore environ vingt minutes. Ils ne se parlent plus. Fin de la cassette.]

Je passai à un autre enregistrement.

CASSETTE 32

[On voit la banquette arrière d'une grosse voiture, une limousine. C'est la nuit. La radio marche, volume baissé. La partie inférieure de la vitre latérale est visible. La voiture avance lentement, dépasse des taxis, les lumières de magasins, les gens dans la rue en manteau d'hiver. On est à New York.]

PREMIÈRE VOIX : Ça marche déjà, je viens d'appuyer sur le bouton.

SECONDE VOIX : T'es vraiment un jeté de première, tu sais ça ? [L'arrière d'un crâne, près de la caméra. La caméra essaie de faire le point automatiquement sur des cheveux noirs. La tête bouge, la caméra recommence la mise au point.]

PREMIÈRE VOIX : Donne-moi ce truc, mec.

SECONDE VOIX : Encore une goutte et je crois que je vais être malade.

PREMIÈRE VOIX : Baisse la vitre avant d'en arriver là.

SECONDE VOIX : Je serai trop mal pour ça.

PREMIÈRE VOIX : Mais non.

SECONDE VOIX : Et merde.

PREMIÈRE VOIX : Demande à Max ou je ne sais qui d'aller sur la 10ᵉ Avenue.

SECONDE VOIX : Je ne suis pas prêt.

PREMIÈRE VOIX : Demande à Max, allez.

SECONDE VOIX : Il va nous prendre pour deux saloperies de pervers.

PREMIÈRE VOIX : Il est payé, que je sache.

SECONDE VOIX : Max ! 10ᵉ Avenue, 46ᵉ Rue ! [Un bruit.]

PREMIÈRE VOIX : Qu'est-ce qu'il a dit ?

SECONDE VOIX : Il a dit pas de problème.

PREMIÈRE VOIX : Il a dit que Bush allait se faire réélire.

SECONDE VOIX : Va te faire foutre.

PREMIÈRE VOIX : Putain, j'ai la forme, j'ai la tête en pleine lève-mag.

SECONDE VOIX : Lève-mag ?

PREMIÈRE VOIX : Lévitation magnétique, mon pote. Le train japonais file à trois cent cinquante bornes à l'heure et il touche que dalle, il flotte au-dessus des rails.

SECONDE VOIX : C'est pas possible, ça.

PREMIÈRE VOIX : Trop stoned pour crever, mon pote.

SECONDE VOIX : Allez, à quoi bon.

PREMIÈRE VOIX : On y est presque, regarde ! Y en a une. Dis à Max de ralentir. [Un bruit. La voiture ralentit.] Y en a une.

SECONDE VOIX : Merde, non !

PREMIÈRE VOIX : Elle était pas si mal !

SECONDE VOIX : Elle était énorme !

PREMIÈRE VOIX : Là !

SECONDE VOIX : Non !

PREMIÈRE VOIX : Si !

SECONDE VOIX : Max, arrête-toi ici ! Arrête-toi ici ! [Un visage à la fenêtre, une blonde avec une mauvaise denture.]

LA FILLE : Salut les gars.

PREMIÈRE VOIX : Salut, toi.

LA FILLE : Qu'est-ce qui se passe ce soir ? Ça caille et je suis toute seule.

PREMIÈRE VOIX : Nous aussi on est un peu seuls.

LA FILLE : Ben on dirait que vous avez un vrai bar.

SECONDE VOIX : Ouais, monte dans la voiture.

LA FILLE : C'est super.

PREMIÈRE VOIX : Billy, tu la veux ? [Pause. Des voitures passent.]

BILLY : Ouvre la portière. Que je jette un œil. [La portière s'ouvre. La fille fait semblant de danser, elle agite le bassin d'avant en arrière, en remontant sa jupe courte.]

PREMIÈRE VOIX : Billy ?

LA FILLE : Cent cinquante pour la visite complète.

BILLY : T'es trop moche pour qu'on claque autant.

PREMIÈRE VOIX : Elle est pas moche. Banale, peut-être. Ordinaire. Basique. Genre utilitaire...

LA FILLE : Qu'est-ce qu'il raconte ?

BILLY : T'as l'air intéressé, mon pote.

PREMIÈRE VOIX : Ça se pourrait bien. Ça se pourrait fort bien. Mais bon, c'est toi qui raques. [La fille s'installe sur la banquette, une jambe à l'intérieur, l'autre sur le trottoir.]

BILLY : Ferme la portière, on caille.

LA FILLE : Je peux m'occuper de vous deux, si c'est ce que...

PREMIÈRE VOIX : Je marche pas dans ces saloperies. J'ai déjà vu Billy à poil et c'est pas de la tarte.

BILLY : Va chier Simon.

LA FILLE [elle relève sa jupe] : Lequel de ces messieurs...

BILLY : Lui, mais c'est moi qui paie. C'est ce qu'on avait décidé...

LA FILLE : J'ai dit cent cinquante pour la visite complète.

BILLY : C'est des conneries. Je paie pas ça.

LA FILLE : Il veut quoi au juste ?

BILLY : Tu veux quoi ?

SIMON : Tirer mon coup.

LA FILLE : Les autres préfèrent une petite pipe.

SIMON : Eh, aucun rythme là-dedans, aucune puissance. [Prend une longue gorgée à même la bouteille.]

BILLY : Ça peut pas valoir cent cinquante.

LA FILLE : Je veux bien descendre jusqu'à cent, mais c'est vingt dollars la chambre.

BILLY : Tu peux le faire ici, la banquette est assez grande.

LA FILLE : Cent, alors.

SIMON : Billy ?

BILLY : C'est trop cher.

LA FILLE : Allez, quoi.

SIMON : Vous avez affaire à un négociateur de première, mademoiselle. Ce type bosse pour Merrill Lynch, il s'est fait un million de dollars l'an dernier.

BILLY [très en colère] : Merde, lui dis pas ça.

LA FILLE [elle essaie de prendre une voix enjôleuse] : T'as pas envie de moi ?

SIMON : Si, bien sûr, et je paierais cent, mais c'est pas moi qui raque. C'est lui qui a le fric, c'est lui qui douille sur ce coup-là.

LA FILLE : Soixante-quinze ? Mais c'est ma dernière...

BILLY : Merde, non. Pas question, bordel. Y a des filles là-bas qui sont nettement mieux foutues que toi et elles le feront pour trente-cinq dollars !

LA FILLE : Ben voyons.

BILLY : Tu me crois pas ?

LA FILLE : Tu veux la qualité, ça se paie.

BILLY : Entendu, on va trouver mieux, on dirait qu'y a une nana là-bas, on va aviser, on va voir ce qu'elle demande...

LA FILLE : Je vous en supplie, j'ai besoin de fric. J'ai des problèmes, je dépense trop.

SIMON : Tu es vraiment un chic type, Billy ! Pleure pas, ma belle.

LA FILLE : Trente-cinq ? je...

BILLY : Naaan ! Trop cher.

LA FILLE [en larmes] : Vous ne comprenez pas. J'ai toutes sortes de pro...

BILLY : Faut que tu baisses tes prix.

LA FILLE [en larmes, toute fierté disparue] : Vingt ? Je vous en supplie ? J'ai besoin de tunes ce soir.

BILLY : Cinq dollars. C'est ma... dernière offre. [La fille pleure et regarde tour à tour le visage des deux hommes.]

137

SIMON : Espèce de salopard, pas question qu'elle...

LA FILLE [le visage résolu] : Vous allez pas me donner plus ?

BILLY : Non.

SIMON : Tu es vraiment une teigne, Billy. Une teigne à queue froide. [Il boit.]

LA FILLE : Vingt ? C'est si peu. Vous êtes riches, vous.

BILLY : Cinq, ma salope. Ah !

LA FILLE : Non.

BILLY : Alors on arrête là. [La fille cherche du regard d'autres voitures. Aucune ne vient.]

LA FILLE : Salopard. Donne-moi d'abord le fric.

BILLY : Non, toi tu montes d'abord. [Elle monte. Une main apparaît, qui tient un billet. La fille s'en empare rapidement.]

LA FILLE : Tu veux mater ?

BILLY : Non, je vais descendre de cette caisse et attendre là quelques minutes en regardant ailleurs et fumer un petit clope méditatif.

LA FILLE : Entendu.

BILLY : Simon, ça te convient comme poule ?

SIMON : Ouais, ça va aller. Pour quelqu'un qui est complètement pété, t'es vraiment un enfoiré de première.

BILLY : Quand j'aurai plus rien, qu'on me les coupera, je serai encore un beau salaud. [La portière est ouverte, Billy sort. La portière est claquée.]

LA FILLE : Okay, mon mignon. Perdons pas de temps.

SIMON : Tu veux boire un coup ?

LA FILLE [reprenant du poil de la bête] : Ouais.

SIMON : On a toutes sortes de...

LA FILLE : Passe-moi ce truc, ça ira. [La fille s'empare de la bouteille.] Je vais m'en jeter une bonne.

SIMON : Holà ma belle, j'en ai déjà sifflé la moitié, alors tu peux t'en vider autant que tu veux. Paie-toi en retour. [La fille incline la bouteille et reste ainsi un moment.]

SIMON : Putain...

LA FILLE : C'est quoi ? Du whiskey ?

SIMON : Ouais.

LA FILLE : J'ai toujours adoré le whiskey. Baisse ton froc, enlève-le complètement, ça sera plus facile. [Bruits d'étoffe.] Moi je vais juste remonter ma robe.

SIMON : Hmm...

LA FILLE : Voyons un peu ce qu'on a là.

SIMON : C'est propre.

LA FILLE : J'ai une capote.

SIMON : Hmmm.

LA FILLE : Attends une minute. [Une main fouille dans un sac.] Faut que je prenne celle-là. T'as une grosse bite.

SIMON : C'est marrant, parce que je suis petit de taille.

LA FILLE : La plus grosse bite que j'ai vue, c'était celle de ce gros bonhomme tout petit, un Hawaïen ou je sais plus quoi. [D'un ton las.] Allez, bande un peu mon gars. Tu peux le faire.

SIMON : C'est agréable. Très pro.

LA FILLE : Pense que tu me la mets. Que tu me l'enfonces.

SIMON : D'accord.

LA FILLE : Qui se met sur l'autre ?

SIMON : Moi.

LA FILLE : Vas-y mollo, j'ai le dos en compote.

SIMON : Entendu.

LA FILLE : Vas-y. Mets-la-moi.

SIMON : Ouais.

LA FILLE : Arh...

SIMON : Je sens pas la capote.

LA FILLE : Je l'ai mise.

SIMON : T'es sûre ?

LA FILLE : Je l'ai mise, tu la sens pas parce que c'est moi que tu sens.

SIMON : Hon-hon.

LA FILLE : Je vais serrer encore un coup.

SIMON : Aah. C'était bien. Ouais, c'était bon.

LA FILLE : Allez, vas-y, vas-y, vas-y, je te fais pas payer à la minute. [Quelque chose a déplacé la caméra et maintenant le visage de la fille apparaît à l'écran ; ses yeux sont ouverts et elle regarde autour d'elle pendant qu'il s'escrime sur elle ; elle remarque la bouteille à côté d'elle par terre, s'en saisit et prend une longue rasade pendant qu'il la bourre, du whiskey dégouline le long de son manteau. Elle incline la bouteille, ajuste légèrement ses hanches, puis s'envoie une nouvelle rasade, conséquente celle-ci. Elle ferme les yeux et laisse tomber la bouteille sur le tapis de sol de la voiture. Puis elle appuie les deux mains sur le dos de l'homme.] Vas-y, maintenant, c'est bon, tu y es presque, vas-y. [On entend un long gémissement, et la tête de Simon s'abaisse brutalement et de façon intime contre son cou un moment, mais elle se dégage déjà de sous lui en abaissant sa jupe.]

SIMON : Saloperie de capote.

LA FILLE : C'était très bien.

SIMON : Je crois qu'elle s'est barrée, je l'ai plus sentie.

LA FILLE : Nan, moi je l'ai sentie. [Elle désigne son aine.] Elle est là ! [Elle récupère la bouteille.]

SIMON : Tu peux la garder.

LA FILLE : Ça non, t'as qu'à la jeter dans la rue.

SIMON : Je parlais de la bouteille.

LA FILLE : Eh, merci ! [Elle ouvre la portière et presque aussitôt on entend le bruit d'une autre portière qu'on ouvre.]

BILLY : T'es toujours là ?

SIMON : Je vais bien.

BILLY : La salope embarque notre whiskey !

LA FILLE : Il me l'a donné. [Elle referme brutalement la portière.]

BILLY : Tu l'as volée !

LA FILLE : Va te faire foutre, connard.

SIMON : Elle t'en veut encore.

BILLY : Max ! Max ! Démarre ! [La voiture démarre. Billy appuie sur le bouton de la fenêtre et passe la tête dehors.] Cinq dollars ! Hé, les autres ! Cette salope le fait pour cinq dol... [Il rentre précipitamment la tête.] Oh-oh, elle nous rattrape. [Quelque chose heurte le véhicule, un bruit de verre qui se brise.]

SIMON : Elle a balancé la bouteille ?

BILLY : Ouais. [Il regarde vers l'avant de la voiture.] Max !

T'en fais pas. La voiture a rien. Pas de problème. Je paierai s'il y a le moindre truc. [La voiture se glisse dans la circulation. Les lumières de la ville qui palpitent, le flux des voitures.] C'était bien foireux.

SIMON : Un sombre épisode.

BILLY : Très sombre.

SIMON : Et maintenant ?

BILLY : Je te propose Harlem, l'East Village, Central Park West... Y a toutes sortes de possibilités.

SIMON : Eh, on devrait arrêter ce truc.

BILLY : C'est une cassette de deux heures, il y aura bien assez de...

SIMON : Passe-moi ce fil. Non ! Passe-le... Billy, enfoiré.

[L'image s'interrompt. La neige envahit l'écran.]

CASSETTE 69

[Une pièce luxueuse, avec des plafonds hauts et d'épaisses tentures rouges jusqu'au sol. Des gens élégamment vêtus vont et viennent. Une femme tient une écritoire à pince. Un homme âgé aux cheveux gris est entouré d'autres hommes plus jeunes. La caméra n'est pas fixe, comme si on la tenait au poing ou si on essayait de la cacher. Un groupe d'hommes entre avec désinvolture, mais tout le monde se retourne. Un des hommes est Bill Clinton. Il est encore jeune, ses cheveux commencent à peine à grisonner. Il est là, il est le pouvoir. Plusieurs personnes vont à sa rencontre. Il est clair qu'ils ont l'habitude d'être en sa présence. L'homme est grand, de toute évidence. La caméra s'approche en cahotant. On entend une voix : « Monsieur le Président ? » Clinton lève les yeux puis retourne à son interlocuteur. Ils parlent encore un peu. Clinton attend de pouvoir répondre, il hoche la tête, scrute la pièce. La femme avec l'écritoire à pince s'approche de lui et il est clair qu'elle a besoin de lui parler en privé un instant. La caméra est proche. Elle semble dissimulée sur la personne qui s'approche.]

LA FEMME AVEC L'ÉCRITOIRE : C'est juste un problème d'emploi du temps.

CLINTON : Impossible.

LA FEMME [à la caméra] : Paul ? Vous ne pouvez pas les faire attendre encore une heure ?

UNE VOIX : Je ne pense pas.

CLINTON [le visage soudain tendu et rouge] : Je n'ai pas le temps pour ça.

LA VOIX : On pourrait...

CLINTON : Non, bon sang ! Quand est-ce que vous autres allez comprendre que quand je dis non, c'est non ? Et que votre problème n'est pas mon problème ? À vous de le résoudre. Vous êtes tous très brillants, j'ai lu vos CV. [Il a un geste brusque de la main.] Vous allez finir par m'avoir avec des conneries de ce genre. [Clinton s'éloigne et s'en va saluer d'autres personnes. La cassette s'interrompt.]

CASSETTE 72

[Un train de banlieue, des hommes et des femmes qui rentrent du travail. Les fenêtres sont noires ; c'est la nuit. La caméra montre la nuque de deux hommes.]

LE PREMIER HOMME : ... au regard du plus bas quartile de la firme, je pense que les heures facturées sont une des mesures envisageables. Nous le savons tous. Aussi je lui demande de venir dans mon bureau, il vient, on s'assoit, et je dis : « Gerry, il faut que nous parlions de la façon dont les choses se passent pour vous. » Alors il se braque et déclare qu'il y met du sien. Je lui dis : « Une petite minute, vous avez déclaré mille cinq cents et quelques heures l'an dernier, c'est même pas dans la moyenne. » Il me répond qu'il travaille tout le temps mais qu'il a une famille et doit la voir. Il a investi neuf ans dans la société et pense que cela devrait lui donner une certaine liberté. Je lui dis, bon, très bien, j'ai compris, mais dans l'ensemble les gens trouvent qu'il n'est pas assez présent. Enfin quoi, je lui ai dit que s'il partait en congé alors que ce dossier McCabe n'était pas bouclé, c'était moi qui allais me le coltiner, or je ne serais pas vraiment en mesure de le gérer, et à son retour de vacances ça serait la cata. Et c'est ce qui s'est passé. Gerry me dit qu'il doit s'occuper de sa famille, que sa petite fille courait partout pendant une soirée, et qu'elle est passée à travers une baie vitrée, elle a eu des nerfs du pied sectionnés. Sa femme est enceinte du troisième et il doit emmener la petite chez un thérapeute ou je ne sais quoi. Moi, je lui dis : « Vous ne pouvez pas engager quelqu'un pour l'y conduire, une baby-sitter ou quelqu'un dans ce genre ? »

LE SECOND HOMME : C'est plutôt difficile à faire.

LE PREMIER HOMME : Ouais, eh bien c'est également plutôt difficile de boucler le dossier McCabe quand votre principal associé n'est pas là. J'ai deux associés, vous savez, Pete Machinchose et Linda, ils sont excellents, mais vous savez qu'ils ont mis au point le modèle de contrat pour McCabe et qu'il y a eu quelques sérieux problèmes. Ces équipes d'agents immobiliers qui ont bossé en ville vingt, trente ans connaissent tous les trucs. Tous. Ils vous insèrent de drôles de petites clauses qui ont l'air inoffensives, et puis après vous découvrez qu'elles se rapportent à une obscure partie du règlement municipal, et vous êtes baisé, parce que c'est dans le contrat. Et au final ça vous coûte deux millions de dollars – ça nous est déjà arrivé.

SECOND HOMME : Alors qu'est-ce que vous avez dit à Gerry ?

PREMIER HOMME : Je lui ai dit qu'il devait prendre moins de congés, il faut qu'il soit là et que ça se sache. D'accord, le nombre d'heures que je fais a baissé, mais c'est parce que je suis ici pour faire des affaires. Les types de la caisse d'indemnités le comprennent très bien. Alors Gerry me sort qu'il ne voit pas comment il pourrait faire davantage d'heures, sa femme a besoin de lui à la maison, il passe son temps à courir d'un endroit à l'autre. Comme nous tous, non ? Je lui dis qu'il faut qu'il comprenne qu'il a un problème à la firme. Je ne peux plus le protéger. Je ne le protégerai plus. Il me dit : « Ça veut dire quoi ? » Nous

143

pensons tous les deux à la même chose. Deux gosses dans le privé, un troisième en préparation, la totale. Alors je lui dis : « Trouvons une solution de sorte que je sache ce que vous allez faire, disons, mille neuf cents heures par an, et vous ne prendrez jamais de congé allant au-delà d'une semaine. »

LE SECOND HOMME : Et qu'est-ce qu'il a dit ?

LE PREMIER HOMME : Il n'a rien dit. Rien.

LE SECOND HOMME : Quoi ?

LE PREMIER HOMME : Vous n'allez pas me croire. Il a pété les plombs.

LE SECOND HOMME : Quoi ?

LE PREMIER HOMME : Ouais. Il a rien dit. Il s'est levé, s'est tourné. Moi je me dis, tiens, c'est bizarre. Puis je comprends ce qu'il est en train de faire. Il a sorti sa bite et il pisse...

LE SECOND HOMME : Quoi ? Cessez de me baratiner !

LE PREMIER HOMME : Je ne plaisante pas. Il se promène dans le bureau en pissant ici et là, il se tourne, il redresse son jet et en envoie une giclée sur mon bureau, puis il se dirige vers l'ordinateur et lui pisse un peu dessus, et voilà. Il referme sa braguette. Il se rassoit dans son fauteuil et me regarde. Comme s'il ne s'était rien passé. Moi je suis assis là. Je pense à un million de trucs. Est-ce que je peux virer ce type comme ça ? Non. Il faut que je passe par le conseil. Seul Carl peut virer quelqu'un sur-le-champ et il est aux Bermudes. Je me demande alors si Gerry n'est pas vraiment timbré, s'il n'est pas dangereux.

LE SECOND HOMME : Gerry reste assis là, calmement ?

LE PREMIER HOMME : Ouais, tout ce qu'il y a de plus calme. Il n'a même pas l'air en colère. Et y a même une goutte qui a taché une des dépositions Mueller que j'étais en train de lire. On reste tous les deux comme ça. Puis je lui dis qu'il doit s'attendre à ce qu'on se passe de lui. Je le dis aussi calmement que je peux. Je veux dire, le mal est fait, il est allé trop loin, non ? Et lui il me sort alors : « Je ferai de mon mieux pour passer à mille neuf cents heures par an, John, et vous pouvez compter sur moi pour que j'organise

144

mes congés de façon à ne pas m'absenter plus d'une semaine à la fois. »

LE SECOND HOMME : C'est bizarre.

LE PREMIER HOMME : Puis il s'en va. Et deux jours plus tard, le lundi suivant, Carl rentre, je me retrouve avec lui et Gerry dans son bureau. Pas le petit mais le grand, celui du sixième étage. Je lui raconte ce qui s'est passé. Carl se tourne vers Gerry. Gerry déclare que c'est ridicule, que c'est complètement dingue. Oui, nous avons discuté des heures, qu'il faisait, je vais remettre sérieusement le pied à l'étrier, patati patata, mais pissé dans son bureau ? C'est dingue, Carl.

LE SECOND HOMME : Attendez une minute, il nie le truc ? Il n'a pas laissé une odeur, ou...

LE PREMIER HOMME : Non, le ménage a été fait le soir même ; ils ont passé l'aspiro, vidé la corbeille, tout nettoyé, plus de trace. Il ne restait rien, pas d'odeur. Et donc je n'avais aucune preuve. Je suis là, assis en face de Carl, et je sais ce que Carl pense. Il pense : Lequel des deux est fou ? Un de mes associés a pissé dans le bureau de l'autre, ou alors un de mes associés prétend qu'un autre associé a pissé dans son bureau ? Les deux versions sont dingues – égalité. Je vois bien que c'est ce que pense Carl. J'ai travaillé assez longtemps pour lui...

LE SECOND HOMME : Gerry aussi.

LE PREMIER HOMME : Ouais, Gerry aussi. Carl nous regarde donc tour à tour. Puis il me fixe, de son regard las. Je sais ce qu'il pense. Je n'ai aucune preuve. C'est juste une accusation. Puis il regarde Gerry. Bon, d'accord, Gerry ne met peut-être pas le paquet au niveau horaires, mais ce type est l'honnêteté même, il ne drague même pas les secrétaires.

LE SECOND HOMME : C'est vrai.

LE PREMIER HOMME : Et donc Carl reste là, à gamberger. Puis il se tourne vers Gerry et lui dit : « Comment va ta petite fille ? » Et Gerry dit un truc du genre : « Elle va mieux, c'est un fait. Sa blessure au talon n'est pas si grave. » Puis Carl lui raconte que sa propre fille s'est cassé une fois le pied en faisant du cheval, qu'on le lui a remis en place puis qu'il s'est recassé, et il l'entendait pleurer dans sa chambre à cause de la douleur. Et Gerry, ce fumier, il se contente de hocher la tête. Puis Carl lui dit : « Les docteurs sont capables de choses étonnantes de nos jours, je crois que ça va aller. » Et moi, je pense : Une minute, on n'est pas là pour parler de ça, on est là parce que ce type a pissé sur ma moquette et mes papiers, et voilà qu'on sort les violons et qu'on pleure sur la fille de Gerry ? Alors je balance : « Hé, attends un peu, Carl, nous parlons du fait que Jerry a pissé dans mon bureau. » [Maintenant le second homme regarde par la fenêtre, dans le noir.] Et à peine j'ai dit ça que je suis dans le pétrin. Carl se tourne vers moi et dit : « Ce n'est pas de ça que je parle. Je parle d'autre chose. Je parle d'une petite fille qui pleure dans sa chambre parce qu'elle a mal au pied. » Alors je me dis que j'ai intérêt à faire gaffe. Enfin quoi, c'est quand même le type qui a attaqué AT&T, bon, et qui a gagné. Alors je moufte rien. Puis Carl dit : « Ma petite fille restait dans sa chambre et pleurait en silence parce qu'elle ne voulait pas qu'on l'entende. On lui a dit qu'il fallait qu'elle soit courageuse et qu'elle ne pleure pas, et c'est la chose la plus stupide qu'on lui ait jamais dite. » Il continue sur ce registre, j'arrive pas à y croire. Puis je m'aperçois que Gerry va s'en sortir haut la main. Il a pissé partout dans mon bureau et il ne va rien lui arriver, je commence à réaliser la situation. Et Carl qui continue, et Gerry, ce fumier de mes deux, qui hoche la tête en écoutant avec peut-être même une larme à l'œil. Et moi je balise. Il va s'en sortir, il va vraiment...

LE SECOND HOMME [se lève comme le train ralentit] : Je descends là.

LE PREMIER HOMME : Oh. Bon, d'accord. On se voit... quoi, vendredi ?

LE SECOND HOMME : OK. [Il passe devant le premier homme et, sa mallette à la main, s'avance dans la travée à la suite des autres voyageurs qui descendent là. Le train s'arrête, ils ont tous un petit pas de recul, puis ils sortent à la queue leu leu. Le bruit du train s'accélère. Le premier homme se gratte le nez. Peut-être soupire-t-il. Puis il ouvre sa mallette et en extrait une liasse de documents qu'il commence à lire. Le train continue, s'arrête à une station, repart. L'homme finit par ranger ses papiers et regarde par la fenêtre. Des traînées de pluie sont apparues sur la paroi extérieure de la vitre.]

J'éjectai la cassette. Manifestement, Simon s'intéressait aux fragments de ce qu'on pourrait appeler « la réalité sur le vif », même si cette réalité l'incluait, lui, à l'arrière d'une limousine avec une prostituée. Je me demandais s'il avait passé de longues heures à étudier ces extraits ; c'était un cinéaste – quelqu'un doté d'un œil pour la nuance des comportements humains, des mouvements, des voix, quelqu'un qui aurait pu tirer un enseignement de ces cassettes d'une façon intelligible. À moins qu'il n'ait apprécié en elles que leur potentiel de voyeurisme – après tout, nous ne sommes plus aujourd'hui qu'une pauvre nation de voyeurs. Je me levai, ouvris la porte et jetai un œil dans le vestibule. Rien, si ce n'est une rangée de portes de chaque côté, le coûteux tapis persan et des lumières disposées à intervalles réguliers au plafond.

De retour dans la pièce, je choisis une autre cassette. Sur l'étiquette, d'une écriture distincte, figurait la mention PRISE PAR M. FULGERI 5/94.

CASSETTE 67

[Un village du tiers monde. Des bâtiments bas de médiocre qualité, des voitures carbonisées. La caméra panoramique sur le village ; on ne voit personne. Mais il devient vite clair qu'il y a des formes par terre et la caméra se dirige vers elles. Bruit de pas, deux personnes qui parlent. Les formes sont humaines, et gisent par terre, immobiles. Des corps noirs. Ils sont empilés négligemment, ici et là, comme si la totalité du village avait été violemment tirée de son lit et ne s'était pas réveillée. Une mère avec son enfant ici, deux garçonnets là, un vieillard, un petit enfant empalé sur un épais piquet...]

UNE VOIX, ACCENT ANGLAIS : Je vais le garder chargé, au cas où.

UNE SECONDE VOIX, ACCENT ITALIEN : Essayons l'église. [La caméra se déplace vers un bâtiment plus important avec un toit pointu en fer-blanc et des fenêtres basses sans vitres découpées dans les murs. La caméra montre une femme allongée dans la poussière, les seins tranchés. Une fois dans l'église, c'est le noir, et la cellule photoélectrique se déclenche.]

LA VOIX ITALIENNE : Oui, ici aussi. [La caméra découvre une église pleine de corps, de cadavres empilés les uns sur les autres. Il est impossible de les dénombrer, mais il y en a sûrement des centaines, peut-être même un millier, rien que des morts, surtout des enfants, les traits de leur visage détendus dans le sommeil de la mort, des mouches vont d'un corps à l'autre. Il y a des empreintes de main sur le mur – un hiéroglyphe de traînées plus ou moins appuyées, qui suggèrent une activité frénétique. Tout au fond de l'église se produit un mouvement, et la caméra fait un zoom avant ; c'est un petit chien, qui mange par à-coups nerveux ; il relève la tête, ses oreilles se dressent, puis il baisse à nouveau la tête et reprend son repas. La caméra opère un panoramique avant puis arrière sur les morts ; ils ont dû se regrouper dans l'église pour y trouver refuge, bien trop nombreux pour pouvoir tous s'asseoir sur les bancs, et la densité des cadavres suggère un massacre systématique à la main. Cependant les assassins se sont attardés ici ou là ; plusieurs des corps témoignent d'un acharnement particulier sur la bouche, comme si on leur avait arraché les dents.]

LA VOIX ANGLAISE : Il m'a semblé entendre des coups de feu.

LA VOIX ITALIENNE : Non, non. Je ne crois pas.

LA VOIX ANGLAISE : Peut-être qu'ils abattent les chiens.

LA VOIX ITALIENNE : Tu sais ce qu'ils sont tous en train de faire dans mon pays, en ce moment ?

LA VOIX ANGLAISE : Non.

LA VOIX ITALIENNE : Ils suivent les matchs de qualification de l'équipe nationale de basket. Tu connais ? C'est très important en Italie. Le basket. Patrick Ewing. Tout le monde connaît tous les noms.

LA VOIX ANGLAISE : Allons voir un peu là-bas. [La caméra opère un nouveau déplacement, englobant le morbide panorama, puis sort de l'église. Trois soldats avec les casques bleus des Nations unies s'approchent.]

PREMIER SOLDAT : Nous vous demandons à présent de partir, s'il vous plaît.

LA VOIX ANGLAISE : Nous tournons un documentaire. Le colonel Aziz sait que nous sommes ici.

LE PREMIER SOLDAT : Mes ordres sont de vous évacuer, s'il vous plaît. Merci beaucoup. Merci. Je vous remercie. Merci.

[Panoramique cahoteux de l'église, du sol et du ciel bleu. Fin de la cassette.]

J'éteignis le magnétoscope. Hormis le sourd bruissement du système d'aération, la pièce était plongée dans un silence total, et le bruit de ma propre respiration me surprit. Pourquoi Caroline ne m'avait-elle pas parlé du contenu des cassettes ? Je trouvais la chose vaguement perturbante. Elle et moi avions à présent entamé une sorte de dialogue manipulé. Mais qu'essayait-elle au juste de formuler au sujet de son défunt époux et peut-être d'elle-même ? Que Simon Crowley était un amateur des souffrances humaines ? Qu'il ne voyait rien de la bonté de la vie, qu'en rassemblant les exemples de ce qui était laid, sombre et éternel dans la nature humaine il la comprenait mieux ? Qu'il était un véritable artiste ? Un faux génie ? Je n'en savais trop rien et ne m'en souciais pas. Il n'existe plus d'image qui ne puisse être capturée. En termes de prodiges, de fantaisie ou de pornographie, tout a été fait.

Nous portons en nous-mêmes une encyclopédie d'images digérées ; nous pouvons rêver au ralenti, en multi-écran, avec les effets spéciaux d'aujourd'hui, des atrocités de demain. Aucune des images de Simon Crowley, même la cassette tournée au Rwanda, ne semblait moins dérangeante ou plus réelle que les reportages quotidiens sur CNN. Je n'en avais vu qu'une petite partie, mais elles donnaient à penser que Simon Crowley s'était laissé fasciner par les images « authentiques ». Que ces cassettes fussent des études destinées à améliorer son art de cinéaste ou une fin en elles-mêmes, c'était là une question à laquelle je ne pouvais répondre. Non, la signification de ces cassettes, pour moi, n'était pas qu'elles caractérisaient Simon mais qu'elles pouvaient m'apprendre quelque chose sur Caroline.

J'étais sur le point de glisser une autre cassette dans le magnétoscope quand mon beeper se déclencha. Ma frustration laissa vite place à la peur. CONTACTEZ MR. HOBBS, disait le message, suivi d'un numéro de téléphone. CONTACTEZ MR. HOBBS. Les seules personnes à connaître mon numéro de beeper étaient ma femme, Josephine, les flics, mon père, Bobby Dealy, qui venait de quitter son poste, et le rédacteur en chef. Hobbs, ou l'un de ses représentants, avait appelé la salle de rédaction et obtenu le numéro du rédacteur, lequel, bien qu'il sût que ce numéro était privé, n'avait pu le refuser à Hobbs. J'aurais agi de même, cela va de soi.

Il avait son quartier général à Londres mais conservait des bureaux à New York sur plusieurs étages dans un immeuble pas très loin de Grand Central. Une fois dans la rue, je restai un moment dans le froid, me demandant si je devais appeler avant de passer pour avoir une idée de ce qui m'attendait ou simplement y aller à l'instinct. Je décidai d'appeler, trouvai une cabine publique et tombai sur une secrétaire de Hobbs.

— Oui, nous vous attendons, dit-elle. Mr. Hobbs aime-rait s'entretenir avec vous.

— Nous pourrions parler maintenant au téléphone, proposai-je.

— Mr. Hobbs souhaite vous voir en personne, Mr. Wren.

Il était presque cinq heures et demie de l'après-midi.

— Maintenant ?

— Ce serait parfait.

Je ne répondis pas.

— Demain Mr. Hobbs sera à Los Angeles, dit-elle. Pouvons-nous compter sur vous d'ici à vingt minutes ?

La seule réponse acceptable était un oui. Je raccrochai et levai le bras pour arrêter un taxi. Ils filaient dans Park Avenue comme chassés par le vent ; c'était l'heure où hommes et femmes, engoncés dans leurs manteaux, chapeaux et écharpes, se hâtaient dans la pénombre, conscients d'être diminués par les forces de la nature et du temps, sachant que très peu les séparait de la fosse commune. J'avais envie d'être avec ma femme et mes enfants, au chaud dans la cuisine, Sally en train de dessiner sur la table du séjour, Tommy redisposant les aimants sur la porte du réfrigérateur. Dans le taxi, je me demandai pourquoi un milliardaire convoquait un médiocre chroni-queur. Je ne trouvai aucune raison qui me réconfortât. Hobbs était homme à ne pas perdre son temps avec des gens qui ne pouvaient lui donner ce qu'il désirait.

Quand j'arrivai, une secrétaire m'attendait telle une sentinelle près de la porte de l'ascenseur. Elle m'adressa un sourire officiel et m'escorta jusqu'à un bureau lambrissé. Par la fenêtre, à dix rues de là, se dressait l'Empire State Building. On me présenta un dénommé Walter Campbell – un homme sec, droit et lisse comme un bâton de marche en costume sombre qui me serra vigoureusement la main.

— Je lis toujours votre chronique avec plaisir, dit-il avec un accent londonien. Très impressionnant.

Je clignai les yeux.

— Cette conversation est on ne peut plus privée. Vous

êtes ici en tant qu'employé de la compagnie et non, j'insiste là-dessus fermement, et non en tant que journaliste.

Je m'assis.

Campbell me dévisagea.

— Est-ce que nous nous comprenons bien ?

— Tout à fait, dis-je.

Il hocha la tête.

— Bien. Vous êtes ici parce que nous avons un problème. Ni vous ni moi n'en sommes responsables, mais le problème n'en est pas moins là, cependant. Là où c'est délicat pour moi, c'est que... (Il lissa sa cravate puis posa les yeux sur un bout de papier sur son bureau et le retourna. Il le contempla une bonne dizaine de secondes puis me fixa de nouveau.) Vous avez récemment tenu compagnie à une femme qui n'est pas votre épouse. Je ne nuance ce fait d'aucun jugement moral. Je me contente d'établir un fait.

J'attendis, troublé, inquiet.

— Vous avez d'abord passé un moment avec elle il y a de cela deux nuits, quittant son appartement vers les deux heures et demie du matin. Vous êtes retourné la voir le lendemain dans l'après-midi et vous avez passé près de trois heures avec elle. Aujourd'hui, vous l'avez retrouvée dans un restaurant puis vous êtes allés...

— Je sais où je suis allé.

— Oui. Bien entendu. Mr. Hobbs va vous demander d'accomplir quelque chose dans son intérêt. Cela n'est ni illégal ni dangereux, ni, selon moi, déraisonnable. Ainsi, la nature de notre requête est on ne peut plus... (Le visage de Campbell s'assombrit, se durcit, à tel point que je compris qu'il était expert dans ces sujets-là, qu'il n'était autre que le chargé officiel des basses besognes.)... on ne peut plus impérative.

— Et en cas de refus, vous me donnez congé ?

— Eh bien, nous serions contraints d'agir. Disons-le ainsi pour simplifier. (Il prit un document agrafé sur son bureau et me le tendit.) Nous avons jeté un rapide coup d'œil à votre contrat. Regardez la page trois, tout en bas, je vous prie. Il y a une clause sur laquelle j'aimerais attirer votre attention.

— Vous voulez parler de la « conduite professionnelle » ?

— Non, la ligne d'après.

— « Insubordination » ?

— Oui.

— Je n'ai rien fait de tel, dis-je.

— Oui, c'est vrai.

— Que voulez-vous ?

Campbell me regarda puis hocha la tête avec détermination.

— Nous en avons terminé avec la première partie de cette conversation. Si vous voulez bien avoir l'obligeance de me suivre...

Il se leva et me désigna une autre porte, qu'il ouvrit. Je le suivis le long d'un court vestibule lambrissé, il poussa une porte et nous nous retrouvâmes dans un autre bureau, également lambrissé.

Là, assis paisiblement dans son immensité, en train de boire du thé, se trouvait Hobbs lui-même. Il redressa la tête et leva un bras gigantesque.

— Mr. Porter Wren, le chroniqueur de la douleur commune ! Bon après-midi, entrez donc.

Ses doigts papillonnèrent en direction d'un fauteuil, et ses yeux verts me suivirent comme j'entrais dans la pièce. Sur un mur étaient suspendues cinq horloges digitales : HONG KONG, SYDNEY, LONDRES, NEW YORK, LOS ANGELES. Quand je fus assis, Campbell salua sèchement son employeur et s'en alla en prenant soin de refermer la porte derrière lui.

— J'ai cru comprendre qu'il faisait très froid, dehors. Mais bon, je suis ravi de vous voir ici, afin que nous puissions discuter d'un certain sujet. (Il passa ses énormes mains sur sa veste en laine. On aurait dit une planète à lui tout seul.) J'espère grandement que nous allons nous apprécier, et parvenir à un arrangement mutuel et satisfaisant... (Il haussa les sourcils, comme pour mimer l'expression qui serait la mienne en apprenant ce qu'il adviendrait

dans le cas où un tel arrangement ne serait pas atteint.)
J'irai droit au but. Mr. Wren, vous avez une liaison avec
Miss Caroline Crowley, et...

— Écoutez, protestai-je, de nouveau en colère, cela ne
vous re...

— Je vous prierai de ne pas m'interrompre ! (Hobbs
laissa retomber ses mains sur le plateau du bureau, paumes
à plat, doigts écartés.) Quelle épouvantable habitude chez
les Américains. Bien, soyons clair. Si je prétends que vous
avez une liaison, c'est parce que vous en avez une. J'ajoute
aussitôt que cela m'importe peu. Si ce n'est que la chose
offre une occasion. La vie est pleine d'occasions, non ?

Il jouait avec moi.

— Il en existe de très différentes, répondis-je.

— Bien. Celle-ci n'est pas comme les autres. Il s'agit de
l'occasion pour moi d'obtenir quelque chose que je désire ;
de l'occasion pour vous de ne pas vous retrouver avec
quelque chose dont vous ne voulez pas. (Il inclina la tête en
me regardant d'une façon qui me fit comprendre qu'il était
agacé par sa propre subtilité.) Bon, donc, Caroline Crowley
est...

Une sonnerie retentit et Campbell réapparut.

— Veuillez m'excuser. Vous aviez un rendez-vous avec
le conservateur.

— De quoi s'agit-il aujourd'hui ? demanda Hobbs en
m'ignorant.

— Je crois qu'il s'agit de masques.

Hobbs agita la main.

— Faites-le entrer.

Un petit homme bien habillé d'une cinquantaine
d'années arriva bientôt, en poussant un présentoir monté
sur roulettes de la taille d'un tableau noir d'école, sur
lequel étaient accrochés environ une douzaine de masques
africains, sculptés dans l'ivoire, des visages allongés et
terribles.

— Mr. Hobbs, le choix que nous vous proposons
aujourd'hui est remarquable, dit l'homme, tel un boucher

154

présentant ses meilleurs morceaux. Des pièces maîtresses, dirai-je, de parfaits exemples de l'art nigérien du XVIe...

Hobbs pointa un doigt.

— Je prendrai celui-ci à gauche et les deux grands masques de deuil du milieu...

— Ah, dit l'homme, comme s'il était sincèrement réjoui par le choix. Le masque de deuil cérémonial, un très...

— Et celui en bas... oui – celui-là.

— Ah, la fertilité...

— Combien ?

— Pour l'ensemble ? demanda l'homme d'une voix étranglée.

— Oui, vite.

L'homme considéra les masques les uns après les autres.

— Eh bien, cinquante... et quatre-vingt-deux... cela nous ferait environ deux cent soixante mille, je crois... oui, c'est cela...

— Cent soixante-dix.

L'homme eut l'air de quelqu'un qui s'efforce de sourire alors qu'on vient de lui tirer une balle dans la poitrine.

— Je suis vraiment désolé, je ne peux...

— Cent soixante-dix mille pour les quatre, à prendre ou à laisser.

L'homme hocha la tête d'un air pitoyable.

— Vous avez été très généreux.

— Voyez les détails avec Campbell en partant.

— Eh bien, merci, Mr. Hobbs, je suis très heureux que nous ayons réussi à...

— Au revoir, monsieur.

Il se tourna vers moi, ses yeux verts tout pétillants.

— Bon, je disais... oui, Caroline Crowley m'envoie des cassettes, Mr. Wren. La même à chaque fois. Je n'aime pas recevoir ces cassettes. Ce n'est que grâce à ma fidèle équipe personnelle que ces cassettes ne sortent pas de mon bureau. Je détruis personnellement chacune d'elles, mais, tôt ou tard, elle m'en envoie une autre. Ici, à cette adresse. Cela me met un peu hors de moi, Mr. Wren, cela me rend... (Il marqua une pause, sa bouche caverneuse et béante, ses sourcils arqués.) Cela me rend irrationnel, Mr. Wren. Pourquoi ? Pour une raison évidente, Mr. Wren. J'ai peur qu'une de ces cassettes ne m'échappe et soit diffusée à la télévision. C'est une vraie saleté de cassette, une cassette très embarrassante, je dois dire.

— Vous y commettez des actes déplaisants ?

Il se racla la gorge.

— Disons que cette cassette est compromettante pour moi.

— Vous souhaitez m'entretenir de son contenu ?

— En aucun cas.

— Quand avez-vous commencé à les recevoir ?

— La première ? (Hobbs plissa le front.) La première m'a été envoyée il y a environ seize mois.

— Avant ou après que Simon...

— Après, Mr. Wren, juste après la mort de son amant ou mari ou je ne sais quoi.

— Puis-je vous demander pourquoi Caroline vous envoie la cassette ?

— Ah, il m'est impossible de répondre à cela.

— Vous la connaissez ?

Hobbs me regarda et soupira bruyamment.

— Je sais qui elle est. (Il attendit que je comprenne ce qu'il entendait exactement par là.) Est-ce que je connais vraiment cette femme ? Non. Un homme peut-il prétendre connaître une femme ? J'en doute.

— Avez-vous une preuve que c'est elle qui les envoie ?

— Techniquement parlant, non. Vraisemblablement parlant, oui. Je sais qu'elle est au fait de l'existence de la cassette et de son contenu ; je sais, également, qu'elle est la seule personne possible à ma connaissance à pouvoir être en sa possession.

— Elle vous demande de l'argent ?

— Apparemment non. Aucune requête n'a été formulée. Oh, c'est de la grande et bien puante psychologie, vous savez !

Il émanait de lui un étrange et puissant magnétisme et, pendant quelques instants, je ne dis rien.

— Pourquoi n'engagez-vous pas quelque personne discrète pour aller fouiller discrètement dans son appartement ou la suivre ou faire ce que font les gens discrets ?

— Oh, cela a été fait, cela a déjà été fait, dit Hobbs, et elle le sait pertinemment. Mais en vain.

Je me demandai s'il avait connaissance de la chambre forte de la banque de Malaisie.

— Et donc je suis là parce que vous voulez que moi, je lui demande de cesser de vous envoyer cette cassette ?

— Mieux que cela, répondit Hobbs en se frottant les mains l'une contre l'autre. Bien mieux que cela. Je lui ai moi-même demandé d'arrêter cela un bon nombre de fois. Je lui ai même proposé de la lui racheter, à un prix exorbitant eu égard à son absurdité. Mais elle persiste à affirmer que ce n'est pas elle qui l'envoie, ce dont, franchement, je doute.

— Donc je l'interroge sur la cassette et elle me répond que ce n'est pas elle qui l'envoie.

Il se pencha en avant avec malveillance.

— Et c'est alors que vous insistez. Que vous revenez à l'assaut. Par petites touches. Vous improvisez. J'ai appris que cet après-midi vous étiez allé dans une banque de Malaisie avec notre Miss Crowley. Elle s'y rend de temps en temps, et bien entendu je me demande si elle ne garderait pas la cassette là-bas.

— Toute cette histoire est démente...

— Absolument ! (Il se leva brusquement et je m'aperçus qu'en plus d'être énorme de façon grotesque Hobbs était très grand.) Dément, c'est bien le mot ! Une saloperie de tracasserie démente pour quelqu'un comme moi qui suis obligé de faire des affaires dans une trentaine de pays. C'est une question de sérieux dans les affaires, Mr. Wren, ni plus ni moins. Je ne peux laisser une telle cassette circuler de par le monde. (Il agita ses grosses mains charnues devant moi, et leur taille imposante parut circonscrire l'univers à sa masse gigantesque.) Vous êtes mon employé. Je peux vous virer et je peux virer vos patrons jusqu'au dernier en haut de l'échelle. Je peux virer tous ceux qui travaillent dans votre journal, Mr. Wren, et si je le faisais, cela ne perturberait en rien mon sommeil. J'engagerais quelqu'un d'autre. Je connais une poignée de personnes très compétentes à Londres en ce moment même qui seraient ravies de venir travailler à New York. Qui seraient ravies de jouer les lucioles autour de la grande chandelle new-yorkaise. Le talent est une chose bon marché, Mr. Wren, y compris le vôtre. Vous pensez vraiment être le seul à pouvoir rôder près des petits sinistres de la vie et en tirer la dose requise de prose larmoyante ? De grâce, monsieur, de grâce ! Je peux jeter un os dans la rue et une meute de journalistes se formera sous mes yeux dans l'instant qui suit. Je l'ai fait à Melbourne, je l'ai fait à Londres, et je peux le faire ici. Quant à vous, vous êtes mon employé, vous baisez Caroline Crowley, ce qui signifie que vous faites partie de sa vie. Je veux que vous récupériez cette cassette pour moi, Mr. Wren. Je veux cette saloperie de cassette au plus vite, et je ne souffrirai aucune protestation. Au revoir, monsieur.

C'en était trop.

— Hobbs, vous avez perdu la tête.

— J'ai dit : au revoir, monsieur.

Je soutins son regard.

— Vous savez quoi ? Je connais à peine cette femme. Si vous, vous n'avez pas réussi à l'effrayer, alors ce n'est pas moi qui pourrai la convaincre. Sérieusement. (Mains tendues, je haussai les épaules.) Je me trompe ? Je peux également m'épargner cette démarche et travailler pour un autre journal.

— Ça ne marcherait pas, dit Hobbs. Nous trouverions une raison à votre licenciement. Détournement de fonds, peut-être. S'adonne à la boisson pendant les heures de travail. Des poursuites judiciaires bien vicieuses, qui s'éternisent. De la chicane à n'en plus finir, des armées d'avocats à ma solde, des armées d'avocats à la vôtre. (La théâtralité de l'idée parut l'amuser.) Vous pourriez contre-attaquer pour tracasseries litigieuses ou je ne sais comment ils appellent ça ici et nous ferions de même. Nous pourrions faire durer la chose des années ! Si longtemps, en tout cas, que vous ne pourriez tenir le coup financièrement. Croyez-moi, ce n'est pas difficile à faire. Je l'ai fait en Australie l'année dernière, pour tout vous dire. Un type a voulu me coincer et tout s'est ensuite très mal passé pour lui. (Son expression se durcit.) J'en sais assez sur vous, Mr. Wren, je sais comme il vous serait difficile de parer les attaques de mes avocats, même avec le revenu de votre épouse. Je sais combien vous avez payé votre maison de Manhattan. Une belle somme, en vérité. Et vous avez agi avec beaucoup d'intelligence, monsieur. Vous avez obtenu un emprunt-logement, ce que les hommes font depuis le XVᵉ siècle. Vous, monsieur, en homme éduqué, vous avez étudié les cycles des taux d'intérêt. Et vous avez bien fait ! Vous avez renouvelé votre emprunt en décembre 1993, et vous avez bénéficié du creux de vingt-trois ans dans les taux d'intérêt américains. Vous en avez tiré pas mal de contentement, je parie, et à en juger par la taille de l'emprunt, vous vous êtes dit : plus le ratio d'endettement est élevé, mieux c'est. Très bien vu ! Jusqu'au dernier penny, à coup sûr ! Qu'avez-vous fait ? Hypothéqué les chaussures de votre femme ? Hypothéqué le chien ? (Il rejeta la tête en arrière et éclata de rire devant les vanités du petit homme que j'étais.) Vous, monsieur, vous vous traînez une hypothèque de cinq cent vingt mille dollars ! Une somme choquante ! Il vous faut cinq mille dollars par mois pour rembourser ce prêt. D'après mes calculs, votre salaire passe dans la maison et celui de votre femme couvre tout le reste. Oseriez-vous ne pas travailler pendant trois ou quatre mois ? Croyez-vous que la banque vous pardonnerait si vous tardiez à régler vos échéances ?

Je haussai les épaules. Tout cela n'était que fanfaronnades, pour ce que j'en savais. Lisa gagnait bien sa vie ; en cas de besoin, nous nous en sortirions. On pouvait vendre la maison.

— Ou nous pourrions simplement informer votre épouse de ce que vous trafiquez.

Cela m'effraya, mais je pris un air las et me frottai les yeux.

— Ou nous pourrions découvrir que votre femme a opéré quelqu'un que nous connaissons et que, malheureusement, elle n'a pas fait du très bon travail, et nous pourrions alors engager des poursuites pour faute professionnelle. (Il vit que je cillais.) Oui, peut-être alors trouveriez-vous cela motivant.

Quand deux hommes s'affrontent dans une pièce, comme c'était le cas alors entre Hobbs et moi, leurs pères respectifs sont également présents. Le sien avait créé et lancé une chaîne de journaux en Australie dans les années 1940, et je savais qu'enfant Hobbs s'était assis sur les genoux d'un des hommes les plus puissants de ce continent, qu'on l'avait nourri au lait de la politique et des finances. Mon père à moi, qui possédait deux quincailleries, était le fils d'un cultivateur de pommes de terre qui s'était reçu dessus en 1947 un sac d'arsenic. Mon grand-père avait inhalé à pleins poumons le poison et n'avait plus jamais été le même, ne cessant de dépérir, puis perdant la ferme où avait grandi mon père. En conséquence de quoi mon père s'était conduit avec une dignité prudente. Un homme bon et gentil, dévoué à son fils sans mère mais incapable de m'enseigner ces sujets sensibles qu'étaient l'argent et le pouvoir, en étant dépourvu lui-même. Il aurait haï la situation où je m'étais fourré à présent.

— Comprenons-nous bien, Mr. Wren, reprit Hobbs. Je ne vous contraindrais pas dans cette voie si je ne pensais pas que vous êtes capable d'accomplir ma requête. J'ai lu votre dossier. Soyons francs, vous et moi. Vous êtes un chroniqueur et un plumitif en fin de parcours. J'ai peut-être cinquante hommes et femmes dans votre genre qui travaillent dans mes journaux anglais, australiens et américains. Je connais bien cette catégorie. Ambitieux au départ, et prêt à aller sur le terrain. Et aujourd'hui ? Hum, nettement moins reluisant. Blasé, avec un salaire confortable – combien vous payons-nous ? (Il jeta un œil aux chiffres qu'il avait devant lui et haussa les épaules ; c'était une misère pour lui, un risible pourboire.) Vous maniez correctement les clichés, recourez à des trucs de journaliste, y allez prudemment avec les bons papiers, et très brillamment avec les mauvais, et vous restez tard pour vous assurer que les secrétaires de rédaction respectent la façon dont vous avez aménagé vos citations. Vous oscillez entre un cynisme profond et une foi inébranlable. Vous vous sentez laminé par le brouhaha. Vous aimez votre femme et vos enfants, mais tout le monde prend chaque année un an de plus. Et voilà que survient une femme. Vous pensez que vous ne vous compromettrez pas trop. Mais c'est là où vous vous êtes trompé, Mr. Wren. Il se trouve que je suis lié à Caroline Crowley. Imaginez mon ravissement, Mr. Wren, imaginez quel a été mon plaisir d'apprendre que le dernier amant en date de Caroline Crowley est un journaliste d'investigation chevronné ! Et un de mes employés ! (Le visage de Hobbs se changea en un masque charnu de démence réjouie.) C'était là l'homme qui pourrait récupérer la cassette ! Comme je l'ai dit, Mr. Wren, j'ai lu vos articles. Et vous savez quoi ? Vous avez été très bon... autrefois... Les gens vous parlaient, vous disaient des choses qu'ils n'auraient confiées à personne. Quel âge avez-vous, quarante ans ? C'est un peu prématuré pour être au bout du rouleau. Il vous faut, je crois, un défi. Vous avez été bon autrefois et à présent vous allez devoir le redevenir, monsieur. Pour moi.

Principe de la menace : on demande à quelqu'un d'accomplir une mission ; s'il en vient à bout, la menace disparaît. Si la mission n'est pas accomplie, celui qui a proféré la menace décide de la mettre à exécution ou non, et il sait que s'il n'en fait rien alors très vite personne ne le prendra au sérieux. Ça, je le sais. Je le sais entre autres parce que j'ai des enfants. Les époux se menacent aussi entre eux, encore que ce ne soit pas en général ouvertement. Un froncement de sourcils suffit. Une réponse marmonnée. Lisa inspire et bloque sa respiration, puis me décoche un regard noir. Je sais d'expérience que ses menaces, bien que rares, doivent être prises au sérieux ; après tout, c'est une femme qui enfonce régulièrement son scalpel dans de la chair humaine. Je prends ses menaces avec le même sérieux que je prenais celles de mon entraîneur de football, quand j'étais en fac. C'était un sadique de première qui nous promettait en permanence des « tours de stade » – punition fort redoutée quand tapait le soleil d'août – si nous ne « pétions pas le feu » lors de l'entraînement. Son système à lui consistait en une escalade de menaces imbriquées les unes dans les autres, escalade qui avait pour cible non pas le simple seuil de la souffrance, mais votre moi intime. Lors des rencontres sportives qui eurent lieu à Plattsburgh le 2 décembre 1977, alors que les tribunes grouillaient d'amis ou de membres de ma famille, mon entraîneur menaça de me « faire plier les serviettes sur le banc » si je ne mettais pas la pression sur l'attaquant de l'équipe adverse, un immense Noir du nom de Pernell « D.J. » Snyder, qui avait obtenu une bourse en partie parce qu'il avait couru le 100 mètres en neuf secondes quatre dixièmes – une seconde de moins que moi. D.J. terrorisait mon entraîneur avec ses sprints sauvages et enlevés le long de la ligne de touche. « T'aimes les serviettes, Wren ? hurlait mon entraîneur. T'aimes les petites serviettes blanches et douces au toucher qu'on peut plier ? » D.J., déjà bien dans le jeu, ne cessait d'allonger ses foulées, et, sentant ma peur, s'était mis à susurrer à mon oreille : « Yo, mon petit, je crois que je vais m'payer l'un d'entre vous. » Jusqu'à présent, seule l'ineptie du quart arrière nous avait sauvés. Si D.J. interceptait pour de bon le ballon, il filerait comme l'éclair et j'aurais beau me laisser pousser des ailes, supplier Dieu, il me serait impossible de le rattraper. Dans le quatrième quart, alors que notre équipe gardait tant bien que mal une avance de trois points, le ballon finit par être lancé à D.J. ; je le vis pivoter contre le ciel bleu, je vis ses mains se tendre, ses doigts noirs s'agiter, et je compris que j'avais le choix, soit le faucher dans les règles de l'art en dessous des genoux, soit lui rentrer dedans. Je lui bondis dessus, à hauteur d'épaules, de toute la force de mes quatre-vingt-neuf kilos. Il lâcha le ballon et s'effondra, sonné. Je lui avais démis l'épaule, l'amochant pour toujours. Nous sommes restés tous deux affalés sur le terrain glacé. On m'a pénalisé, mais nous avons gagné la partie. Ce soir-là, abruti par les analgésiques, j'ai passé un moment avec ma petite amie, à l'avant de la fourgonnette de mon père. C'était une chouette fille du nom d'Annie Frey, et je lui demandais toujours de mettre la ceinture de sécurité parce que je trouvais qu'elle conduisait trop vite. Quatre mois plus tard, sa voiture fit un tonneau et Annie mourut sur une route sombre que je n'ai plus jamais empruntée.

Oui, je sais ce que c'est qu'une menace, et je ne comprends pas pourquoi je lanternai quatre ou cinq jours après que Hobbs m'eut menacé. Son ingérence dans ma vie privée – ma vie très privée, surtout – me déplaisait fortement. Mais j'ai préféré me mettre en quête d'une idée pour ma prochaine chronique. Les incidents de toutes sortes ne manquaient pas en ville, mais aucun ne se détachait de la masse. Violences, meurtres à caractère sexuel, circuits de blanchiment d'argent – le train-train quotidien, en somme. Le rédacteur en chef n'arrêtait pas d'hésiter sur la une à venir : aucune célébrité n'avait été arrêtée, aucun acteur ne s'était évanoui sur scène, personne en haut lieu n'avait fait de scandale. Les équipes de télé cessèrent de monter la garde au chevet de Richard Lancaster et ce dernier mourut assez vite. L'indifférence l'emportait une fois de plus. Les criminels bâclaient le travail. Les politiciens étaient tous en vacances à l'étranger. Les pompiers sauvaient des vies. Le budget municipal affecté au déblaiement des congères avait fondu plus vite que ces dernières. Mon rédac-chef me regardait de temps à l'autre, l'air de dire : *T'as du solide ?* mais il voyait bien que je ne retournais pas les bonnes cartes. Je rédigeai finalement un article d'une platitude confondante sur un vieux forain qui avait cessé de travailler à Coney Island parce que les gosses se foutaient pas mal de le voir s'enfoncer des clous dans le nez ou d'avaler des cigarettes allumées. Ils préféraient les parades de monstres sur Internet. Zéro pour l'ironie. Je perdais mon temps : pis, je perdais du temps. Je comprends à présent que ces précieuses journées auraient pu faire toute la différence, mais je les laissai passer, comme si, paralysé, j'assistais à l'injection dans mon corps de je ne sais quel produit censé me remettre sur les rails. Le matin, je ramassais les journaux déposés devant notre portail et consultais les pages Économie avec une fascination maladive, à la recherche de nouvelles prouvant que Hobbs s'intéressait à autre chose qu'à mon sort. Ainsi que l'avait déclaré sa secrétaire, Hobbs était reparti ; je réussis à suivre sa trace de Los Angeles jusqu'à Hong Kong, où il rencontra des autorités chinoises pour discuter des possibilités de diffusion de sa chaîne de télévision, puis à Melbourne et New Delhi. À chaque fois, il faisait un commentaire sur les marchés qu'il passait ou était sur le point de passer, ou sur la ligne générale de sa société ; il était même cité dans l'*Asian Wall*

Street Journal à propos d'officiels sud-coréens qui tardaient à réagir à l'offre de 900 millions de dollars qu'il avait faite : « Je n'attends pas que les autres voient les choses à ma façon ; je pose mes conditions puis j'avance, merci. » Ces paroles ne me concernaient pas, mais néanmoins je les lus avec appréhension. La mesure de l'homme n'est-elle pas autant dans ses propos les plus anodins que dans ses grandes actions ?

Je devais, bien sûr, interroger Caroline au sujet de Hobbs ; et le fait qu'elle ne m'eût pas rappelé après notre visite à la banque de Malaisie était à la fois un soulagement et une cause d'inquiétude. Je voulais la revoir (oui, je voulais la baiser, aussi – il y avait là, je le sentais, un trésor qu'il me fallait de nouveau piller), mais dans le même temps je me demandais si je ne devais pas déclarer forfait, plutôt que d'aller trop loin. Mais peut-être m'avait-elle pris de court, peut-être en avait-elle déjà fini avec moi. Elle semblait on ne peut plus capable de le faire sans excuse ni explication ; la chaleur de ses seins dissimulait un cœur de glace, et si j'étais honnête avec moi-même, je devais bien reconnaître que c'était, chez elle, cette qualité qui m'attirait, entre autres. Mais une telle décision paraissait peu probable, vu ses allusions au « mystérieux problème » et à ses efforts pour que je fasse partie de sa vie. Mais bon, peut-être m'avait-elle tout simplement trouvé minable au lit ; peut-être son fiancé était-il repassé au premier plan. J'ignorais si elle le voyait souvent, où elle le voyait, et dans quelles conditions, s'il se pouvait qu'il ait eu vent de moi, ce que je ne souhaitais pas. Les hommes d'âge mûr, lorsqu'ils découvrent l'infidélité d'une femme qu'ils aiment, s'emportent, c'est vrai, mais la situation les laisse également songeurs. Les hommes jeunes ont tendance à recourir à la force ; les hommes moins jeunes préfèrent se servir un double whiskey. Oui, j'étais en droit de me faire du souci à propos du jeune Charlie, il était costaud et savait où me trouver.

Pour l'instant, je devais me rendre à la banque et visionner jusqu'à la dernière des cassettes qui y étaient stockées. Il me paraissait improbable que Caroline ait décidé de harceler Hobbs avec une vidéo pour ensuite nier la chose. Mais je ne pouvais pas non plus simplement repousser cette éventualité. Pouvais-je décemment exiger d'elle la cassette que Hobbs voulait ? Cela ne paraissait pas sage. Je ne la connaissais pas encore assez. Je me fis un devoir de regarder *Rictus* et *Minutes and Seconds*, les deux autres films à gros budget de Simon Crowley. Tous deux, que ce soit par leur style ou leur contenu, étaient sans rapport aucun avec les films à l'image tremblée que j'avais vus, mais ils partageaient le même intérêt pour les mille et une façons dont les êtres humains se font du mal entre eux. Les ressemblances s'arrêtaient-elles là ? Je n'en savais trop rien.

Lisa, pendant tout ce temps, ne sut rien de mes inquiétudes, car elle avait ses propres soucis. Elle s'était levée une heure plus tôt pour aller faire des longueurs en piscine – ce qui ne pouvait signifier qu'une chose : elle allait devoir pratiquer une intervention chirurgicale de la plus haute importance. Un soir, après avoir couché les enfants, je l'interrogeai alors qu'elle se lavait le visage.

— Greffe d'orteil, me répondit-elle, son visage couvert de savon semblable à un masque nô.

Quelqu'un avait eu le malheur de perdre un pouce. Il s'agissait d'une femme de trente-sept ans, détentrice d'un fonds commun de placement de 500 millions de dollars, dont le pouce gauche avait été sectionné par une hélice de bateau alors qu'elle faisait de la plongée sous-marine à Cancún l'été dernier. On n'avait pas retrouvé le pouce tranché. L'opération comportait des risques et requérait une évaluation de l'état psychologique de la patiente. Lisa me montra le dossier de la femme en question, lequel, en plus du topo habituel, comprenait une photo de la main. La coupure était nette et les lacérations minimes.

— Cela date de trois semaines après l'accident, fit remarquer Lisa.

Après que la plaie eut cicatrisé, on avait greffé de la peau de l'aine au moignon et à la palmature du pouce.

— C'est pour demain ? demandai-je.

Lisa acquiesça. L'opération était épique et devait durer huit heures. Seules deux ou trois personnes en ville en étaient capables. Le lendemain matin à six heures, Lisa devait « cueillir » l'orteil de la femme, qu'on conserverait à très basse température, puis elle passerait des heures méticuleuses à relier entre eux tendons, veines et nerfs. En effet, il s'agissait d'une greffe, et le receveur était également le donneur ; la patiente troquait une amputation contre une autre, et si jamais l'opération était bâclée... eh bien, Lisa Wren, chirurgienne en orthopédie microvasculaire, ne bâclait jamais une opération, elle surfait même allègrement dessus.

— Tout est au point ?

— Oui. (Elle se sécha le visage.) D'abord les vaisseaux dorsaux et palmaires – les artères, puis les faisceaux neurovasculaires.

— L'orteil vit encore à ce stade ?

— On l'espère. Puis les os, les tendons, les articulations métacarpo-phalangiennes et la peau.

— Tu vas t'en sortir haut la main, osai-je.

— Il faut que je refasse faire des lentilles.

— Celles de ton microscope sont rayées ?

— Non, ma vue a baissé.

— Beaucoup ?

— Juste un peu. Mais j'aime avoir la résolution maximale.

— Tu vas faire de l'excellent travail, lui dis-je. Tu t'en sors toujours et tu fais toujours de l'excellent travail.

Le lendemain matin, Lisa étant partie de bonne heure, je décidai que, si ma femme pouvait recoudre un orteil sur une main, alors je devais pouvoir décrocher le téléphone. Je composai le numéro de Caroline et lui annonçai que je désirais voir le reste des cassettes.

— Lesquelles as-tu déjà visionnées ? demanda-t-elle d'une voix endormie.

— Les éboueurs, les deux avocats dans le train, Clinton qui pique sa crise.

— La 67 ?

— Laquelle était-ce ?

— Le Rwanda.

— Oui, celle-là aussi.

J'entendis Josephine au rez-de-chaussée avec Sally et Tommy.

— La 3 ?

— C'est laquelle ?

— Les types dans la cour de prison. Elle est très courte.

— Non.

— Quand veux-tu y retourner ?

— Aujourd'hui, cet après-midi.

Caroline m'assura qu'elle arrangerait ma venue à la banque.

— Tu pourrais passer me voir ensuite, proposa-t-elle.

Je n'étais pas prêt à la voir.

— Demain, dis-je.

— Mais demain tu auras ta chronique, protesta-t-elle. Tu es libre aujourd'hui.

— Pas vraiment.

— Je vais être très déçue.

— J'en doute.

— J'irai avec le premier homme que je croiserai.

— Charlie ?

— Ou un policier. J'aime bien les flics.

— Ça serait amusant..

— J'en suis capable. Tu ne me connais pas.

— C'est vrai.

Je pensai à Hobbs ; comment avait-il fait la connaissance de Caroline ?

Sally déboula dans la chambre.

— Papa, il faut qu'on aille à l'école ! cria-t-elle.

— Oui, ma puce.

— C'est ta fille ? demanda Caroline à l'autre bout de la ligne.

— Oui, dis-je. (Sally venait de bondir sur mes genoux.) Tu penseras à prévenir la banque ?

— Oui. Mr. Wren ?

— J'écoute.

— Faites votre chronique.

Oui, me dis-je. Oui. Mais il fallait d'abord que j'emmène Sally à l'école. Après avoir dit au revoir à Josephine et à Tommy, Sally et moi sommes partis, main dans la main. Quand nous longions un certain muret qui se trouve sur le chemin, je la hissais pour qu'elle puisse marcher dessus, en levant haut les jambes comme si elle défilait. Elle était tellement excitée qu'elle en oubliait de regarder où elle mettait les pieds et finissait toujours dans mes bras.

Puis nous arrivions à la 8ᵉ Avenue. Une des blanchisseries possédait une fontaine crasseuse avec quatre ou cinq poissons rouges dépenaillés qui décrivaient des cercles, inconsolablement ; nous les regardions et j'expliquais à ma fille que les Chinois venaient d'un pays appelé Chine, puis nous passions devant la boulangerie, où il y avait souvent un gros matou dans la vitrine qui clignait les yeux à cause de la lumière du soleil.

Ce matin-là, nous avons inspecté la neige qui fondait, nous sommes passés devant le kiosque à journaux – des présentoirs affichaient désastres joyeux, scandales attendus, les éternels engouements –, puis nous avons franchi les grilles de la petite école élémentaire que fréquente Sally.

L'école est sans doute un lieu d'instruction et de félicité. Pour les enfants, cela doit être le cas, mais, pour les parents, accompagner son enfant à l'école ne peut que mettre mal à l'aise. Bien qu'à Manhattan chacun puisse théoriquement conserver un semblant d'anonymat, dans la pratique il n'en est rien. Les parents s'étudient du coin de l'œil, comparant les tenues, les épouses, les voitures. Prennent la mesure. Et de même que les enfants aiment ou détestent tout de suite tel autre enfant, de même leurs parents se comportent, mais ces irritations, ces jugements, ces engouements sont recouverts du vernis de la politesse rituelle. La plupart des enfants sont accompagnés par leurs mères, et ces femmes se scindent en deux camps : les femmes actives pures et dures, en tailleur strict, qui déposent leurs enfants dans un spasme automatisé de culpabilité ; et les indépendantes, les mi-temps et les au-foyer, qui ont plus de temps, mais qui regardent néanmoins les professionnelles avec un mélange d'envie et de supériorité maternelle. Chacun de ces groupes possède sa hiérarchie propre et ses circuits de potins distincts. Mais les mères diffèrent également entre elles sur d'autres points. Certaines en sont au premier enfant, d'autres sont à nouveau enceintes, d'autres encore ont mis le holà, merci bien. Certaines sont heureuses dans leur mariage, d'autres non, pas mal sont divorcées, et un petit nombre sont lesbiennes, vivent avec deux hommes ou Dieu sait quoi. Les quelques pères qui déposent régulièrement leurs gosses, au nombre desquels je figure, sentent bien que les mères apprécient notre investissement ou du moins qu'elles nous supposent éreintés – voire les deux. Le fait est qu'aucun des pères qui se tuent au boulot ne dépose jamais ses enfants. Les bosseurs filent au bureau à sept heures pour aller actionner les puissants leviers de leur entreprise.

J'accompagnai Sally jusqu'au premier étage et lui rappelai de suspendre son manteau. La classe sentait le poisson, et de fait les institutrices, Patty et Ellen, avaient apporté un barbier, bel et bien mort.

— Nous allons le peindre ! s'exclama Sally en me tirant par la main.

— Oui, dit Patty, une femme douce, la quarantaine. Tu veux mettre ta blouse ?

Sally endossa une petite blouse jaune et entreprit de plonger un gros pinceau dans un pot de peinture rouge. Il s'agissait de peindre le poisson, puis d'appliquer dessus une feuille de papier. On lavait alors le poisson et il était prêt pour un autre enfant.

Patty vérifia que Sally était occupée puis s'adressa à moi :

— Mr. Wren, j'aimerais vous montrer un dessin que votre fille a fait hier.

Elle sortit une feuille du dossier de Sally. Cinq personnages en forme de bâton : Maman, Papa, Sally, Tommy et Josephine. Chacun avait d'horribles cheveux hérissés, des membres de marionnettes et de grands sourires.

— Je demande toujours aux enfants de me dire ce qu'ils sont en train de dessiner, dit Patty, et Sally m'a expliqué qui était qui. Je lui ai demandé ce qu'était cette chose noire – elle désigna un gribouillis noir près de Josephine – et elle m'a dit que c'était l'arme que Josephine gardait dans son sac.

Je la regardai fixement, abasourdi.

Patty hocha la tête.

— Je lui ai reposé ma question une seconde fois. Je lui ai dit : « C'est quoi, ça ? » Et elle m'a fait la même réponse.

— Bon sang...

J'avais vu ce sac des millions de fois. Josephine en extrayait toutes sortes de choses : des breuvages, des tracts religieux, des inhalateurs, des publicités, tout et n'importe quoi. Le sac restait toujours au même endroit, sur une chaise du séjour, à la portée des enfants.

— J'ai pensé que vous deviez être mis au courant, dit Patty.

— Absolument, oui.

— Nous avons envisagé de vous téléphoner, mais je sais que votre femme et vous travaillez tous deux tard...

Je hochai la tête.

— Il faut que je vérifie si c'est vrai.

Patty me regarda d'un air las. Elle s'occupait des enfants depuis longtemps. Elle avait vu également défiler pas mal de parents et elle préférait, je le vis bien, se fier à leurs enfants.

Il était hors de question de déranger Lisa, attendu qu'elle devait examiner un orteil de trente-sept ans récemment sectionné au moyen d'un microscope chirurgical, s'efforçant de trouver comment le connecter au moignon de trente-sept ans d'un pouce. Nous aurions le temps d'en discuter plus tard, mais pour l'instant j'allais devoir gérer seul le cas Josephine. Je rentrai directement à la maison, en refermant furieusement le portail derrière moi. J'avais dû sortir le grand jeu pour qu'aucun taré ne mette en danger ma famille, et voilà que j'avais chez moi une femme qui introduisait cinq jours par semaine chez nous une arme qui selon toute probabilité était chargée. Je trouvai Josephine dans le séjour en train de mettre à Tommy une de ses bottes en caoutchouc. Il était assis sur ses énormes genoux et regardait ses mains.

— Vous avez oublié quelque chose ? demanda-t-elle.

— Non, Josephine. Je viens de déposer Sally à l'école et sa maîtresse m'a montré un dessin que Sally a fait. Vous y étiez représentée, vous, ainsi qu'une chose que Sally a appelée une arme. Une arme que vous gardez dans votre sac.

Josephine resta figée, les yeux écarquillés. Tommy agita sa petite jambe.

— Dites-moi tout de suite et très honnêtement si, oui ou non, vous avez une arme dans votre sac.

— Eh bien...

— Une réponse claire, Josephine.

— Oui.

Je ne dis rien.

— Je la prends par mesure de sécurité. (Elle passa la deuxième botte au pied de Tommy.) Parfois je rentre très tard, vous savez, et il y a tellement de gens qui se font attaquer, enfin bref, alors je suis allée prendre des leçons. Je veux juste me protéger...

— Josephine ! Un des enfants aurait pu sortir cette chose et tirer avec ! Merde, quoi !

— Mais les enfants ne touchent jamais à mon sac, ils savent qu'ils n'ont pas le droit.

— Fort bien, alors comment Sally savait-elle pour l'arme, hein ?

Josephine n'avait pas de réponse à cela. Elle baissa les yeux de honte, et je me dis que peut-être Sally avait aperçu l'arme pendant que Josephine fouillait dans son sac.

— Montrez-le-moi.

— Devant Tommy ? demanda Josephine.

J'installai Tommy devant un tas de Legos puis me rendis dans la cuisine avec Josephine. Elle sortit l'arme de son sac et en garda le canon pointé vers le sol. Le revolver était énorme et laid, on aurait dit un marteau. Gamin, j'avais tiré sur des corbeaux dans la forêt et j'en avais touché un, sa tête était devenu un amas de bouillie rouge et de plumes noires.

— Bon sang, Josephine, c'est du trente-huit comme calibre.

— Je fais très attention.

— Il est chargé ?

Elle me regarda.

— Je veux les balles.

Elle ne répondit pas.

— Je les veux, Josephine. Je ne peux pas aller travailler ce matin en sachant qu'il y a une arme chargée dans la maison.

Elle redressa l'arme et en éjecta les balles. Elle me les tendit une par une. Une main noire déposant des balles dans une main blanche. Simon Crowley aurait pu filmer la scène. Je les glissai dans ma poche.

— D'autres dans le sac ?

Elle fit non de la tête.

— Certaine ?

— Oui. Je ne vous mentirais pas là-dessus.

— Et vous pensiez que ça nous ferait plaisir de savoir que vous gardez une arme chargée chez nous tous les jours ? Non, bien sûr que non, Josephine ! Donc, oui, vous avez menti, vous ne trouvez pas ? Bon Dieu, Josephine, pour qui vous prenez-vous ?

Elle garda le silence. Je détestais avoir à faire ça.

— Josephine, écoutez-moi bien. Vous êtes fantastique avec les enfants. Ils vous aiment. Nous avons de la chance de vous avoir, et nous nous sommes efforcés de vous montrer que nous appréciions...

— Lisa et vous avez été très bons avec moi.

— Je veux que vous continuiez à travailler pour nous. Nous avons besoin de vous. Mais vous ne devez en aucun cas apporter d'arme dans cette maison. Plus jamais. Je ne plaisante pas, Josephine. Si cette arme franchit une nouvelle fois notre porte, vous êtes virée, sur-le-champ, sans discussion. Cela me déplaît de vous dire ça, mais c'est on ne peut plus simple.

Elle pleurait à présent, les mains sur les yeux, les lèvres tordues et molles, et j'avais envie de la consoler.

— Josephine, je sais que vous ne feriez jamais courir de risques aux enfants, mais je ne peux laisser passer ça. Et je n'irai pas fouiller dans votre sac, ou vos poches, si vous me donnez votre parole d'honneur.

— Je ne prendrai plus jamais l'arme, sanglota-t-elle. J'ai fait une grosse erreur. Oh, Lisa va être tellement furieuse contre moi.

Elle avait raison. Je retournai dans le séjour, pris Tommy dans mes bras et l'embrassai, admirant son visage insouciant et heureux, ses joues barbouillées de morve et de confiture, qui formaient un terrain propice à l'incrustation de miettes de céréales. Oh, petit garçon merveilleux. Le monde et son père n'étaient pas assez beaux pour lui. Je l'embrassai encore une fois et, un moment, j'eus envie de pleurer. Mais je me relevai, empoignai ma serviette et passai la porte, les balles cliquetant dans ma poche comme des pièces de monnaie. Aurais-je vraiment été capable de congédier Josephine séance tenante ? Nos enfants l'aimaient de tout leur cœur, ils n'avaient jamais connu d'autre nounou. Quand elle se préparait à rentrer chez elle le soir, ils couraient se cramponner à ses grosses jambes et l'embrassaient, et Sally insistait pour que Josephine lui fasse un « bisou au rouge à lèvres », bisou bruyant qui laissait l'empreinte de ses lèvres sur la joue de Sally jusqu'à l'heure du bain. Pour les enfants, c'était comme une seconde mère : patiente, stricte, juste, increvable. Comme toujours, ou presque, ma femme avait pris une excellente décision en l'engageant, et nous connaissions nombre de parents qui avaient eu des rapports désastreux avec leurs baby-sitters, et même un cas où le mari était rentré plus tôt chez lui et avait trouvé ses gosses plantés devant la télé pendant que la baby-sitter prenait des cours de jubilation physique avec l'employé du gaz. Mais Josephine était d'une autre étoffe, et certains parents nous avaient demandé quand nous en aurions fini avec elle et combien nous la payions. (Ne nous voilons pas la face : les Blancs possèdent encore des Noirs en Amérique, même officieusement.) En fait, l'existence même de Josephine mettait en péril la conception que je me faisais de moi-même en tant que parent ; elle avait davantage torché mes enfants que moi, les avait davantage nourris et baladés. Elle était payée pour son travail et non pour son amour, mais elle donnait gratuitement son amour, et copieusement, à mes enfants, et je me demandais de temps en temps si un tel amour n'était pas égal, voire supérieur, au mien. Elle était bien plus patiente que moi et communiait plus étroitement avec les moindres instants de leur vie. Elle et moi nous parlions fort peu directement ou sérieusement, nous préférions en rester à des banalités – le temps qu'il fait, l'actualité –, mais j'éprouvais à son égard un étrange sentiment. D'une certaine façon, l'amour de mes enfants pour Josephine se réfractait dans mon petit cœur mesquin, et cela d'une façon que je ne pouvais admettre. Tous deux, nous avions conscience que l'Histoire générait des destins très différents, et que rien ne pouvait améliorer cet état de fait hormis un respect humain de base. C'était une femme fière, et cela me réjouissait, car cela signifiait que sa vie n'était pas exempte d'espoir. Son passé m'était en grande partie inconnu, mais de temps en temps Lisa et elle parlaient. Peut-être étaient-elles alors en train de s'activer toutes deux dans la cuisine, et j'imaginais, porté par un idéalisme un peu naïf, que, dans ces moments-là, elles cessaient d'être un employeur blanc et une employée noire, pour redevenir simplement deux femmes qui discutaient. Il y a de ça plusieurs années, Josephine avait dit à Lisa qu'elle avait eu cinq enfants, dont trois l'avaient déçue, et dont un était mort dans l'incendie d'un labo clandestin où l'on préparait du crack. Son premier mari, qu'elle avait épousé jeune, la battait, tout comme il battait le petit enfant qui allait périr carbonisé dans le labo clandestin. Ils avaient divorcé. Le second mari de Josephine, avec lequel elle avait eu trois enfants, était un homme d'un certain âge qui était mort du diabète. Lisa soupçonnait qu'il avait été le seul grand amour de Josephine, car il lui avait acheté une petite maison à Port-au-Prince, où elle espérait se retirer. Josephine s'était alors remariée, moins par passion que par nécessité financière. En fait, il était impossible de savoir s'il restait en Josephine la moindre trace de passion amoureuse. Parfois elle s'asseyait près de la fenêtre et lisait la Bible à la lumière du dehors. Sa foi était inébranlable, et je me demandais si sa croyance en Dieu, qui me paraissait aussi authentique humainement qu'il était possible, découlait de ses souffrances ou si celles-ci n'avaient fait que l'éprouver. Je crois que la grâce est le plus insaisissable des dons, et Josephine, avec sa lenteur, sa difficulté à s'exprimer, ses superstitions, est une des femmes les plus gracieuses que j'aie jamais vues. Je savais qu'elle valait mieux que moi. Disons-le une bonne fois pour toutes : avec ou sans arme dans son sac, Josephine Brown m'était supérieure du point de vue humain, et je ne puis que déplorer les souffrances inutiles que lui causèrent par la suite mes actes.

La seule chose que Bobby Dealy avait à me proposer ce matin, c'était l'arrestation d'un vieux fou qui avait attaqué des enfants avec des seringues, ce qui de l'aveu général était une bonne histoire – d'autant plus que l'homme était un prêtre catholique défroqué –, mais les victimes étaient disséminées un peu partout en ville, ce qui signifiait beaucoup de déplacements, or je devais passer l'après-midi à la banque. Je me désintéressai donc du piquouzeur fou et le journal confia ce mini-drame à une jeune Portoricaine qui serait aussi compétente que n'importe qui dans trois ans. Ça m'était égal ; j'avais sous le coude l'histoire de l'enfonceur de clous en retraite de Coney Island, et je voulais parler aux types de l'entreprise de démolition qui s'était chargée du 537, 11ᵉ Rue Est. L'entreprise en question – je le savais d'après le rapport que Caroline m'avait montré – portait le nom de Jack-E

176

Demolition Co., et elle avait son siège au fond du Queens, pas très loin du Shea Stadium, sur une de ces avenues où les trottoirs ont disparu et où les arbres ont été élagués, où l'on voit partout des véhicules à l'état d'épaves et des camions éviscérés, où des hommes en salopette avec de la graisse d'essieu sur les mains conduisent des BMW à quatre-vingt mille dollars, où des gros chiens dorment dans des petites niches avec une chaîne enroulée devant eux dans la poussière et où la mention « Stationnement interdit » est accompagnée de la précision « Et cela vous concerne tout particulièrement ». Jack-E Demolition Co. se résumait à un terrain vague encombré de grues et de bull-dozers jaunes vérolés de rouille avec, au fond, une cara-vane qui servait de bureau. Il existe pas mal d'endroits de ce genre qui font du trafic de voitures volées et je me demandais si le patron serait vraiment enchanté par mes questions, mais McGuire, le contremaître, la cinquantaine, un filet de jus de tabac séché sur le menton, éclata de rire dès que je me fus présenté.

— Vous voulez rire ! Porter Wren ? Ici ? Merde, je lis tous vos papiers ! (Il me serra la main et je priai pour la récupérer intacte.) Venez, venez, asseyez-vous. (Il farfouilla sur son bureau en désordre et finit par dénicher le journal de la semaine dernière : NOCES DE SANG.) C'est celui sur la nana qui s'est fait descendre ? Avec le coup de la robe de mariée ? Putain de merde, alors !

Je lui demandai s'il se rappelait le chantier où avait été découvert le corps de Simon Crowley. Il hocha la tête vigoureusement, comme si ma question était en soi insultante.

— Comment je pourrais oublier ? C'est mon fils qui l'a trouvé. La tête éclatée comme une tomate trop mûre. Le pauvre gosse a tout vomi.

Je lui demandai de m'expliquer le processus de démolition.

— Bon, voilà comment on s'y prend. D'abord, sachez qu'on est protégé par toutes sortes de règlements à la con. On inspecte le bâtiment. Il y a peut-être des plans quelque part – une fois sur deux, personne n'a plus rien. Histoire de savoir s'il y a eu, je sais pas moi, un ravalement, même qui remonte à vingt ans, mais bon, ces immeubles se ressemblent tous. On essaie de deviner comment il va s'écrouler. Parfois on le désosse étage par étage, surtout s'il y a beaucoup d'acier ou si l'espace est réduit. Il faut juste la place pour installer une glissière et amener un camion qui emportera les gravats. Ou si ça n'entre pas dans cette catégorie, on peut le démolir avec une grue spéciale et des bulldozers. Si c'est du sérieux, quand y a beaucoup d'étages, alors il faut recourir à des procédures spéciales comme sectionner les poutrelles, utiliser parfois des explosifs, ce genre de choses. Nous on s'occupe pas de ça – on laisse ça aux grands. Mais cet immeuble dont vous me parlez, il faisait quoi ? Six étages ? Non, on se contente de jeter un coup d'œil. On cherche aussi les décorations sur les linteaux, tout ce qui sort un peu de l'ordinaire. Parfois il arrive qu'on récupère les portes, les manteaux de cheminée, tout ce qui peut être sauvé et revendu. Il y a des gens qui aiment bien acheter les vieux radiateurs. Moi, je les déteste, ils font trop de bruit. On récupère le cuivre dans les gravats. Parfois on récupère la rampe d'escalier. Ou bien une belle fenêtre cintrée, ce genre, vous voyez, ça vaut plus grand-chose mais ça intéresse toujours quelqu'un. Puis on installe un passage protégé sur le trottoir.

— Plus personne ne rentre ?

— Si, toutes sortes de gens.

Il sortit un bout de cigare de sa poche de chemise et se le cala entre les lèvres.

— Qui ça ?

Il ôta son cigare.

— Les types qui viennent fermer le gaz. Ceux de l'électricité. Ils coupent le courant dans tout le bâtiment. Un type des assurances passe alors, il s'assure qu'on n'est pas passés à côté d'un truc qui va tuer tout le monde. Puis il faut aussi couper l'eau... Un instant. (McGuire brailla dans un interphone :) Becky, allez me chercher le dossier sur cet immeuble de la 11ᵉ Rue Est. Ça doit remonter à seize ou dix-sept mois, je veux juste les notes. (Il contempla son cigare.) C'est mon fils qui dirige la boîte, à présent. (On lui apporta le dossier.) Ouais, c'est ça, le mois d'août il y a deux ans. On a commencé par les fenêtres. C'est normal. Pour pas qu'il y ait des chutes de verre. Voyons voir... ils ont coupé le courant, la société responsable de l'entretien des ascenseurs a largué la cabine deux jours avant qu'on s'attelle...

— Largué la cabine ?

— Ça veut dire... Bon, personne ne s'intéresse à un ascenseur vieux de soixante-dix ans, alors on fait venir la société qui s'en occupe, ils font tomber la cabine au fond de la cage, et nous on comble dessus. La plupart du temps, le sous-sol du bâtiment est plein de gravats, parce que le proprio veut pas prendre de risques, y a toujours des gamins qui peuvent jouer près du trou, escalader, tout ça, on peut avoir des problèmes avec la justice même si on a élevé une palissade, alors on bouche le tout avec des gravats et on balance une bonne couche de briques par-dessus le tout. On coule du béton en plus s'ils sont prêts à payer. Ensuite, si un nouveau bâtiment doit être construit, il faut faire dégager toute cette merde.

— C'est beaucoup de soucis, non ?

— Pas vraiment, parce qu'il faut creuser de toute façon pour les fondations. Y en a qui s'enfoncent jusqu'à quinze, vingt mètres de profondeur. Alors, quatre ou cinq mètres de gravats, c'est pas la mer à boire.

J'acquiesçai, mais rien de tout cela ne me renseignait vraiment.

— Donc, dans l'ordre, c'est : le passage protégé, l'eau, le gaz, etc., l'inspection des assurances, puis la démolition.

— Non, faut d'abord obtenir le permis.

— D'accord.

— Et également procéder à une dératisation.

— Il y avait des rats partout quand on a retrouvé le corps.

— Ben, on paie un type pour qu'il *dise* qu'il les a tous tués, fit-il en m'adressant un clin d'œil.

— Et ensuite ?

— La ville envoie un inspecteur.

— Le processus est toujours aussi strict ?

— Qu'est-ce que vous voulez dire ?

— Ça se déroule dans le même ordre ?

— Non, des fois l'eau est coupée avant le courant, des fois c'est le contraire. Ou le type des assurances vient plus tôt, ou plus tard. Vous savez, on connaît tous les gars du Département du bâtiment. On a des bons rapports. On fait plus ou moins tout vérifier avant de commencer à démolir.

— Ça a dû vous faire un choc de trouver le corps.

— Ben, j'ai fait le Vietnam, alors j'ai vu pas mal de trucs, mais mon fils... (Il détourna le regard.) Il a pris deux jours de congé.

— D'après vous, comment le corps a-t-il fait pour atterrir dans ces gravats ?

McGuire éclata de rire.

— C'est ce que les flics aimeraient bien savoir.

J'attendis qu'il développe sa pensée.

— Ce que je pense, moi ? Je pense qu'il était pas dans l'immeuble pour commencer, je pense qu'il est venu par le toit. Il y avait une corde.

Ce détail ne figurait pas dans le dossier de Caroline Crowley.

— Vous l'avez dit aux flics ?

— Oui.

— Et qu'ont-ils répondu ?

— Ils m'ont pas cru.

— Pourquoi ?

— J'en sais rien. Ils m'ont pas cru, c'est tout. (McGuire ouvrit un tiroir, trouva un cigare neuf, et remisa le mégot humide dans sa poche de chemise.) Vous savez quoi ? J'ai voulu vérifier par moi-même s'ils avaient balancé le corps par-dessus ma palissade. Alors j'ai pris un escabeau et j'ai vérifié centimètre par centimètre le barbelé, à la recherche d'un bout de tissu, de cheveux, de sang, n'importe quoi, et j'ai rien trouvé, que dalle. Je l'ai dit aux flics, et ils m'ont engueulé, ils disaient comme ça que j'avais saboté les lieux de l'enquête. Je leur ai dit que c'était ma palissade. Ils ont pas franchement apprécié. Je leur ai dit qu'il était impossible que le corps soit passé par-dessus la palissade. Je pense qu'il est venu par le toit, je le leur ai dit et ils m'ont regardé comme si j'étais fou.

— Vous avez déjà parlé au concierge de l'immeuble d'à côté, un Portoricain ?

McGuire haussa les épaules. Un bulldozer traversa la cour.

— Possible, je me rappelle pas.

— Admettons pour le toit. Comment ont-ils pu balancer un corps aussi loin ?

— Non. C'est pas ce que j'ai voulu dire. Ils sont allés sur le toit avec le corps, en passant par le numéro, euh... (Il consulta son dossier.)... le numéro 535. À l'époque où l'immeuble était pas encore démoli. Puis ils sont allés sur le 537 en s'aidant de pieds-de-biche, d'un madrier, n'importe quoi, ils ont pété une des fenêtres du dernier étage. Elle se trouve à... disons... à peine un mètre vingt de la corniche. Ça n'a pas dû être de la tarte, mais c'était faisable. C'est là qu'intervient cette corde. On a trouvé un gros morceau de corde attaché aux pieds en fer du réservoir d'eau. Alors ce que je pense, moi, c'est qu'ils ont attaché le corps à la corde, ils ont mesuré, vous pigez, pour avoir la bonne longueur, puis ils ont balancé le cadavre de l'autre côté du bâtiment par la fenêtre brisée. Ensuite ils ont coupé la corde.

J'essayai de visualiser la scène.

— Ça signifie que l'autre bout de la corde restait attaché au corps.

Il contempla son cigare.

— Peut-être.

— Il n'y avait aucune corde attachée au cadavre.

— Je sais bien, je l'ai vu votre cadavre, l'oubliez pas, dit-il avec irritation. Mais il lui manquait une main.

Je méditai ce dernier point.

— Si je devais balancer un corps par une fenêtre depuis

un étage supérieur, j'attacherais les mains ensemble, ou les chevilles, ou bien je ferais un nœud autour du cou.

Si une corde avait été passée autour du cou de Simon Crowley, il aurait eu la nuque brisée, et le médecin légiste l'aurait précisé. D'un autre côté, la nuque aurait pu avoir été brisée pendant la démolition, sous le poids des gravats ou du bulldozer.

— Je pense quand même que c'était une corde.

— Mais votre théorie a un défaut.

Il secoua la tête, se cala le cigare dans la bouche.

— Allez, quoi ! Le corps était complètement en bouillie. La corde a pu se détacher.

— Vous avez mesuré la longueur de corde que vous avez retrouvée près du réservoir ?

— Non, c'était bien plus tard.

La conversation devenait trop spéculative, et je le remerciai pour le temps qu'il m'avait accordé.

McGuire alluma alors son cigare, recracha un nuage bleuâtre et me regarda en plissant les yeux.

— Vous allez pondre un papier là-dessus ?

— Je me renseigne, lui dis-je. C'est tout.

Ce qui, je suppose, était la vérité. Après avoir regagné Manhattan, à la traîne derrière une camionnette dont la portière battait comme une aile de papillon, il ne me restait plus qu'à faire un saut à la bibliothèque du journal, qui n'est plus une simple salle où des coupures jaunies s'accumulent dans des armoires, mais un bureau de rangées entières de disques compacts vendus par des entreprises privées dont le boulot consiste à gérer électroniquement les traces que nous laissons derrière nous. La plupart des gens ne se doutent pas à quel point un journal peut en apprendre vite sur eux, si tel est son désir. Dans notre bibliothèque, par exemple, nous avons des annuaires croisés sur CD dont nous pouvons nous servir si nous possédons le numéro de téléphone d'une personne mais pas son nom ou si nous avons une adresse mais pas de nom ni de numéro de téléphone. C'est un outil extraordinaire ; donnez-moi un numéro gribouillé sur une nappe et il y a de fortes chances pour que d'ici quelques minutes je puisse vous dire à quelle adresse il correspond, qui habite à cette adresse, qui vit dans le même immeuble ou sur l'autre trottoir, qui, dans cet immeuble, possède une voiture, de quelle marque et de quel modèle, quand ces gens ont acheté leur appartement, combien d'impôts ils paient, s'ils votent, pour quel parti politique, s'ils ont eu récemment des démêlés avec la ville. Nous pouvons même obtenir des informations sur leurs finances. S'agit-il d'une intrusion dans la vie privée des gens ? Absolument. Cela va-t-il empirer ? Même réponse.

Je dénichai la documentaliste, Mrs. Wood, une petite Noire aux ongles de tueuse qui travaillait là depuis près de dix ans. On disait qu'elle avait une mémoire photographique, ce qui était sans doute vrai, mais selon moi son véritable génie résidait dans sa capacité à partir d'un fait brut pour en inférer toute une structure d'informations.

— Mrs. Wood, pourriez-vous faire une recherche pour moi ?

— Pour vous, Mr. Wren, j'irais sur la lune.

— Et il ne fait aucun doute que je vais devoir aller vous chercher un café d'ici quelques minutes.

— Aucun, dit-elle en hochant la tête.

— Noir, le café ?

— Comme moi.

— Vous voyez, je me rappelle. Le moindre de vos désirs est gravé dans ma mémoire.

— Cessez de jouer les Blancs enjôleurs avec moi. Quel est le problème ?

Elle approcha une chaise de l'ordinateur et je lui donnai l'adresse de la 11e Rue Est. Environ dix minutes plus tard, elle avait découvert que le terrain était désormais la propriété de la Fwang-Kim Trading Import Corp., dans le Queens.

— Plutôt étrange, dis-je.

— Pourquoi ?

— D'ordinaire, les terrains libres appartiennent à la ville. Ils sont saisis pour couvrir les arriérés d'impôts.

— Et les Coréens achètent des magasins, pas des terrains.

Peut-être achetaient-ils juste le terrain. Si le coin s'embourgeoisait, ce qui était douteux, alors peut-être en feraient-ils monter le prix.

Mrs. Wood alla consulter ses microfiches et revint au bout d'une minute.

— Il n'a jamais appartenu à la ville. Mais la société d'import Fwang-Kim l'a acheté à une autre société coréenne, la Hwa Kim Import & Realty Corporation et avant cela le terrain – bâti – était la propriété d'une autre société dans le Queens.

— Quel prix ?

— La première fois, le montant s'élevait à soixante-seize mille, la seconde à trente et un mille.

— Bizarre que ça ait chuté.

— J'ai une théorie. (Elle retourna à ses ordinateurs. Je la vis introduire des disques dans la machine.) C'est là, regardez. Les deux sociétés coréennes ont la même adresse. Cela signifie sûrement que l'une d'elles est une émanation de l'autre venue lui succéder. C'est une pratique courante – ça permet de se défausser en cas d'endettement. Il est évident que les deux sociétés sont sous la coupe d'une même personne ou d'un même groupe. La soupe habituelle.

— Mais pourquoi une société coréenne du Queens irait-elle acheter un immeuble à l'abandon, le ferait démolir, puis en resterait là ? On ne peut pas dire qu'il soit bien situé.

Je repensai à Mrs. Garcia en train d'arpenter lentement son pathétique jardinet.

— On ne peut établir aucun commerce là-bas.

— Y a-t-il des épiciers coréens dans le quartier ?

— Oui.

— Alors les Coréens ont décidé que le quartier était viable.

— Possible. Mais l'argent est rare.

— On peut faire construire ?

— Bien sûr.

— Vous avez vu le terrain ?

— Oui.

— Quelle superficie ?

— Mille deux cents, mille cinq cents mètres carrés.

Elle jeta un coup d'œil à son écran.

— Vous n'êtes pas très au fait du cours de l'immobilier.

— Pas en ce qui concerne les terrains vagues.

— Trente et un mille pour un bon terrain, même dans le Lower East Side, c'est donné.

Je haussai les épaules.

— Admettons.

— C'est très peuplé ?

— Très.

— Vous avez repéré des supermarchés ?

— Il y en a un un peu plus bas au sud. Mais je sais ce que vous pensez, ils veulent peut-être installer un ensemble commercial. Mais l'emplacement serait une erreur. Ce n'est pas sur une avenue, c'est au milieu de la rue, parmi des habitations. Des taudis.

— Un immeuble d'appartements.

— Peut-être, dis-je, découragé. Je ne vois rien d'autre de plausible.

— Moi si. Cette estimation est trop faible. (Mrs. Wood examina ses microfiches.) Regardez, un terrain similaire à une rue plus loin à l'est – le quartier est pire –, vendu quatre-vingt-dix-neuf mille dollars.

— Pourquoi la société qui le possédait au départ l'a-t-elle vendu en dessous des cours du marché ? demandai-je.

— Bien, je vois que vous posez enfin les bonnes questions.

Mrs. Wood fit alors deux choses ; elle rechercha dans le registre des litiges civiques le nom de l'ancien propriétaire, la Segal Property Management, dans le Queens, et celui de la société à qui avait été vendu le terrain, la Hwa Kim Import & Realty Corp.

— Et voilà, dit-elle. La Segal Property Management a été poursuivie en justice par Mr. Jong Kim il y a de cela trois ans. Maintenant, il faut que je cherche dans le... Voilà.

Elle apprit ainsi que la Segal Property Management avait connu des difficultés financières deux ans plus tôt. Puis, en recourant aux annuaires croisés, elle établit que l'adresse de ladite Segal Property Management était également celle de Norma et Irving Segal, lesquels dirigeaient apparemment un cabinet juridique, Segal & Segal, toujours à la même adresse. Segal & Segal avait également entamé des poursuites pour insolvabilité, le même jour que la Segal Property Management.

— J'ai une autre idée, dit Mrs. Wood tout en pianotant sur son clavier pour accéder au registre des immatriculations de l'État de New York.

À partir de là, elle put établir que Norma Segal avait soixante-huit ans et son mari quatre-vingts. Ils roulaient dans une Mercury vieille de sept ans.

— Un couple de vieux juifs dans le Queens, avec un cabinet juridique et un immeuble abandonné dans Manhattan, poursuivis en justice par un homme d'affaires coréen malin.

Elle prit un air songeur.

Je commençais à comprendre.

— Quelqu'un a fait une mauvaise chute, ou a eu un accident de voiture, proposai-je.

— Possible. Le couple ne possède aucun autre bien important. Ils acceptent de céder au Coréen l'immeuble, à bas prix, pour arranger les choses. C'est une vente légale, mais bien en dessous du cours du marché. Ils touchent des liquidités, et lui se retrouve éventuellement avec une affaire juteuse.

— Sauf que l'immeuble a été démoli peu de temps après la date de la vente, fis-je remarquer.

— D'où le prix relativement bas. C'était vraiment

186

donné. Le Coréen voulait le terrain, et non les ennuis inhérents à un vieil immeuble croulant.

Elle m'adressa un petit sourire mutin.

— Je serais effrayé de savoir ce que vous pouvez apprendre me concernant, dis-je.

— Vous ? Vous êtes du petit gibier.

— Je préfère ne rien répondre.

— Je n'en doute pas.

Je me rappelai qu'il fallait que je me rende à la banque de Malaisie. Je m'apprêtais à partir quand une idée me traversa l'esprit.

— Pourriez-vous faire encore une petite recherche ? demandai-je.

— Vous ne m'avez pas assez embêtée ?

— Quelle compensation vous ferait plaisir ? Un sandwich ?

— J'en veux un aux œufs et au jambon, ils en vendent en bas, et deux cafés aussi. Et la dernière édition de *The Economist*.

— Vous êtes dure en affaires, Mrs. Wood. Peut-être me direz-vous un jour votre prénom.

— Vous n'avez aucun besoin de le connaître, jeune homme, alors maintenant filez me chercher mon déjeuner !

Avant de partir je lui donnai le nom et l'adresse de Caroline, puis descendis dans le hall. Constantine, le garde posté à l'entrée, me remit une enveloppe.

— Un type a laissé ça pour vous.

— C'est quoi ?

— Je n'en sais rien.

— Sûrement pas douze millions de dollars.

Constantine sourit :

— Je n'ai fait qu'acheter des billets de loterie.

Je lus la note manuscrite en reprenant l'ascenseur :

Cher Mr. Wren,
Si vous désirez de plus amples informations concernant Richard Lancaster, l'homme qui a tué Iris Pell, veuillez

vous poster au coin de la 86ᵉ et de Broadway dans les trois prochaines heures. Là, vous verrez un homme assez corpulent répondant au nom d'Ernesto qui portera une casquette des Yankees. Veuillez lui décliner votre identité et dites-lui que vous cherchez Ralph.

Mes informations sur Lancaster sont excellentes.

Sincèrement,

Ralph

Je n'avais aucune envie d'aller dans ce quartier pour y rencontrer un type assez corpulent du nom d'Ernesto. Qu'est-ce qu'ils s'imaginaient ? Qui plus est, Lancaster était mort, ça serait du réchauffé.

— Caroline Crowley n'a pas de permis de conduire enregistré dans l'État de New York, m'annonça Mrs. Wood à mon retour, mais elle possède un permis californien, qui expire dans quelques mois. Cela fait deux ans qu'elle vit dans cet appartement. Il a été acquis contre la somme de deux millions trois cent mille dollars, sur la base d'un emprunt-logement d'un montant de deux millions. Il appartient au cabinet juridique chargé de gérer la succession d'un certain Simon Crowley, lequel, si mes souvenirs sont bons, est un réalisateur de films aujourd'hui décédé. (Mrs. Wood m'adressa un drôle de petit clin d'œil.) Elle n'a pas de carte d'électeur. Elle possède des biens immobiliers dans la région. Elle n'a fait l'objet d'aucune poursuite judiciaire, n'en a entamé aucune. Elle a cependant commis une infraction mémorable.

— Laquelle ?

— Elle a eu une amende pour avoir fumé dans le métro.

— Vous avez ce genre d'info là-dedans ?

Mrs. Wood acquiesça d'un air espiègle.

— Encore une de ces jeunes bourges qui prennent le métro.

— Et vous en déduisez quoi ?

Mrs. Wood gloussa :

— Elle est près de ses sous.

Il était temps pour moi de filer à la banque de Malaisie pour y visionner le restant des cassettes, mais je traînai encore un peu dans le hall du journal, et relus l'étrange message de « Ralph ». Je finis par me demander si, peut-être, je ne devrais pas lui faire une petite visite. Une phrase en particulier m'intriguait : « mon information est excellente ». Il pouvait y avoir là matière à article – on ne sait jamais. Et si c'était du bidon, je n'aurais perdu qu'un peu de temps.

Je ne ferais pas état de cette lettre signée Ralph, ni de ce qui se produisit cet après-midi, si tout cela n'avait eu pour conséquence de confirmer les derniers propos que m'avait adressés un vieux journaliste alcoolique que je connaissais à mes débuts. Grand, porté sur les complets de luxe, Kendall Harpe s'était vite retrouvé incapable de faire autre chose que vider verre de scotch sur verre de scotch. Mais je le trouvais séduisant dans sa déchéance, et il crut bon, avant d'être viré pour de bon par le journal, de faire mon éducation : « Très bien, petit, j'ai deux choses à te dire, m'annonça-t-il abruptement un jour alors qu'il revenait de déjeuner, légèrement chancelant. Un, quand ça coince, laisse reposer. Pigé ? » Il scruta mes yeux pour voir si j'étais attentif. « Deux, il ne s'agit pas de simples historiettes. Pas du tout, c'est une seule et même histoire. N'oublie jamais ça. » Puis il s'éloigna en titubant et je ne le revis plus jamais.

Une demi-heure plus tard, je faisais le pied de grue au coin de la 86e et de Broadway, près de la bouche de métro, guettant un type avec une casquette des Yankees. Il était bien là, d'une corpulence assurément imposante, un bon mètre quatre-vingt-quinze, au moins cent trente kilos, dont la plupart tassés dans ses épaules et sa poitrine, les bras le long du corps, comme en transe. Je traversai la rue prudemment, sans le quitter des yeux, et l'abordai.

— Je cherche Ralph.

Il m'examina. Je ne parvins pas à déterminer de quelle race il était – ses cheveux étaient vaguement bouclés, d'un blond sale, ses yeux verts, son teint sombre.

— J'ai reçu ce message, fis-je en sortant le papier de ma poche. On m'a dit de venir ici et de m'adresser à un certain Ernesto avec une casquette des Yankees.

Il hocha la tête et s'éloigna. Je compris que je devais le suivre. Je le rattrapai et nous nous dirigeâmes vers l'ouest, coupant par Riverside Park, droit vers la West Side Highway. Là, les véhicules, essentiellement des taxis, fonçaient à cent kilomètres-heure. Traverser était impossible. Ernesto escalada alors un mur. Je me penchai ; il se tenait là, trois mètres plus bas. Il me fit signe. J'eus peur et me sentis stupide. Il me fit signe à nouveau. Je sautai, et découvris à quel point mes genoux n'étaient plus tout jeunes. Mais j'atterris néanmoins sur mes pieds et me retrouvai dans un lieu non dépourvu d'une certaine richesse anthropologique. On distinguait ici les reliquats d'une population lasse et errante : boîtes en fer, bouteilles vides, parapluies déchirés, vieux matelas, pneus, jerrycans, vêtements, emballages de toutes sortes et de tous âges, appareils ménagers hors d'usage. La végétation avait envahi et recouvert la quasi-totalité de ces détritus mais du coup était rachitique, mutilée et tortueuse, comme si la nature elle-même avait été génétiquement endommagée dans sa lutte contre l'être humain et la grossièreté de l'habitat urbain. Ernesto se déplaçait avec agilité dans ce paysage cauchemardesque. Il semblait être à l'abri du doute, conçu pour s'immiscer et évoluer dans l'obscurité et la crasse. Je le suivis dans la faille d'un mur de pierre derrière l'autoroute, faille encombrée d'ailantes aux racines tendues vers le soleil. Quelques pas, et la broussaille céda la place à un chemin de terre menant à un autre mur, celui-ci intact. Ernesto se retourna pour vérifier que j'étais bien derrière lui, puis bondit. J'allais pouvoir connaître les limites de ma témérité. Je suivis Ernesto le long du mur, me hâtant pour rester à son niveau, le souffle un peu court, tout en déchiffrant les graffiti :

TIRER SON COUP C'EST LE PIED
MAIS PAS PLUS QU'UNE BONNE BIÈRE
ALORS VAUT MIEUX SE BRANLER
ET PAS TROP S'EN FAIRE

LE JAZZ, ÇA TE BRANCHE ?
MOI J'AIME LES PERCUS
PRENDS ÇA DANS LE CUL
& ACCROCHE-TOI À MA BRANCHE

TU VEUX DE LA LUMIÈRE
MOI JE PRÉFÈRE L'OMBRE
ALORS FAIS PAS TA ROSIÈRE
ET SORS TON CONCOMBRE

Nous avons croisé un gamin dépenaillé et émacié d'environ quatorze ans qui portait des sacs-poubelles et des bouteilles de lait en plastique vides. Quelque chose dans son allure – son dos voûté, ses pas de somnambule – suggérait un labeur épuisant et répétitif. Le mur continuait sur une quarantaine de mètres. Puis Ernesto disparut par une étroite lézarde. Je le suivis – et me retrouvai dans l'obscurité. Comme mes yeux s'accoutumaient lentement à la pénombre, je vis que nous avions pénétré dans une immense salle voûtée, d'une hauteur de plafond d'environ trente mètres et dont l'extrémité se perdait dans l'ombre, mais qui faisait peut-être plus de mille cinq cents mètres de long. C'était un ancien tunnel de chemin de fer, et à trois mètres cinquante au-dessus du sol on remarquait encore les plates-formes de transformateurs, à présent rouillées, disposées à intervalles réguliers. On aurait dit désormais des nids monstrueux. Mon œil se porta alors sur des bicoques adossées au mur. Je vis des ombres bouger ici et là, ainsi que la trajectoire courbe et tremblotante d'une lampe-torche et l'éclat pétillant de ce qui devait être un feu. On avait affaire ici à une étrange forme d'organisation humaine.

— C'est par là, annonça Ernesto d'une voix épaisse.

Je le suivis dans l'obscurité. Nous dépassâmes plusieurs cabanes basses de plafond, dont plusieurs sans porte. Des êtres humains des deux sexes qui dormaient ; quelqu'un en train de balayer, de faire le ménage, de refermer des sacs-plastique, ou bien assis sur une chaise, en train de clouer quelque chose. Plus loin, nous croisâmes deux hommes et une femme debout près d'un feu. La femme, la cinquantaine, surveillait une casserole placée sur les flammes. Ces dernières bondissaient, comme sous l'effet d'un courant d'air, ce qui me dérouta jusqu'à ce que je remarque que le feu était installé à même la grille métallique d'une bouche d'aération.

— Par où s'évacue la fumée ? demandai-je à Ernesto.

— Les fissures, dit-il en désignant le plafond.

Nous continuâmes jusqu'à un autre nid-maison bâti sur une plate-forme de transformateur.

— Ralph ! brailla Ernesto.

Un visage vieux et barbu émergea hors du nid et presque aussitôt une corde fut jetée. Comme elle se déroulait, je vis qu'il s'agissait en fait d'une échelle. Ernesto retira un long morceau de fer d'un tas de déchets et le déposa soigneusement sur les extrémités de l'échelle. Puis il progressa à la manière d'un singe, utilisant autant les muscles de ses bras que la pression de ses pieds. Une fois au sommet, il se retourna.

— Montez, monsieur !

Je me suis déjà trouvé dans pas mal d'endroits inquiétants, y compris une cellule pisseuse de Rikers Island et la tombe d'un pauvre à Potter's Field, mais je n'avais jamais vu, sous terre, de lieu semblable. J'empoignai l'échelle de corde, tirai dessus à fin de vérification, puis entrepris de monter. Ce ne fut pas facile, et je ne suis pas particulièrement un ami des hauteurs, aussi regardai-je uniquement vers le haut, où je distinguais le visage d'Ernesto. Quand j'eus atteint le dernier échelon, je découvris une espèce de tipi en bois et en tôle. Ernesto s'en alla comme il était venu.

— Bienvenue, Mr. Wren, fit une voix à l'intérieur du tipi.

J'entrai en me courbant entre des piles de livres. Là, un livre à la main, m'attendait un homme aux cheveux blancs, la cinquantaine, peut-être plus.

— Je m'appelle Ralph Benson, fit-il.

Je lui serrai la main, qui était étonnamment ferme.

— Merci d'avoir fait tout ce chemin jusqu'ici, dit-il.

— Une sacrée expédition.

Il acquiesça d'un air songeur.

— Tous ceux qui ont touché le fond sont arrivés ici après... euh, comme vous dites, une sacrée expédition.

Je ne répondis pas. Mieux valait le laisser parler.

— Je vous ai envoyé ce message parce que je lis votre chronique depuis, hmmm, plusieurs années. Je suis tombé sur votre article qui parle d'Iris Pell. Je ne peux m'empêcher de penser à ses parents... Elle a connu une mort stupide et inutile, Mr. Wren, parce que son amant était un lâche, hmmm. J'avais une fille, dans le temps, Mr. Wren, et je l'aimais – je l'aimais, hmmm –, je ne me perdrai pas dans le récit de ce qui s'est passé... tout ça est absurde... J'étais alors un... des anniversaires, et, hmmm... elle n'avait que dix-neuf ans quand ils l'ont retrouvée... Après ça, la déchéance, la déchéance encore et toujours. Ma chère épouse... morte d'une fêlure au cœur, pour parler comme Saul Bellow, et... ce fut la spirale, Mr. Wren, je ne saurais... hmmm, la spirale... la déchéance. La société est bien trop chaotique pour moi, Mr. Wren... j'ai naguère été, on ne le dirait pas aujourd'hui, hmmm, j'ai naguère enseigné les humanités, Mr. Wren, à la Columbia University, même aujourd'hui ça m'épate, j'habitais dans le nord de New York, Mr. Wren... New Rochelle, une maison à Cape Cod avec un hectare, un poirier dans le jardin... si beau, hmmm, il donnait des fruits au printemps et à l'automne. J'habitais dans... Des tondeuses à gazon, des centres commerciaux, fruits du capitalisme... aucune sécurité, nulle part, à ce que je vois en lisant les journaux, et quand j'ai parcouru votre papier sur ce lâche, ce poltron, ce bouffe-merde, ce lèche-bite, cet enculé patenté, ce triste fumier que je muti- lerais volontiers et boufferais tout cru comme s'il s'agis- sait d'une huître juteuse et délicate, après avoir fait bouillir ses os pour en faire de craquants biscuits apéritifs... (Il s'interrompit et parut surpris, comme si quelqu'un, tout près de lui, avait murmuré à son oreille.) Hmm. Non, pas cet homme, pas l'homme qui... notre... mais celui qui a tué... avec la robe de mariée, Iris Pell, hmm, drôle de nom, fait penser à belle, à pelle aussi, aux fossoyeurs, bon, il n'a même pas eu la décence de se suicider proprement, obligeant les contribuables à lui payer un lit d'hôpital... Quoi qu'il en soit, si j'ai insisté pour que vous veniez ici aujourd'hui, c'est pour que vous sachiez que notre jeune ami Ernesto arpente la ville bien plus que tous ceux qui vivent ici. La plupart des gens, ici, sont contents d'avoir fui le monde extérieur, un monde qui représente... hmm... l'échec, la tristesse, la mort, la violence, la drogue..., etc. Ils ne communiquent avec la surface que dans le dessein de se sustenter. Trouver de la nourriture, de l'eau, tout ça. Des troglodytes, oui, hmm. L'histoire se répète toujours, c'est là le grand fait méconnu de notre civilisation, oui. La Chine se gaussera de nous dans une centaine d'années. Quoi qu'il en soit, Ernesto vit ici parce qu'il a trouvé en ce lieu des gens qui l'aiment... Ma nouvelle épouse... hmm, je l'appelle ainsi, cela fait cinq ans que nous sommes ensemble, mon épouse et moi... elle est sortie, elle prépare notre repas, je pense... ma femme et moi, donc, veillons sur Ernesto. Je vous épargnerai ma biographie familiale, mais sachez, Mr. Wren, que la seule chose que mon épouse et moi pouvons lui donner, à savoir l'amour, est la seule dont il a besoin. Tant qu'une ou deux personnes seront là pour lui donner de l'affection, une certaine affection, il sera heureux de la vie qu'il mène. L'absence d'affection détruit l'âme. Comme vous avez pu le constater, il est lent d'esprit. Un bon cœur, mais un esprit lent. Ma théorie, c'est qu'il aime errer dans la ville. Il est mes yeux et mes oreilles à la surface, et en fin de journée, il me rapporte tous les quoti- diens, incomplets, bien sûr. C'est comme ça que je lis votre chronique. Je lis également les papiers de Jimmy Breslin, Russell Baker, ceux de ce Safire, ainsi que ceux de Maureen Dowd, qui, je dois le reconnaître, s'y connaît vraiment... (Il cligna les yeux nerveusement pendant quelques secondes et me regarda.) Où en étais-je ?

— Vous me parliez d'Ernesto.

— Oui, fit-il en souriant. Non ! (Sa mine se renfrogna.) Je vous décrivais mon intérêt pour vos chroniques et celles de vos collègues. Dans l'ensemble, hmm, c'est très faible, très pauvre, hmm, enfin je trouve. Vous y compris. Des phrases hachées, qui n'exigent qu'une attention furtive. Simplissime à dessein. Verbes ternes. Hmm. Rien à voir avec Samuel Johnson, hmm-mm ! Mais j'ai été intéressé en lisant votre papier d'il y a cinq jours, celui où vous décrivez la scène sur la promenade de Brooklyn. Comme vous vous le rappelez, une femme qui regardait par sa fenêtre a vu une silhouette – que vous qualifiez de « sans-abri » – ôter apparemment l'arme de la main de ce pitre sanguinolent, ce Mr. Lancaster. Il se trouve qu'il s'agit d'Ernesto. S'il était alors à Brooklyn, c'est parce que, à l'instar des grands poètes américains, il adore le Brooklyn Bridge. Ernesto a également récupéré l'attaché-case de notre homme, qu'il m'a confié.

— Qu'est-il advenu de l'arme ? demandai-je.

— Il l'a vendue.

— À qui ?

— À qui, exactement, cela je l'ignore, fit-il en grimaçant. Il n'a pas eu la bonne idée de la laisser où elle était ni celle de me l'apporter. Il a eu peur de la garder sur lui, aussi est-il allé dans un bar et il l'a vendue. Il est lent, comme je l'ai dit, mais il sait faire certaines choses. Ce n'est pas un criminel, mais il sait où trouver les criminels. Et donc il était là, sur le chemin de cet assassin. Alors, oui, il a vendu l'arme, à qui, je l'ignore, et même si je le savais je ne vous le dirais pas. Je souhaite qu'Ernesto reste en dehors de tout ça, vous savez. Il est innocent mais il a un petit casier judiciaire. Il existe, en fait, un très vieux mandat lancé contre lui, fondé, je crois, hmm, sur un délit mineur, un vol quelconque. Je ne suis pas certain. Il a un problème de mémoire, dû aux sévices que lui a infligés son père. S'il a commis un crime par le passé, il ne s'en souvient pas. Quoi qu'il en soit, je veux qu'il reste à l'écart de tout ça. Il est sur le droit chemin, à présent, un chemin étroit, et l'envoyer à Rikers Island pour un vol de voiture remontant à des lustres ne serait pas, selon moi, juste. La société a pris nettement plus à Ernesto qu'il n'a pris à la société. (Il me regarda d'un air insistant, ses lunettes baissées sur le bout de son nez.) Et donc Ernesto a ouvert la mallette en question et y a trouvé un ordinateur portable. Il ne sait pas ce qu'est un ordinateur, hormis qu'il a de la valeur et permet d'écrire. Mon épouse et moi sommes les seules personnes vraiment instruites qu'il connaît, aussi nous a-t-il rapporté le portable. Dans les années 1970, j'étais un mordu de ces gadgets, à l'époque où... hmm... tout le monde portait des pantalons à pattes d'éph, mangeait de la fondue au fromage et se vantait de faire des partouzes... J'ai donc été capable de comprendre comment marchait cette chose.

— La batterie était encore chargée ?

— Oui. J'ai ouvert quelques fichiers, et j'ai très vite réalisé ce à quoi j'avais affaire. Pas de la grande littérature, j'ai bien peur, mais, d'un point de vue rhétorique, hmm, plutôt convaincant. Tenez, laissez-moi vous montrer. (De la masse de papiers et de livres, il sortit un ordinateur portable qu'il alluma.) Regardez, ça, ce sont des fichiers par date... Ça, ce sont les notes intimes de Lancaster. Je vais ouvrir celui-ci, qui remonte à une semaine avant qu'il ne tue Iris Pell.

Aujourd'hui j'ai appelé trois fois mon amour au bureau et elle ne m'a pas rappelé. Je lui ai fait envoyer des roses à midi. Le fleuriste a rappelé vers cinq heures pour dire que les roses avaient été refusées. Éperdu, incapable de me concentrer lors de la réunion de fin de journée. Rappelé mon amour de chez moi. Et si on allait au cinéma ? Pas de réponse. Suis allé devant chez elle. Il faisait froid. Le portier n'a pas voulu me laisser entrer. M'a dit qu'il avait des instructions. Je lui ai proposé cent dollars, mais il n'a rien voulu savoir. Très contrarié, à présent. Hors de moi. Ne veux pas rentrer chez moi. Suis allé dans le café en face de chez elle. Peut-être qu'elle va rentrer. Peut-être qu'elle est sortie voir un film.

— Vous avez compris, dit Ralph Benson. Il la suit, la traque, il prend des notes. On pourrait appeler ça *Mémoires d'une bête*, et en tirer un million de dollars auprès d'un éditeur. On pourrait également rafler les droits cinématographiques, hmm. Ça devient ensuite très détaillé. Il y a aussi le récit du meurtre.

— Je peux voir ?

— Bien sûr. Vous allez constater que son mental se détériore.

L'ai trouvée. Blanchisserie. À l'intérieur avec larobe bleue qu(elle portait j'avais l'arme je savais qu'elle était làSur l'autre trottoir, la regardais réfléchissais ne pouvais pas juste aller lui dire combien je l'aimais et que personne d'autr pouvait l'avoirr.Aucune autre homme, jamais !!!! Je suis entré dans la magason et je lui ai tiré dessus. Elle m'a vu et j'ai tiré pour comprenn enfinLes balles ont fait mouche, tout le monde a crié, je suis sorti en courant. Maintenant dans un taxi, matricule 3N82, qui fonce sur Brooklyn Bridge et loin de Manhattan.

Je hochai la tête. Je tenais là ma chronique.

— Très impressionnant.

— Oui.

— Vous allez me donner tout ça ? demandai-je.

— Après négociations, oui.

— Vous voulez que je publie les notes de ce lâche et qu'ainsi je mette en garde d'innocentes jeunes femmes contre la nature criminelle des hommes.

Ralph cligna des yeux.

— Ce serait une motivation admirable, mais telle n'est pas la mienne.

— Que voulez-vous, alors ?

— Je veux tout ce qu'il existe de bien, Mr. Wren, mais je ne peux l'obtenir. Je ne peux même pas avoir un millionième de tout ce qui existe de bien. Une bouteille de claret serait idéale, hmm. « Le vin supprime la sensation de la faim », a dit Hippocrate. Mais ce que j'aimerais, plus que tout, c'est une paire de chaussures décentes pour mon épouse, pour moi et pour Ernesto. Les gens ne jettent pas les choses en bon état, les chaussures neuves. Ma femme porte le plus souvent des chaussures d'hommes qui sont trop grandes pour elle. Je n'ai rien d'autre à lui offrir que mon pauvre sourire désastreux, mon esprit brillant, et le peu que je parviens à soustraire à la surface. Je pensais à un millier de dollars.

— Je n'achète pas mes informations.

— Cinq cents dollars. Vous pouvez aller jusque-là, je n'en doute pas.

— Écoutez, je suis désolé si ce n'est pas toujours facile pour vous.

Il s'empara de l'ordinateur et le brandit au-dessus de sa tête, comme s'il s'agissait d'un ballon de volley qu'il s'apprêtait à lancer.

— Alors je vais le jeter, tout simplement, et ces mots retourneront au néant.

— Vous n'en ferez rien.

— Non ?

Il eut un air intrigué et abaissa l'ordinateur.

— Vous essaierez plutôt de le vendre à quelqu'un d'autre.

— Je sens à votre voix que vous êtes prêt à négocier de nouveau, Mr. Wren. Une nuance, une hésitation. Cinq cents. Cela ne doit pas être loin de votre prix.

— Je ne fixe aucun prix.

— Comme c'est noble de votre part ! éructa Ralph Benson. Quelle noblesse, hmmm. Votre intégrité de journaliste reste intacte et, ma foi, un gentilhomme accompli peut se rengorger sur le boulevard des bonnes intentions, tout en admirant la propreté de ses semelles et le moelleux

198

de son manteau. (Il agita les bras et, à l'aune de sa colère, j'eus un aperçu de ce qu'il avait été jadis.) Quelle noblesse ! Et maintenant, Mr. Wren, replaçons tout cela dans son contexte, vous voulez bien ? Je suis un pauvre infortuné qui ne peut même pas gagner sa croûte. Je suis tellement inapte à fonctionner en société que j'en suis réduit à vivre dans cet enfer et à envoyer un colosse à moitié décérébré me chercher de quoi manger ! Un apport de cinq cents dollars porterait ma fortune à cinq cents dollars. Vous, monsieur, vous êtes un homme du monde, un homme à succès, autrement plus puissant que moi, vous détenez une position, une réputation, un capital. Cinq cents dollars n'entameront même pas votre pécule. Il s'agit d'une somme qui échappe à votre attention. Cinq cents dollars ! Ce n'est rien pour vous. Aussi je vous demande : qu'est-ce qui est le plus équitable, ici, dans ce monde inférieur ? Le maintien de votre éthique de journaliste suffisant, qui est bafouée chaque jour par nombre de vos collègues, ou le transfert d'une somme ridicule à un sans-abri, un pauvre hère, en échange de laquelle il vous confiera une mine de renseignements précieux ?

Je le regardai, puis consultai ma montre. Je voulais visionner les cassettes de Simon.

— Combien coûtent ces chaussures ?

— Hmmm, le prix de la paire à Urban Outfitters est de cinquante dollars et quatre-vingt-dix-neuf *cents*.

— Ce qui nous fait dans les cent quatre-vingts dollars.

J'examinai mon portefeuille, fouillai dans ma poche de veston. J'avais sur moi cent trente-deux dollars, et je les lui tendis.

— C'est tout ce que j'ai, et je suppose que vous ne prenez pas l'American Express.

— Marché conclu.

Je hochai la tête, assez pitoyablement.

— Ernesto ! lança Ralph Benson.

Immédiatement, Ernesto escalada la corde et, ne se servant vraisemblablement que d'un bras, redescendit avec l'ordinateur.

— Comment puis-je vous contacter en cas de besoin ? demandai-je. Sans avoir à descendre jusque-là, je veux dire.

— Hmm, c'est très simple. Chaque jour de la semaine, Ernesto, à ma demande, va se poster à l'angle de la 86ᵉ et de Broadway à huit heures du soir et à minuit. Il y reste dix minutes. Quiconque souhaite me contacter ou me faire parvenir quelque chose – et ils sont nombreux, vous savez – se contente de laisser un message à Ernesto. Le lendemain, Ernesto apporte la réponse. Si vous désirez une réponse immédiate, il vous faut rédiger votre message en conséquence, puis attendre au même coin de rue. Ernesto sera en général de retour au bout d'une vingtaine de minutes.

Je le regardai puis lui serrai la main. C'était un drôle de bonhomme, il ne m'avait pas vraiment harcelé pour que je lui donne l'argent, et j'avais fini par le lui donner sans me faire violence. Il avait une espèce de philosophie de la vie, ce dont, j'ai bien peur, je suis dépourvu. J'appréciais Ralph Benson, et je suppose qu'il ne me trouvait pas franchement désagréable. J'ignorais alors que, plus tard, j'allais avoir besoin de son aide.

Je traversai Central Park, garai ma voiture dans un parking souterrain et me dirigeai vers la banque de Malaisie. Malgré le froid, je restai un moment à examiner l'austère bâtiment de métal et de verre. Rarement la stratification urbaine m'avait paru aussi évidente ; plus vous allez dans le nord de Manhattan, et plus la ville regorge d'appartements de grand standing, de restaurants inabordables et de bureaux privés. À Manhattan, la cruelle verticalité de la société est sensible à chaque coin de rue.

Je pénétrai dans la banque, dépassai l'imposant bouddha assis et constatai que Caroline avait bel et bien téléphoné pour avertir de ma venue. Je répétai le rituel de la semaine précédente, pris l'ascenseur jusqu'au quatorzième étage et, après avoir parcouru le long corridor blanc, mon guide m'ouvrit la porte et s'éloigna. La pièce était telle que je l'avais quittée.

Si la cassette que Hobbs voulait se trouvait là, alors je n'aurais qu'à la glisser sous mon manteau, en faire une copie chez moi, puis le contacter. Mais il me fallait d'abord la trouver. Je sortis une pile de cassettes du coffre d'acier et les passai l'une après l'autre, en avance rapide, de sorte que les personnes se déplaçaient par saccades sur l'écran comme des fumeurs de crack psychotiques, les plans rayés de bas en haut par une bande neigeuse. J'attendais que Hobbs surgisse comme par magie. J'aimerais pouvoir dire que je le vis parmi l'étrange accumulation de lambeaux de tragédie humaine que Simon Crowley avait réunis. Combien tout cela aurait été plus facile. Mais une nouvelle découverte m'attendait, et au risque de galvauder la sensibilité de voyeur de Simon Crowley, je résumerai brièvement les étapes qui m'y amenèrent :

1 : Un accident de voiture avec un homme en plein délire éthylique, piégé dans l'épave, et qui appelle sa femme, assise à côté de lui et morte d'une blessure à la tête. Il est ivre et sous le choc. Du sang partout sur son complet. Ses jambes sont peut-être broyées, mais il semble ne pas s'en rendre compte. Main gantée d'un pompier sur la portière. L'homme découvre sa femme avachie à côté de lui. Il pleure, l'embrasse passionnément, les mains sur ses joues, il pose ses lèvres sur sa bouche ensanglantée. Soudain il croit qu'elle est vivante, semble s'en persuader. L'embrasse à nouveau, soulève ses paupières, parle à son cadavre. Les pompiers dégagent l'homme du véhicule.

2 : Un handicapé mental d'une douzaine d'années apprend à lacer ses chaussures ; échoue plusieurs dizaines de fois de suite ; ne se décourage pas.

3 : La cour à ciel ouvert d'une prison, vue depuis une tour. Ciel bleu, ligne indistincte d'un grillage surmonté de barbelés torsadés. Activités normales d'une cour de prison. Soudain, une altercation. Les gardiens s'agitent, sortent leurs armes. Les détenus, tous noirs, se couchent à terre. Les gardiens s'avancent, l'arme au poing. Les détenus se

déshabillent, laissant leurs vêtements à côté d'eux. Ciel bleu. Étendue de corps noirs et nus. Grillages flous.

4 : Un homme d'une soixantaine d'années en combinaison de travail verte avec l'inscription FRANK sur le devant et ASCENSEURS DU QUEENS au dos. Il est accroupi au fond du puits d'un ascenseur. Boîte à outils, lampe-torche. Il répare quelque chose.

5 : Travailleuses asiatiques dans une usine de chaussures Nike en Extrême-Orient. Montagnes d'éléments de chaussures autour d'elles, machines à coudre, pistolet à colle chaude. Une fille, peut-être épuisée, coud son doigt à un élément de chaussure, une femme vient l'aider ; les autres continuent à travailler.

6 : Le sud de la Californie. Des palmiers qui s'agitent en fond. Une vaste remise pleine de tondeuses à gazon et de tondeuses autoportées, au moins une centaine, la plupart peintes en rouge, soigneusement rangées les unes à côté des autres. Des Mexicains sont en train de réparer les tondeuses à gazon. Une femme blonde arrive au volant d'un 4 × 4. Lunettes de soleil. Fin ceinturon. Des enfants sur la banquette arrière. Une tondeuse étiquetée est apportée et chargée à l'arrière. La femme s'en va. Les Mexicains se déplacent lentement parmi les tondeuses. Aucun ne porte de lunettes de soleil.

7 : Plan filmé à ras du sol, sans doute au moyen d'une caméra miniature télécommandée. Des bombes qui tombent sur les soldats irakiens pendant l'opération Tempête du désert. Fuites éperdues, explosions, pluies de sable. L'image n'est pas en couleurs, mais d'un vert froid et vieux, troublée de temps à autre par des détonations hors champ. Les soldats irakiens crient, mais il n'y a pas le son.

8 : Un vieillard dans un lit d'hôpital, sa femme est assise sur une chaise. L'homme la regarde puis détourne les yeux. Avec une commande électrique, il modifie l'inclinaison de son lit, essaie de trouver une position confortable. Son dos lui fait mal. La scène dure plusieurs minutes. La femme soupire, etc.

9 : Une caméra suit une femme noire de pièce en pièce.

Des cafards partout. Elle ouvre un tiroir dans la cuisine qui grouille de cafards. La caméra opère un panoramique du plafond. Des cafards luisants, là encore. La femme et une personne qui doit être un type de l'hygiène pénètrent dans une chambre à coucher ; les quatre pieds d'un berceau sont chacun dans une boîte à café remplie d'une solution blanchâtre. Les boîtes sont pleines de cafards morts à moitié décomposés. L'homme hoche la tête. Le bébé pleure ; la mère aperçoit un cafard dans l'oreille du bébé. N'arrive pas à le déloger. Devient hystérique.

10 : Une fête, quelque part à Los Angeles. Vallée de lumières en arrière-fond. Image vidéo de médiocre qualité. La caméra est portée à hauteur de tête. Des visages connus apparaissent, parlent à Simon Crowley. Nicolas Cage, David Geffen, Sharon Stone, un serveur qui sourit mécaniquement, Tom Cruise. De nouveau Sharon Stone. Des conversations, etc. Déplacement de la caméra jusqu'à la salle de bains. Dans le miroir, Simon Crowley se regarde. Il vérifie le cordon. Un minuscule câble optique est relié à ses lunettes près de la branche droite. Passe sous ses cheveux longs puis dans son col, jusqu'à un appareil dissimulé dans sa veste large. Le reflet de Crowley se tâte le visage, les dents, les yeux. Il articule quelque chose en silence. Se prend l'entrejambe à deux mains. Retourne dans la fête. Scènes semblables, etc.

11 : Un cinéma en banlieue. Sur le fronton : « RICTUS » AVEC BRUCE WILLIS. Des adolescents apparaissent et disparaissent par petits groupes. Ils sont tous de race blanche. Des étudiantes se pavanent ; les garçons prennent des poses avachies. Certains fument, l'air très concentré. Un flot de spectateurs quittent la salle : des couples, des filles en bande, des garçons en bande, des vieux. Ils sortent leurs clefs de voiture tout en lorgnant les adolescents. Ils viennent juste de voir le film. Leurs visages sont totalement inexpressifs.

12 : Une petite femme, les cheveux blancs, dos à la caméra ; elle lave quelque chose dans une bassine. Elle porte de longs gants jaunes et se sert d'un tuyau. Elle sort

un oiseau tout luisant de la bassine, le sèche avec une serviette, dépose un baiser sur sa petite tête humide, et l'emporte dans une cour. Dans la cour se trouvent environ une centaine d'oiseaux semblables, tous propres. La femme disparaît, revient avec un nouvel oiseau couvert de goudron, le lave et le sèche. Elle répète plusieurs fois de suite l'opération.

13 : New York la nuit, le Lower East Side, des voitures. Plan de Tompkins Square Park. La caméra opère un panoramique à l'intérieur d'une camionnette bordélique. Puis revient sur le parc. Des policiers passent dehors. Une masse de gens en marche apparaît. Des lampes-torches, des bâtons enflammés. Les policiers se disposent en formation anti-émeutes. Les lumières des équipes de télévision en arrière-plan. Une pluie de bouteilles, de canettes, de bâtons et d'ordures s'abat sur les policiers. La foule progresse. Heurts entre les manifestants et les policiers, ces derniers protégés par des boucliers anti-émeutes, ils matraquent aux jambes et aux épaules les manifestants. Nouveaux renforts de police. La camionnette est secouée, des manifestants montent sur son toit.

Soudain, la scène me parut familière. J'arrêtai l'avance rapide et passai en vitesse normale.

SIMON [je reconnus sa voix d'après des cassettes antérieures] : Tu as verrouillé les portières ?
BILLY [également identifiable à sa voix] : Ouais. [Bruits de pieds sur le toit. Des cris. Des policiers dépassent la camionnette en agitant leurs matraques. Les bruits sur le toit du véhicule cessent. D'autres bruits plus loin, des cris, des appels. Lumières vacillantes à la périphérie du cadre, hors champ.]
SIMON : Les pneus sont en train de fondre.
BILLY : Salopards de vandales.
SIMON : Moi je les trouve très bien.
BILLY : Putains de manifestants. [La foule s'est éloignée. Trois policiers âgés suivent, l'un d'eux parle dans son

talkie. Un hélicoptère décrit des cercles au-dessus des arbres, son faisceau de lumière crue balaie le parc. Des hommes munis de caméras de télévision, des journalistes interviewent des policiers devant un car bleu de régie mobile. Un livreur chinois passe à vélo, il est intercepté et doit faire demi-tour.]

SIMON : Là.

BILLY : C'est un cameraman de la police.

SIMON : Pourquoi est-ce qu'il filme les plaques minéralogiques ?

BILLY : Il vient vers nous.

SIMON : On ferait peut-être bien de décamper.

BILLY : Non, tout le quartier est bouclé.

SIMON : Bon, on va rester là jusqu'à, disons, quatre heures du matin.

BILLY : J'ai quelques sandwiches et des trucs à l'arrière.

SIMON : Je chierai sur un journal.

BILLY : Merci de me prévenir.

SIMON : Attends, attends !

BILLY : Le voilà.

SIMON : Reste calme. [Une minute s'écoule. Une femme policier avec une caméra à l'épaule passe. Encore des policiers. Il y en a beaucoup dans les parages. Un fumigène explose, quelques policiers se tournent vers la détonation. L'un parle dans son talkie.] Très bien, Billy, je vais éteindre ce... [Nouvelle image : la caméra filme à présent le trottoir opposé.] Non, là, nous voyons... [Du vacarme, la foule qui se rapproche. La police commence à installer des chevalets bleus. Les réverbères jettent des flaques de lumière dans la rue, laissant des zones d'ombre. La foule, en colère, s'époumone ; les manifestants et les forces de l'ordre vont encore se heurter ; un car de police recule puis pile ; projecteurs des équipes de télévision dans le parc ; davantage de bruit, davantage de bousculade ; il semble que le flot des manifestants a obliqué ; la caméra filme à présent la frontière indistincte entre policiers et manifestants. Les gens courent dans tous les sens. Des bouteilles sont lancées sur les flics, un autre fumigène explose ; sur la droite, à une quarantaine de mètres, un éclair rouge aveuglant suivi d'une fumée rouge ; l'attention de la foule est attirée par l'éclair. En arrière-plan, un grand Blanc muni d'une longue batte ou d'une massue bondit et frappe un policier noir qui regardait en direction de la fumée rouge, le cueillant à l'arrière du crâne.] Oh merde ! [Le policier s'écroule. Son agresseur fonce en direction de la caméra, en quatre enjambées il se retrouve hors champ. Les manifestants foncent, les flics paraissent débordés ; certains ont remarqué leur camarade à terre et se sont précipités pour l'encercler ; une vive lumière jaune est à présent braquée sur lui, un flic crie dans sa radio ; d'autres flics accourent et commencent à administrer les premiers soins.] T'as vu ça ? ce type l'a frappé ! [Les policiers casqués en première ligne viennent d'apprendre par radio qu'un des leurs était tombé, ils se mettent à repousser et frapper sauvagement les manifestants ; un policier monté apparaît, le fusil à la main ; il vise à la tête plusieurs manifestants et leur crie quelque chose. Les manifestants tombent en arrière, les uns après les autres, jusqu'à ne plus former qu'une masse noire et hurlante.] Il lui a éclaté le crâne, merde !

BILLY : J'ai vu, j'ai vu !

SIMON : Dis donc, faut qu'on se ca...

Je me penchai en avant et enfonçai la touche Stop. Je n'avais pas besoin d'en voir davantage. Je connaissais la suite. Je la connaissais parfaitement. Au début des années 1970, Tompkins Square Park est devenu progressivement le camp retranché – et enfumé – des sans-abri, des squatters, des drogués, des parasites, des voyous, des putains à mi-temps, et des poètes des rues. J'avais écrit toute une série d'articles là-dessus. La police délogeait régulièrement ces squatters mais ils revenaient toujours. Pendant ce temps, les habitants du quartier voulaient récupérer leur parc. Les porte-parole des sans-abri firent valoir que ces gens n'avaient aucun autre endroit sûr où aller. La ville adopta le point de vue des contribuables du quartier et de leurs enfants, lesquels devaient pouvoir bénéficier de la proximité d'un véritable parc, et non d'une galerie de débris humains qui déféquaient sur le peu qui restait d'herbe.

Le conflit était inévitable, et je n'entrerai pas dans les détails de cette nuit mouvementée pas plus que je ne commenterai la stratégie adoptée par la police pour maîtriser la foule, ni la politique à court terme de l'administration Dinkins. Ce qui est important, c'est que l'agent Keith Fellows, alors en faction sur un trottoir, reçut à l'arrière du crâne un coup de batte de base-ball. Comme on le voyait sur la vidéo de Simon Crowley, l'agresseur s'était enfui dans la foule paniquée. J'étais alors présent, je sillonnais le parc, parlais à tous ceux que je rencontrais, complètement excité suite à l'absorption d'une dizaine de tasses de café, me gavant sans interruption de la violence ambiante. Soudain, sur les radios des policiers, j'entendis l'info selon laquelle un agent était à terre et gravement blessé, saignant abondamment des oreilles et du nez. Dans la logique du commandement policier, un tel message peut se traduire ainsi : Quelqu'un Vient de Nous Chier dans les Bottes. Quand une telle chose survient, l'énorme machinerie logistique de la police new-yorkaise se met en branle avec une rapidité surprenante ; je vis aussitôt les énormes cars bleus des forces de l'ordre se matérialiser comme par magie et sortir de l'ombre ; les policiers déferlèrent alors par centaines dans le parc obscur, et, ayant été agressés les premiers, ils empêchèrent sauvagement toute tentative de rassemblement de la part des manifestants, les arrêtant par dizaines sans raison, recourant à des menottes en plastique jetables. Puis, à la lueur blafarde de projecteurs qui conféraient à la scène le caractère hyperréaliste d'une rencontre de football la nuit, ils passèrent le parc au peigne fin. Au même moment, d'autres policiers entreprirent une fouille systématique des immeubles du voisinage, se faufilant par les toits et dans les immeubles abandonnés. Des dizaines de gens furent interrogés sérieusement, mais ce déploiement policier ne fit cependant qu'accroître la frustration des forces de l'ordre ; un millier de personnes avaient dû transiter par le parc ; personne ne se présenta spontanément ni n'admit – même sous la menace – avoir vu le coup porté à l'agent Fellows. On se demanda un instant si cela n'était pas dû, en partie du moins, au fait que les manifestants avaient jeté (ainsi que le révélait, une fois de plus, la vidéo de Simon Crowley) un fumigène rouge quelques secondes plus tôt ; l'agent Fellows lui-même avait tourné la tête, intrigué par cette soudaine lumière, quand le coup avait été porté.

Le jour finit par succéder à la nuit, et tout ce qu'il resta fut une étendue boueuse arpentée par un détachement de cinquante policiers. On retrouva la batte de base-ball dans une bouche d'égout. Elle ne portait plus aucune empreinte. Pendant ce temps, l'agent Fellows se trouvait dans le coma au Beth Hospital, le cerveau en piteux état. Quand la rumeur selon laquelle son agresseur était blanc commença à prendre racine, le révérend Al Sharpton se pointa devant l'hôpital avec son cortège de fidèles, accusant la police de manquer de ténacité dans la conduite de son enquête, « une police qui estime que la vie d'un policier noir a moins de valeur que celle d'un policier blanc ». La télévision montra la femme de Fellows qui se rendait à l'hôpital, avec ses trois enfants dans les jambes. Je révélai dans ma chronique que l'agent Fellows avait sauvé rien de moins que quatre vies humaines au cours des quinze précédents mois, mais je passai sous silence le fait qu'il avait été accusé, peut-être injustement, peut-être pas, de brutalité policière à deux reprises en neuf ans de carrière. Il ne pouvait répondre à ces accusations, lesquelles étaient d'ailleurs à l'époque sans rapport avec la situation. Je parlai également à son épouse, qui m'expliqua sa frustration : elle était incapable d'expliquer à ses enfants pourquoi la police n'avait pas encore arrêté l'homme qui avait frappé Papa.

Après le décès de Fellows, je me fendis d'un papier sur ses funérailles. la police new-yorkaise a l'habitude d'enterrer les siens en grande pompe ; ce rituel est comme une promesse faite aux policiers vivants : eux aussi seront enterrés avec tous les honneurs s'ils viennent à mourir. La cérémonie religieuse eut lieu à la Brooklyn Tabernacle Church, sur Flatbush Avenue ; la police interdit la circulation sur tout un périmètre autour de l'église – peu importe les embouteillages que cela causa –, imposant au quartier silence et respect, puis elle fit mettre en ligne des milliers de policiers, cinq mille au total, tout au long de l'avenue, en uniforme d'apparat, avec casquettes et gants blancs. Tout était immobile. Les feux passaient au rouge, au vert, au jaune, personne n'y prêtait attention. Quelques types arpentaient les toits, un talkie à la main. À un signal donné, le rang des policiers commença à se raidir, les attitudes se firent graves, les visages se figèrent. Les maires succédaient aux maires, les empires mafieux sévissaient et déclinaient, les trafiquants de drogue prospéraient et plongeaient, mais pas la Police de New York. Là, en pleine rue, le Pouvoir tenait le pavé, comme de toute éternité. Puis les Écossais purs et durs avec leurs cornemuses et le trèfle vert tatoué sur le genou gauche défilèrent dans la rue, au rythme lent du tambour, suivis de dizaines de policiers juchés sur d'énormes motos, avec leur casque bleu et leurs visières reflétantes, modernes centurions urbains, leurs motos quasi immobiles, comme si les lois de la physique avaient été résiliées temporairement du fait d'un décret divin. Puis ce fut le tour du noir fourgon mortuaire avec les couronnes de fleurs, puis de nouveau des policiers à moto, puis le corbillard transportant Fellows dans son cercueil d'acajou, suivi des pontes de la police en voiture et, enfin, une énorme dépanneuse de la police, au cas où un véhicule lambda aurait eu la malchance de venir gêner la procession. Ces funérailles d'un policier, comme d'autres auxquelles j'avais assisté, étaient tout à la fois brutales, stoïques et splendides.

Avec le temps, bien sûr, presque tout le monde oublia l'agent Fellows – tout le monde sauf sa famille et quelques collègues, ainsi que les inspecteurs qui avaient enquêté avec ténacité. (Et sauf, assurément, son assassin, lequel devait se rappeler le moment où la batte avait défoncé le crâne du flic, sa fuite éperdue sous les arbres et son passage en force dans la foule.) Et voilà qu'il y avait désormais cet enregistrement vidéo, pris par Simon Crowley. L'image était un peu sombre et chaotique, mais je savais que la police ne reculerait devant aucune dépense pour améliorer et agrandir les plans où l'on voyait l'agresseur de Fellows. Comme je me repassais la bande et enfonçais la touche Pause, je pus constater par moi-même qu'il était blanc, la trentaine, un bon mètre quatre-vingts, barbu, dans les cent kilos, qu'il portait une vieille veste de l'armée avec les manches arrachées. Il tenait la batte de base-ball dans sa main droite à mi-longueur, comme un bâton de course de relais trop grand. Je remis la cassette en route. Un instant, l'homme apparut dans un couloir de lumière projeté par les lampadaires et je pus le voir clairement ; il était même possible qu'il eût un tatouage sur son énorme bras gauche. Les policiers, je le savais, pourraient tirer grand profit de cette information. Ils sauraient même peut-être très vite de qui il s'agissait.

Ils pourraient également s'intéresser de très près à la personne qui avait sciemment dissimulé une telle information pendant plusieurs années – à savoir Caroline Crowley, si tant est qu'elle eût saisi la portée de l'enregistrement. Un tel acte constituait au mieux une obstruction à la justice, et dans une affaire aussi grave que celle-ci serait confié au bureau du procureur de Manhattan. Quant à moi, je pouvais également utiliser à bon escient cette cassette. À très bon escient, même. Cela fournirait matière à un sacré papier, me ferait bénéficier de précieux soutiens dans la police pendant des années, et peut-être cela pourrait-il empêcher Hobbs de me limoger. Après réflexion, j'en doutai ; l'homme vivait dans une autre stratosphère ; il me saquerait s'il y était contraint, ne serait-ce que pour montrer que sa parole de despote ne pouvait être sujette à modification. Mais si je décrochais le gros lot avec un tel article, alors il y aurait de fortes chances pour que je puisse retrouver rapidement un emploi dans un autre journal. Porter Wren, se diraient-ils tous, n'avait pas fini d'étonner son monde. J'éteignis le magnétoscope et, le souffle soudain court comme sous l'effet de la concupiscence, j'éjectai la cassette et la glissai dans la poche de mon manteau. Puis je remis le boîtier vide dans la malle métallique avec les autres cassettes, afin qu'on ne remarque pas son absence.

Mais que faire ? Sortir de la banque en courant ou rester ici, et continuer calmement à rechercher la cassette que Hobbs m'avait demandée ? Cette dernière tâche pouvait me prendre des heures – il me restait encore des dizaines de cassettes à visionner –, or j'étais trop survolté pour tenir sur ma chaise. Je n'avais qu'une crainte, que Caroline ou un employé de la banque débarque, qu'on me prenne l'enregistrement des émeutes. *Sors, va-t'en*, disait une voix dans ma tête.

Mais je n'en fis rien. Je m'attardai encore deux heures, passant une cassette après l'autre, à la recherche de l'image de Hobbs. En vain. Finalement je refermai la porte derrière moi et traversai rapidement le corridor moquetté. Je dus m'exhorter intérieurement à ne pas marcher trop vite, et je conservai les mains dans les poches, l'air décontracté, afin que la forme de la cassette Fellows ne se remarque pas. Mon manège était assez pitoyable, mais les vigiles et les personnes de l'accueil, par atavisme professionnel, sont pleins de déférence à l'égard des Blancs en costume sur mesure. Quand l'ascenseur atteignit le rez-de-chaussée, quand tout ce qui me séparait de la rue se résuma au hall et aux portes vitrées, je me fis la réflexion que si Caroline ne me confiait pas l'autre cassette, je pourrais utiliser celle-ci contre elle. Je ne suis pas très fier de cette pensée, mais une fois de plus, à l'aune de tout ce qui a suivi, ce n'était là qu'un infime péché dans le sillage de plus grands péchés.

Lisa se tenait près de l'évier de la cuisine quand je rentrai chez nous. Elle avait le teint terreux. J'en déduisis que Josephine lui avait parlé de l'arme.

— Tu es au courant ? me demanda-t-elle en me voyant.
— Oui.

— J'ai envisagé de la virer séance tenante.

— Moi aussi.

Lisa fit quelques pas et se cramponna à moi.

— C'est une décision difficile. J'étais... Je ne crois pas avoir jamais été aussi bouleversée. Même pas à la mort de Papa.

— Comment a-t-elle réagi ?

— Nous avons beaucoup pleuré toutes les deux.

— Les gosses l'adorent, dis-je.

— Elle les adore elle aussi.

— Nous ne trouverons jamais personne comme elle.

Lisa acquiesça, épuisée, et je me rappelai l'opération.

— Comment ça s'est passé ?

— Je crois avoir fait du bon boulot, dit-elle. La peau a repris une belle teinte rose.

Plus tard dans la soirée, nous étions dans la salle de bains et regardions les enfants prendre leur bain. Ils criaient de joie, balançaient de l'eau hors de la baignoire ; je les réprimandai comme il se devait, et ils continuèrent de jouer avec le savon et leurs jouets en plastique, adorables et inconscients. Sally, toujours aussi peu inhibée, posa ses talons sur le rebord de la baignoire et redressa le bassin en l'air, exactement le mouvement que j'avais vu dans les boîtes de strip-tease quand les femmes se présentent les genoux en avant pour qu'on leur glisse un billet dans leur jarretière de velours. Sally posa ensuite sa main à un certain endroit de son corps.

— C'est ça mon derrière ? demanda-t-elle.

Mon épouse haussa les épaules.

— Non, ça, ça s'appelle le vagin, ma chérie, fis-je.

Sally me regarda, déconcertée.

— Le machin ?

— Non, ma belle. Le va-gin. Baisse les jambes, maintenant.

— Parce que le machin, ça veut dire quelque chose.

— Oui, mais autre chose.

Ils sortirent de la baignoire et se mirent à courir partout en poussant des cris. Tommy chevaucha son camion de pompier tout nu, son petit pénis se trémoussant mollement et bêtement jusqu'à ce que je l'attrape et lui passe de force une couche avec la rapidité d'un cuistot qui trousse une dinde. Puis je lui mis son petit pyjama et ses pantoufles. Idem pour ma fille, puis ce fut le rituel du lait, dans un bol pour elle, dans un biberon pour lui. Dès qu'ils furent endormis, Lisa appela son secrétariat pour dicter la fin de son rapport sur l'opération. Je la regardai se brosser les cheveux d'une main et tenir le portable de l'autre :

— ... évaluation de la motilité des jointures métatarso-phalangienne et interphalangienne gauches. Point. Évaluation de l'extension. Point. Évaluation des adducteurs...

Elle s'interrompit en me voyant.

— Après l'opération, j'ai eu droit à une drôle de visite dans mon bureau cet après-midi. Une femme qui se plaignait de polyarthrite rhumatoïde.

— Mais tu es chirurgienne, pas rhumatologue.

— Je sais. Mais elle voulait quand même prendre rendez-vous. Elle avait appelé le matin, et fait tout un tas d'histoires.

— Tu ne t'occupes pas de l'arthrite.

— Je peux intervenir parfois, quand les doigts sont trop tordus.

— Qu'est-ce qui s'est passé ?

— Eh bien, elle est entrée dans mon bureau, et j'ai été très surprise.

— Pourquoi ?

— Elle était très, très belle, dit Lisa. Un visage et des yeux magnifiques, un peu à la Uma Thurman, mais avec des traits plus pleins. Elle ne devait pas avoir plus de vingt-huit, vingt-neuf ans. J'ai été vraiment sidérée.

Un hurlement silencieux dans ma tête : Caroline – folle, détruisant ma vie.

— Que peux-tu contre l'arthrite ? demandai-je. Prescrire de l'aspirine, des anti-inflammatoires ?

— Dans son cas, rien.

— Pourquoi ?

— Parce qu'elle n'avait pas d'arthrite.

213

— Qu'est-ce qu'elle avait ?

— Rien. Ses mains sont en parfait état.

— Elle avait pourtant mal, non ?

— Elle m'a dit qu'elle souffrait beaucoup. Mais ce n'était pas le cas.

Je compris que Lisa avait bien réfléchi à la question.

— Comment peux-tu le savoir ?

— Vingt-huit ans, c'est un peu tôt pour faire de l'arthrite. Dix ans plus tard, je ne dis pas. Or le genre de douleur qu'elle m'a décrit est davantage qu'une simple inflammation de la membrane synoviale, elle se développe dans le cartilage articulaire. Elle n'avait ni raideur musculaire le matin, ni rougeur, ni gonflement ou symétrie des symptômes. En fait, j'ai tiré plutôt fort sur ses jointures et elle n'a pas cillé. Mieux, elle n'a même pas pensé à le faire. La plupart des patients attendent un remède, tu sais, qu'on mette fin à leur douleur. Ils espèrent au moins une explication. Ils veulent qu'on leur dise quel est le problème, comment ça fonctionne, tout ça, ce qu'ils pourraient manger afin d'aller mieux, quelles vitamines prendre, quels médicaments, etc. Cette femme n'avait pas mal, ni au pouce, ni à l'index, ni aux jointures des autres doigts, nulle part.

— Il n'y a pas des tests que tu peux faire dans ces cas-là ?

— On peut vérifier le taux de sédimentation. Il s'agit d'un prélèvement sanguin en vue de déterminer l'inflammation.

Je guettais dans ma voix la moindre nuance hypocrite.

— Et tu en as fait un ?

— Non.

— Qu'est-ce que tu as fait ?

— D'abord j'ai décidé de ne rien dire.

— Puis ?

— Puis je l'ai vue tripoter son bracelet-montre, or si elle avait souffert comme elle le prétendait, cela n'aurait pas été possible.

— Tu l'as mise au pied du mur ?

— Je lui ai dit que je ne pensais pas qu'elle avait de l'arthrite.

— Elle a eu l'air étonnée ?

— Non. Pas le moins du monde.

— Non ?

— Elle savait qu'elle n'avait pas d'arthrite. Elle avait tout inventé.

Ce ne pouvait être que Caroline.

— Pourquoi ?

— Mystère.

Ne lui demande pas, me dis-je. *Ne lui demande pas son nom.*

— A-t-elle dit autre chose ? demandai-je.

— Elle m'a interrogé sur mon métier. Pourquoi je l'avais choisi, tout ça. Elle m'a posé des questions sur les enfants.

— Quel genre ? fis-je d'un ton neutre.

— Comment je m'en sortais, l'école, des choses de ce genre.

— Hum.

— Elle a voulu également savoir ce que faisait mon mari.

— Tu lui as dit que tu avais épousé un obsédé sexuel.

— Je lui ai dit qu'il était journaliste.

— Elle connaissait ma chronique ?

— Je ne le lui ai pas demandé.

— Elle a dit ce qu'elle faisait ?

— Non, elle ne l'a pas dit.

— Alors ?

— Alors elle me laissait savoir qu'elle savait que je savais qu'elle faisait semblant. Le tout sans la moindre honte. D'ordinaire les simulateurs qui se font démasquer ressentent de la honte. Pas elle. Je pense qu'elle est venue me voir pour m'interroger sur moi et les enfants et pour me dire qu'elle n'avait pas d'arthrite et se moquait bien que je m'en aperçoive.

— Ce doit être une cinglée.

— Elle n'avait rien d'une cinglée.

Je secouai la tête devant l'évidente absurdité de la chose.

Puis nous restâmes sans rien dire. Tous les gens mariés connaissent ce genre de pause. Le silence offrait plusieurs possibilités. Je pouvais le combler par une explication. Je pouvais tout raconter depuis le début à Lisa. Elle m'écouterait. Elle serait furieuse, mais elle m'écouterait, surveillerait la moindre de mes intonations, analyserait chaque mot prononcé, afin de mesurer l'étendue du désastre, et de savoir s'il s'agissait d'un simple incident ou d'une catastrophe. Elle me connaissait bien, et se connaissait bien également, et ma foi ça m'horripilait. J'adorais cela mais ça m'horripilait quand même. Dans une union, la transparence est de rigueur, et c'est sans doute une bonne chose, mais ça me donnait également l'impression d'être nu. Je ne voulais pas être nu devant ma femme. Pas ce soir.

Et donc, je me contentai de me déshabiller.

— J'en ai assez qu'on parle des mains des autres. Je préfère occuper les miennes.

Le tour était joué. Lisa parut soulagée. Son époux avait plus envie de baiser que de discuter d'une pauvre folle. Assurément, s'il s'était passé quelque chose de louche, il aurait été incapable de feindre que ce n'était pas le cas et n'aurait pu lui faire l'amour. Ce n'était pas un monstre, tout de même.

Oh que si. Et donc, on s'est retrouvés au lit : le noir complet, le poids de la nuit, l'attente des prémices, le silence de la chambre comme nourri par la lointaine musique de la ville, le toi-d'abord ou le moi-d'abord, la décision de commencer, les esquives et les insistances, les prémices. Mon père et ses deux frères aînés ont tous subi une opération de la prostate, comme leur père avant eux. C'est une saleté d'opération, et ils se sont tous retrouvés impuissants à la suite de cette intervention, aussi puis-je supposer que le même sort m'attend. Quoi qu'il en soit, chaque nuit qui s'écoule me rapproche de ce destin probable, ce qui explique que je prends mon plaisir aussi souvent que je le peux, tant que je suis encore assez jeune pour le faire aisément, car le temps est sur nos talons, sa main sur notre nuque, et il fait pression.

— Mets-toi comme ça maintenant, m'a dit Lisa.

Je me suis rapproché de son visage, en prenant appui sur mes genoux, et elle a ouvert sa bouche pour me prendre. Après une minute ou deux, elle a glissé une de ses mains entre ses jambes. Je l'ai souvent regardée quand elle fait ça, j'ai observé ses yeux clos ou mi-clos, je n'ai rien compris. J'ai cru au début qu'elle se contentait de satisfaire mon désir. Mais avec le temps, comme la scène se reproduisait, j'ai compris qu'elle y prenait du plaisir, qu'elle appréciait la brutalité charnue de la chose et apprenait à relâcher les muscles de sa gorge. Elle aimait se servir de ses dents et cherchait à savoir jusqu'à quel point elle pouvait me mordre sans vraiment me faire trop mal. Elle aimait sentir mon sexe aller et venir contre ses dents, pas seulement contre ses lèvres, et elle n'était pas satisfaite tant que je ne m'étais pas enfoncé brusquement en elle. Elle suffoquait alors et je me retirais aussitôt, mais, une main posée sans ambiguïté sur mes fesses, elle me ramenait en elle. Ainsi, j'en vins à comprendre que, tout en étant avec moi, elle entretenait avec elle-même un secret dialogue, un dialogue qui n'avait nul besoin d'être explicité. Qui ne *devait* pas, en fait, être explicité. Elle aimait avoir ce dialogue, et la façon qu'elle avait trouvée pour l'avoir, du moins ces derniers temps, consistait à me prendre au fond de sa gorge.

Je passai alors mes mains dans ses cheveux, le long de son front, sur ses yeux, son nez, ses lèvres, je laissai courir un doigt en travers de sa lèvre supérieure, là où se rencontraient trois types de chair différents, chacun touchant les deux autres, le tout allant et venant dans un désordre humide. Je sentis mon sexe derrière la conque de sa joue, la petite saillie au coin de ses lèvres, la chaleur de son souffle dans ses narines. Je compris que moi, l'homme, je n'étais qu'un simple instrument dont elle jouait, elle, la femme, et qu'il en découlait une immense et étrange liberté. Puis elle émit un cri guttural, sa bouche s'emplit de ce son étouffé, et je vis que ses paupières battaient. Elle se cambra et se détendit. Ses yeux s'ouvrirent, sans rien voir, puis se refermèrent.

Elle se mit ensuite sur les mains et les genoux, ainsi qu'elle aime le faire, et dès que je l'eus contournée elle garda une main sur le lit et l'autre sur elle. Les orgasmes lui viennent facilement – cinq, six, huit, neuf – et j'ai parfois l'impression d'être secondaire, même si ça ne me dérange pas. Cette nuit-là je jouis puis me redressai sur les genoux avant de m'effondrer à son côté. C'était ce moment où l'on a l'impression de s'évanouir, de glisser, et où tout devrait respirer le calme, la chaleur et la vérité.

Mais ce ne fut pas le cas. Je me levai et me rendis nu dans mon bureau, me demandant si c'était bien Caroline qui avait rendu visite à Lisa à son cabinet dans l'après-midi. Si oui, alors elle était folle et peut-être même dangereuse. Qui d'autre irait insister pour décrocher une consultation à trois cents dollars, et discuter finalement du mari et des enfants de Lisa ? Et qui d'autre était aussi belle que la femme décrite par Lisa ? Cette idée me rendait malade d'angoisse. Je fermai la porte et m'assis près du téléphone. J'allais peut-être devoir prendre mes distances avec Caroline. J'avais l'intention de parler à la police de la cassette, mais sans mentionner Caroline.

J'appelai mon vieux copain Hal Fitzgerald. Chaque fois qu'un nouveau divisionnaire est nommé, des dizaines de policiers montent soudain en grade tandis que des dizaines d'autres se retrouvent brusquement figés sur place. Hal s'était récemment élevé au poste d'adjoint du division-naire et, à l'époque, j'avais estimé qu'il s'agissait d'une aubaine. Il s'habillait désormais mieux, bénéficiait d'un chauffeur personnel et de trois lignes téléphoniques chez lui, dont une d'urgence que je venais d'appeler.

— Quoi de neuf, Porter ? fit-il.

— Hal, j'ai en ma possession quelque chose qui t'inté-resse, et je crois que je suis prêt à te donner cette chose, mais je dois d'abord poser certaines conditions.

— Je t'écoute, dit-il d'une voix différente.

Je lui décrivis la cassette de façon très générale, sans lui dire qu'elle montrait le meurtre d'un agent de police ni qu'il s'agissait des émeutes de Tompkins Square Park. Je voulais qu'il morde à l'hameçon, pas qu'il remonte le courant comme un dingue. Si je lui révélais l'exacte nature de la cassette, une voiture de police pilerait devant notre maison dans les cinq minutes qui suivaient et il me faudrait donner la cassette sous peine d'être arrêté.

— Annonce la couleur, me dit Hal, même si ça ne doit pas me surprendre.

— Je ne révélerai pas comment j'ai eu cette cassette.

— Ce qui, bien sûr, pourra poser un problème.

— La personne qui possédait la cassette ignorait son contenu.

— Plutôt difficile à croire.

— Je n'en dirai pas plus. C'est à prendre ou à laisser.

Il resta silencieux. Il n'était pas en position de négocier, et je le savais. Si l'on me cherchait des noises, alors les avocats du journal et ceux de la police se mettraient de la partie, et débattraient assignations, amendements, liberté de la presse. Nous ne souhaitions ni l'un ni l'autre en arriver là.

— Ma deuxième condition est que je refuse d'avoir à témoigner.

— Nous devrons peut-être remonter jusqu'à la source afin d'authentifier...

— Vous avez des experts qui pourront témoigner que la cassette n'est pas trafiquée.

— Peut-être, dit Hal.

— Et la dernière condition, c'est que j'en fais mon affaire.

— Ton affaire.

— Je veux que tu ne la refiles à personne d'autre.

— Bien.

— Tu consultes tes supérieurs et tu me rappelles ?

— Entendu. J'essaierai de te joindre au plus vite.

— Tu as le numéro de mon beeper ? demandai-je.

— J'ai tous tes numéros.

— Fais-moi plaisir, appelle au bureau.

— Pas chez toi ?

— Je passerai au journal. Tu peux toujours laisser un message à Bob Dealy.

— Lisa est au courant pour la cassette ?

— Appelle au bureau.

Où cache-t-on une cassette vidéo dans sa propre maison ? Au milieu des autres, par exemple. Sally avait toute une tripotée de Walt Disney ; je sortis donc *La Petite Sirène* de sa boîte et la remplaçai par la cassette Fellows. Puis je retournai me coucher.

La voix douce et inquiète de Lisa retentit dans les ténèbres :

— Tu vas me dire de quoi il s'agit ?

La question était posée. Allais-je lui répondre ? Allais-je arracher ma chemise et lui dévoiler la noirceur de mon âme ? Au lieu de ça, je marmonnai ces mensonges que marmonnent tous les maris et j'attendis qu'elle se rendorme. Elle était épuisée ; elle s'était levée à cinq heures, s'était rendue à l'hôpital, avait greffé un orteil sur une main, puis reçu une demi-douzaine de patients dans son cabinet, y compris une femme qui était la maîtresse de son mari, s'était disputée avec Josephine, avait préparé le dîner, s'était occupée de la toilette des enfants, avait dicté son rapport médical, puis fait l'amour avec son mari ; c'était la générosité faite femme, elle le savait et rentrait épuisée tous les soirs. C'était ce que j'aimais chez elle. Mais je savais aussi que si j'attendais un peu, avec le vent d'hiver qui frottait le pommier contre la fenêtre, elle se rendormirait.

Et c'est ce qui se passa.

Quant à moi, je restai éveillé avec mon secret. C'était à la fois terrifiant et très excitant. Un secret est un trésor dissimulé au cœur d'un entrelacs de mensonges. Un secret fait de votre visage un masque, il vous oblige à observer attentivement ceux que votre performance abuse. Avoir un secret, c'est réapprendre sournoisement les ficelles des conversations ordinaires, enrober celui qui crie en vous dans l'ouate d'un babil anodin. Un secret structure votre existence. Les tracas matériels deviennent enviables ; en les endurant stoïquement, vous rendez hommage au secret ; les yeux grand ouverts, vous le nourrissez dans la nuit.

Quand un désastre devient-il inévitable ? Ce n'est qu'après coup, naturellement, qu'on repère le moment crucial. Pour moi, la révélation se mit à bourgeonner le lendemain en fin d'après-midi, quand, la cassette Fellows dans la poche de mon manteau, je tournai à l'angle de la 66ᵉ Rue et de Madison et aperçus la marquise rayée vert et blanc de l'immeuble de Caroline, surmontée de la façade tout en créneaux, balcons et fenêtrages d'avant-guerre.

Je m'attardai sur le tapis vert sous la marquise et jetai un œil par les portes à petits carreaux qui donnaient sur le hall carrelé, où un nuage de lis roses flottait au-dessus d'un vase en verre posé au centre d'une table basse. Assis sur un tabouret, Napoléon était absorbé dans la lecture d'un polar en format de poche. Je ne pus m'empêcher d'imaginer Caroline avançant sur le carrelage luisant, le bruit frais de ses talons qui claquaient, le frémissement des lis roses sur son passage, le haut de son corps reflété et déformé des centaines de fois dans les facettes biseautées du vase. Napoléon leva les yeux de son livre et je lui adressai un salut de la tête. Il sonna chez Caroline, marmonna quelque chose, me lança un sourire haineux. Nous échangeâmes une rapide et silencieuse conversation entre mâles : *Je t'adore. Va te faire. C'est moi qui la baise, pas toi.*

Mais je n'étais pas en mission érotique, j'étais là pour accomplir trois choses éventuellement déplaisantes. La première consistait à demander à Caroline si c'était bien elle qui était allée voir Lisa à son cabinet la veille. Si oui, alors nous avions un gros problème ; j'allais devoir lui dire que je ne tolérerais plus d'autre intrusion dans ma vie privée. Si elle persistait dans sa démarche, je risquais de devoir expliquer à la police où j'avais trouvé la cassette Fellows. Le second point concernait précisément cette cassette. Si Caroline n'était pas l'étrange patiente reçue par Lisa, ou bien l'était mais acceptait de ne plus s'immiscer dans ma sphère, alors il n'était que justice de lui dire que j'avais révélé l'existence de la cassette à Hal. Et que j'avais clairement établi que je ne révélerais pas où je l'avais trouvée. Sans cette information, la police aurait du mal à remonter jusqu'à la source. Le matin même, avant de boucler ma chronique sur le journal intime de ce dingue de Lancaster, j'avais pris soin de visionner une fois de plus – et en entier – la cassette Fellows ; non seulement je ne remarquai rien d'autre de notable, mais je m'aperçus que Simon n'était jamais nommé. Et que l'on ne voyait jamais son visage ni celui de Billy. Billy était appelé à un moment par son prénom, mais combien y en avait-il à New York ?

Le troisième point concernait l'élément fâcheux que représentait Hobbs. J'avais décidé d'interroger Caroline sur la cassette qu'il voulait. Savait-elle où elle se trouvait ? Si elle répondait par la négative, alors j'irais rapporter sa réponse à Hobbs. Dans le cas contraire je lui demanderais de la donner à Hobbs afin de m'épargner pas mal d'ennuis.

Tout cela paraissait on ne peut plus logique. Et pourquoi n'en aurait-il pas été ainsi ? Comme nous nous mentons facilement ! Comme la vérité, en s'érodant, nous laisse guillerets et libres de nos mouvements ! Mais si j'étais stupide, au moins l'étais-je sciemment. J'étais certain qu'elle avait regardé la cassette Fellows, mais je voulais néanmoins la lui montrer, et dans l'ascenseur, après qu'une femme âgée fut descendue au deuxième étage, je sortis la cassette de la poche de mon manteau et vérifiai une fois de plus que je n'avais pas embarqué par erreur un des Walt Disney de Sally. C'était la bonne. L'étiquette portait la mention « Cassette n° 13 » d'une écriture majuscule qui était tout sauf bâclée ; aussi impulsif et passionné qu'ait été Simon

Crowley, il avait pris au sérieux l'étiquetage de sa collection. Je remis la cassette dans la poche de mon manteau.

Caroline ouvrit la porte, un verre à la main et un glaçon entre les dents.

— Je te prépare un petit verre, annonça-t-elle. (Elle laissa tomber le glaçon dans le verre.) Ça ne te dérange pas qu'un peu de ma salive pollue tes organes vitaux ?

Ses yeux se posèrent sur les miens, puis sur ma bouche avant de remonter à nouveau.

— Appelle les urgences, lui dis-je. Tout de suite.

— Hein ? Pourquoi ?

— Je vais avoir une crise cardiaque. Je vais mourir sur-le-champ avant même d'avoir goûté à ta magnifique salive...

— Oh, arrête !

Elle me prit la main et m'entraîna dans son appartement.

Rien n'avait changé : l'endroit demeurait propre, immaculé, dépourvu d'humanité. Caroline remarqua mon coup d'œil inquisiteur.

— Je sais exactement ce que tu penses.

Elle me tendit mon verre et alla accrocher mon manteau dans la penderie.

— Tiens donc ? fis-je depuis le salon, tout en contemplant Central Park par la baie vitrée.

— Oui.

— Tu te trompes.

Elle revint dans la pièce. Et se dirigea droit sur moi.

— Non, je ne me trompe pas.

— Tu dois avoir raison.

Elle me prit le poignet et examina ma montre.

— Cinq heures, dit-elle. Tu n'es pas censé travailler sur ta chronique ?

— Elle est finie.

J'admirai le mascara sur ses cils. Un truc sexy, le mascara.

— Tu as dit à ta femme à quelle heure tu rentrais ?

— Non.

— Tu as trouvé une excuse pour rentrer tard ?

— Je ne lui ai pas parlé depuis ce matin.

Elle posa un doigt sur ma cravate, qu'elle fit monter et descendre le long des motifs.

— Quand dois-tu être rentré chez toi ?

— Tard.

— Pas à une certaine heure ?

— Pas à une certaine heure.

— Mais ta chronique doit être bouclée à cinq heures et demie.

J'acquiesçai.

— Donc tu es censé rentrer juste après ?

— Pas nécessairement.

— Pourquoi ?

J'effleurai son menton de la main.

— Il peut y avoir une raison.

— Laquelle ?

— Un rebondissement dans l'histoire.

Son regard bleu apprécia.

— Et ta chronique est finie ?

— Oui.

— De quoi parle-t-elle ?

— Du type qui a tué cette pauvre fille la semaine dernière, celle qui tenait à la main sa robe de mariée.

Caroline ne parut pas émue.

— Les barjots, il vaut mieux les éviter avant.

— Et comment sait-on qu'ils sont barjots ?

— Ça se voit, dit-elle en riant. Crois-moi.

J'acquiesçai.

— Je vois, dis-je.

— C'est ce que tu crois.

Elle appuya ma main contre son sein.

— Autant te le dire, j'ai un programme chargé.

— Moi aussi, répondit-elle.

— Qui commence ?

— Si tu devines le mien, nous commencerons par le tien.

— Et réciproquement.

— Le tien consiste en quelque chose de ce genre : tu as

trouvé une cassette très intéressante et tu désires que nous en parlions.

Je la regardai, épaté, un peu effrayé.

— Tu as tâté ma poche quand tu as suspendu mon manteau.

— C'est exact. Laquelle est-ce ?

— Les émeutes de Tompkins Square Park. Le flic qui se fait tuer.

— Je vois.

Je hochai la tête.

— Parlons-en plus tard.

— Pas trop tard, alors.

— Entendu.

J'étais incapable de m'arrêter.

— Caroline, ce flic a été assassiné.

Elle détourna les yeux.

— Je l'ignorais, enfin en partie.

— Ah bon ?

Elle fit la grimace.

— Il semblerait que nous ayons déjà abordé le sujet, au lieu d'attendre plus tard.

— C'est plus fort que moi, Caroline.

— Je ne l'ai vue qu'une fois. Il y a de ça quelques années.

— J'en ai parlé à la police, bredouillai-je.

— Très bien.

Elle paraissait étrangement calme.

— Très bien ?

— Donne-la-leur.

— C'est ce que je compte faire. (Ça se passait trop bien.) Je m'attendais à une autre réaction.

Elle haussa les épaules.

— Venant de moi ? Pourquoi ?

— Je...

Quelque chose dans son regard me fit m'interrompre.

— C'est toi le journaliste. Je comptais sur toi pour découvrir des choses.

— C'est vrai ?

— Oui. Si ça n'avait pas été le cas, j'aurais été déçue.

Caroline se rendit dans la cuisine, où elle sortit du tabac et du papier à cigarette de son sac et se roula une cigarette. Je pensais toujours à la cassette Fellows. Caroline alluma sa cigarette et sourit tout en recrachant la fumée. Je devais maintenant lui demander si c'était elle qui avait rendu visite à ma femme. Peut-être ma question allait-elle la mettre en colère. Peut-être allais-je attendre un peu pour la lui poser.

Un homme et une femme, dans une chambre au crépuscule. Une musique merveilleuse, peut-être sud-américaine, très rythmée, leur parvient de l'étage supérieur. Des tambours, des guitares, des castagnettes, des éclats de voix. Qu'est-ce que c'est ? demande-t-il. Afro-péruvien, répond la femme, plutôt chouette, ils la passent en permanence. L'homme lui parle à voix basse de ses dents parfaites, de sa bouche parfaite, de son cou parfait, et elle lui demande avec complaisance : Mais où est-ce le plus parfait ? Il lui répond que la perfection en elle se niche dans la douceur symétrique de la courbe délicate à la base de sa nuque, parfaitement centrée, variante de la courbe supérieure, alors elle sourit pour elle-même, il la fait se mettre sur le côté afin d'apprécier le spectacle de ses seins, qui, à la différence de ceux de sa femme, n'ont pas connu le cruel allaitement, ni enduré dix ans de plus la force de gravité. Les tétons semblent chastes tant ils sont petits. Quelle chose mystérieuse que de toucher une femme qui n'est pas la vôtre, pense-t-il. Il a fait l'amour avec son épouse la veille au soir, il se rappelle y avoir pris du plaisir, mais maintenant ce plaisir semble distant et théorique. Il déplace ses mains le long du ventre de la femme, caresse son dos, ses seins, les soupèse, fasciné par leur poids, tâte le léger nœud ridé des glandes sous la peau. Dehors, le ciel est d'un bleu d'encre à l'ouest, saumon à l'horizon. Il regarde à nouveau la femme. Elle respire profondément, ses yeux sont fermés. Leur liaison est purement charnelle, et c'est ainsi qu'il l'aime.

— Si tu as l'intention de me tuer, murmure la femme, tu ferais mieux de commencer tout de suite.

Plus tard, dans l'obscurité de la chambre, Caroline rompit le silence.

— Dis-moi pourquoi tu fais l'amour avec moi.

Sa voix était étonnamment alerte et claire.

— Non.

— Dis-moi que c'est différent avec ta femme.

— Non.

— Ta femme est séduisante, n'est-ce pas ?

— Je parie que tu le sais, grommelai-je.

— Ça se pourrait bien.

Je roulai sur le flanc pour la regarder bien en face.

— Est-ce toi qui es allée...

— Oui.

— ... la voir à son cabinet médical ?

— Oui et oui.

— Pourquoi ?

— Par curiosité.

— Elle savait que tu mentais.

— Je suppose, oui.

— C'était une belle connerie à faire.

Caroline eut un mouvement de recul.

— Je suis désolée. Ce n'était pas mon intention.

— Caroline est futée. Elle est même très très futée.

— Plus futée que moi ?

— Oui.

Ma réponse lui déplut.

— Comment le sais-tu ?

— Crois-moi, il n'y a pas plus futé que ma femme.

— Elle est plus futée que toi ?

— Trois ou quatre fois plus futée.

Caroline était calme. Je sentis les années qui nous séparaient.

— Ma femme est quelqu'un de bien, Caroline, dis-je, et je n'ai aucune envie qu'elle souffre à cause de tout cela.

— Je n'aurais pas dû faire ça.

— Non.

— Mais je crois que je m'intéresse à elle, je veux dire, je suis censée être bientôt une femme mariée.

— Tu l'as été.

— Pas vraiment. Je ne me sentais pas mariée. C'était un arrangement vraiment bizarre. Simon ne m'a jamais connue, je crois.

— Il ne t'a jamais connue ?

— Eh bien il me connaissait très bien par certains côtés, mais par d'autres il n'avait aucune idée de qui j'étais. Il avait envie de mieux me connaître. Il aurait voulu pouvoir me retourner comme un gant.

— Que représentais-tu à ses yeux ?

— Un... un spécimen.

— Quel genre de spécimen ?

— C'est une bonne question.

— Je trouve que tu es vraiment un très beau spécimen.

— Tu as compris ce que je voulais dire.

— Es-tu un spécimen de quelque chose ?

— Peut-être. Sans doute. Mais sûrement pas d'une femme mariée. C'est pourquoi je me pose des questions sur ta femme.

— Ça ne me gêne pas de te parler d'elle, mais je ne veux plus que tu l'approches.

— Entendu.

Je ne répondis rien.

— J'ai dit : entendu.

— Très bien.

— Maintenant je vais te poser une question.

— D'accord.

— Est-ce qu'elle fait bien l'amour ?

— Absolument.

— Tu l'aimes et elle t'aime ?

— Très fort, oui.

— Alors en quoi est-ce différent ?

— Tu n'as pas d'enfant, alors je crois que tu ne peux pas comprendre.

— Essaie quand même.

Sa question avait quelque chose de naïf, mais je risquai une réponse :

— Quand tu as des enfants, la mort se met de la partie. Tu comprends alors, comme ça ne t'est jamais arrivé, que tu vas mourir. Je l'ignorais avant d'avoir des enfants. Maintenant j'ai toujours peur de tomber malade ou de mourir, et je sais que ma femme y pense aussi. Je me dis : Que va-t-il se passer si je meurs ? Que va-t-il se passer si elle meurt ? Et qui va mourir en premier ? Qui se retrouvera seul ? Qu'adviendra-t-il si l'un des enfants meurt ? Tout cela intervient en quelque sorte quand nous faisons l'amour. J'ai vu naître mes deux enfants, tu sais.

Caroline se rapprocha de moi.

— À quoi ça ressemble ?

— La tête a l'air d'une petite balle de tennis humide. Pour Sally, Lisa a eu des douleurs dorsales.

— Ça veut dire quoi ?

— Le bébé appuie sur la colonne vertébrale et touche le nerf rachidien. Lisa délirait sous l'effet de la douleur. J'ai demandé à l'accoucheur de lui faire une péridurale.

— C'est une injection contre la douleur ?

— Ils t'enfoncent une longue aiguille dans la moelle épinière. Ils doivent minuter les intervalles entre deux contractions.

— Tu as vu le cordon ombilical et tout ça ?

— C'est moi qui l'ai coupé.

— À quoi ça ressemble ?

— C'est comme une épaisse cordelette bleuâtre.

— Est-ce que la délivrance est dégoûtante ?

— Rien de tout cela n'est dégoûtant.

— Ils extirpent le placenta ?

— Ils le mettent sur un plateau en inox et tu as le droit d'y jeter un coup d'œil. Ça ressemble à un morceau de foie de la taille d'un annuaire.

— Tes deux enfants allaient bien et tout ça ?

— Sally a fait une jaunisse, ce qui n'est pas très grave,

même si elle a dû être hospitalisée, mais Tommy est sorti tout bleu.

— Pourquoi ?

— Il avait le cordon autour du cou. (J'inspirai, peut-être par empathie.) Il s'en est sorti mais neuf jours plus tard il a attrapé la pneumonie. Ce n'était pas marrant. Tente à oxygène et tout ça.

— Il va bien ?

— Il va très bien.

Elle resta silencieuse un moment.

— Et tout ça intervient quand ta femme et toi vous faites l'amour ?

— D'une certaine façon.

— Tu penses à d'autres femmes quand tu es avec elle ?

— Oui.

— À qui ?

— Aux tentatrices nées de mon imagination.

— Tu as fait l'amour avec elle depuis la dernière fois où nous l'avons fait ?

— Oui.

— Une seule fois ?

— Oui.

— Quand ?

— Hier soir.

— Ça remonte donc à quelque chose comme dix-huit heures.

— Oui.

— Tu as pris une douche ?

— Oui.

— Bien. Tu as pensé à moi quand tu étais avec elle ?

— Absolument.

— Je veux dire, pas seulement parce que tu te sentais coupable à cause de moi.

— Oui.

— Je veux dire, tu la baisais, mais en fait tu imaginais que c'était moi que tu baisais.

— Oui. Je suis capable de me connecter et de me déconnecter sans passage à vide.

— Tu te moques de moi.

— Non, je t'assure que non.

— Tu as pensé à elle tout à l'heure quand on faisait l'amour ?

— Oui.

— Et pas seulement parce que tu te sens coupable ?

— Oui.

Elle haussa le ton.

— Tu as pensé à elle il y a tout juste quelques minutes ?

— Oui.

— Et aux fameuses tentatrices nées de ton imagination ?

— Aussi.

— Tu penses à des hommes ?

— Parfois.

Elle réfléchit.

— Tu fais l'amour avec eux ?

— Non.

— Qui sont-ils ?

— Ce sont des hommes et ce ne sont pas tout à fait moi mais je suis eux. Je les regarde faire l'amour avec les tentatrices nées de mon imagination.

Caroline ne parut pas satisfaite.

— Quelles sont les autres différences entre elle et moi ?

— Tu n'as pas vraiment envie qu'on en parle, dis-je.

— Non, c'est toi qui n'as pas envie qu'on en parle.

Je haussai les épaules.

— Il y a une différence sur le plan physique ? demanda-t-elle. Je veux dire, ce n'est pas pareil quand tu es à l'intérieur ?

— Non.

— Comment ça ?

— Elle a eu deux enfants. Tu n'en as eu aucun, autant que je sache.

— Ça fait autant de différence ?

La question resta suspendue dans l'obscurité de la chambre, la musique filtrait en sourdine au-dessus de nous. Il se mit à neiger dehors.

— Ça fait une différence.

— Quand tu fais l'amour avec ta femme, est-ce que tu la regardes en pensant : « Je vais rester avec elle jusqu'à ma mort ? »

— Oui.

— Et ça te fait quoi ?

— C'est à la fois un réconfort et une angoisse.

— Pourquoi ?

— Parce qu'il est réconfortant de penser que nous serons ensemble, mais ça m'angoisse également de penser à ce que le temps va faire de nous. Ça me terrorise. Aussi, pour répondre à ta première question, la différence entre toi et ma femme, hormis les différences évidentes, c'est qu'avec toi je ne suis pas responsable de notre avenir. Je ne te suis redevable de rien, et tu n'es pas reponsable de moi. Tout est là, ici, maintenant. De la neige sur le rebord de la fenêtre. C'est très beau, mais ça va fondre. Tu t'en iras et feras Dieu sait quoi, tu épouseras Charlie, et moi je retournerai avec Lisa, et je pense que nous le savons tous les deux. Tu es l'instant présent. Tu ne vieilliras pas sous mes yeux. Je peux être avec toi et ne pas me soucier de savoir si tu m'aimes.

— Et toi, est-ce que tu m'aimes ?

— Depuis l'instant où je t'ai vue.

Elle sourit, flattée.

— Ce n'était peut-être que de la basse concupiscence.

— Tu as sûrement raison.

— Ah oui ? (Elle me donna un petit coup.) Alors c'est que j'étais sans doute une tentatrice née de ma propre imagination et venue te prendre dans mes rets.

— Ça m'est égal.

— Ça ne te gêne pas ?

— Non.

— Mais je pourrais avoir toutes sortes de projets...

— Ça m'est égal.

Elle prit une cigarette et une allumette sur la table de chevet.

— Pourquoi ?

— Je suis assez malin pour ne pas me faire piéger.

L'allumette craqua et s'enflamma.

— Tu en es sûr ?

— Oui.

— Pourquoi en es-tu si sûr ?

— Je suis malin.

— Plus malin que moi ?

J'envisageai diverses réponses.

— Nous n'en savons encore rien, pas vrai ?

Je guettai sa réaction mais elle avait fermé les yeux ; ses cils étaient si longs et si épais qu'ils semblaient reposer contre sa joue. Je m'en voulus d'être à ce point fasciné par elle. Quel connard j'étais. Au même instant, Sally était peut-être en train de découper du papier crépon rouge avec des petits ciseaux à bouts ronds, Tommy de laisser traîner une de ses peluches crasseuses dans le jus de pomme qu'il venait de renverser, et Lisa, Lisa de se faire couler un bain chaud ; tout cela advenait pendant que moi, père, époux, protecteur, j'étais allongé sur un immense lit à l'autre bout de la ville, ma bite encore humide et flasque contre ma cuisse, en compagnie d'une autre femme. Oui, je maudissais ma fascination pour Caroline, mais en tirais également une joie singulière.

— Parle-moi encore de nos différences, dit-elle.

Je réfléchis.

— Eh bien, il y a le côté moche.

— Oh ? fit-elle, intéressée.

— Quand ma femme et moi faisons l'amour, c'est en fin de journée. Nous sommes fatigués. Elle est fatiguée. Elle a travaillé dur, les gosses nous ont épuisés avec le dîner, le bain, les pyjamas à enfiler, les histoires à raconter, etc., et nous sommes sur les rotules. D'habitude elle lit un peu...

— Qu'est-ce qu'elle lit ?

— Les trucs les plus terrifiants qu'elle peut trouver. En ce moment, elle est plongée dans un bouquin qui s'appelle *Prières d'exhumer*. Bref, quand on va se coucher, c'est pour dormir, il se passe peut-être quelque chose, puis le sommeil nous gagne, nous cessons d'être conscients, c'est comme une petite mort. Toi, tu n'es pas fatiguée, tu n'as pas fait grand-chose de ta journée. Peut-être es-tu sortie faire des courses. Tu as ouvert ton courrier. Quelques factures, des catalogues. Tu as fait la poussière sur la table basse, tu as appelé Charlie, ou dit à la bonne de nettoyer la douche...

— Oh, va te faire...

— Laisse-moi terminer. Le fait est que je suis une diversion, un jeu. Une bagatelle. Une gâterie dans l'après-midi. Je le sais. Je ne t'emmène pas là où tu veux aller. Je t'emmène loin de là où tu ne veux pas être. Je ne pense pas que tu penses beaucoup à moi quand je ne suis pas là. Tu vas au gymnase, tu parles avec tes amies, tu fais un saut à Bloomingdale's, tu vas voir un film, je ne sais trop quoi, mais je ne fais pas partie de ta vie, pas dans le sens qui est important. Nous baisons ensemble. C'est de cela qu'il s'agit, Caroline. Rien de plus, rien de moins. Et tu le sais. Ça se passe en surface, il n'y a rien de profond. Il n'y a pas d'enjeux, notre relation ne nous apprend pas que nous sommes mortels.

— C'est plutôt dur.

— Je te fais passer au niveau supérieur.

— Oh, bien sûr.

— C'est le seul avantage qu'ont les hommes d'un certain âge.

Elle sourit et m'embrassa.

— Bon, puisque tu as toute cette théorie sur la vie qui est la mort, raconte-moi une histoire qui parle de la mort, mon joli.

Je compris qu'elle avait désormais à cœur de mieux me connaître. Je jetai un œil à la fenêtre, la neige tombait toujours.

— Prépare-moi un autre verre.

Elle s'exécuta, s'en fit un pour elle aussi, puis nous nous assîmes dans le lit, bien au chaud sous la couverture bleue, et, pour elle, je me suis rappelé un certain hiver dans ma petite ville, au nord de l'État de New York, quand j'avais douze ans. Il avait beaucoup neigé depuis trois jours et mes amis et moi avions entendu dire que les wagons de marchandises étaient immobilisés sur les rails. Dans l'esprit d'un gamin de douze ans, c'était là une perspective fascinante, car nous avions passé des heures et des heures à regarder passer les trains, à leur lancer des bâtons et des pierres, à poser des pièces sur les rails, même un raton laveur mort, dont nous avions étudié la décapitation avec le plus grand sérieux. Ce jour-là, nous nous sommes enfoncés dans la neige profonde jusqu'à l'extrémité de la gare, qui comportait plusieurs voies de délestage. Deux wagons reliés l'un à l'autre étaient immobilisés par le gel à une cinquantaine de mètres de la gare, et nous les avons inspectés au cas où il y aurait eu quelqu'un à l'intérieur. Il n'y avait personne. Nous savions que nous n'aurions pas dû être là, mais nous n'avions franchi aucune barrière interdite et, de toute façon, nous étions persuadés que la ville nous appartenait. Nous avons escaladé l'engin quelques instants, donné des coups de pied dans les énormes renflements de neige et scruté, à travers les étroites fenêtres fuselées, les jauges et les commandes et ce qui devait être un petit siège inconfortable. Puis nous avons sauté à terre, ayant découvert que le vent avait entassé de la neige entre les deux wagons adjacents de deux trains, jusqu'à hauteur de leurs toits. Un tunnel. C'est à ça que pensent des gamins, et nous nous sommes mis aussitôt au travail, creusant entre les deux wagons, nous imaginant des grottes enneigées éclairées à la lampe-torche. C'est à ça que pensent des gamins, ils n'imaginent pas qu'ils vont trouver, en creusant, une botte...

— Oh, fit Caroline.

... laquelle, très vite, se révéla contenir une jambe gelée. Mes deux compagnons firent un bond en arrière, en hurlant. J'étais à quelques pas derrière et je n'avais rien vu. Ils décampèrent en braillant, se frayant tant bien que mal un passage dans les congères, en manifestant bruyamment leur terreur et en réclamant à tue-tête une intervention adulte. Je restai seul un instant. Puis je me mis à courir, mais sans conviction. Je retournai donc près de la jambe anonyme, me faufilai entre les wagons de l'un des trains et, une fois dans les bois, arrachai une branche nue à un érable. Puis, avec ce bâton de fortune, je dégageai la neige autour du corps. La botte et la jambe devinrent deux jambes. Puis une main apparut, qui devint un bras et une épaule. Maladroitement, je repoussai la neige accumulée sur le visage. La tête était comme enfoncée dans la poitrine. Un menton. Une joue. Un œil gelé et vitreux. C'était un vieil homme, et la neige recouvrait encore son crâne dégarni et ses oreilles. L'autre œil était presque clos. Il y avait de la neige dans ses oreilles. Un mégot reposait, gelé, sur son col. J'étais mort de trouille, à présent, mais aussi étrangement excité, et je continuai à dégager le corps, me servant même un peu de mes mains. Je me sentais proche de cet homme, j'éprouvais un curieux sentiment d'intimité. J'ôtai mes gants, jetai un œil par-dessus mon épaule, puis portai un doigt à sa joue. Elle était dure comme de la glace. Je vis qu'il avait fait un petit feu inutile à côté de lui. Il y avait une petite bouteille dans un sac en papier, un journal vieux d'une semaine, sans doute ramassé dans une des corbeilles de la gare, un chapeau. C'était une scène empreinte d'un profond désespoir, et je la contemplai longuement, avide de connaître les secrets qu'elle recelait, désireux de comprendre ce qui se passait en moi pendant que je la regardais. Puis j'entendis les cris de mes compagnons surexcités qui couraient devant le chef de gare, un gros homme de plus de cinquante ans qui soufflait comme un bœuf et m'ordonna d'une voix furieuse de reculer. Peu après, le shérif de la ville nous demanda de partir, de rentrer chez nous, et je restai légèrement à l'écart de mes compagnons, me sentant changé et tout bizarre du fait de ma décision de rester alors qu'ils avaient préféré prendre leurs jambes à leur cou.

Je m'interrompis et observai Caroline.

— J'ai bien aimé ton histoire, dit-elle en se rapprochant de moi dans la pénombre, tandis qu'une sirène retentissait dans l'avenue. J'aimerais que tu m'en racontes une autre.

— Est-ce ainsi que nous devons passer du bon temps ensemble ? En nous racontant au lit des histoires de cadavres ?

— Oui. (Elle délogea de la cendre qui était tombée sur son sein.) C'est rigolo et tu le sais. Comme ça, j'apprends à connaître tes perversions.

La fumée de sa cigarette m'empoisonnait délicieusement.

— Tu ne me connais pas assez pour savoir quelles sont mes perversions.

— Oh que si ! fit-elle en riant.

— Je t'écoute.

— Tu veux vraiment savoir ?

— Vas-y.

Un silence. Puis :

— Tu recherches la mort. J'estime qu'il s'agit là d'une sorte de perversion.

— Tu avais raison, dis-je au bout d'un moment.

— Comment ça ?

— Je n'aurais pas dû insister.

— Raconte-moi une autre histoire.

— Tu veux celle du premier mort que j'ai vu quand j'étais journaliste ?

— Oui.

— J'avais dix-neuf ans.

— Tu savais des choses, alors ?

— Non, dis-je. Et toi, tu savais quoi que ce soit quand tu avais cet âge ?

— Je savais comment m'attirer des ennuis. Mais raconte d'abord ton histoire.

— Je me trouvais à Jacksonville, en Floride. Je travaillais cet été-là au *Florida Times-Union*, un important quotidien régional. Ma petite amie de l'époque et moi avions atterri là au volant de sa MG décapotable, une vieillerie toute rouillée, on voyait la route défiler entre nos pieds. On avait loué un appartement infesté de cafards. Elle travaillait dans un bar comme serveuse, et moi je bossais pour ce journal. Je m'occupais des chiens écrasés au début, mais très vite ils m'ont confié des reportages, parce qu'il n'y avait pas vraiment de chiens qui se faisaient écraser, rien que des magouilles immobilières et des aviateurs qui revendaient leur zinc à bas prix, et ils se disaient que je ferais un bon reporter. Et donc un jour, je devais faire un papier sur la journée type d'une équipe médicale d'urgence. Un truc plutôt bateau, mais j'étais jeune, je ne connaissais rien à rien. Donc, j'ai accompagné l'équipe. Il ne se passait rien de très excitant, des crises cardiaques, des choses comme ça...

Je l'observai et vis qu'elle se caressait.

— Est-ce que tu fais ce que je pense que tu fais ?

— Oui. Ta voix est sexy.

— Tu veux que je...

— Continue ton histoire.

Je contemplai le plafond.

— Allez, raconte.

J'inspirai profondément.

— Il y a eu un appel et on s'est rendus dans un endroit déprimant. Tout n'était que sable, broussailles, vieilles voitures et caravanes déglinguées. On s'est garés près de celle qu'on cherchait pour... est-ce que c'est vraiment agréable ?

— Oui. Je t'écoute et je le fais... et c'est parfait.

— Quand on est arrivés, j'ai vu un homme sortir de la caravane en compagnie d'un petit garçon. Le type, grand et maigre, portait un pantalon de marine. C'était un marin. Il y avait une importante base navale dans la région. Il était torse nu. Il nous a fait signe d'approcher. Il était maigre et blond et il avait environ mon âge. Enfin, on avait exactement le même âge mais nous vivions des existences complètement différentes. Alors nous, on sort rapidement de l'ambulance, lui est inquiet, bouleversé, il nous dit : « C'est mon bébé, c'est ma petite fille... » Je ne peux pas raconter ça... Bon sang, tu es là à te masturber !

— Je t'écoute.

— C'est un sacrilège, putain !

— Je t'écoute.

— On monte les marches et à l'intérieur on voit une jeune et jolie Portoricaine, elle pleure, elle lève les poings au-dessus de sa tête et les abat sur ses cuisses, elle se donne vraiment des coups, elle se fait mal. Et le marin nous conduit jusqu'à une petite chambre d'enfant sans dessin sur les murs, sans peluche, sans rien, et là, dans un berceau, il y a cette fillette de six mois, couchée sur le dos, alors l'équipe médicale s'occupe d'elle, elle tente l'impossible, et pendant ce temps-là la femme est en train de gémir dans l'autre pièce. Et moi je reste là, debout, complètement tétanisé.

La main de Caroline se posa sur mon sexe.

— Ils lui ont administré de l'oxygène et ils ont essayé de faire redémarrer le cœur, puis ils ont abandonné et l'un d'eux est allé parler au père et à la mère de l'enfant. Et donc je suis resté avec l'autre type de l'équipe médicale d'urgence, il s'est mis à examiner très attentivement le bébé, il a même défait sa couche. Je lui ai demandé ce qu'il faisait – j'étais paralysé, mais il fallait que je lui pose la question. Il a dit qu'il recherchait des traces de mauvais traitement, des bleus, des choses comme ça. Et vous voyez quoi ? j'ai demandé. Il a dit que le drap du dessous était propre, que le bébé était bien nourri, qu'il n'y avait ni bleus, ni plaies, ni aucune marque sur le corps, que ses cheveux étaient propres, ses ongles bien entretenus, la couche propre, le... Tu es vraiment obligée de faire ça ?

Elle m'avait pris dans sa bouche à présent. Elle redressa la tête.

— Parle. Je t'écoute.

J'inspirai et repris.

— Le bébé était propre, il n'avait pas les fesses irritées, rien du tout. Le type m'a alors déclaré que l'enfant avait reçu tous les soins appropriés. Parfait. Puis il retourna le bébé sur le ventre et désigna deux traînées violacées de part et d'autre de la colonne vertébrale. C'était la lividité, le sang cessait de circuler dans le corps. Puis il a encore retourné le bébé, baissé ses paupières et appelé son collègue pour qu'il fasse venir les parents. J'étais là quand ils sont entrés et le visage de la femme... elle a vu sa fille... ah... elle a vu sa fille... j'ai regardé le gamin, puis le père, c'était un militaire, il avait été entraîné pour dissimuler ses émotions et il se mordait la lèvre inférieure au point que du sang coulait sur ses dents. J'ai vu... ooh... j'ai vu ça et... jamais... jamais je ne l'oublierai.

Mes paroles parurent se répercuter dans les ténèbres. Ça m'arrangerait de pouvoir dire que mon récit finit par court-circuiter nos ébats, mais ça ne serait pas vrai, or un journaliste est censé dire la vérité. Caroline m'avait chevauché, elle montait et descendait sur moi, l'air de quelqu'un qui cherche à marquer un point : à savoir que son désir ne saurait être terni par des histoires d'épouses, d'ivrognes gelés ou de bébés morts. Je sentis qu'elle m'apprenait quelque chose. Je suis certain que, si l'on avait projeté sur les murs des bouts de film montrant l'Holocauste, des camions déversant des corps gris et émaciés dans des fosses communes, j'aurais pu quand même m'enfoncer sans difficulté en elle, une expression satisfaite et triomphale sur mon visage. Cela fait peut-être de moi un impie, un monstre. Mais je ne crois pas. Car je pense que quand on fait l'amour, ces cadavres sont toujours projetés sur les murs de notre imagination et ne cessent de glisser lentement et horriblement dans la fosse commune du temps. Oui, j'en suis sûr. Ces corps sont toujours présents ; ce sont les gens en dehors de la pièce, les gens qui ont vécu, les gens qui vivront, nos parents et nos enfants ; c'est l'âme en allée de notre jeunesse, nous en cet instant et nous demain, à jamais condamnés.

Nous retombâmes sur les draps.

— J'ai fini, lui dis-je. C'est tout.

— Panne sèche ?

— Plus de jus.

Elle se leva, alla se brosser les cheveux à sa coiffeuse et récupéra nos verres.

— Tu as faim ?

— Oui.

— Je vais préparer quelque chose.

Elle quitta la chambre.

Il était près de huit heures du soir. Lisa devait être en train de coucher les enfants et d'attendre mon appel. Je n'étais pas disposé à décrocher le téléphone. Je n'étais pas suffisamment sûr de ma voix. Peut-être l'alcool y était-il pour quelque chose, peut-être pas. Mais il y avait également autre chose. En tant que journaliste, je suis amené à parler à des milliers de gens. Certaines conversations sont rapides, d'autres sont déchirantes. Mais au cours d'une interview qui se passe bien, il existe un moment particulier, qui, comme je l'ai dit, peut recevoir le nom de point de dilatation, quand votre interlocuteur s'ouvre. Avais-je eu l'intention d'interviewer Caroline ? En un sens, oui. La dilatation approchait, je le sentais. Je savais que maintenant que j'avais parlé, elle aussi allait parler. C'est la raison pour laquelle les gens se racontent des histoires. Ils veulent qu'on les connaisse. Un récit est une espèce de monnaie d'échange. Si vous en donnez un, en général vous en recevez un en contrepartie. Je n'avais pas envie d'appeler Lisa, parce que je ne voulais pas briser le charme. Je risquais de laisser filer une occasion unique.

Mais il y avait d'autres coups de fil que je pouvais passer. Je décrochai le combiné à côté du lit et composai le numéro de Bobby Dealy, qui venait juste de prendre son service de nuit.

— Quoi de neuf ? fis-je.

— Un immeuble en feu à Harlem, la nana prétend que ses sandwiches au fromage ont cramé tout seuls. (Sa voix était terne.) Un type a laissé un serpent dans un bus devant la cathédrale St. Patrick. Un flic s'est pris une balle dans la jambe dans le Bronx. Plusieurs membres d'une secte ont été arrêtés, suspectés d'êtres suspects. Voyons voir... deux types du New Jersey ont agressé deux gays dans le Village, ils les ont traités de pédés, les gays leur ont flanqué une peignée. Il y a aussi cette nana qui est dans le coma depuis vingt ans, à l'hôpital, et qui s'est retrouvée enceinte.

— Violée.

— Exact. Elle a les yeux ouverts et elle suit les mouvements des gens dans la pièce.

— Un type l'a violée alors qu'elle était dans le coma et pouvait le voir.

— Les équipes de télé ont déjà rappliqué.

Je soupirai.

— Quoi d'autre ?

— Un mariole armé d'un couteau a été arrêté au service des passeports dans le Rockefeller Center.

— Qu'est-ce qu'il venait faire là ?

— Il voulait quitter le territoire américain. Le pays court à sa perte, il n'a pas supporté de faire la queue comme tout le monde pour obtenir son visa.

— Et puis ?

— On a retrouvé un cadavre sur la voie express Whitestone.

— Sur la voie ou le bas-côté ?

— Sur.

— Une exécution en règle. Le coffre plein de came.

— Tout juste.

Caroline revint avec deux bouteilles de vin rouge et deux verres.

— Quoi d'autre ? demandai-je à Bobby.

— Tu fais la une demain.

— Le journal de Lancaster.

— Oui. Comment t'as déniché ce truc ?

— Un type a récupéré le portable de Lancaster.

Je m'emparai d'une des bouteilles. L'étiquette était encore dessus. Cinquante-neuf dollars et quatre-vingt-quinze cents.

— Bel article, fit Bobby.

— Rien d'autre ?

— Si, un appel de Fitzgerald.

— Il est chez lui ?

— Oui.

J'appelai Hal.

— On accepte tes conditions, dit il.

— J'ai ta parole d'honneur ?

— Oui.

— Je ne témoigne pas, je ne révèle pas mes sources, vous gardez l'histoire au frais pendant les premières vingt-quatre heures.

— Oui.

— Je te dépose la cassette au bureau demain matin.

— Parfait, dit Hal. Bon, de quoi s'agit-il ?

Je lui expliquai. Il était excité.

— C'est de la dynamite, tu t'en rends compte ?

— Oui, Hal.

— Tu es sûr qu'il s'agit de Fellows ?

— Tompkins Square Park. Des manifestants aux prises avec les forces de l'ordre. L'agent Fellows à une intersection. Un grand Noir, la trentaine. Des fumigènes qui éclatent quelque part dans le parc. Fellows qui se prend le coup par-derrière. Son agresseur s'enfuit, la foule passe devant le corps, les flics le voient, repoussent la foule. Tu connais la suite.

— Je t'envoie une voiture pour récupérer la cassette.

— Non.

— Ça ne pose aucun problème.

— Je ne suis pas chez moi.

— Tu es où ?

— Nulle part en particulier.

— On peut quand même t'envoyer une voiture.

Il y eut un silence, qui lui permit de comprendre que je n'allais pas lui donner d'adresse.

— Demain matin, promis.

— À la première heure, alors.

— C'est comme si c'était fait.

— Merci, Porter.

Et voilà. Je raccrochai au moment où Caroline revenait avec deux bols de soupe chaude et du pain sur un plateau. Une femme nue qui tenait dans ses mains un plateau d'argent.

— Des nouvelles ? demanda-t-elle.

— Et de taille.

Elle posa le plateau.

— C'est bon signe.

— Parfois.

— En général, oui.

— Un petit problème vaut mieux qu'un problème de taille.

— Oui, je suppose, dit-elle en me tendant un bol. Tu appelais quelqu'un ?

— Oui, la police.

— Pourquoi ?

— Papoter.

— Ça me concernait ?

— Non.

— Honnêtement ?

— Ça ne te concernait pas.

— Tu ne vas pas me dénoncer ou je ne sais quoi ?

— Nan !

— Pour mes crimes, je voulais dire.

— Quels crimes ?

— Propos à teneur pornographique, par exemple.

— Je n'en ai entendu aucun.

— Tu ne m'écoutais pas.

— J'écoute tout ce que tu me dis. Je me souviens de chaque mot.

— Ben voyons.

Je goûtai à la soupe.

— Demande-moi.

— Quelles ont été les premières paroles que je t'ai dites ce soir ?

— Tu as dit : « Je te prépare un petit verre. »

— Et les derniers mots que j'ai prononcés hier au téléphone ?

— Bouclez votre chronique.

Elle secoua la tête.

— Ça donne froid dans le dos.

— Pas de quoi.

— Et tu te rappelles les tout premiers mots que je t'ai dits ?

C'était un peu plus difficile. Je me souvenais de la fête donnée par Hobbs, de la façon qu'avait eue Caroline de traverser la pièce, de sa façon de s'asseoir à côté de moi.

— « Votre photo, Mr. Wren, est moche. » C'est ce que tu as dit.

— J'ai dit ça ?

— Oui.

— Sympa.

— Quand j'étais un jeune reporter en train de regarder un bébé mort dans une caravane, tu étais où, toi ?

— Je devais avoir à peu près neuf ans, répondit Caroline en faisant un sort à son verre de vin. On habitait dans le Dakota du Sud. C'est là que j'ai grandi. Ma mère est tombée enceinte à l'âge de dix-sept ans. Enceinte de moi. Elle vivait à l'époque en Floride, et un hiver elle a couché avec un homme, le rejeton d'une riche famille du Connecticut descendu dans le Sud pour les vacances. Il ne voulait pas l'épouser, alors elle a vécu chez ses parents, et deux ans plus tard elle a rencontré un autre type, Ron Gelbspan, un routier, un camionneur. Ils se sont installés dans le Dakota du Sud et ils ont eu mon frère. Je suis né avec le nom de jeune fille de ma mère, mais elle a pris celui de mon père, qui est Kelly, puis elle a encore changé après avoir épousé ce Gelbspan, que je détestais. Je me suis toujours considérée comme une Kelly. Ça ne m'a pas du tout gênée de m'appeler Crowley. Parfois je me dis que si j'épouse Charlie et si je prends son nom, cela fera cinq noms, ce qui est plutôt ridicule, non ? Je crois qu'au bout d'un certain temps votre nom de famille n'a plus d'importance. Bon, bref, ma mère travaillait pour Visa. Elle passait sa journée au téléphone, à parler aux autres de leurs problèmes d'argent. On habitait dans une petite maison à une quinzaine de kilomètres de la ville. J'ai reçu deux lettres de mon vrai père, la dernière quand j'avais dix ans – et c'est tout. Ron était complètement taré, il voulait monter sa propre société de transport routier. Il était vraiment jeté. Il avait installé un petit autel à la gloire de Jackie Onassis dans la maison, un coin où il conservait des tas de livres sur elle, des tonnes de photos. Il possédait aussi plein d'armes, surtout des fusils. Il nous battait souvent ; un jour, comme on était en canot automobile, il a balancé mon frère par-dessus bord. (Elle nous resservit du vin à tous les deux.) Quoi qu'il en soit, quand j'ai eu huit ans, j'ai voulu un cheval. Je ne pensais qu'à ça. J'avais des

246

copines qui montaient et je voulais un cheval. (Elle marqua une pause. Ses yeux bleus clignèrent.) Ça ne s'est pas passé comme je le voulais. Une fois au collège, j'ai eu des petits amis, tout ça, et j'ai commencé à interroger ma mère sur mon vrai père – qui il était, où il était ; au début elle ne voulait pas me répondre, mais j'ai insisté et elle a fini par me confier qu'il vivait sûrement à Santa Monica, en Californie. Le nom m'a paru magnifique. Santa Monica, Californie. Je m'étais laissé pousser les cheveux, ils m'arrivaient environ au milieu du dos ; maman, mon frère, ma sœur et Ron avaient tous les cheveux châtains, et elle disait que mon père avait les cheveux blonds et les yeux bleus comme moi, qu'il n'avait pas fait le Vietnam parce qu'il souffrait d'une scoliose, rien que ça, mais peut-être le médecin avait-il été payé pour établir ce diagnostic. Son père était cadre à la compagnie pétrolière Atlantic Richfield, à New York – tu sais, ARCO. Quand j'avais dix-huit ans, il devait en avoir trente-sept. Maman ne l'avait pas revu depuis près de quinze ans. Je lui ai demandé s'il lui manquait. Elle se demandait ce qu'il lui était arrivé. Il paraît que sa mère à lui était belle, mais belle, avec le même front que moi. Ma mère à moi était tellement laminée par la vie. Elle écoutait toute la sainte journée les problèmes d'argent des autres. Je lui ai dit que je voulais aller voir mon père. Est-ce qu'elle avait son numéro de téléphone à Santa Monica ? Elle m'a répondu que non, mais peut-être que sa sœur à New York le connaissait. Aussi, l'été de mes dix-huit ans, j'ai pris le car pour Los Angeles.

Deux jours plus tard, me raconta Caroline, après avoir senti puis vu l'océan pour la première fois, elle s'est retrouvée dans un immense parking de Venice Beach, face à un type maigrichon aux longs cheveux blonds grisonnants. Il était en train de laver un vieux camping-car Volkswagen bouffé par la rouille et qui ne devait plus rouler depuis belle lurette. Il ne l'a pas reconnue en la voyant s'approcher et s'immobiliser devant le camping-car. Manifestement, il observait le mouvement de ses seins sous son T-shirt, ses longues jambes. « Salut, qu'est-ce que je peux faire pour vous ? » Il a redressé les épaules pour présenter une version plus avantageuse de lui-même, ce qui était improbable, vu que son corps était à la fois malingre et mal nourri, ses jambes, ses bras et son torse maigrichons. Elle s'est arrêtée à une quinzaine de mètres de lui et lui a demandé son nom.

— Tout dépend de qui pose la question, a-t-il répondu.
— Supposons que ce soit ta fille.

L'homme s'est raidi.

— C'est quoi ces conneries ?

Elle a remarqué les ravages du soleil sur son visage, la peau tannée sous ses rares cheveux, son nez, ses épaules.

— Supposons que ce soit ta fille.
— Alors je lui demanderais ce qu'elle veut, fit-il en grimaçant.
— Peut-être qu'elle veut te connaître.
— Dans ce cas, je lui dirais de laisser tomber.
— Pourquoi ?
— Parce que moi j'ai pas envie de la connaître.

Ils restèrent ainsi sous le ciel d'une luminosité parfaite. Un chien errant fouillait dans une poubelle, à quelques mètres d'eux. Elle a reporté son attention sur son père.

— Tu es mon père. Je m'appelle Caroline Kelly Gelbspan et toi John J. Kelly III, tu as grandi à Greenwich, dans le Connecticut, et ton père travaillait pour Atlantic Richfield, tu as rencontré ma mère quand tu étais encore étudiant, pendant les vacances, elle est tombée enceinte – de moi. Elle se souvient de tout ce qui te concerne. Elle m'a raconté une bonne dizaine de fois votre histoire.

Il est resté là, à s'essuyer les mains sur son short.

— Barre-toi.
— Tu es mon père, rappelle-toi.
— Je parle sérieusement. (Il a eu un geste nerveux de la main.) Je ne te connais pas et je ne sais pas de quoi tu veux parler.

Le chien avait trouvé quelque chose dans la poubelle et relevé la tête en mastiquant.

— J'ai fait tout ce chemin depuis le Dakota pour te voir.

— Je me moque bien que tu viennes du Dakota ou de la planète Mars, ma cocotte, je sais pas qui tu es et j'entrave que dalle aux conneries que tu m'as sorties. Barre-toi d'ici, c'est tout ce que je te demande. J'ai rien à voir avec ces salades.

— Je n'ai pas beaucoup d'argent.

— C'est pas mes oignons, et j'en ai pas des masses non plus si tu veux tout savoir.

Elle le fixa durement.

— Un jour, tu as dit à maman que vous alliez...

— Eh, à l'époque, j'ai dit pas mal de trucs à pas mal de poules, et la plupart du temps c'était juste histoire de pouvoir les sauter.

C'était tout ce qu'elle aurait en matière de reconnaissance de paternité, visiblement.

— Mais je vais te le dire une nouvelle fois, je sais pas pour qui tu te prends à te pointer ici et à me sortir que tu as des raisons de penser que je suis ton père, parce que ça veut rien dire pour moi. J'ai toutes sortes d'emmerdes dont je dois m'occuper sans avoir besoin qu'une inconnue vienne me lâcher ce genre de baratin.

Elle ne bougea pas.

— Allez, hors de ma vue. Dégage.

Elle s'attarda encore un peu.

— À moins que t'aies envie de me tailler une pipe.

Toute la semaine qui suivit, me raconta Caroline, elle dormit sur la plage avec les autres jeunes qui traînaient à Venice Beach près des magasins de T-shirts et des boutiques de locations de vélos, tout en s'efforçant de garder ses cheveux propres en se lavant dans les toilettes publiques. L'attrait de l'océan s'émoussa vite. Tout le monde n'arrêtait pas de lui dire qu'elle pouvait être mannequin, elle avait de si beaux cheveux. Il y avait une fille qui ressemblait à Caroline et qui avait décroché un boulot de mannequin – on ne l'avait plus jamais revue. Il n'était question que de musique, de tatouages, des flics, des meilleures drogues, certains rêvaient d'ouvrir un commerce sur la plage, d'autres de devenir artistes. C'était du baratin d'étudiant, guère différent de ce qu'elle avait connu dans le Dakota. Elle appela chez elle, mais sa mère était sortie. Ron lui dit : « Débrouille-toi comme tu peux, ta mère a vu ses horaires réduits. » Un immense hôtel récemment construit dominait la plage, une construction rose à plusieurs niveaux, le Loews Santa Monica, et elle se mit à observer les gens qui en sortaient d'un pas nonchalant. En général, ils louaient des vélos ou allaient faire du shopping. Elle se dit qu'elle serait comme eux. Elle se rendit au restaurant de l'hôtel et demanda s'ils embauchaient. Une femme en tailleur lui expliqua que seul le syndicat était habilité à décider de l'embauche. En sortant, elle remarqua qu'il y avait plein de jeunes hommes en excellente condition physique autour du jacuzzi. C'est l'équipe des Montréal Canadiens, murmura un chasseur de l'hôtel ; ils descendent toujours ici quand ils viennent en ville. Un des joueurs fit un signe à Caroline, mais elle ne s'arrêta pas.

Une heure plus tard, elle s'était fait une tresse et poussait la porte d'un café-restaurant, à près de trois kilomètres du boulevard. La patronne, une femme d'un certain âge, l'écouta d'un air sceptique. J'ai bossé dans un routier dans le Dakota, mentit Caroline. Une nana aussi jolie que toi a jamais bossé, lui répondit la femme. Tu as vu tes cheveux ? Laissez-moi servir en salle une semaine, et si je ne fais pas l'affaire, vous ne me devrez rien. Je veux juste de quoi manger un peu.

Du coup, elle parvint à louer une chambre à cent dollars la semaine et s'en sortit, mais elle comprit que ça n'allait la mener nulle part. Un des clients du restaurant, la trentaine, le genre tiré à quatre épingles, et déjà grisonnant, lui laissa son numéro à l'hôtel ; il allait y séjourner la semaine, lui dit-il, passez me voir si ça vous dit. C'est ce qu'elle fit, et elle fit les cent pas dans sa chambre pendant qu'il passait des coups de fil professionnels. Il lui acheta des vêtements et se montra attentionné à son égard. Elle l'observait faire des tractions et des abdos le matin. Il émanait de lui un sentiment de sécurité. Il était propre. Il avait une carte American Express. À la fin de la semaine, il lui déclara qu'il savait qu'il ne la reverrait jamais mais qu'il voulait lui donner un petit conseil. Il te faut un plan d'action, décréta-t-il. Tu es belle, mais il y a ici plein de belles filles et la plupart vont dans la mauvaise direction. Je sais, répondit-elle. Non, tu ne sais rien, dit-il. Si tu n'as pas de plan d'action, tu vas devenir amère. Ça sera progressif, et ça te mènera là où tu n'as pas envie d'aller. Comment sais-tu tout cela ? demanda-t-elle. Je le sais, crois-moi, j'ai assez vécu. Tu es déjà amère. Comment le sais-tu ? Dis-moi avec combien d'hommes tu as couché jusqu'à présent. Elle réfléchit un instant. Avec lui, le compte se montait à une dizaine. C'est déjà beaucoup, dit-il. Il faut que tu reprennes les études, tu es intelligente. Où as-tu fait tes études ? lui demanda-t-elle. Je suis allé à Yale, dit-il. J'ai fait mon droit là-bas. Suis-je assez intelligente pour aller à Yale ? demanda-t-elle. Oui, mais tu n'as pas le bagage suffisant. Je pourrais suivre des cours du soir. Il la regarda tristement, et tout d'un coup elle le méprisa. Je déteste les riches, déclara-t-elle. Ils se croient supérieurs. Ils sont supérieurs, à plein d'égards, dit l'homme. Et tu veux être riche, non ? Oui, bien sûr, dit-elle. Très bien, alors un dernier petit conseil. Quoi ? La conversation commençait à l'agacer prodigieusement. Les hommes voudront toujours prendre davantage de toi, n'oublie jamais ça. Je le sais déjà, lui dit-elle. C'est possible, fit-il en haussant les épaules. Et toi, tu as voulu me prendre quelque chose ? demanda-t-elle. Bien sûr, dit-il. Et c'est ce que tu as fait ? Oui, absolument. Ah oui ? Oui, et j'essaie de te donner un peu en retour.

Elle décida que ce type n'était qu'un connard prétentieux, et elle regretta le temps passé avec lui – mais ce qu'il avait dit l'avait inquiétée. Quelques semaines plus tard elle entendit parler de certains bars et clubs dans d'autres quartiers, elle fut intriguée par ce qui s'y passait et crut comprendre qu'il était possible de s'y faire de l'argent. Une des serveuses connaissait un endroit près de l'aéroport qui s'appelait le Comanche ; de jour, ce n'était qu'une simple porte dans un mur avec un type posté devant, mais passé onze heures du soir ça affluait : des motards, des Iraniens, des flics qui avaient fini leur service, des hommes d'affaires du coin qui ne mettaient pas de cravate pour aller travailler, des scénaristes lessivés, des Noirs bien sapés. Les filles venaient là pour trois raisons ; soit elles avaient un petit ami, soit, avec la bénédiction du club, elles cherchaient à s'en trouver un, au moins pour la nuit, soit encore elles portaient une petite robe rouge ultra-courte, des bas résille noirs et trimballaient toute la soirée des plateaux pour servir et desservir les clients. Le samedi soir, elles étaient une cinquantaine à s'occuper des clients et une trentaine à servir de l'alcool. Elle se renseigna et on lui demanda de revenir quand Merk serait là, Merk étant le type qui faisait passer l'entretien d'embauche aux filles. Elle passa la matinée à se demander ce qu'elle allait porter, et finalement elle se pointa un samedi soir pluvieux en pull et jean, ses longs cheveux relevés par des épingles. Un homme et une femme se disputaient dans l'allée qui jouxtait le club, et cela ne lui inspira pas confiance, mais elle frappa à la porte, un rideau fut tiré et on la laissa entrer. Merk n'était pas là, lui dit-on, mais elle pouvait l'attendre dans le fond, là où les serveuses entreposaient leurs affaires. Il y avait plusieurs uniformes suspendus dans une penderie, et elle pouvait en essayer un, puisque de toute façon Merk lui demanderait d'en porter un. Elle se déshabilla donc dans la pièce, qui comportait seulement quelques placards, un divan en piteux état, trois éviers, trois cuvettes de WC et une sortie de secours. Une corbeille à papier débordait d'emballages de cigarettes, de boîtes de Tampax et de canettes de bière. Elle choisit un uniforme à sa taille qui n'avait pas l'air trop sale et était en culotte et soutien-gorge quand Merk entra, son pénis déjà à la main ; il lui dit de s'allonger sur le divan. Il n'était pas très grand, mais sa corpulence un peu grasse exsudait la violence retenue. Putain, t'es vraiment la nana la plus chouette que j'aie jamais vue, dit-il, des nichons d'enfer, oh putain, et quand elle résista il la prit par le bras et l'obligea à s'allonger sur le divan. Relève tes jambes, ordonna-t-il, et elle comprit qu'il était inutile de résister. Il avait dû la lorgner par un trou, les autres étaient de mèche. Enlève aussi ton soutif. Elle s'exécuta, et une fois de plus il dit : « Oh putain. Ça te fera pas trop mal, j'ai de la vaseline ici. » Et ce fut le cas, il la pénétra lentement et avec bien plus d'adresse que les garçons qu'elle avait fréquentés au Dakota et sur la plage de Santa Monica, et comme il s'agitait sur elle, elle le dévisagea avec un air de défi. Qu'est-ce que tu regardes ? demanda-t-il entre deux coups de rein. Bonjour, dit-elle, je m'appelle Caroline Kelly et je voudrais travailler ici. Merk sourit, et sa denture avait autant d'heures au compteur que lui. Un petit moment, ma belle, laisse-moi le temps de – et il s'escrima alors plutôt violemment, si violemment qu'elle en eut mal au dos, mais elle en savait déjà assez sur les capacités de récupération séminale des hommes pour se douter qu'il avait sauté quelqu'un récemment, de sorte qu'il allait devoir se démener un peu pour tirer son coup, et ce fut exactement ce qui se produisit, il se démena comme un diable, la pilonnant avec une sorte de détermination laborieuse pour finir ce qu'il avait entrepris, la vie dans les clubs n'étant pas franchement la plus saine qui soit, et quand le petit vélo atteignit péniblement le haut de la pente, il retrouva toute sa confiance et lui annonça qu'il allait devoir la baiser tous les jours vu qu'elle était vraiment la plus jolie gonzesse qu'il ait jamais sautée – et c'est alors que des cris retentirent dans l'allée qui passait derrière le club. La femme criait parce qu'un couteau lui tailladait la gorge, elle suppliait. Pas ça, je t'en supplie, pas ça, par pitié, mais son interlocuteur, quel qu'il fût, recommença encore trois fois, Merk lâcha un *Oh merde !* et débanda immédiatement, un vestige de moralité gisant quelque part dans ses tripes affaissées, et c'est le pantalon déboutonné et un flingue à la main qu'il ouvrit à la volée la porte de secours, et c'est alors que la femme que Caroline avait vue se disputer dehors s'effondra sur le seuil, sa gorge crachant du sang sur le côté, le visage livide, le regard implorant.

La police lui demanda ce qu'elle avait vu, et, comme Merk se tenait à côté d'elle, elle raconta la scène mais sans faire allusion au viol qu'elle venait de subir. Quand les flics furent partis, elle se tourna vers Merk et lui dit : « Maintenant tu vas me le filer ce boulot. » Il accepta sans barguigner. Ainsi s'acheva la première partie de l'éducation de Caroline à Los Angeles.

Assise, les genoux remontés, elle se laissait envahir par les souvenirs. C'était un terrible récit, et je lui en savais gré, mais il me fallait l'interroger sur la cassette que voulait Hobbs, je devais absolument ramener la conversation sur ce terrain. Néanmoins, je savais d'instinct qu'il me fallait attendre encore un peu ; peut-être son récit allait-il me conduire de lui-même là où je voulais. Mais tout d'abord, je devais régler *l'autre problème*. Je me rendis dans la cuisine et passai finalement un rapide coup de fil coupable chez moi, décidé à laisser un message que Lisa écouterait le matin. Josephine décrocha à la troisième sonnerie.

— Résidence Wren, fit-elle d'une voix ensommeillée.

— C'est Porter, dis-je, surpris.

— Lisa m'a demandé de venir. Il y a une petite fille qui a eu le doigt coupé.

Quelqu'un de suffisamment important pour dénicher un spécialiste en plein milieu de la nuit. Cela arrive – quand la victime est riche ou célèbre, elle peut se trouver un chirurgien hyperqualifié dans la demi-heure qui suit. Lisa avait dû me maudire puis contacter Josephine.

— Je vais rentrer très tard, fis-je. Dites à Lisa que je vais bien, que je travaille sur un papier.

— Bien, Porter.

— Bon, alors bonne nuit.

— Bonne nuit.

Je raccrochai, embrassai du regard la cuisine de Caroline et me surpris à fixer le réfrigérateur. Il n'y avait rien sur la porte, ni aimant fantaisie ni photo ni calendrier ni carte postale, rien. Comme le reste de la pièce, il était d'une propreté impeccable. J'avais envie d'ouvrir les tiroirs, de regarder dans les placards, afin de voir ce que pouvait bien dissimuler cet univers aseptisé.

Mais la voix de Caroline retentit dans le couloir qui menait à sa chambre, et quand je fus de retour auprès d'elle, elle me demanda si j'avais appelé chez moi.

— Oui.

— Qu'est-ce que tu as dit ?

— Des mensonges.

Elle hocha la tête. Elle venait de déboucher la seconde bouteille de vin.

— Tu étais en train de me décrire ta triste expérience d'entraîneuse à Los Angeles. Je suppose que tu as fait ce boulot au moins deux ans, que tu as baisé avec pas mal de types, peut-être même avec quelques filles – pour oublier les types –, pris toutes sortes de drogues et vu des tas de piscines à Bel Air et Malibu. Peut-être même quelques vedettes de cinéma, des producteurs, et des athlètes de haut niveau.

— Oh, va te faire foutre.

— Je me trompe ?

— Tu n'as pas raison, pas complètement.

— Non ?

— Eh bien, il y a eu effectivement Magic Johnson, dit-elle en soupirant comme si elle essayait de se rappeler un film qu'elle aurait vu longtemps auparavant. Avec moi et cette fille qui s'appelait Shari. Il nous a demandé de l'appeler Earvin. Il a été très gentil, pour tout dire. On s'est retrouvés tous les trois dans un grand lit. Je ne me rappelle pas trop l'épisode, parce que j'étais vraiment défoncée à l'acide. Je suis allée dans la salle de bains, il y avait une paire de mules, je les ai mises et j'ai éclaté de rire tellement elles étaient trop grandes pour moi. Puis je crois que j'ai vomi dessus.

— Charmant, dis-je en enfilant mes chaussettes.

Il était plus d'une heure du matin. Il fallait que j'aborde la question Hobbs.

— Pourquoi es-tu venue à New York ?

— C'est grâce à un copain de Merk.

Curieusement, il s'était établi entre eux une sorte de relation amicale.

— Je l'aimais vraiment bien, m'expliqua Caroline. En fait, c'est lui qui m'a offert le tatouage. Qui l'a payé. Ça a pris pas mal de temps pour l'exécuter ; les ailes étaient composées d'un grand nombre de couleurs. Il était magnifique. (Elle éclata de rire.) Il me manque.

— Pourquoi le fais-tu disparaître ?

— Oh, à cause de Charlie. C'est un autre monde, tu sais.

— Merk cherchait à se faire pardonner ?

— Je suppose. En fait, c'est vite devenu assez compliqué.

Merk lui a fourni la seule drogue qu'elle aimait vraiment, du cristal, et bientôt ils ont même réussi à rire de son viol.

— J'étais vraiment à fond dans le cristal, tu sais, j'en prenais et après je nettoyais mon sac pendant cinq heures, des trucs de ce genre. Lui fumait du crack également. On s'est fait à deux reprises le grand doublé qui tue. Tu connais ? Je le suçais, et quand il était sur le point de jouir, il prenait une grande bouffée à la pipe. Ça a marché une fois. On a essayé avec moi, il m'a léchée, mais sans grand résultat. Il ne se concentrait pas vraiment sur moi. Qui plus est, moi, ce que je voulais essayer, c'était l'héro, mais je lui ai dit que je ne voulais pas m'en injecter. Il a réussi à se procurer de celle qu'on peut fumer. Tu peux le faire une ou deux fois, trois à la limite, tu sais, sans devenir accro.

— Combien de fois tu en as pris ?

— Trois, fit-elle en riant.

Alors qu'elle se camait par un après-midi d'avril plutôt chaud avant l'ouverture du club, un motard que Merk connaissait, et qui répondait au nom de Chains, s'est pointé et leur a proposé de descendre avec lui jusqu'à South Central. Chains avait entendu dire que des émeutes venaient d'éclater au croisement de Florence et Normandie, il voulait aller y jeter un œil. Les nègres sont en train de foutre le feu à la ville, expliqua Chains. On sait jamais si on aura l'occasion de revoir une émeute, alors autant en profiter. Et assister à une émeute en sniffant du cristal, mon pote, c'est la chance de ta vie. Ils ont pris la voiture de Merk, avec un ami de Chains, et ils ont traversé les territoires des gangs les uns après les autres : les Côte-Est, les Brims, les Hoovers, les Underground Crips, les Raymond Avenue Crips, les Watergates, les Rollin'Sixties, les Eight Treys. Hormis le rouge des Bloods et le bleu des Crips, ceux qui ne faisaient partie ni d'un gang ni de la police étaient incapables de les contrôler. Le ciel était enfumé et grouillait d'hélicoptères, des sirènes hurlaient à chaque coin de rue. Tout le monde a une arme ? a demandé Merk. Les autres ont fait non de la tête. Ils ont dépassé des voitures en feu et des pillards, puis un jeune Noir avec un bandana bleu les a nargués depuis le trottoir. Faut qu'on s'arrête et qu'on lui apprenne les bonnes manières, a annoncé Merk. Non, a dit Chains, c'est pas le... Mais Merk a pilé et c'est alors qu'une canette de bière a heurté le capot. Puis un autre Black s'est ramené avec un fusil, il a flanqué un coup de crosse à Merk par la vitre baissée, ouvert la portière en grand, sorti Merk de la voiture, et s'est mis à le rouer de coups de pied tout en tenant les autres en joue avec son fusil. Chains a bondi du siège passager avec un couteau, il a contourné la voiture par l'avant. Le gosse a tiré, le sourire aux lèvres ; Chains a eu la main arrachée. Caroline s'est mise alors à hurler et s'est recroquevillée sur la banquette arrière. Il y a eu une nouvelle détonation et la vitre latérale a volé en éclats. Caroline s'y connaissait un peu en armes, grâce à Ron, elle a compris qu'il s'agissait d'un fusil à deux canons juxtaposés, et elle a redressé la tête pour voir si le gosse rechargeait l'arme. Ce n'était pas le cas, alors elle a bondi hors du véhicule pendant qu'il débitait calmement à Chains un baratin sur le respect dû à l'homme noir. Elle a rapatrié Merk sur la banquette arrière ; son visage était en sang. Son arme est tombée de sa chemise et elle l'a ramassée. *Yo ma salope*, a ricané le gamin au fusil, *qu'est-ce que tu fous avec ça ?* Caroline a tiré, sans même viser. Elle a raté le gosse, mais de l'autre côté de la rue un type s'est pris la cheville à deux mains en hurlant. Chains, pendant ce temps-là, a réussi à se traîner sur le siège passager, il se comprimait le moignon en cherchant déjà quelque chose pour se confectionner un garrot. Des gens ont traversé l'avenue au pas de course. Le gamin au fusil tâtait à présent ses poches à la recherche de nouvelles cartouches. Caroline a passé la marche arrière et baissé la tête. Elle a opéré un demi-tour complet au milieu de Normandie Avenue et foncé directement à l'hôpital. Cette nuit-là, elle a suivi le déroulement des émeutes à la télévision avec les autres filles de sa piaule, en fumant de l'herbe. Merk avait un caillot de sang dans l'œil, et, à l'hôpital, ils voulaient le garder une quinzaine de jours. Elle a téléphoné à sa mère pour lui dire qu'elle allait bien et elle a écouté longtemps ses sanglots à l'autre bout du fil. Ses pleurs n'avaient aucun motif particulier ; sa mère réagissait presque toujours ainsi quand elles se parlaient au téléphone. Ron a pris le relais et déclaré qu'il venait de voir les émeutes à la télé, puis il a consulté un plan de la ville pour s'assurer qu'elle n'était pas trop près des émeutiers. Non, a-t-elle répondu, dans les vapes. Je vais très bien.

Deux jours plus tard, alors que Los Angeles comptait ses morts et éteignait les derniers incendies dans South Central, Caroline débarquait à New York.

Au cours de ma carrière de journaliste, j'ai découvert que les gens sont moins surpris par les événements extérieurs que par ceux qu'ils ont provoqués eux-mêmes. Un événement imprévisible ne peut en tout état de cause donner matière à regret, tandis qu'un événement qu'on a plus ou moins directement provoqué peut être cause de remords ou de colère, et cela indéfiniment. Il en allait ainsi avec Caroline. Son viol était une cruelle déconvenue mais elle n'en était pas responsable ; les incidents qui suivirent, en revanche, découlaient d'une série d'actes réfléchis. En écoutant Caroline me décrire son odyssée de Los Angeles à New York, je ne pouvais m'empêcher de ressentir en moi une étrange fusion entre le journaliste détaché, l'amant attentif et le père de famille. Perdu dans une transe contemplative, je compris que, bien avant son arrivée à Los Angeles, Caroline avait dû subir un traumatisme, quelque chose qui l'avait éloignée de la trajectoire normale qu'empruntaient la plupart des petites filles de son âge pour la projeter dans les méandres de la violence et de la sexualité qu'elle m'avait décrits. L'expérience en question avait été surmontée mais avait dû être inhabituelle, même pour une fille vivant dans un milieu rural défavorisé, avec une mère dépressive et un beau-père aux motivations et à l'équilibre mental sujets à caution. Je supposais que cet événement avait dû être aussi prégnant qu'un inceste ou un mauvais traitement du même ordre. Cependant je sentais qu'il devait s'agir d'autre chose, et non de je ne sais quel traumatisme classique. Qu'est-ce que cela pouvait bien être ?

En proie à ces réflexions auxquelles l'alcool ne devait pas être tout à fait étranger, je revins m'allonger sur le lit pour écouter ce que Caroline avait encore à me dire. J'ignorais alors que les interrogations sur l'enfance de Caroline rejoignaient celles de Simon Crowley avant de mourir. Je m'étais contenté de formuler intérieurement la question qu'il avait clairement exprimée, à haute et intelligible voix, et cela faisait entre nous une sacrée différence. Cependant, aussi étrange que cela paraisse, seul Hobbs avait eu droit à la réponse – et il la tenait directement de Caroline. Ainsi, nous étions tous trois liés les uns aux autres à notre insu, et comme satellisés autour d'un événement mystérieux que nous n'avions pas vécu.

Plus tard – bien plus tard –, tout cela allait devenir clair à mes yeux, mais, pour l'instant, j'écoutais Caroline me décrire ses premiers pas à New York. On était en avril, les feuilles apparaissaient tout juste aux branches des arbres. Elle était descendue dans un petit hôtel, près de Washington Square Park. Elle se rendit compte qu'à New York les femmes étaient prises plus au sérieux ; elles n'étaient pas aussi belles qu'à Los Angeles, mais elles avaient davantage de pouvoir. Ici, même les pauvres et les déshérités de la vie semblaient grandis par leurs souffrances ; des êtres monstrueux vêtus de hardes se frayaient un chemin dans la foule à coups d'épaule tels des géants, bousculant par exemple une femme capable de réciter de mémoire la liste de tous les appartements vendus pour un million de dollars dans un périmètre donné sur Park Avenue, une femme qui s'entretenait au moyen d'un téléphone cellulaire avec un homme qui, chaque soir, donnait vie et forme au plus grand talk-show du pays, sélectionnant à partir de onze moniteurs de caméra telle ou telle séquence de plans – panoramique du public, plan serré de l'invité en train de sourire, coupe du plan montrant l'invité en train de hausser un sourcil moqueur. Caroline comprit, ou plutôt pressentit que, si la dissolution de l'Amérique était à l'œuvre à L.A., en revanche, à New York, elle s'était déjà produite ; dans les failles, les ruptures et les dysfonctionnements sociaux s'agitaient des individus dotés de puissants logiciels, d'images nouvelles, de langages particuliers et d'analyses pertinentes. Si elle ignorait encore quelle place lui reviendrait dans cet univers, elle n'était pas inquiète pour le moment ; pour la première fois de sa vie, elle se sentait affranchie de tout ce qu'elle avait laissé derrière elle. Elle avait vécu pendant des années sous un climat froid, elle aimait s'enfoncer dans des manteaux, se réfugier dans des cafés, des musées, rester des heures dans son appartement sur la 97e Rue à Manhattan, d'où elle pouvait observer la foule qui se déversait le long de la coulée humide de Broadway, les vendeurs de livres d'occasion sous le crachin, les grappes de taxis qui pilaient et redémarraient, pilaient et redémarraient, les vieux immeubles, la crasse omniprésente.

Elle eut une première liaison avec un jeune médecin qu'elle rencontra un soir devant une épicerie coréenne, et durant les quelques semaines où elle le fréquenta, il se montra épuisé et fortement perturbé. En dépit d'un corps mince qui la rendait folle, il ne parvenait pas à avoir des érections satisfaisantes ; il travaillait dans une unité de cancérologie et passait ses journées à sonder le regard des agonisants, à respirer les effluves de morts vivants, à étudier la complexité des tumeurs, la liquéfaction des os, la beauté impie de la morphine. Bien qu'elle éprouvât à son égard un début d'affection authentique, elle ne fut pas surprise quand il prit ses distances avec elle et cessa de la rappeler.

Elle resta seule quelque temps et vécut sans compter sur ses économies.

— Tu ne travaillais pas ? lui demandai-je.

— Pas vraiment.

— Comment faisais-tu ?

— J'ai dû quitter mon appartement.

— Où as-tu vécu ?

Elle avait su tirer profit de deux facteurs indépendants : son physique et l'incompétence fonctionnelle des riches. Ces derniers ne peuvent occuper qu'un seul espace à la fois et cependant ils possèdent souvent deux ou trois appartements, voire davantage. Caroline s'aperçut que les riches s'absentaient souvent, ils passaient six mois en Italie ou étaient mutés à Hong Kong, ils n'appartenaient pas à une nation en particulier mais étaient les ressortissants d'une contrée virtuelle, celle de l'abondance ; il leur fallait quelqu'un à New York pour leur transmettre les messages, faire suivre leur courrier, arroser les cerisiers sur leurs terrasses. Les arrangements furent facilités par le fait que Caroline était « entre deux appartements », qu'elle ne s'était pas encore « vraiment établie en ville ». Bien sûr, les propriétaires des appartements en question savaient, ou devinaient, la vérité – à savoir que la seule compétence de Caroline était sa beauté –, mais cela ne faisait que renforcer l'image généreuse et raffinée qu'ils avaient d'eux-mêmes. La présence de Caroline les flattait grandement.

Aussi passa-t-elle d'un appartement à l'autre, vivant au jour le jour dans le luxe, toujours à court de liquidités, et cependant s'en sortant toujours. Dans chaque lieu, elle inspectait les tapis, les livres, les porcelaines. Elle lisait également les lettres et les journaux intimes qu'elle trouvait et elle fut frappée de voir à quel point les riches étaient malheureux, ou du moins à quel point ils s'imaginaient l'être. Elle savait qu'il lui fallait rester discrète sur les personnes qu'elle invitait, de peur que les propriétaires ne viennent à apprendre qu'elle souillait leur réputation et leurs tapis avec des inconnus. Or les immeubles où elle échouait recelaient toujours de vieux bonshommes qui la trouvaient fascinante et ne pouvaient s'empêcher de lui distiller « des conseils sur ses investissements » ou de lui faire de petits présents d'une valeur marchande impressionnante – du moment qu'elle évitait de les saluer quand ils la croisaient avec leurs épouses.

J'interromps ce résumé du long récit que me fit Caroline pour remarquer que, tout en l'écoutant me décrire ses premiers pas à New York, je songeai non sans malaise que viendrait un temps où une Caroline plus âgée décrirait les jours que nous vivions alors à quelqu'un d'autre. Même si elle passait sous silence mon existence, du moins elle décrirait les quelques années qui précédèrent son trentième anniversaire, quand elle habitait près de Central Park et était fiancée à Charlie. Je supposais que je ne serais plus là pour la voir dans son âge mûr, et cela n'était pas sans m'attrister, car je découvre, maintenant que j'approche la quarantaine, que les femmes, toutes les femmes, sont belles à mes yeux. Non, c'est faux – pas toutes les femmes. Mais une importante proportion. Bien sûr, il y a les petites filles, les adolescentes et les jeunes filles de vingt ans. Mais je trouve également attirantes les femmes de soixante, soixante-dix ou même quatre-vingt-dix ans. Elles portent sur les gens plus jeunes, hommes ou femmes, un regard si lucide et si doux. Elles ont fait le tour du cadran de la vie, ou presque, et en observant les autres se débattre – c'est-à-dire aimer, se connaître, se préserver –, elles se rappellent leurs propres luttes. Quant aux femmes de cinquante ans, elles ont atteint l'âge de la sagesse, elles sont épuisées et parfois amères, et souvent endurcies par leur longue ascension. Elles semblent davantage assurées de leur pouvoir, alors que les hommes du même âge commencent à décliner et s'installent, en tout cas physiquement, dans une forme de relâchement qui sera leur lot pour le restant

de leur vie – une lourdeur de la chair, un lent rétrécisse-
ment de la charpente osseuse, une propension à se voûter,
des maux divers. Et puis il y a les femmes de quarante
ans, enflammées par l'intensité de leurs désirs. Il se peut
qu'il n'y ait rien de plus sexy qu'une femme ayant atteint la
quarantaine. Elle a conquis de nouvelles libertés, et cependant elle sait que le temps s'en prend à elle tout en lui
offrant de nouvelles perspectives. Quand j'avais vingt-cinq
ans, je n'imaginais pas la sexualité – souvent chèrement
acquise – d'une femme, disons, de quarante-trois ans. Mais
à présent je la devine. Il s'agit d'une sorte de gloire.

En regardant Caroline, j'essayais d'imaginer à quoi elle
ressemblerait d'ici à quinze ans – les dents et la bouche
encore superbes, avec des lunettes de soleil, un rouge à
lèvres sombre, des pattes-d'oie aux commissures des yeux,
les chevilles encore fines, et dépensant toujours plus
d'argent pour entretenir l'or blond de ses cheveux – mais je
ne la connaissais pas suffisamment pour savoir si les vingt
prochaines années lui seraient favorables ou ne feraient que
lui apporter davantage de souffrances. Je me demandais en
fait si, d'une certaine façon, elle n'était pas parvenue à une
connaissance parfaite d'elle-même. Ce n'était pas uniquement à moi qu'elle racontait son histoire – non. La femme
qu'elle serait un jour l'écoutait également.

Cela faisait près d'un an qu'elle vivait à New York quand
elle reçut une lettre de sa mère, lui apprenant que son père
venait de décéder en Californie. La cause de sa mort n'était
pas connue, on savait seulement qu'il avait végété dans son
vieux camping-car pendant plusieurs mois. Caroline
contempla la lettre pendant près d'une heure, s'efforçant
de comprendre pourquoi cette nouvelle lui causait tant de
douleur. Elle n'avait jamais connu son père, ne l'avait
jamais vu hormis ce fameux jour à Venice Beach, et cependant sa mort avait été pour elle un choc ; l'univers semblait
diminué. La tristesse de leur brève et unique rencontre
serait désormais éternelle. Si elle avait pu espérer qu'un
jour ils se reverraient, et se rachèteraient l'un l'autre d'une
façon ou d'une autre, alors une telle éventualité était

aujourd'hui impossible. Elle mourrait sans avoir jamais connu son père ; elle mourrait sans savoir s'il l'avait aimée, si elle lui avait manqué ou si même il avait jamais songé à elle.

Puis arriva un homme d'affaires israélien à la toison brune et bouclée. Il semblait uniquement motivé par la haine envers ceux qu'il battait sur le plan commercial, les Arabes, les pleutres de Yankees, les Noirs, les Russes, qui n'étaient que des escrocs, bref, tous ceux qui ne possédaient pas sa trempe de caractère et sa dureté. Elle ne savait même pas pourquoi elle s'était mise avec lui – peut-être était-ce parce qu'au-dedans d'elle-même ses tirades lui brisaient le cœur. Il lui avoua un soir après qu'ils eurent fait l'amour que, enfant, il avait entendu une explosion en haut de la rue et, après avoir couru vers le bus que les Palestiniens venaient de faire sauter, la première chose qu'il vit fut la partie supérieure du corps de sa mère, projetée comme une poupée de chiffon dans un arbre aux branches nues. Après cela, Caroline sentit qu'elle lui pardonnerait plus aisément sa brutalité. Mais un soir il la gifla violemment et elle comprit que le mal ne serait jamais guéri, que la bombe qui avait explosé vingt ans plus tôt continuait d'exploser jour après jour, et que la fureur était son lot.

Elle savait aujourd'hui qu'elle était attirée par les hommes excessifs. Les bars, les clubs de remise en forme, les bureaux grouillaient d'hommes superbes et ennuyeux, d'hommes raisonnables et pleins d'entrain qui n'avaient aucun charme à ses yeux. Ils s'intéressaient aux fonds communs de placement, aux rencontres de football, ils se montraient par trop spirituels au premier rendez-vous et bien trop délicats au lit. Ils parlaient sans cesse politique mais ne comprenaient rien à la rue. Ils semblaient produits en série et exhibaient l'impuissante ironie de leur génération. Elle s'aperçut que les marginaux étaient plus intéressants, ils prenaient davantage de risques, avaient une conscience plus forte de leurs actes.

Puis Simon vint. Il passait la moitié de son temps sur la côte Ouest et ne souhaitait pas qu'elle l'y accompagne.

Quand il était à Manhattan, il disparaissait souvent avec Billy. Ou il débarquait en ville avec un agenda truffé de rendez-vous, de gens à voir, de fêtes, de soirées dans des clubs, de prestations. Elle l'accompagnait, et parfois il semblait oublier qu'elle était dans la même pièce, tellement il prenait plaisir à se disputer avec les autres. Elle se contentait de l'admirer, ayant compris qu'il vivait dans une improvisation perpétuelle, sans cesse absorbé par ses conversations, ses observations, ses réflexions.

— Le soir, on rentrait chez nous, on se mettait au lit et parfois on faisait l'amour, se souvenait Caroline. Mais en général Simon voulait regarder des films au magnétoscope. Il étudiait l'éclairage de telle ou telle scène, la façon dont la séquence avait été montée, la longueur des plans.

Elle avait compris qu'il réfléchissait mieux la nuit, que ce n'était qu'en se farcissant la tête de conversations et d'images pendant le jour qu'il parvenait plus tard à se concentrer, à tout laisser affleurer.

— Puis il repartait pour Los Angeles, sans prendre la peine d'emporter quoi que ce soit. Il se rendait à l'aéroport en limousine et il prenait un avion. Il aimait les avions...

— Tant mieux, dis-je.

— Ça veut dire quoi ?

— Ça veut dire tant mieux.

— Tu en as marre, tu veux que je me taise ?

— Non, je veux savoir...

— Quoi ? Qu'est-ce que tu veux savoir ? Si je...

Elle n'acheva pas sa phrase, et pendant une minute, peut-être plus, nous n'avons rien dit. On était au cœur de la nuit, et la neige tombait toujours. J'ai souvent repensé à ces longues heures passées ensemble – dans la chambre de cet appartement d'une valeur d'un million (où quelqu'un d'autre habite aujourd'hui), avec Manhattan qui scintillait derrière la vitre, les voitures qui filaient dans la rue ; j'ai étudié ses moments, ses étapes, ses niveaux ; ce fut, d'une certaine façon, une nuit spectaculaire que je ne pense pas avoir encore tout à fait comprise.

Finalement, Caroline se leva pour aller aux toilettes, et je restai nu devant la grande baie, la tête grisée par le coûteux millésime, voyant en quelque sorte pour la première fois le panorama qui s'offrait à moi, éprouvant la masse et le poids de chaque immeuble visible, étonnamment conscient des zones d'ombre dentelées d'étranges lueurs, des vies qui s'écoulaient derrière les rares fenêtres encore allumées avec le même caractère prévisible et mystérieux que la mienne.

— Il y a une autre partie de ton histoire que je veux entendre, dis-je à Caroline quand elle revint.

— La bouteille est vide.

— Je pourrais me rabattre sur le gin, continuer au vin, ou passer au whisky, dis-je.

— Tu risques de le regretter.

— Je risque de regretter pas mal de choses.

Elle disparut dans la cuisine et revint avec une bouteille et deux petits verres.

— Attends que je boive.

— Je veux entendre la partie qui concerne Hobbs, lui dis-je. Celle qui se termine par l'envoi d'une vidéo compromettante pour lui.

— Sebastian Hobbs ?

— Tu le connais ?

— Et toi, tu le connais ?

— Oui, malheureusement.

Je lui rapportai notre entrevue dans son bureau – les menaces, les masques africains, tout.

— Tu plaisantes, j'espère !

— Non, je suis sérieux. Tu ne me crois pas ?

Caroline éclata alors de rire, un rire hystérique, puis elle enfouit sa tête dans les draps et émit des sons qui n'avaient plus rien d'un rire mais évoquaient plutôt une terrible quinte de toux.

— Je n'arrive pas à y croire ! s'écria-t-elle enfin. Putain, je n'arrive pas à y croire !

— Quoi ? Quoi ?

Elle posa sur moi ses grands yeux bleus.

— Je veux que tu me retrouves cette cassette.

— Quoi ?

— Je la veux pour moi.

Je pris son visage entre mes mains. Mais ça ne servit à rien. Ses dents du haut se plantèrent horriblement dans sa lèvre inférieure, ses yeux s'emplirent de larmes. Elle me dévisagea avec terreur.

— Il faut vraiment que je mette la main sur cette cassette, dit-elle entre deux hoquets. Il n'arrête pas de me menacer, il dit qu'il va me traîner en justice pour harcèlement, qu'il va acheter les droits des films de Simon et les faire retirer de la vente. Il dit qu'il va tout révéler à Charlie. Il me fait surveiller par des gens, je crois. On est venu chez moi en mon absence. Ça paraît dingue, mais c'est la vérité.

— Qu'y a-t-il sur cette cassette ?

— Je n'en sais rien ! sanglota-t-elle. Bon d'accord, j'ai bien une idée, ça ne doit pas être très joli. (Elle me jeta un regard implorant.) C'était quelque chose que Simon... (Elle se détourna et se laissa retomber sur les draps.) C'est pour ça que je voulais que tu visionnes toutes les cassettes de Simon. Je pensais que tu avais besoin de voir le genre de choses qu'il aimait, sa curiosité malsaine.

— J'avais compris.

— C'est très dur à expliquer, j'ai l'impression d'être une salope ou je ne sais quoi. On était au Waldorf pour une fête que le studio avait organisée, et Simon et moi on s'est éclipsés. Il me disait toujours qu'il allait dans des endroits où, selon lui, je n'avais pas ma place, je n'aurais pas pu le suivre. Alors évidemment, ça me mettait en colère, on se disputait et, bon, bref, on était au bar, dans un des salons particuliers, et il m'a lancé un défi. Il m'a dit qu'il ferait tout ce que je lui demanderais de faire, du moment qu'il ne s'agissait pas de faire du mal à quelqu'un, et à condition qu'il puisse exiger la même chose de moi. D'accord, c'était ridicule, mais d'une certaine façon ça a déclenché des trucs. Oui, ça m'a plu, je me suis dit, bon, très bien, ce type, cet homme cherche à savoir à quel point je suis forte, et si on fait ça, alors on aura accompli quelque chose ensemble, ça créera un lien entre nous, j'ai dit, d'accord, très bien mon coco, ça marche. Et il a dit, parfait, maintenant il va falloir passer à l'acte. J'ai dit, ça me va. Alors il a dit, quand est-ce qu'on s'y met ? Moi j'ai dit, ce soir, on agit ce soir, il y a plein d'occasions ici, il y a toutes sortes de clubs, de bars, etc. Il était encore tôt, quelque chose comme onze heures du soir. Du coup je commence à me demander quel serait le truc qu'il n'aimerait vraiment pas faire. Alors j'ai dit, t'es sûr que tu veux le faire ? Bon, d'accord, je savais qu'il voulait que je couche avec quelqu'un, un truc dans ce genre. C'était couru d'avance. Alors il a dit, tu sais ce que je vais te demander de faire ? Et j'ai dit, oui, tu veux que je baise avec quelqu'un. Et il a répondu, tout juste ma belle. Tout ce que je demande, c'est qu'il s'agisse d'un type auquel j'aurais jamais pensé. Il faut que tu m'étonnes, que tu me surprennes vraiment. Mais ça ne peut pas être le chasseur de l'hôtel ou un des producteurs ni un des types du studio à l'étage. Et ça ne peut pas être non plus une femme, ça compterait pas. Faut que ça soit un homme. Bon, je reconnais qu'au niveau psychologique c'est plutôt débile, mais le truc c'est, si tu joues vraiment à ce genre de jeu, alors ça devient réellement intéressant, ça devient comme qui dirait excitant. Peut-être que je suis incapable d'expliquer pourquoi. Bon, bref, moi j'ai dit oui, ça roule. Mais dans ce cas il devait faire quelque chose pour moi. Je n'allais pas lui demander de sauter la première fille venue, c'était trop facile, ça n'aurait rien voulu dire. J'ai envisagé de lui demander de coucher avec un homme, mais j'ai pensé au sida et j'ai eu peur. J'avais fait le test plusieurs fois – à chaque fois négatif, Dieu merci. Qui plus est, Simon était capable de se saouler à mort et d'aller baiser dans l'East Side ou je ne sais où... enfin, tu vois. Ça risquait de le dégoûter, mais ça ne l'ébranlerait pas. Je voulais qu'il fasse quelque chose qui l'ébranle, qu'il soit comme qui dirait édifié, afin qu'on arrête de jouer à ces conneries. Voilà pourquoi j'ai pensé que c'était une occasion inespérée, et une idée m'est venue, j'ai dit, je veux que tu sois ce soir en compagnie de quelqu'un, homme ou femme, à l'instant de sa mort. Je veux que tu sois présent, que tu touches même la personne, si c'est possible. Et je lui ai dit que je ne voulais pas qu'il s'amuse à écraser quelqu'un en voiture ou je ne sais quoi, mais qu'il se mette vraiment en situation, qu'il aille dans un lieu particulier, comme les urgences, un truc dans ce genre, et qu'il soit au chevet d'une personne qui meurt. Je savais que Simon était capable d'aller dans des tas d'endroits. Aussi, quand je lui ai dit ça, ça l'a choqué d'une certaine façon, il a compris que, puisqu'il s'imaginait qu'il pouvait me demander de me prostituer pour lui, pour lui plaire, alors moi j'allais pousser le bouchon encore plus loin que lui, j'allais me montrer encore plus dure en affaires. Et je pense que c'était la seule façon que je voyais de mériter son respect. Notre relation ne fonctionnerait jamais s'il n'éprouvait pas du respect pour moi. Alors je lui ai dit ça, et il est resté silencieux un moment, puis il m'a regardée et j'ai vu qu'il avait pigé. Il voyait très bien où je voulais en venir et il a accepté le défi. Bon, très bien. Il a demandé à un des types du studio de faire un saut à son bureau pour récupérer deux paluches, tu sais, des caméras miniaturisées, des engins hyper chers, et il en a fixé une à mon sac. Il a pratiqué un orifice dans le cuir et il m'a montré comment mettre en route la cassette quand je serais prête. Puis on s'est donné rendez-vous le lendemain matin à neuf heures. Il me montrerait sa cassette et moi la mienne. Bon, d'accord, on était fin saouls, excités et énervés. Il a appelé Billy depuis le téléphone du bar et lui a demandé de passer le prendre. Billy – je pense que tu l'as compris en voyant les cassettes –, Billy était son acolyte, ils faisaient des trucs ensemble. Ils cachaient la caméra dans le manteau de Billy, par exemple. Bon, bref, Billy est arrivé au volant de sa voiture, et ils sont partis. Moi je me retrouve seule. Je me dis alors que tout ça est ridicule, stupide, dégradant. Ce qui était le cas. Mais si je reculais maintenant, il serait furieux. Et moi j'aurais un peu l'impression de le laisser tomber. De me défausser, aussi. Que se passerait-il si je ne faisais rien et que lui aille jusqu'au bout ? Ça signifierait que je l'avais roulé. Bien sûr, je me disais que le contraire pouvait également arriver.

Je pouvais sortir et coucher avec un type puis apprendre que Simon n'avait rien fait du tout, qu'il s'était rendu dans un bar, point final. Mais j'avais sa parole. Je devais agir. Alors j'ai commencé à gamberger. L'hôtel grouillait de touristes, d'hommes d'affaires, la clientèle habituelle. Mais sur qui jeter mon dévolu ? Choisir un homme plus âgé ne devait pas poser de problème. J'ai pensé me rendre dans un de ces bars où vont les Yankees après un match, mais je voyais déjà le topo. Ces types aiment bien faire ça à plusieurs. J'ai pris un taxi et j'ai demandé au chauffeur de rouler, le temps que je me décide pour un endroit. Je lui ai même demandé de passer devant la maison du maire, mais il n'y avait pas de lumière. Finalement, je suis revenue à l'hôtel. J'ai décidé de m'installer dans le hall et de faire le guet. Je suis restée là environ une demi-heure. Deux types m'ont abordée, on a un peu parlé, j'ai voulu savoir qui ils étaient, mais c'étaient juste des hommes d'affaires de Philadelphie ou de Washington. Puis un groupe a débarqué, assez remonté, en bousculant un peu les gens, et j'ai vu le type à la réception qui reposait brusquement son téléphone et faisait un signe à deux autres employés de l'hôtel – ils étaient vraiment nerveux, c'était clair – et puis un type énorme et gras est arrivé...

— Hobbs.

— Oui. Mais je ne le savais pas alors. Tout ce que je voyais, c'est qu'il était énorme, et grand, et que son costume avait dû lui coûter quelque chose comme dix mille dollars. Il portait son fameux chapeau melon. Il n'a même pas jeté un œil à la réception, il s'est dirigé droit vers l'ascenseur. Puis il a disparu. Ses sous-fifres ont réservé pour lui, puis ils ont pris un autre ascenseur. Le calme est revenu comme par magie. Tout cela n'avait duré qu'une minute. Il ne marchait pas très vite du fait de sa masse mais il n'était pas resté dans le hall plus de quinze secondes. Alors j'ai demandé à un des chasseurs qui c'était. Il m'a répondu que c'était Hobbs, l'Australien qui possédait des journaux dans le monde entier. Un milliardaire, a-t-il précisé. Je me le rappelle très bien. Un milliardaire ? j'ai dit. Et il m'a regardée comme si j'étais idiote. Il descend ici quand il est en ville. Alors j'ai dit, il me faut un renseignement. Mais le chasseur m'a dit, non madame, impossible, je ne peux pas. Il secouait la tête. Vous ne connaissez même pas le numéro de sa chambre ? j'ai demandé. Oh, si, je le connais, madame, mais je n'ai pas le droit de le dire. Je lui ai annoncé que j'étais prête à payer le renseignement. Allons, il a dit, je risque ma place. Cinq cents dollars, j'ai dit. Il a répondu un truc du genre, Eh merde. Alors j'ai dit, bon, mille dollars. Vous n'avez pas cette somme, m'a-t-il répondu. Or je l'avais. Simon gagnait tellement de fric qu'on en trimballait toujours des tonnes sur nous, en liquide, sans raison particulière. Alors je lui ai montré la liasse. Il était basané, maigrichon, pakistanais ou je ne sais quoi. Il m'a donné le numéro de la chambre. C'est la suite principale, a-t-il dit, quelle chambre, ça j'en sais rien. Je lui ai demandé comment je pouvais être sûre qu'il disait la vérité, alors il m'a fait, si j'ai menti, vous n'avez qu'à redescendre et tout raconter au directeur et moi je perdrai mon boulot. Ça m'a paru relativement sensé, alors je lui ai filé l'argent. Puis je me suis dit qu'il valait mieux que je monte avant que Hobbs ne se couche. S'il venait d'Angleterre ou de je ne sais où, il devait être vraiment vanné, et s'il venait de la côte Ouest, alors il veillerait un peu. Je pensais à tout ça et je me demandais également ce que pouvait bien trafiquer Simon. Alors je suis montée et j'ai frappé à sa porte. On a ouvert. Un type parlait au téléphone. J'ai souri, et j'ai dit, je viens voir Mr. Hobbs. Le type m'a regardée et m'a simplement fait signe d'entrer. C'est une immense suite, qui comporte au moins six pièces. Le type me fait passer dans la pièce d'à côté, Hobbs est là, assis, en train de lire le journal, il me voit et dit, tiens tiens, mais qu'est-ce que c'est que ça ? un truc dans ce genre, tu vois, et tu peux très facilement imaginer la suite tout seul, ou du moins une partie. Il était différent, et tendre, aussi.

— Tu as tout enregistré.

— C'était facile. J'ai posé mon sac sur la coiffeuse et

déclenché l'enregistrement. C'était une caméra muette, avec un objectif grand-angle. Ça filmait toute la pièce.

Je ne dis rien, me contentant de hocher la tête.

— Je suis rentrée chez nous le lendemain matin et Simon s'est aussitôt jeté sur mon sac. Il a sorti la cassette et ne m'a jamais laissée la regarder. Il n'avait pas rempli sa part du marché, ajouta-t-elle en soupirant avec amertume. Je l'ai détesté à cause de ce qui m'était arrivé, d'avoir accepté de faire une chose pareille. J'ai pris une douche qui a dû durer au moins trois heures – et je me suis dit : Plus jamais. On s'est disputés à propos de la cassette, c'était terrible, mais il a refusé de me la rendre ; puis il est allé la regarder et après on s'est vraiment, mais alors vraiment disputés. À quoi est-ce qu'il s'attendait ? Plus tard, après la mort de Simon, j'ai pensé qu'il avait dû ranger la cassette dans sa collection, mais il n'en était rien.

— Pourquoi moi ? fis-je en m'efforçant de ne ressentir aucune colère.

— Oh, je n'en sais rien, soupira Caroline, la voix lasse, comme si elle se confessait. J'ai pensé que tu pourrais peut-être m'aider. Me conseiller, je ne sais pas trop. J'ai engagé des détectives privés, et ils n'ont pas pu m'aider. Je ne sais pas où est la cassette. J'ignore ce qu'il y a dessus de si terrible, franchement.

Je la fixai stupidement.

— Alors nous, notre histoire, tout ça, c'était juste pour que je t'aide à récupérer la cassette ?

— Eh bien...

— Sois franche.

— Oui.

Je contemplai l'oreiller.

— Tu me pardonnes ? demanda-t-elle.

— Non. Et je m'en veux.

— Je t'aime bien, Porter, j'aime ta compagnie. Mais j'espérais que tu pourrais m'aider à... Parce que, si je ne trouve pas cette cassette... J'ai cru que je pouvais tout oublier, ne plus penser à Hobbs. Mais je reçois ces...

Et là, elle alluma la lampe de chevet et farfouilla

nerveusement dans un tiroir, en sortant une liasse de feuilles sur papier à lettres de luxe. Le cabinet juridique avait son siège à Londres, et un bureau important à New York.

— J'ai reçu celle-ci la semaine dernière, dit-elle. Et celle-là est antérieure, et...

Chère Mrs. Crowley,
Suite à notre dernier courrier daté du 12 janvier, nous réitérons notre inquiétude quant au sujet qui nous concerne. Votre refus délibéré de nous contacter ou de satisfaire la requête de Mr. Hobbs est on ne peut plus troublant. Nous continuons d'affirmer que vous êtes en possession...

Et ainsi de suite.

— Pourquoi est-ce que tu n'engages pas un avocat pour s'occuper de tout ça ? demandai-je. Simon devait sûrement avoir un homme de loi qui s'occupait de gérer ses biens ?

— Oui.

— Alors il doit en exister un relevé détaillé, non ?

— Oui.

— Tu n'as qu'à demander à ce type de répondre à Hobbs. Qu'il lui fasse un courrier établissant qu'on n'a retrouvé aucun enregistrement de ce genre après la mort de Simon, un truc comme ça.

— Je n'ai pas voulu faire appel à des avocats. La succession était si compliquée... (Elle me jeta un regard plein d'espoir et me prit la main.) Je t'en prie, aide-moi, Porter.

Mais je n'éprouvai qu'une bouffée de colère. Je me levai sans rien dire et me rendis dans la salle de bains ; là, je m'aspergeai le visage d'eau froide et me contemplai dans le miroir. J'avais perçu une nuance mensongère dans la voix de Caroline, à plus d'une reprise même, et je voulais réfléchir attentivement à ce qu'elle m'avait dit. Mais j'étais épuisé et l'alcool m'embrouillait l'esprit. Il m'apparut préférable de rentrer chez moi.

Napoléon avait fini son service, et, sans son col et ses boutons impressionnants, ce n'était plus qu'un type comme un autre, en T-shirt et caleçon, assoupi dans un modeste appartement, plongé dans des rêves ternes et déprimants. À sa place se trouvait un vieux bonhomme dont les paupières pesaient tellement qu'elles reposaient quasiment sur les globes de ses yeux comme s'il n'avait pas dormi depuis vingt ou trente ans. Un de ces personnages comme on en trouve seulement à NY la nuit et qui semble tout droit sorti d'un tableau de Edward Hopper. Il me regarda traverser le hall de l'immeuble et frôler les lis dont quelques pétales roses avaient chu sur la table, avant de me lancer :

— Un taxi, m'sieur ?

Je hochai la tête, et tandis que ses yeux paraissaient trop las pour se détourner de mon visage, sa main rampa sur l'acajou usé de son bureau jusqu'à une sorte d'interrupteur en cuivre rond, qu'il actionna plusieurs fois avec une énergie crispante, comme un homme annonçant fiévreusement la fin du monde. Le temps que je pousse la porte du bâtiment, un taxi m'attendait dehors, ses feux sur le toit entourés d'un halo de neige tourbillonnante ; le chauffeur était en train de siroter un café.

— Fait pas chaud, me dit-il quand je montai. Rudement froid, même.

— Ouais.

— Ça va sérieusement tomber.

Je hochai la tête en signe d'approbation. Sa radio diffusait en sourdine un petit air de jazz tranquille, presque soporifique ; je resserrai les pans de mon manteau et me tassai lourdement sur mon siège. J'étais vanné et vaguement inquiet. Il était près de cinq heures du matin. Il n'y avait pas beaucoup de circulation. Le chauffeur me jeta un œil dans son rétroviseur.

— Tout va bien à l'arrière ?

— Euh... oui et non.

— Oui et non ? Vous allez pas me jouer un sale tour,

j'espère ? Un jour un type m'a fait une crise cardiaque. Pas une partie de plaisir, je vous le garantis.

Le taxi descendit l'avenue sous les lumières mouchetées de neige ; de rares silhouettes avançaient courbées sur les trottoirs entièrement blancs ; la ville avait quelque chose d'onirique, comme si l'aube n'allait jamais venir. Je vis le chauffeur changer de voie sans mettre son clignotant. L'intérieur du véhicule était inondé d'une lumière bleuâtre et la radio diffusait à présent un air de saxophone. La nuit qui venait de s'écouler me paraissait irréelle, irréelle et vraie. Nous avons doublé une immense limousine blanche.

Puis il s'est garé le long de mon mur de briques. La rue était calme. Je réglai la course et me dirigeai d'un pas pesant vers la grille. Il me restait encore trois mètres à parcourir quand je vis une voiture piler, et deux hommes en jaillir. Ils portaient de cossus manteaux de laine – l'un d'eux n'avait pas de chapeau, je m'en souviens. Je n'appréciai pas trop l'intérêt qu'ils parurent me porter, et je sortis mes clefs.

— Wren.

J'avais déverrouillé le portail quand ils furent sur moi. Le plus grand des deux mit son pied dans l'entrebâillement. On aurait dit des hommes d'affaires. Ce n'étaient pas des flics.

— Que puis-je pour vous par ce temps radieux ? fis-je.

— Donne-nous la cassette.

La neige me faisait plisser les yeux.

— Je ne l'ai pas encore.

— Tu as une cassette dans ton manteau.

J'en restai abasourdi.

— Ce n'est pas la bonne.

— File-nous la cassette et tout se passera bien.

Il sortit quelque chose de sous son manteau et m'expédia un coup. Je reculai mais perdis l'équilibre. L'autre me balança son pied entre les jambes, je déféquai instantanément sous l'effet de la trouille et de la douleur. Je me retrouvai à terre, immobilisé. Une main gantée me serrait la nuque et pressait ma joue droite contre le mur de briques glacé tandis qu'ils me fouillaient. Ils prirent la cassette.

— Eh, Wren, fit un des deux types, t'es vraiment un connard, tu sais ça ?

J'entendis le *pschh* d'un gaz paralysant, puis mon œil gauche, mon nez et ma gorge me brûlèrent atrocement, ma bouche devint un immense orifice enflammé, et tandis que je me débattais je m'entendis hurler, comme dans le lointain. Ils me flanquèrent encore quelques coups de pied, un dans la tête, deux dans le ventre et encore un dans les couilles, je me recroquevillai sur moi-même, aveuglé et le cerveau en feu, je leur demandai pitié en hurlant, d'un cri qui résonna dans le tunnel. Aucune réponse ne me parvint, je me crispai à nouveau, m'attendant à être encore frappé, me protégeant la tête, remontant mes jambes. Puis je m'aperçus qu'il ne se passait plus rien. Mon œil droit, celui qui était contre la brique froide, n'avait pris qu'une petite giclée de gaz paralysant, je parvins à l'entrouvrir en larmoyant et tentai de me traîner jusqu'au portail entrouvert. Il se trouvait à environ deux mètres. J'avais envie de pleurer. Je rampai mais sans grand résultat. Je devais me concentrer sur de nombreuses parties de mon corps. Je me couchai sur le ventre. Finalement je parvins à saisir avec précaution mes couilles, et à vérifier qu'elles étaient encore plus ou moins là. Je roulai sur le dos, sentant la merde remuer dans mon pantalon. La brûlure dans mes narines s'était calmée. J'obligeai encore une fois mon œil droit à s'ouvrir et contemplai à travers un voile humide le ciel de janvier, où une étoile solitaire scintillait dans les ténèbres pâlissantes, une étoile froide et magnifique. C'était ce moment où le jour succède lentement à la nuit. La neige tombait toujours. Je la voyais s'engouffrer dans le tunnel, se déposer sur la manche de mon manteau. Je la sentis sur ma joue, mes cils. Je songeai au récit que j'avais fait à Caroline de ma découverte du cadavre sous la neige. Il neigeait, mais je n'étais pas mort. J'allais me relever. J'avais trop bu, baisé comme un lapin et je m'étais fait tabasser, mais j'allais bien. Oui, d'ici quelques minutes j'irais très bien. Mais les minutes ont d'étranges facultés. Vous ne faites rien et elles s'écoulent. Vous ne faites rien si ce n'est rester vautré par terre, devant un portail encore ouvert, bien au chaud dans votre manteau de laine mais le visage transi, à attendre quelque chose, une réponse peut-être. J'espérais que mes couilles fonctionnaient encore. Je compris que je ne maîtrisais désormais plus la situation. Les événements me dépassaient, me bousculaient, me piétinaient. Je m'étais mis dans un pétrin qui avait toutes les chances de se transformer en merdier.

Puis une voiture s'arrêta devant la grille. J'entendis le bruit d'un moteur qui tournait au ralenti. Une portière s'ouvrit, il y eut des bruits de pas, des pas qui se rapprochaient et qui résonnaient très nettement dans l'air glacé. La grille était toujours ouverte. Était-ce les types qui revenaient ? Je tentai de me redresser. Rien. Mes bras ne répondaient plus. Les pas se rapprochaient. Lève-toi, pauvre ivrogne, il y va de ta vie. Sois un héros. Des pas. Une personne. Je parvins à me mettre à genoux.

— Pitié ! m'écriai-je.

Aucune réponse ne me parvint. Quelque chose fut lancé qui me frappa à la poitrine, puis retomba par terre.

Le journal. En première page on pouvait lire : PORTER WREN : CONFESSIONS D'UN DÉMENT.

Vous parlez d'un réveil ! Votre femme est furieuse, vous pissez du sang, votre article fait la une. Pourtant, rien de tout cela ne me préoccupait pour le moment. Non, la seule chose qui importait, c'était que Hobbs devait rappeler ses deux molosses. Dès qu'ils s'apercevraient que ce n'était pas la bonne cassette, ils reviendraient, et ça ne serait pas pour me donner des cours de solfège. Ils savaient sûrement que Lisa était partie travailler, que Josephine venait de sortir avec Tommy et que, par conséquent, j'étais seul à la maison. Mais comment avaient-ils pu deviner que j'avais sur moi une cassette ? Hormis les quelques heures passées sur une étagère, elle n'avait pas quitté la poche de mon manteau depuis mon départ de la banque de Malaisie. Je ne l'avais jamais sortie en public, ne l'avais montrée à personne. Peut-être Caroline avait-elle menti pour Hobbs et pour presque tout le reste, peut-être avait-elle appelé Hobbs ou Campbell, ou ses deux sbires, pour les informer que je prenais l'ascenseur avec une cassette. C'était la seule personne, après tout, à savoir que je l'avais dans ma poche. Mais, après notre longue discussion de la veille, une telle éventualité me paraissait hautement improbable ; cela n'aurait eu aucun sens. Et si Hobbs avait mis son appartement sur écoute ? C'était un peu tiré par les cheveux, mais nullement impossible. Rien de plus facile que de s'acheter les bonnes grâces d'un gardien dans le besoin. J'avais déjà pu remarquer que l'ami Napoléon notait toutes les allées et venues, même si à l'époque je n'en avais tiré aucune conclusion. C'est alors que je me rappelai avoir sorti la cassette de ma poche dans l'ascenseur afin de vérifier qu'il ne s'agissait pas d'un Walt Disney. Dans un immeuble aussi luxueux que celui de Caroline, l'ascenseur devait être doté d'une caméra vidéo en circuit fermé. C'était sûrement cela : ils m'avaient observé sur écran alors que je souriais bêtement à la vieille femme, la regardais descendre au deuxième avant de plonger la main dans ma poche pour en sortir la cassette. Ensuite, un coup de fil avait suffi. Mais pourquoi attendre que j'arrive devant mon portail pour m'agresser et la récupérer ? Ça paraissait absurde – j'aurais très bien pu laisser la cassette chez Caroline.

Cette dernière pensée me mit très mal à l'aise. S'ils m'avaient suivi en connaissance de cause, alors c'est qu'ils étaient d'abord passés chez Caroline pour s'assurer qu'elle n'avait plus la cassette. Je l'appelai aussitôt et laissai sonner le téléphone. Je laissai ce putain de téléphone sonner cinq, dix, quinze fois. Il était onze heures et demie du matin. Caroline n'avait pas branché son répondeur. Je le laissai sonner encore une quinzaine de fois. Puis, comme j'étais sur le point de raccrocher, elle répondit.

— Ouais ?

— Caroline ?

— Quoi ?

C'était là une voix que je n'avais jamais entendue – une voix sourde et haineuse.

— C'est Porter.

— Oui ?

— Je te réveille ?

— Ouais. Et j'aimerais bien qu'on ne laisse pas sonner le téléphone huit cents fois quand je suis au lit.

— Eh, je suis...

— Rappelle-moi plus tard.

Elle raccrocha. J'enfonçai la touche Rappel automatique. Elle décrocha aussitôt mais ne dit rien.

— Est-ce que des types sont venus...

— Ouais. Je leur ai dit que je ne l'avais pas.

— Et ils sont repartis ?

— En fait, ils ne m'ont pas cru tout de suite.

— Et ensuite ?

— Ensuite ils m'ont crue. Ça ne leur a pas pris plus de deux minutes mais ils m'ont crue. Ils auraient pu me tuer. (Elle refoula un sanglot d'angoisse.) Maintenant tu sais pourquoi j'ai si peur de Hobbs. Après leur départ, j'ai failli t'appeler.

— Mais tu n'as pas mon numéro personnel, dis-je.

— Sans blague. (Sa voix était amère.) Mais j'étais inquiète. J'ai appelé les renseignements.

— Liste rouge.

— Oui. Injoignable.

Il fallait que je change au plus vite le tour que prenait cette conversation sinon elle risquait de raccrocher. J'étais à court d'idées.

— Très bien, pourquoi m'en veux-tu à ce point ?

— Pourquoi ? Pourquoi ? hurla-t-elle. Parce que tu as attendu onze heures et demie du matin pour te dire que, peut-être, j'avais pu avoir des ennuis. Tu devais sûrement être en train de verser des putains de céréales au chocolat dans le bol de tes enfants et de dire au revoir à ta gentille femme qui va travailler, pendant que moi j'aurais pu être allongée raide morte dans la cuisine, un couteau dans la gorge !

— Effectivement, cela aurait pu être le cas.

— Mais encore ?

— Eh bien ce n'était pas le cas.

— Alors pourquoi est-ce que ça t'a pris tellement longtemps ?

— J'ai dû expliquer à ma femme pourquoi je n'avais pas envie de prendre mon petit déjeuner.

— Quoi ? s'écria-t-elle. C'est tout ?

— J'ai également dû lui expliquer pourquoi il y avait du sang dans notre lit, du sang sur la neige devant chez nous, dans les vaisseaux de mon œil gauche, dans mes cheveux, sur ma chemise, ma cravate et dans la cuvette des WC.

— Oh merde...

— Là aussi, sûrement.

— Stop.

— Je crois que je vais devoir en effet mettre la pédale douce pendant quelques jours, et attendre que mes testicules se remettent en place.

Elle riait à présent.

— Tu vas bien ?

Il y avait une photo de Lisa dans un cadre sur ma table de chevet. Je m'en emparai.

— Je ne roule plus que sur trois roues, mais ça va aller.

— Bien. (Elle poussa un soupir. Je l'entendis allumer une cigarette.) Qu'est-ce que tu as dit à ta femme ?

— Je lui ai dit que trois types m'avaient agressé pour me piquer mes sous.

— Elle t'a cru ?

— Je n'en sais rien.

Je l'entendis recracher la fumée.

— Je ne pourrai jamais me remarier.

— Et Charlie ? Vos fiançailles ?

— Nos fiançailles ? Euh...

— Attends, parlons plutôt de la cassette que veut Hobbs.

— D'accord.

— Dis-moi la vérité à présent. Tu ne sais pas où elle est ni qui l'a ?

— Non, fit-elle dans un souffle. Pas du tout.

— Tu peux me sortir un million d'autres mensonges, mais s'il te plaît, ne me mens pas sur ce point précis.

— Je suis sincère.

— Très bien. Que faisait Simon de ses cassettes ?

— Il les emportait souvent, les laissait dans sa voiture, en gardait quelques-unes à LA, dans son bureau. Je ne sais pas.

— Donc quelqu'un a pu faire une copie ?

— C'est possible. Mais il n'égarait jamais rien. Il était bordélique mais il n'égarait rien. Et il était également très jaloux, alors il n'aurait jamais laissé cette cassette circuler.

— Qu'est-ce qu'il y a dessus ?

— Oh...

— Bon, je suppose qu'on te voit baiser avec Hobbs, quelque chose dans ce genre.

— En fait, je n'ai jamais visionné cette cassette. Mais nous n'avons pas... euh, enfin, on a surtout parlé.

— C'est quoi la chose la plus compromettante dedans ? Pour Hobbs, s'entend.

— J'en sais rien. Honnêtement, on a surtout parlé. Une jeune femme et un milliardaire australien en train de papoter. Rien que de très classique, tu vois.

— Qui gère les affaires de Simon ?

— Un cabinet d'avocats.

— C'est compliqué ?

— Très.

Manifestement, elle hésitait à m'exposer les tenants et les aboutissants de sa situation financière.

— Caroline, je sais déjà que ton appartement appartient à un trust au nom de Simon et qu'il vaut deux millions trois cent mille dollars. Et que, par ailleurs, les taxes s'élèvent à dix-neuf mille dollars.

— Comment sais-tu tout cela ?

— Les journalistes savent tout. Maintenant, je veux examiner les arrangements de Simon avec le cabinet d'avocats. Cet après-midi, à... disons, treize heures. Appelle-les, que tout soit prêt.

Elle me donna le nom du cabinet.

— Un des meilleurs.

— Je ne vois pas en quoi ils pourraient nous être utiles, dit-elle. Tout ça c'est de la paperasserie.

— Eh bien, considère les choses sous cet angle : tu as filmé une certaine scène, Simon en a gardé une trace. S'il avait détruit la cassette, nous n'aurions pas ce problème. Il n'a pu la donner, ça ne colle pas avec son tempérament, du moins selon toi. Il n'avait aucune raison de la vendre ; il avait plein de fric. Donc j'en déduis qu'il a gardé la cassette, qu'il lui accordait de l'importance. Peut-être a-t-il pris certaines dispositions...

Caroline éclata de rire.

— Simon ? Il était incapable de planifier quoi que ce

soit. Il s'y prenait comme un manche sur le plan financier. Il ne comprenait rien à l'argent, en fait.

— Et toi, tu y comprends quelque chose ?

— Non, mais je sais reconnaître ceux qui y comprennent quelque chose.

— Tu penses à qui ?

— À Charlie.

— Hum, je vois. Une bonne raison de l'épouser, sans aucun doute.

C'était une conversation absurde. J'étais dans ma chambre, en train de regarder une photo de mon épouse tout en écoutant une femme avec qui je couchais comparer son défunt mari à son fiancé.

— Peut-être le cabinet loue-t-il un coffre dont tu ignores l'existence.

— Peut-être.

Je sentis une certaine hésitation dans sa voix, comme si elle rechignait à contacter les avocats.

— Pourquoi n'est-ce pas toi qui gères son argent ? insistai-je. Enfin quoi, ils pourraient très bien t'escroquer de bout en bout, tu sais.

— Tu crois ?

— Bien sûr, c'est leur spécialité.

Du coup, c'était gagné. Rendez-vous à treize heures à l'angle de la 5e Avenue et de la 49e Rue.

— Comment ferai-je pour te reconnaître ? demanda Caroline.

Quel humour. Nous n'en manquions décidément pas.

Debout sur le seuil de ma maison, j'observais la buée qui sortait de ma bouche tout en dressant la liste des mauvaises surprises qui m'attendaient sûrement. Hal Fitzgerald et moi aurions une conversation désagréable, je n'en doutais pas. Quant à Lisa, j'espérais que l'orage ne se déclencherait pas trop vite. Peut-être les hommes aiment-ils sortir sur leur pas de porte et réfléchir aux catastrophes imminentes ? Peut-être un fermier conservateur s'était-il tenu au même endroit que moi il y a fort longtemps, inquiet à l'idée de la révolution qui grondait, peut-être avait-il promené son regard en amont de la route de terre et vu le général George Washington arriver sur son cheval, remettre en place son dentier en bois et masser son entrejambe rongé par la syphilis.

En ce qui me concernait, j'avais mal aux burnes, aux côtes et au crâne, mais c'était comme après un match de foot ; vous souffrez le martyre mais vous êtes secrètement ravi. La douleur vous rappelle que vous êtes à trois dimensions, que vous occupez un espace précis dans l'univers, que vous êtes quelqu'un avec qui le monde doit compter. Mais bon, je n'avais pas franchement envie d'affronter le monde depuis mon pas de porte. Les deux cogneurs en costume-cravate pouvaient revenir et, derrière mon mur, personne ne verrait ni n'entendrait ce qu'ils feraient. Ils savaient où j'habitais.

Aussi décidai-je de prendre des mesures avant de me rendre au cabinet juridique qui gérait la fortune de Caroline. Je descendis l'allée en boitillant, traversai le tunnel, poussai le portail et tournai au coin de la 8e Avenue. Étais-je suivi ? Il y avait peut-être une façon de s'en assurer. J'entrai dans une de ces boutiques spécialisées dans les bandes dessinées et les vidéos japonaises pornos. Je flânai quelques minutes dans le magasin, achetai une cassette en promotion, arrachai la jaquette, détachai l'étiquette, balançai le contenu et sortis, ma vidéo à la main. Puis j'entrai dans une épicerie fine, demandai un sac en papier, et je m'arrangeai pour qu'on puisse me voir sortir de l'endroit alors que je glissais la cassette dans le sac. Cassette que je coinçai ensuite sous mon bras tout en me promenant pendant un bon quart d'heure.

Le restaurant se résumait à une petite salle au carrelage humide et aux tables trop proches les unes des autres. La clientèle était essentiellement composée d'habitués des galeries d'art du quartier et de touristes désireux de voir ces habitués. Un type en complet-cravate, les cheveux retenus par un catogan, la quarantaine bien entamée, était accoudé au comptoir. Je lui avais déjà parlé en tout et pour tout deux fois dans ma vie ; il sortait toujours le même baratin aux touristes, ça commençait ainsi : *Je vais te dire, moi, c'te ville, eh bien c'te ville c'est la plus forte, mon pote. Elle lamine comme elle veut. Eh, tu fais pas gaffe, un gros doigt se pose sur ton épaule, tac, il est trop tard. Eh-eh. C'est ce qui m'est arrivé, on était en 87. J'étais un ponte de chez Morgan Stanley...* Etc. Des licences de vente d'alcool, dont la plus ancienne remontait à 1883, étaient accrochées sur un mur. Je composai le numéro du bureau new-yorkais de Hobbs. Trois transferts, à travers trois couches successives de secrétariats. Il est au Brésil, me dit-on. Mais il se trouve que j'ai parlé à des maires, des sénateurs, des chefs de la mafia ; il est toujours possible de joindre un homme important ; il suffit de connaître les bons numéros. Je raccrochai, rappelai et demandai à parler à Campbell.

— Je suis son voisin de palier. Ce n'est pas très grave, si ce n'est que notre immeuble est en feu et que j'ai pensé qu'il aimerait être au courant.

Ça marcha.

— Campbell, dis-je quand je l'eus en ligne, la cassette que vos types m'ont prise hier soir n'est pas celle que veut Hobbs. Vous devez sûrement vous en être rendu compte à l'heure qu'il est. On y voit un policier se faire tuer. Or les flics sont au courant de l'existence de cette cassette. Et ils la veulent. Je vais être obligé de leur dire que c'est vous qui l'avez et que vous me l'avez prise.

La réponse ne se fit pas attendre.

— Mr. Wren, je ne comprends rien à votre étrange histoire. Il se trouve que j'ai un emploi du temps plutôt chargé et que...

— Écoute-moi bien, pauvre English de mes deux ! Tu n'as pas l'air de connaître la police de New York. Tout ce que j'ai à faire, c'est de leur dire que vous autres avez la cassette d'un flic qui se fait buter et aussi sec un petit sourire apparaîtra sur leur visage. Ils adorent s'occuper des mecs en costard-cravate. C'est le bon vieux plan de la lutte des classes. Le divisionnaire est au courant de l'existence de la cassette. Un simple coup de fil de ma part et il saura que c'est vous qui l'avez. Et après ça, tout le monde sera au courant. Surtout les autres journaux de New York.

— Dans ce cas, nous serions alors dans une situation pour le moins intéressante, Mr. Wren, rétorqua Campbell avec la violence contenue d'un homme qu'on paie grassement pour renvoyer à la gueule des gens les problèmes qu'ils apportent. Nous nous retrouverions avec le propriétaire d'un journal en train de poursuivre en justice un de ses anciens journalistes pour diffamation. Et il aurait gain de cause. Il poursuivrait également tous les journaux qui engageraient ce journaliste dans le but de colporter son récit diffamatoire. Mais une fois de plus, tout cela, comme on dit, n'est que vaine spéculation, car je suis persuadé que les choses n'en viendront pas à de telles extrémités. Je gagerais que vous allez faire preuve de prudence et de discrétion.

— Rendez-moi la cassette, Campbell. Et dites à Hobbs que vous avez merdé.

— Cette discussion n'a plus lieu d'être, en tout cas en ce qui me concerne, Mr. Wren.

Et il me raccrocha au nez.

Je glissai une autre pièce dans le téléphone et appelai Hal Fitzgerald.

— Il faut qu'on se parle, Hal. J'ai un problème.

— C'est embêtant les problèmes. Tu as toujours une cassette pour moi ?

— Non.

— Où es-tu ?

Je lui donnai l'adresse et demandai à la serveuse de me placer près de la vitre. Je ressortis du restaurant et balançai négligemment mon sac en papier avec la cassette dans une poubelle au coin de la rue. Sans me retourner, je repassai la porte du restaurant en remarquant la façon dont le soleil tapait sur la baie vitrée. Je serais en mesure de voir dehors, mais, depuis le trottoir, personne ne me verrait. Une fois assis, j'observai les allées et venues des premiers clients.

L'un d'eux s'assit à côté du type au catogan, lequel contemplait la fumée de sa cigarette.

Vingt minutes plus tard, une voiture de police banalisée se garait devant le restaurant, Hal à l'arrière du véhicule. Il descendit calmement, referma la portière et lissa sa cravate, un tic qu'il avait pris en montant en grade. Il devenait frivole avec les années ; bientôt ce serait au tour des mocassins italiens et des chemises monogrammées. Nous nous serrâmes la main sans enthousiasme.

— Je dois être à l'autre bout de la ville dans, disons – il donna un coup sec du poignet pour faire glisser le bracelet et consulta sa grosse montre en or –, dans disons trois quarts d'heure.

— Prends le chili.

— Ouais. Bon, écoute, pour cette cassette... Il nous la faut, Porter.

— C'est moi qui devrais dire ça.

— Quoi, quelqu'un te l'a piquée ?

— Hier soir. Ils ont cru qu'il s'agissait d'autre chose. Ils l'ont prise pour une autre cassette.

— Ils te l'ont prise, comme ça ?

Je jetai un œil dehors. Si quelqu'un m'avait suivi, il aurait envie de savoir ce que j'avais jeté dans la poubelle.

— Oui.

— Qu'est-ce qu'ils ont fait, ils ont pointé une arme sur toi ?

— Oui, et également leurs chaussures.

— Tu t'es fait rosser ?

— Oui. Mais ça peut aller.

— Qu'est-ce qu'il y a sur l'autre cassette ?

— Ça ne t'intéresserait pas. Pas du point de vue professionnel, en tout cas.

— Des gens qui baisent ?

— Possible, je sais pas trop.

— Les gens qui baisent m'ont toujours intéressé.

Nous commandâmes le chili.

— Tu les connais ?

— Plus ou moins.

— Qui c'est ?

— Je ne peux pas te le dire.

— Tu ne peux pas.

— Non, Hal, je ne peux pas.

— Il me faut quand même cette cassette.

— Quand j'aurai récupéré l'autre cassette, je pourrai l'échanger contre celle de Fellows. Ils me la rendront, ils n'en veulent pas.

— Tu as vu la cassette Fellows ?

— Oui.

— Peut-être pourrais-tu me dire ce qu'il y a exactement dessus.

— Un grand type de race blanche qui frappe Fellows avec une batte puis s'enfuit.

— Quoi d'autre ?

— Il fonce droit sur la caméra.

— Mais encore ?

— Cheveux blonds, vingt-huit, trente ans. Plutôt costaud. Ça se passe très vite. Je ne l'ai vue qu'une fois. Il faudrait que vous la...

— Ils feront un agrandissement et tout le bataclan. Tu pourrais reconnaître le type lors d'un retapissage ?

— Non, ça s'est passé trop vite.

— Il nous faut cette cassette.

Un homme en costume se tenait à côté de la poubelle. C'était peut-être un des deux diplomates de la veille.

— Donne-moi une semaine.

— Porter, tu n'as pas l'air de comprendre. Il faut que je rentre avec quelque chose.

— Cinq jours.

— Trois.

Le cadre sup fourrait à présent son bras dans la poubelle. Une petite flexion des genoux et, hop, il récupéra le sac et s'éclipsa.

— Je fais du mieux que je peux, Hal, marmonnai-je. Je subis pas mal de pression sur ce coup-là.

— Porter, je n'ai aucune envie qu'on commence à parler pression.

Hal se pencha par-dessus son chili. S'il avait voulu, il aurait pu envoyer dans le quart d'heure qui suivait une tripotée d'inspecteurs pour démonter mes canalisations et arracher mon plancher.

— Putain, tu nous appelles et tu nous dis que tu détiens la cassette qui résout le meurtre de Fellows, t'annonces que tu vas nous la donner, et puis voilà que tu me sors que tu l'as plus ? Ça devient très compliqué. Merde, quoi, je me suis porté garant pour toi, alors qu'est-ce que je dois leur dire ? Vous savez, ce type, il aime bien les flics, il est réglo et tout, mais maintenant, eh bien, comment dire, ça se complique un peu. Pas terrible pour moi, non ? Ils vont avoir l'impression que je tergiverse, or c'est pas le cas. Tout ce que j'ai fait, c'est décrocher le téléphone quand tu m'as appelé, et après, bien sûr, je suis allé voir mon supérieur, mon patron, qui a, je te raconte pas, un paquet de putains d'emmerdes sur les bras, et moi je lui apporte une bonne nouvelle, ça le met en joie, on va enfin coincer le gars qui a tué l'agent Fellows deux ans plus tôt, c'est bon pour la police, les inspecteurs sont encore sur l'affaire, bravo ! les mecs qui filent du blé à la police ont l'impression que ce n'est pas du gaspillage pur et simple, vu que ça fait partie d'une des cinquante-huit petites choses qui les tarabustent. Quand tu penses qu'on a sur le dos la mort de ce jeune il y a une semaine en partie à cause d'un problème technique de transmission radio...

» Il faut que tu piges un truc. Après ton coup de fil, moi je suis tout naturellement allé trouver mon boss pour lui annoncer la bonne nouvelle, et maintenant il va falloir que je retourne le déranger pour lui annoncer une mauvaise nouvelle. C'est compliqué. Il va me regarder comme s'il avait envie de m'arracher les yeux et de les bouffer, tu crois pas ? Tu n'as aucune idée des pressions budgétaires. Giuliani n'a pas une thune ; Dinkins a tout refilé aux syndicats des enseignants. Et moi je vais lui dire : Désolé, il y a un petit retard, mon contact a comme qui dirait un petit problème, il y a une histoire d'autre cassette avec des gens en train de baiser dessus, les cassettes se sont mélangées, alors peut-être que, finalement, on n'aura pas la cassette Fellows. Tu crois que ça va passer ? Non. Tu connais l'expression préférée de mon patron ? C'est la suivante, il la sort à tout bout de champ, il dit : « Désolé ne nourrit pas son homme. » Tel quel. « Désolé ne nourrit pas son homme. » Si je reviens les mains vides, voilà ce qu'il va me sortir.

— Hal...

— Non, non. C'est toi qui vas m'écouter. Ne me considère pas comme un ami, Porter. (Il agita les mains devant moi comme quelqu'un qui donne ordre à un avion de ne pas atterrir.) C'est là que le problème commence. Considère-moi comme un fils de pute. Ça t'aidera, crois-moi. Je suis dans l'autre camp, d'accord ? Merde, quoi, tu sais ce qui se passe quand on reçoit un appel en code dix-treize ? Quand un flic se fait descendre ? La radio devient silencieuse, on n'entend plus un souffle. Même le putain de grésillement paraît solennel. Puis les flics commencent à se rencarder : est-ce qu'on a quelque chose, est-ce que le gars a été coincé, etc.

— Je sais tout cela, Hal.

— Tu le sais peut-être, mais tu ne le ressens pas. Tu n'es pas flic, Porter. Tu connais rien à la vie. (Je savais qu'il devait me sortir le grand jeu, ça faisait partie du processus de négociation.) Tu comprends que dalle à cette histoire de loyauté, Porter.

Je sauçai mon assiette avec un bout de pain.

— Parle-moi encore de ce que je ne comprends pas.

— Tu sais qu'un flic peut prendre sa retraite, poser son insigne dans un placard spécial, puis transmettre un jour à ses fils ou petit-fils cet insigne ? Il existe en fait une poignée de mecs qui se trimballent avec des insignes à trois chiffres, des insignes vieux de peut-être un siècle. Ça en jette, non ? C'est ça la vie. Quand un flic s'engage, il a conscience de tout cela. Dans la police, tout le monde se déteste, les Blancs détestent les Noirs, les Noirs détestent les Blancs, les hommes détestent les femmes, les hétéros détestent les homos. Le système grouille de ce genre de haines. L'agent de permanence déteste l'agent sur le terrain et vice versa. On subit le stress de la hiérarchie, on côtoie la corruption partout, il y a des tensions entre syndicats et direction, on se coltine toutes sortes de pressions et de haines, mais putain de bon sang, Porter, y a ce truc de loyauté. Chaque flic ici-bas sait qu'à peu près huit cents policiers ont été assassinés dans l'exercice de leur fonction ces dernières années et que chaque crime a été résolu ! On n'a que deux dossiers en attente, dont l'affaire Fellows. Et on va les résoudre. Tous, tôt ou tard, ça ne fait pas un pli. C'est comme la force de gravité, Porter. Si ça marche pour moi, ça marche pour toi. Vu l'état d'avancement des choses, je peux plus des masses. La partie a déjà débuté, tu piges ? Et toi, maintenant, tu veux mettre la pédale douce, faire reculer la grande aiguille ? C'est pas possible. Faut que tu te donnes à fond. T'as tout le terrain à parcourir et il te reste dix secondes. Ce n'est pas ma faute si c'est presque impossible. C'est clair ? Certains flics n'en ont rien à battre d'un mec comme toi. Pour eux, c'est la guerre et il n'y aura jamais de trêve. Je ne peux pas nécessairement les contrôler, ceux-là. Bon, toi tu me dis que tu n'as pas la cassette, et demain voilà que des flics découvrent de la drogue dans ta serviette, je peux rien faire pour empêcher ça. Et si mon patron en parle à Giuliani, alors que Dieu te vienne en aide. (Hal reprit un peu de chili.) C'est trop grave, Porter, ça va trop vite. Tu sais, j'ai une théorie selon laquelle toute notre société repose sur le principe de vélocité.

— Tiens donc ?

— Si tu ne maîtrises pas ta vélocité, t'as des ennuis.

— Très intéressant.

— Réfléchis-y.

— Je n'y manquerai pas.

Il se leva, balança brutalement sa serviette sur la table et consulta sa montre.

— Tac. Gestion de la vélocité.

— Cinq jours.

— Trois.

— Il me faut cinq jours, quatre au moins.
— Trois.
Il me fixait sans ciller.
— Entendu, dis-je. Trois.

C'était une épouse de cadre supérieur qui m'attendait devant le cabinet d'avocats. Escarpins, collier de perles, tailleur chic. Le maquillage était savamment dosé, et l'impression générale froide et hyperréaliste. Je pense qu'elle avait même changé de montre. C'était là, assurément, l'apparition que Charlie voulait épouser, et non la femme qui s'était évanouie pendant que Magic Johnson la baisait.

On nous conduisit dans le bureau de Jane Chung, l'avocate qui supervisait la gestion de la succession Simon Crowley.

Caroline fit les présentations et une expression circonspecte passa sur le visage de Jane Chung.

— En quelle qualité est-il ici ? En tant que journaliste ?
— Non, en simple ami, répondit Caroline.
— Et il n'a aucun intérêt financier dans la succession ?
— Aucun.
— Aucun d'aucune sorte, renchéris-je.

Jane Chung s'assit à son bureau, et je vis qu'elle s'était déjà ressaisie. Elle avait affaire à toutes sortes d'étranges arrangements familiaux en matière de succession, et nul doute que les vieux barbons de la boîte l'avaient choisie pour son tact et son discernement.

— Comme je l'ai dit au téléphone, commença Caroline, nous sommes ici parce que je souhaiterais examiner le détail des frais de succession, toutes les petites dépenses.

— Je vous ai préparé le document, dit Jane Chung en nous tendant à chacun un dossier épais d'à peu près deux centimètres. Comme vous pourrez le constater, il y a un nombre important de versements.

C'était effectivement le cas.

— La succession perçoit des revenus et des redevances

des droits et de l'exploitation des films de Mr. Crowley, fit Jane Chung comme si elle récitait une leçon. Ce sont les bénéfices. Les dépenses, elles, comprennent les frais pour la gestion des activités professionnelles, les frais de maison de retraite pour son père, vos versements mensuels, Caroline, ainsi que les frais locatifs, etc.

Caroline parcourut le document. Elle paraissait perdue, voire ailleurs. Je me demandais si elle voyait seulement les chiffres et les mots qu'elle avait sous les yeux.

— C'est compliqué, dit-elle enfin.

— Qu'en est-il du contenu matériel de la succession ? demandai-je. Est-il fait mention de quoi que ce soit dans le testament de Simon ?

— Non, dit Jane Chung. Son testament fait mention uniquement d'une succession. Aucun objet particulier n'est mentionné.

Je hochai la tête.

— Ce qui nous ramène donc à ce document.

Caroline soupira.

— Je suppose.

Jane Chung toisa Caroline avec impatience.

— Effectivement. Eh bien, y a-t-il des questions particulières que vous souhaiteriez poser ?

Caroline fixait stupidement les feuillets.

— Caroline ? dis-je.

— Euh, eh bien, tout semble être là, dit-elle non sans une certaine résignation.

Je me tournai vers Jane Chung.

— Nous recherchons quelque chose, Jane, et voilà pourquoi nous sommes là. Nous cherchons une trace d'une certaine activité de Simon de son vivant.

— Peut-être pouvons-nous... Puis-je vous demander de quoi il s'agit, et qui cela concerne ?

— Euh, non, dis-je.

Elle regarda Caroline.

— Je ne comprends pas.

Caroline se redressa sur sa chaise.

— Je crois que je vais laisser Porter parler à ma place. Toute cette histoire m'épuise.

Jane se tourna donc vers moi :

— Mr. Wren, je ne peux pas vraiment dire que je comprends ce que...

— Jane, écoutez-moi, je vous prie. Je vais m'efforcer d'être le plus clair possible. Nous – Caroline et moi – sommes à la recherche d'une information relative à Simon. Nous avons terriblement besoin de cette information. Nous n'allons pas vous dire pourquoi. Cela ne regarde que nous. Soyez assurée que notre requête ne porte aucunement atteinte à votre cabinet ni n'engage sa responsabilité, bien qu'il me semble que si nous échouons, cela pourrait engager la responsabilité de la succession. Pour l'instant, notre méthode est quelque peu aléatoire. Nous ne savons même pas si examiner plus attentivement ces comptes sera utile ou non. Mais nous n'avons pas d'autre point de départ. Ce que nous aimerions faire, aujourd'hui, tout de suite, c'est jeter un œil aux factures reçues par votre cabinet pour chacune de ces dépenses, juste les examiner rapidement et essayer de réfléchir...

Mais elle secouait déjà la tête.

— Je suis navrée, la démarche est plus qu'inhabituelle. Ces documents sont certainement archivés, et cela peut prendre pas mal de temps pour les réunir. Le résumé des dépenses que je vous ai fourni devrait largement suffire à déterminer...

— Pourquoi ne pas tout simplement consulter les originaux ?

— Parce que ce n'est pas...

— Ce n'est pas quoi ?

Agacée, elle cligna des yeux et tenta de se maîtriser.

— Ce n'est pas dans les habitudes.

— Et donc ?

— Et donc, Mr. Wen, il existe ici certaines procédures que nous avons mises au point avec le temps afin d'accroître notre efficacité. Je suis certaine que vous comprenez cela.

— Les heures passées à ces recherches seront facturées sur la succession, alors où est le problème ?

— Eh bien, franchement, j'ai des rendez-vous toute la journée, et je ne serais pas en mesure de superviser...

— Il n'y a aucune raison de superviser quoi que ce soit. Nous sommes des adultes. Mettez-nous dans une pièce avec les cartons et nous y jetterons un œil.

— Je suis désolée, mais une requête d'une nature aussi exceptionnelle doit obligatoirement être étudiée par le Comité de surveillance des services de succession, lequel se réunit une fois par mois. (Elle haussa les épaules.) C'est une question de procédure.

— Est-ce parce que je suis journaliste ?

— Non.

Je regardai Caroline.

— Je vais devoir parler sans détour, en votre nom, Caroline. Vous êtes d'accord ?

Elle hocha la tête.

— Jane, dis-je, vous reconnaissez vous-même que la succession Simon Crowley n'est pas une succession ordinaire. Elle est même « très inhabituelle », pour reprendre vos termes. Elle rapporte de l'argent. Elle dégage des bénéfices pour elle-même, pour ses créanciers, pour Caroline ici présente, et, c'est là où je veux en venir, pour votre cabinet, pour vous, donc. Quand vous achetez votre tube de dentifrice, Jane, une partie de la somme que vous dépensez provient de la succession Simon Crowley. Aussi je trouve absolument inconcevable que vous refusiez de rendre service à la veuve de Simon Crowley.

— Mr. Wren, ce genre de menace est inutile.

Je me rapprochai pour murmurer à l'oreille de Caroline :

— Tu te rappelles cette incroyable salope dont tu m'as parlé l'autre nuit ?

— Qui ça ? répondit-elle, les yeux écarquillés.

— Toi, dis-je. J'ai besoin d'elle à cet instant précis.

Ses yeux bleus pétillèrent, amusés. Puis son visage se durcit alors qu'elle se tournait vers l'avocate.

— Jane, aidez-nous, ou je confie la succession à un autre cabinet.

Jane eut un petit rire sec.

— Je ne pense pas que vous vous rendez compte à quel point ce que vous demandez est compliqué. Cela prend des années, vous devez faire appel au...

— Non, je n'ai pas besoin de faire tout cela, l'interrompit Caroline d'une voix passablement agacée et vacharde. Tout ce que j'ai à faire, c'est d'appeler les gens que je connais au studio et de leur dire qu'il y a un vice de forme dans votre putain de cabinet d'avocats et est-ce qu'ils pourraient merci d'avance m'envoyer directement ces putains de chèques afin que je puisse régler personnellement mes putains de factures.

Quelques minutes plus tard, je me trouvais dans une petite salle de conférence aux murs couverts de livres, située à un autre étage. Caroline avait présenté des excuses après son coup de gueule, et je lui avais dit que je la rejoindrais dans un café d'ici une heure. La porte s'ouvrit et un jeune homme boutonneux aux cheveux roux fit rouler dans la pièce un chariot rempli de cartons.

— Bonjour, honorable client de notre vénérable cabinet, dit-il en s'inclinant, les mains jointes. Je m'appelle Bob Dole. Oh, je crois que je me suis trompé. En fait je m'appelle Raoul McCarthy.

— Comment un type avec des cheveux roux peut-il s'appeler Raoul ? demandai-je.

— Ma foi, ma mère habitait l'Upper West Side dans les années 1970, si vous voulez vraiment savoir.

— Entendu.

— Quoi qu'il en soit, voici les documents. Concernant l'an dernier.

— Ils étaient où ?

— Oh mon Dieu, ils étaient tout au fond, dans la... (Il roula des yeux.) Nous l'appelons la chambre de l'enfer. Tout au fond.

— Vous êtes juriste ?

— Esclave, vous voulez dire. Jane a trois esclaves sous la main. (Il commença à empiler les boîtes sur la table.) Je me contente de déplacer des dossiers. Des tonnes de papier. Faudrait que vous voyiez ce qu'on appelle la chambre de l'enfer, on pourrait tourner le onzième épisode de *Freddy* dedans. La semaine dernière, un type s'est pris des cartons sur le crâne, il a failli y rester. Les avocats n'y entrent jamais.

— Jamais ?

— Vous voulez rire ? C'est la chambre de l'enfer, n'oubliez pas.

— Et les ordinateurs, les scanners, les trucs dans ce genre ?

— Je suppose que vous plaisantez une fois de plus.

Je haussai les épaules.

— Il faut que vous compreniez que tous ces fichiers informatiques, tous ceux qui comptent, finissent sur le papier. Et toutes les lettres, les motions, les dépositions, les pièces de dossier et le reste se font toujours sur papier. Et pas mal de ces dossiers datent. On a des dossiers vieux de quarante ans ici. Mais l'ennui c'est que des trucs se perdent. On a eu un petit problème le mois dernier quand le type chargé de faire le ménage a balancé quelque chose comme neuf cartons correspondant à une affaire en cours. (Raoul s'autorisa un petit sourire espiègle.) Ils ont dû retrouver le camion-poubelle et localiser la décharge, puis une équipe de sherpas s'est rendue sur Staten Island pour rechercher le dossier en question. On a dû tous se faire vacciner contre la dysenterie.

— Vous avez retrouvé ce que vous cherchiez ?

Raoul remonta son pantalon.

— Oui, sous environ dix millions de couches usagées.

— Ma demande a eu l'air de pas mal exaspérer Jane Chung, fis-je.

— Comme je l'ai dit, on a eu tout un tas de problèmes ces derniers temps. Les choses ne se perdent pas vraiment, d'ordinaire, elles s'égarent seulement. Il y a une salle où on classe et une où on entrepose, et c'est là que les pièces importantes peuvent rester bloquées des semaines...

D'un geste de la main, je lui fis signe de commencer à déballer :

— Bon, voyons voir ce qu'on a là.

— Eh bien, en ma qualité de sherpa surqualifié, je dirai que ce que vous avez là, ce sont des tonnes de factures. Elles sont classées par ordre chronologique, mais c'est à peu près tout.

— Qui règle les factures ? demandai-je.

— Moi.

— Vous libellez le chèque ?

— Je rédige l'ordre de virement.

— Jane supervise tout ?

Il coula un œil vers la porte et baissa légèrement le ton.

— Non, pas vraiment.

— Elle préférerait occuper un autre poste ici ?

— Je pense qu'elle préférerait être carrément ailleurs, en fait.

— Donc c'est vous qui vous occupez des paiements ?

— Ouais.

— Vous.

— Vous avez tout compris. En ma qualité d'esclave, je suis facturé cinquante-cinq dollars de l'heure, mais le cabinet peut faire passer ça pour des heures d'avocat au taux de trois cent dix dollars de l'heure.

— Magnifique.

Il acquiesça et ouvrit le premier carton.

— Vous comptez tout regarder ?

— Je crois que oui.

— Et si vous m'expliquiez ce que vous cherchez ?

— Eh bien...

— Je peux vous dire exactement ce qu'il y a dans ces cartons.

— Vraiment ?

— Bien sûr.

— Parlez-moi de Sally Giroux, demandai-je, me

rappelant un des noms aperçus sur le document fourni par Jane Chung.

— S'occupe des relations publiques pour la partie cinéma, récita-t-il. Ils ont un siège ici et un autre en Europe, à Londres. Elle – ou il, allez savoir – répond aux questions de toutes sortes des médias, s'arrange pour faire passer des clips publicitaires quand un film ressort, ce genre de choses. Elle a travaillé dans le temps pour le studio, elle est devenue consultante il y a de ça deux ans. Elle facture par trimestre, et chaque année ses tarifs grimpent en flèche. Selon moi c'est de l'argent gaspillé. Personne ne vérifie jamais la nature des prestations fournies par ces bouffons.

— Vous vous contentez de régler les factures.

— Toutes. Sans distinction.

J'ouvris ma serviette.

— Je crois que je vais prendre des notes.

Nous avons essayé ensuite de distinguer les factures d'ordre professionnel et celles d'ordre personnel.

— Nous payons pour l'appartement de Mrs. Crowley, expliqua Raoul. L'emprunt-logement, plus les frais d'entretien et toutes les dépenses qui y sont relatives. En fait, je sais des choses sur sa vie, des détails. Si elle fait installer un nouvel évier, la facture arrive jusqu'à moi. D'ailleurs, je me rappelle qu'elle a fait changer sa douche l'an dernier. Neuf mille dollars, pour une douche... (Il secoua la tête pendant que je me rappelais mon émerveillement en y mettant le pied.) On paie tout. Les factures de téléphone, d'électricité, de cartes de crédit, tout.

— Est-ce que Caroline Crowley a seulement un compte en banque ?

— Techniquement, peut-être.

— Mais...

— Mais les relevés bancaires arrivent ici, et je dois les pointer, comme ça je sais ce qu'elle fait.

— Et c'est ?

— Tirer de l'argent au guichet automatique.

— Combien par mois ?

— Quelque chose comme deux mille dollars.

— Quelle est la tendance des revenus ?

— En baisse.

— Revenu brut l'an passé ?

— Huit cent mille.

— Cette année ?

— Six cent vingt mille, à peu de chose près. C'est à cause des paiements différés, des droits d'auteur qui baissent. Dans le cinéma, les grosses sommes arrivent surtout les premières années, or le dernier film de Crowley remonte déjà à pas mal de temps…

— Et pour l'année prochaine ? Vous avez une estimation ?

Il sortit un stylo et procéda à quelques rapides calculs.

— Quatre cent dix mille, en gros.

— Ça va continuer de baisser ?

— Oui.

— Et la valeur nette de la succession ?

— En baisse aussi.

— La succession est en perte de vitesse.

— Il semblerait que oui.

— Mrs. Crowley est-elle au courant ?

— Vous y allez pas par quatre chemins.

— C'est exact.

— Oui, elle le sait. Elle m'appelle de temps en temps.

— Pourquoi la valeur nette décroît-elle ?

— Eh bien, les frais de subsistance, y compris l'appartement, l'entretien de l'immeuble et le reste, se montent à quatre cent mille dollars. Les impôts sur le revenu pour la succession, eux, tapent dans les deux cent mille. C'est un arrangement plutôt mal foutu, pas très équitable eu égard aux impôts. Et il y a certaines sommes qui sont affectées à la mère de Mrs. Crowley…

— Combien ?

— Deux mille par mois.

— Quoi d'autre ? Les honoraires du cabinet ?

Là, son ton se raidit.

— C'est calculé par rapport à un pourcentage de la

valeur brute de la succession, un pourcentage du revenu annuel brut, et...

— Bon, allez, un chiffre.

— Dans les soixante mille.

— Et puis ?

— Il y a aussi la maison de retraite de Mr. Crowley père. Ça se monte à six mille par mois. Ils ont pas mal de patients pour lesquels le gouvernement fédéral ne verse pas le même taux d'indemnités, alors ils y vont carrément quand il s'agit de patients privés. Bref, ils nous facturent tout et n'importe quoi, les paires de chaussettes, les visites de tel spécialiste, des choses de ce genre. Une nouvelle canne. Toute la paperasserie et les dossiers médicaux échouent ici. Au début ça m'inquiétait, mais Jane a demandé à Mrs. Crowley si elle voulait qu'on les lui transmette et cette dernière a dit non. Il y a aussi d'autres factures concernant le père. Infirmières spécialisées, sonotones, visites de la gardienne, boîtes-cadeaux pour Noël, dentisterie...

— C'est qui cette gardienne ? demandai-je. Une bonne femme du coin qui vient arrondir ses fins de mois ?

— C'est un cabinet d'avocat, en fait.

— Là, je ne pige pas.

— Bon, laissez-moi vous montrer.

Il alla chercher un des cartons et étala son contenu sur la table. Il dénicha en quelques secondes le document portant l'en-tête SEGAL & SEGAL, avec une adresse dans le Queens. Je tiquai immédiatement. Segal & Segal avait intenté un procès en faillite le même jour que Segal Property Management, à savoir le précédent propriétaire du 537, 11ᵉ Rue Est.

— C'est là, dit-il. La liste des visites à Mr. Crowley.

J'examinai le document. Il dénombrait deux visites hebdomadaires de Mrs. Norma Segal pour une période facturée d'un mois. Chaque visite coûtait cinquante-cinq dollars à la succession. Il devait s'agir de la même Norma Segal que Mrs. Wood avait dénichée sur ses banques de données.

— Cinquante-cinq dollars la visite. Moi, ça ne me gêne pas de payer ça, dit Raoul.

— De l'argent utilement dépensé, fis-je, laconique.

— Absolument. Parfois ils nous facturent d'autres trucs. D'habitude cinq mille dollars, mais ce n'est pas régulier.

— De quoi s'agit-il ?

— Je l'ignore, je me contente de payer.

— Et des frais de coffres-forts, d'entrepôts, de boîtes à lettres privées, ce genre de choses.

— Non.

— Revenons aux autres frais personnels. Y a-t-il des versements effectués qui vont à d'autres personnes ?

— Ouais, il y en a un paquet. Mais ils passent par Mrs. Crowley. On reçoit juste un courrier de sa part qui dit : SVP, payez telle somme à untel ou untel.

— Je suppose qu'elle pourrait très bien leur faire un chèque sans passer par vous.

— Ouais, mais ses revenus tirés de la succession sont imposables. Les dépenses encourues par la succession sont, elles, déductibles. Par exemple, si elle fait réparer un évier cassé et qu'elle règle par chèque, alors cette sortie, à la fin de l'année, est calculée en dollars d'après-imposition. Si elle envoie la facture à la succession et que la succession la paie, la dépense est déduite du revenu global de la succession, et par conséquent diminue la valeur nette imposable, même de très peu.

— Vous devriez travailler dans un cabinet juridique, dis-je.

Il sourit.

— J'y songe.

Nous continuâmes ensuite à examiner le contenu des cartons, en quête d'un détail révélateur, n'importe quoi qui puisse m'apprendre pourquoi quelqu'un envoyait une cassette à Hobbs. Mais au bout d'un moment je me sentis abattu ; les cartons de documents, au total, se résumaient à cela : des cartons de documents, les peaux mortes de petites transactions financières, symptomatiques du train de vie luxueux de Caroline, et rien de plus.

Je retrouvai Caroline au café en bas de la rue. Elle lisait *Vogue.*

— Je ne vois pas comment tu pourrais la retrouver, dit-elle en reposant son magazine. Toute cette histoire est démente. Pourquoi n'appelles-tu pas Hobbs pour lui dire que c'est impossible ?

— Et si tu l'appelais, toi ?

— J'ai déjà essayé.

Cette information me parut intéressante.

— Et comment t'y es-tu prise ?

— Je l'ai appelé, tout simplement.

— Où ça ?

— À son bureau, un peu partout.

— Et où est situé ce « un peu partout » ?

— Je ne sais plus, j'ai surtout essayé à son bureau.

Elle mentait.

— Tu veux que je retrouve cette cassette ?

— Bien sûr.

— Alors arrête de me mener en bateau, Caroline.

— Je ne te mène pas en bateau.

— Mais si. Où as-tu appelé Hobbs ? Chez lui ? Tiens donc, se demande Porter Wren, comment la chose est-elle possible ? et pourquoi irait-elle appeler Hobbs ailleurs qu'à son bureau ? Eh bien, la réponse est peut-être qu'elle possède son numéro personnel. Comment se l'est-elle procuré, je me le demande bien. Ils sont censés être des adversaires. Ou peut-être le sont-ils aujourd'hui mais ne l'ont-ils pas toujours été. Peut-être se connaissaient-ils un peu. Peut-être se sont-ils revus suite à cette fameuse nuit à l'hôtel ?

Le visage de Caroline était magnifique, mais elle savait l'enlaidir à propos, et c'était le cas en cet instant précis.

— Va te faire.

— Non, Caroline, non. C'est toi qui m'as embringué dans cette histoire. Tu as cru que tu pouvais me mener par la queue et me faire faire autant de tours que tu le voulais.

Mais tu ne ne m'as pas regardé assez attentivement, Caroline, tu ne t'es pas rendu compte à quel point un pauvre plouc comme moi, sans le moindre contact à New York, a dû se démener et se battre pour devenir chroniqueur dans un grand quotidien. Tu n'as pas réfléchi à tout ça, Caroline. Il faut que tu comprennes quelque chose d'autre. La police va me tomber dessus afin de retrouver la cassette Fellows, et ensuite ce sera ton tour. Donc, nous devons à tout prix récupérer la cassette Hobbs, et tu vas m'expliquer ce qu'il y a dedans.

Là-dessus, nous eûmes une assez longue discussion. Après sa première rencontre avec Hobbs, elle l'avait revu encore plusieurs fois. Juste pour discuter, m'assura-t-elle ; quand Simon était en déplacement, elle se rendait à l'hôtel de Hobbs et passait avec lui une heure ou deux. Simon était-il au courant ? Oui. Simon savait. Hobbs avait envoyé à Caroline un petit présent, Simon l'avait appris et avait interrogé Caroline. Elle lui avoua alors qu'elle voyait Hobbs. Donc, Simon avait une raison de haïr Hobbs. Oui, c'est vrai. Mais Hobbs n'avait pas reçu de cassette avant la mort de Simon. Est-ce qu'elle connaissait les gens avec qui Simon travaillait ? Quelques-uns. Il y en avait des dizaines, bien sûr. Peut-être Simon leur avait-il confié l'enregistrement. Non, elle l'aurait su, Hollywood étant ce qu'il était. Quelqu'un aurait vendu une copie à une émission de télévision. Qui plus est, quel était le mobile ? Apparemment, Hobbs ne faisait l'objet d'aucun chantage ; en outre, il aurait pu satisfaire les exigences de n'importe quel maître-chanteur. Et Billy ? C'est qui exactement ce type ? Caroline secoua la tête. Ils traînaient ensemble, mais Billy s'est calmé, c'est un homme d'affaires important aujourd'hui. Un banquier ou je ne sais quoi. Simon avait-il d'autres confidents ? Elle fit non de la tête. Tu as parlé du studio, dis-je, comment ça se passe ? Elle soupira. Eh bien, le studio fait ses paiements à la société de production. La société de production fait ses paiements concernant les deux premiers gros films aux agents de Simon, ils prélèvent leur pourcentage, puis ils envoient un chèque au cabinet d'avocats. Pour ce qui est du troisième film, Simon possédait la société de production, mais elle est quasiment inexistante aujourd'hui, aussi le chèque du studio va directement à l'agence, puis il est transmis au cabinet.

— Aucune raison pour qu'il ait payé quelqu'un là-bas pour faire ça, envoyer la cassette à Hobbs ?

— Je ne pense pas. Pourquoi feraient-ils une telle chose ? C'est stupide. Ça pourrait leur attirer des tas d'ennuis. Tout le monde à Hollywood se montre prévenant, en prévision d'éventuelles collaborations. N'oublie pas que Simon est resté très peu de temps dans le milieu. Les gens changent en permanence. Son équipe de base est aujourd'hui complètement éclatée. Il y en a qui travaillent pour Tarantino, John Singleton, toutes sortes de gens.

— Parle-moi des locaux que Simon gérait, possédait ou louait de son vivant.

— On avait l'appartement. Je connais par cœur l'endroit – la cassette ne s'y trouve pas. Il avait un bureau dans le centre mais j'ai cherché là-bas aussi. Rien. De vieux scénarii, des tas de paperasses. Il avait également un bureau au studio, mais il a été récupéré après sa mort. Ils m'ont envoyé tout ce qu'il contenait. Il louait une chambre au Beverly Palms où il descendait souvent, mais ça m'étonnerait qu'il y ait quoi que ce soit. Il possédait un appart à Brentwood qu'il avait acheté juste après notre mariage, mais il l'a revendu par la suite, à cause des tremblements de terre, tout ça. Je ne vois rien d'autre.

— Et la maison de son père ?

— Son père est dans un hospice depuis six ou sept ans. La maison familiale a été vendue il y a longtemps.

— Parle-moi de Mr. Crowley. Il est très malade ?

Caroline mit du sucre dans son café.

— Je ne sais pas.

— Tu n'as pas parlé à ses médecins ?

— Non.

— Tu le connais ?

— Non.

— Tu l'as rencontré, au moins ?

— Non, jamais.

— Pourquoi ?

— Simon ne m'a jamais emmenée là-bas.

Je trouvai ça étrange.

— Il me disait qu'on irait un jour, mais il n'en a pas eu le temps. Je n'ai donc eu aucun rapport avec tous ces gens.

— Et son père n'a pas assisté à l'enterrement ?

— Non.

— Pourquoi ?

— L'endroit était petit, c'était une cérémonie très privée, tu vois, alors il n'est pas venu.

— Il a été invité ?

— Je suppose.

— Tu ne lui as pas écrit pour lui dire que son fils était mort et qu'il devait assister à l'enterrement ?

Elle contempla la table et pressa ses doigts contre son front.

— C'est le studio qui s'est occupé de tout, Porter. Je n'étais pas en état de faire face.

— Tu veux dire que le père de Simon Crowley n'a jamais su que son fils était mort et enterré ?

Elle me regarda.

— Je pense que c'est ce qui s'est passé. Peut-être qu'ils le lui ont dit plus tard.

Caroline fit tourner mon attaché-case et en examina distraitement le contenu.

— Tu devrais avoir une photo de moi là-dedans. Chaque fois que tu l'ouvrirais, tu verrais mon visage souriant.

— Ma femme risquerait d'aborder la question.

— Elle n'est pas obligée de savoir.

— Elle saurait.

— Pourquoi ?

— Elle sait tout, ma femme.

Elle saurait en tout cas inviter mon père à mes funérailles.

— Tu dis ça avec fierté.

— Je suis fier d'elle.

— Mais tu es ici, avec moi.

— Je suis ici avec elle, également.

Elle referma brutalement mon attaché-case.

— J'y vais. Tu commences à me pomper l'air.

La maison de retraite Greenpark, dans le Queens, était une imposante bâtisse dont l'architecture même laissait entendre que tout espoir était illusoire. Je me présentai à l'accueil. La salle grouillait de personnes âgées en fauteuil roulant, ou bien se déplaçant en traînant les pieds sur le sol ciré, contemplant avec fixité les guillerettes « phrases du jour » punaisées au tableau d'affichage. Le personnel était exclusivement noir. Je demandai où je pouvais trouver Mr. Crowley et l'on m'indiqua le sixième étage. D'ordinaire, dans ce genre d'endroits, les étages correspondent aux différents états fonctionnels des patients, d'où je conclus que ceux du sixième ne devaient pas être les plus fringants. Je pris l'ascenseur en compagnie d'un vieil homme barbu qui faisait des flexions dans une flaque d'urine, pas nécessairement la sienne, d'ailleurs. Je me présentai à l'accueil de l'étage, on me demanda qui je venais voir, et l'infirmière sortit un registre au nom de Crowley, que je dus signer, après avoir noté la date. Le dernier visiteur à ce jour était Mrs. Norma Segal. En fait, personne n'avait rendu visite à Mr. Crowley récemment. Mrs. Segal, à ce que je pus constater, passait immanquablement le lundi et le jeudi. Sa signature était serrée et soignée, et me fit penser à celle de mes instits quand j'étais petit. Je tournai la page pour prendre connaissance des visites des mois précédents. Mrs. Norma Segal, invariablement.

L'infirmière m'indiqua la salle de séjour commune, et je croisai quelques Chinoises, avachies dans leur fauteuil roulant. Une femme en chemise de nuit rouge arriva en traînant les pieds, me regarda à la dérobée et hurla :

— Ah ! Je suis fatiguée !

Dans la salle commune se trouvaient une dizaine de personnes âgées en fauteuil roulant. Une télévision était allumée dans un coin de la pièce et tous la regardaient, mais avec un tel sérieux qu'il s'agissait peut-être d'une forme ultime d'ironie. Chaque patient avait avec lui un petit gobelet en carton rempli d'un quelconque breuvage nutritif et pourvu d'une paille. Personne ne semblait y toucher. Une femme m'apostropha d'une voix rauque.

Une fille de salle, une jeune Noire vautrée dans un fauteuil, me regarda.

— Mouais ?

— Je cherche Mr. Crowley.

Elle me le désigna d'un air las.

Il avait une grosse poche à urines fixée sous sa chaise, les yeux ouverts, mais sa mâchoire béait, molle et humide. Il avait la même denture que son fils, de gros chicots à l'implantation oblique. Il n'avait pas été rasé depuis des jours.

— Mr. Crowley ?

Il me regarda fixement. Les cernes sous ses yeux s'incurvaient et s'affaissaient, comme si ses globes oculaires avaient été aspirés à l'intérieur du crâne.

— Bonjour, Mr. Crowley.

— Vous fatiguez pas, monsieur, me dit la fille.

Mr. Crowley sentait, je suis au regret de le dire, le vieil animal. Je refis néanmoins une tentative et il leva lentement une main parcheminée. Je la serrai et remarquai que sa main d'ancien réparateur en ascenseurs n'était pas complètement dépourvue d'une certaine énergie.

— Si vous voulez le conduire dans sa chambre, vous pouvez.

Comme je poussais le fauteuil de Mr. Crowley hors de la salle, je m'aperçus qu'il avait encore une bonne tignasse, même si celle-ci était aplatie par la crasse et constellée de pellicules. Le sol du couloir était impeccable mais, en dépit de l'omniprésente odeur de désinfectant, l'air sentait le renfermé, le pourrissement des organes, les exhalaisons morbides. Les chambres devant lesquelles nous passions se ressemblaient toutes : vieillard allongé sur son lit, le menton relevé, la bouche rentrée, comme se préparant à la mort ; vieillard dans sa chaise roulante attendant qu'on fasse son lit ; vieille femme torse nu, qu'on habillait ; vieux en fauteuil roulant contemplant son bol de céréales posé sur un plateau à roulettes ; vieux dormant dans son lit. La chambre de Mr. Crowley était petite et sommairement meublée. Il y avait un évier mural, une armoire à tiroirs encastrée, un bac à douche. Un radiateur sifflait dans un angle de la pièce. Une petite photographie encadrée trônait sur la table de chevet, et je me penchai pour l'inspecter : un petit homme aux cheveux foncés et son épouse encadraient un enfant d'environ trois ans, Simon. Au dos figurait l'inscription : *Queens, New York, 1967.*

— C'est une belle photo, déclarai-je assez bêtement.

Crowley ne répondit rien. Il me regardait. Je m'approchai de la fenêtre et jetai un œil au parking de la maison de retraite. Trois employés en uniforme bleu balançaient des sacs-poubelles dans une benne à ordures. Un quatrième lavait une voiture avec un tuyau d'arrosage qui contournait le bâtiment.

Dans le couloir, la vieille femme en robe de chambre rouge passa en traînant des pieds.

— Oh, je suis si fatiguée ! s'exclama-t-elle.

Elle regarda dans la chambre et, dans l'espoir que ce visiteur qui ne lui était pas destiné la remarque, s'adressa à moi :

— Je suis si fatiguée.

— Je suis désolé, dis-je.

— Je m'appelle Pat, déclara-t-elle d'une voix épaisse. Il ne peut pas parler.

Je remarquai des taches de gras sur sa robe de chambre.

— Je connais tout le monde ici. Je suis si fatiguée.

— Vous devriez peut-être vous asseoir.

— Je ne peux pas. (Elle me regarda en se mordillant les lèvres.) J'avais trois enfants.

— Je suis vraiment désolé, Pat.

— J'avais trois enfants et je n'arrive pas à les retrouver.

— Je suis désolé, Pat.

— Merci, fit-elle de la même voix épaisse. Merci. (Elle observa le couloir, comme si elle pensait déjà aux interminables allers et retours qui l'attendaient.) Voilà James.

Elle s'éloigna lentement.

Il y eut un bruit de pas dans le couloir, puis un homme corpulent d'une cinquantaine d'années, en chemise hawaïenne et pantalon vert, entra. Il tenait une écritoire à pinces et parut surpris de me voir.

— Eh bien, eh bien, Mr. Crowley, on a de la visite ! (Puis, se tournant vers moi :) Bonjour, je suis James, le coiffeur. Je viens pour savoir quand ce brave monsieur Crowley souhaite qu'on lui fasse une petite coupe ! Nous devons également jeter un œil à ces ongles, mon très cher. Nous le devons absolument ! Êtes-vous un parent de Mr. Crowley, monsieur, si vous voulez bien excuser une telle curiosité ?

Je lui dis que j'étais un ami de la famille.

— Eh bien, voilà qui est parfait ! Mr. Crowley ne reçoit pas beaucoup de visites ! Hormis Mrs. Segal, la chère enfant, ce brave homme reste seul ! (Il se pencha en avant et pressa tendrement l'épaule émaciée de Mr. Crowley.) Et à part moi, bien sûr, n'est-ce pas, Mr. Crowley ? Nous nous entendons à merveille. Il vient me voir dans mon salon de coiffure, je lui lave les cheveux, les coupe, je m'occupe de ses ongles et lui fais un brin de toilette ! Il a des ongles vraiment épais. Je nettoie les oreilles et le nez. Je le rase s'il en a envie. Certaines patientes veulent que je leur fasse des coupes qui ont plus de quarante ans, et je m'efforce de les contenter. Ce n'est pas vrai, mon mignon ? (Il se tourna vers moi en prenant un air de conspirateur.) Je sais qu'il comprend. Il ne peut pas me répondre, mais je sais qu'il comprend. C'est dans ses yeux, c'est dans leurs yeux à tous. Vous devez les regarder dans les yeux pour savoir. Mais laissez-moi vous dire une chose, quand Mr. Crowley est arrivé ici, il pétait le feu, hormis un petit problème avec son... c'était peut-être le diabète, je n'arrive pas à me rappeler. Et il y a encore deux ou trois ans, il pouvait parler. Puis ils se laissent glisser, j'en ai bien peur, comme des enfants sur une luge. Mais on essaie de garder le moral, de voir les choses positivement – n'est-ce pas, Mr. Crowley ? Le personnel... (Il eut un petit geste désabusé de la main.) Ma foi, ils sont débordés, alors rien ne sert de se montrer critique, mais moi je pense qu'il peut encore com... (Il consulta son écritoire à pinces.) Nous allons l'inscrire pour demain matin dix heures.

Mr. Crowley leva tant bien que mal un bras. Il émit un son.

— Qu'est-ce qu'il y a, mon mignon ? fit James, attentif. Hmm ? Oui ? Le tiroir ? Vous... mais bien sûr ! Oui ! Il veut vous le montrer, vous savez de quoi il s'agit ? C'est la chose la plus extraordinaire que j'aie jamais vue, et je travaille dans ce beau pays depuis vingt-sept ans ! (James s'approcha du tiroir.) C'est lui qui l'a fait, vous savez, n'est-ce pas, Mr. Crowley ? Oui ! (Puis, en aparté :) Cela remonte à quelque temps, quand ce brave vieux était encore... encore lui-même, si vous voyez ce que je veux dire. (Il sortit alors du tiroir un étrange assemblage à base de ficelles et de petites boîtes de céréales.) Laissez-moi juste le... c'est un peu emmêlé, oui, Mr. Crowley, oui, on va le suspendre. Vous voyez, il a fabriqué cette chose, il l'a faite tout seul. La belle ouvrage ! On a des patients qui peignent un peu en bas, dans les ateliers, des couleurs merveilleuses, mais personne n'a jamais... Et voilà !

Le bidule en question, une fois accroché, se révéla composé d'une série de six petites boîtes de pétales de maïs glacés retenues ensemble par une ficelle. Une septième boîte, en piteux état, avec une découpe qui lui faisait comme un toit en cintre, pendouillait en dessous.

— Maintenant, regardez. Non ! Vous voulez le faire vous-même, Mr. Crowley ?

Le vieil homme émit un *Oooh* et nous poussâmes son fauteuil jusqu'au lit. Il tendit ses vieux doigts effilés et pinça délicatement une des ficelles. La détermination se lisait à présent dans son regard ; sous les cendres de son cerveau brûlaient encore d'étranges braises. Ses doigts tirèrent vers le bas la ficelle et la petite boîte cintrée s'éleva lentement ; il la stoppa alors qu'elle pénétrait dans la boîte supérieure.

— Vous avez vu ? fit James en se penchant. Il y a des petites portes !

Effectivement, il passa ses doigts par une ouverture minuscule qui était articulée sur des gonds faits avec du scotch. Une fois repoussée, la porte révélait une autre porte dans la boîte, absolument identique, qui se pliait également en accordéon.

— N'est-ce pas la chose la plus spectaculaire que vous ayez jamais vue ? s'exclama James. (Il consulta sa montre.) Ah ! je suis attendu dans la chambre de Mrs. Chu. Des rendez-vous, toujours des rendez-vous. Au revoir, très cher !

Il tapota la main de Mr. Crowley et s'éclipsa.

— Mr. Crowley ? fis-je. Vous savez que votre fils, Simon, est mort ?

Il me contempla un peu comme un cheval regarde un homme qui ne connaît rien aux chevaux, puis ferma les yeux. Un instant, j'eus peur qu'il ne s'effondre dans son fauteuil, mais il rouvrit alors les yeux, et un son sortit de sa poitrine, un drôle de soupir où perçait peut-être une nuance involontaire de chagrin. Je m'approchai de l'ascenseur miniature et l'inspectai. Mr. Crowley s'était efforcé de faire diverses marques à l'intérieur et à l'extérieur des boîtes, afin de représenter les boutons, les panneaux, les fenêtres et autres détails. L'assemblage avait un caractère plutôt obsessionnel. Quand je relevai les yeux, Mr. Crowley dormait, la tête en arrière sur le dossier de son fauteuil roulant, la bouche grande ouverte. Je le contemplai. Sa gorge produisait un son rauque à chaque respiration. Au bout d'une minute, ses yeux s'entrouvrirent, et je ne sus s'il me voyait ou sommeillait encore. Je me penchai et posai ma paume sur son front, l'invitant ardemment, comme je le fais avec mes enfants, à fermer les yeux et oublier ses peurs. Le réconfort d'une main chaude. Mr. Crowley se détendit et sa respiration devint plus profonde. Au bout de quelques minutes, je quittai sa chambre.

Il me fallait à présent rendre visite à Mrs. Norma Segal, qui habitait à une dizaine de rues d'ici. Le fait que Mrs. Segal rendît régulièrement visite à Mr. Crowley et fût aussi l'ancienne propriétaire de l'immeuble où avait été retrouvé le corps de Simon laissait à penser que, de temps en temps, l'univers se plaisait à accoucher d'étranges coïncidences. J'avais hâte de lui parler, aussi j'ignore pourquoi je jetai à nouveau un œil au registre des visites, si ce n'est que j'avais trouvé ce cahier étrangement irrésistible en entrant et que, à présent que j'avais rencontré Mr. Crowley, je voyais en lui un document on ne peut plus poignant. Un homme vient au monde, grandit, a un fils, travaille, mange, achète un vélo pour ce fils, baise sa femme, assiste à des matchs des Yankees, répare sa voiture, vote pour Nixon, achète une miche de pain à l'épicerie du coin, règle ses factures chaque mois, se brosse soigneusement les dents, et voilà que tout à coup il se retrouve en maison de retraite et qu'un registre prouve que, hormis une certaine Mrs. Segal, il est seul au monde. Tout le monde ou presque a oublié qu'il était vivant. Même les attentions de James le barbier ne s'adressaient pas à lui en particulier.

La signature de Mrs. Segal était souvent relayée par celle de Simon, cette dernière s'apparentant plus à un gribouillis, comme s'il était pressé ou comme si la formalité l'agaçait. Elle revenait plus fréquemment au fur et à mesure qu'on remontait dans le temps, et je pus constater que ses visites étaient souvent groupées, trois en cinq jours, ou deux en six jours, puis une longue période s'écoulait sans rien. La signature de Mrs. Segal, elle, revenait systématiquement deux fois par semaine. Comme je remontais encore plus loin, la signature de Simon se répétait davantage, et j'en déduisis que ses visites s'étaient raréfiées du fait de l'essor de sa carrière. Encore quelques mois plus tôt, elles étaient quotidiennes. Simon avait été un fils extraordinairement dévoué. Après un examen attentif, je dénichai la date de sa dernière visite ainsi qu'un étrange rajout : une petite remarque entre parenthèses à côté du nom de Simon, de sa propre main : *(et Billy)*. C'était daté du 6 août, soit dix-sept mois plus tôt. C'était la dernière fois que Caroline avait vu Simon vivant.

Billy Munson était donc avec Simon ce jour-là.

La femme qui me répondit se montra très claire : mon problème ne l'intéressait aucunement. Même chose pour la suivante. Et la suivante. Billy Munson avait changé trois fois de banque en deux ans, ainsi que de boulot. Je finis par retrouver sa trace dans une petite société de capital-risque, et sa secrétaire m'informa qu'il serait peut-être disponible en soirée, après son rendez-vous de travail de 5 h 30 au Harvard Club. Je devais m'entretenir avec Munson et Mrs. Segal, mais Mrs. Segal était une dame d'un certain âge et donc relativement sédentaire, or mon instinct me disait que Munson était d'essence certainement plus volatile. S'il était dans les parages, il me fallait l'intercepter au plus vite.

Une fois dans le club, je m'adressai gravement au type de l'accueil.

— Le groupe de travail de Mr. Munson ?

— Troisième étage, monsieur.

Je fus reçu par une femme qui n'aurait pas déparé un salon de l'époque victorienne.

— Ravie de faire votre connaissance, dit-elle en souriant un peu trop longtemps afin de bien me faire sentir qu'elle n'en pensait rien. Vous pouvez suspendre votre manteau là.

Je suivis un couloir lambrissé jusqu'à une salle. Un petit homme vint à ma rencontre, comme propulsé sur des roues, et me prit la main. Des clubs de golf décoraient sa cravate.

— Heureux que vous ayez pu venir ! déclara-t-il d'un air complice. Avec le temps qu'il fait ce soir...

315

Il secoua la tête comme en proie à un immense chagrin, puis me fit signe d'aller m'installer au bar.

Je commandai un gin-tonic. Le bar était contigu à la salle de conférence ; le verre à la main, je m'y risquai. Les femmes avaient toutes la cinquantaine et tenaient manifestement à ce que l'on sache qu'elles passaient beaucoup de temps en salle de gym. Leur maquillage et leur coiffure me parurent être des variations sur le thème des fruits en cire et des moulages fantaisie. L'une d'elles avait l'air enceinte d'au moins six mois, et comme je passais près d'elle, je l'entendis qui décrivait son Svengali, le spécialiste de la fertilité. Les hommes étaient plus âgés et arboraient une suffisance vaguement libidineuse ; quel que fût le motif de leur présence ici, ils semblaient s'en féliciter. Je cherchai Billy Munson. Il serait facile à reconnaître, pensais-je, d'après les vidéos de Simon Crowley : haut en couleur, massif, les cheveux en brosse.

Un grand type au teint hâlé m'aborda.

— Jim Krudop, annonça-t-il. Heureux que vous ayez pu venir.

Il avait une poigne de plombier, et à la différence des autres hommes, il arborait sans complexe une confortable bedaine qui tendait les boutons de sa chemise. J'étais sur le point de repartir quand tout ce petit monde commença à s'installer, l'air impatient, tels des gamins au cirque. Le type qui m'avait accueilli près de l'ascenseur déboula dans la pièce.

— Je m'efforcerai d'être bref, annonça-t-il. Tout le monde ici me connaît, aussi vais-je me contenter de vous présenter Bill Munson, qui travaille sur les aspects juridiques de la société et supervise le financement et la budgétisation. Bill a travaillé avec Jim Krudop pendant pas mal de temps et se sent... Puis-je parler pour vous, Bill ?

Le petit homme sourit comme s'il était électrocuté.

— Bill, donc, a toute confiance en ce projet. Il va vous présenter Jim, puis ce sera au tour de Jim de prendre la parole.

Un autre homme se leva – pas loin de la quarantaine,

mince, tranquillement grisonnant, le visage solide et déterminé, les cheveux clairsemés. C'était Billy Munson, l'homme providentiel.

— Je ne serai pas long, commença-t-il. Comme vous le savez, nous essayons de réunir dix millions. Chaque unité d'investissement est estimée à cent mille. Autrement dit, l'investissement minimum doit être de cent mille. Nous avons réuni jusque-là quatre millions. Nous serons demain à Hong Kong, puis à Tokyo, et ensuite à Rio, et je compte que d'ici deux semaines la souscription sera achevée. La société enregistrée sera soit suisse, soit basée aux Bermudes, pour des raisons fiscales. Et donc, les dix millions réunis...

J'attendis patiemment la fin de l'exposé puis m'approchai de Munson et lui murmurai à l'oreille :

— Je me demandais s'il serait possible d'avoir avec vous une conversation privée.

— Passons dans la pièce à côté.

Je me présentai alors et lui expliquai que j'avais eu vent de ses activités avec Simon. Je n'accordais, lui dis-je, aucun crédit à ces rumeurs, les trouvant par trop bizarres, mais je me demandais s'il était prêt à en discuter.

— Quelle partie de votre histoire est bidon ? me demanda Munson d'une voix posée.

— Quand je dis que je ne crois pas à ces rumeurs.

Il devait s'envoler pour Hong Kong, mais il ne voyait aucun inconvénient à ce que je l'accompagne à l'aéroport.

— Vous savez, je connaissais Simon mieux que quiconque. On a passé pas mal de temps ensemble.

— Vous avez dû être bouleversé en apprenant sa mort.

— Oui, ce fut très dur.

Une fois dehors, il héla un taxi. Il baissa sa vitre, alluma une cigarette et commença à se détendre, ce qui tombait à pic puisque j'avais l'intention de passer à l'attaque.

— Caroline prétend que vous étiez très proches.

— On a fait des trucs ensemble.

— J'ai cru comprendre que vous filmiez vos escapades.

Il éclata de rire.

— Ouais, ce n'était pas un secret.

— Une drôle d'époque, pas vrai ?

— Plutôt, oui.

— Vous avez montré ces enregistrements à des gens ?

— Les cassettes ?

— Oui.

— Je ne les ai pas.

— Où sont-elles ?

Il desserra sa cravate.

— Disparues.

— Vraiment ?

— Envolées. (Il secoua la tête d'un air désolé.) Pas mal de types donneraient leur couille gauche pour voir ces cassettes. Des trucs pas piqués des vers, avec Simon dans le premier rôle. Croyez-moi, le studio voulait ces cassettes. Simon était censé bosser sur un nouveau projet et le studio s'est dit qu'il devait s'agir d'études préparatoires ou je ne sais quoi, ce qui était délirant, mais ils ont mis des gars sur le coup. Si le studio n'a pas retrouvé ces cassettes, personne ne le pourra.

— Que sont-elles devenues ?

— Je n'en sais rien. Il n'était pas dans les habitudes de Simon de parler de ça. Il a peut-être fait une ou deux allusions, c'est tout. Je ne les ai jamais vues, mais j'aurais bien aimé, parce que je suis dessus, ça je le sais.

— Elles ne figuraient pas dans la succession ?

— Vous voulez dire, est-ce qu'il les a léguées à quelqu'un ? Impossible. À qui les aurait-il laissées ?

— Je ne sais pas. À sa femme.

— Caroline ? Impossible. (Il secoua la tête.) Il faut que vous compreniez un truc. J'ai pas mal bourlingué avec l'ami Simon. Il baisait comme un lapin. Il a épousé Caroline parce que c'était un truc intéressant à faire. Elle était intéressante à se faire, pour tout dire. Elle était une sorte d'énigme qu'il essayait de déchiffrer, mais il n'a jamais eu la fibre maritale. En outre, ils ne sont restés ensemble que six mois environ.

— Vous sortiez beaucoup avec Simon ?

— Souvent, oui.

— Que faisiez-vous avec lui le jour où il a disparu ?

— Je n'étais pas avec lui.

— Vous étiez où ?

— Dans un avion pour Hong Kong. Comme ce soir. Je suis souvent en déplacement.

— Pourquoi n'avez-vous pas dit à la police que vous aviez vu Simon le jour où il a disparu ?

— Parce que ce n'est pas le cas.

— Je n'en suis pas certain.

— Eh, vous savez quoi ? dit-il avec affabilité.

— Non ?

— Je n'étais pas avec lui le jour où il a disparu. Point final.

Le chauffeur du taxi regardait dans son rétroviseur de temps en temps.

— Je pourrais vous faire part de mon problème, dis-je, mais ça risque de vous démolir le moral.

— Dites-moi tout.

— Mon problème, Billy, c'est que j'ai vu les cassettes. Toutes.

Il me dévisagea.

— Je vous écoute.

— Sur une cassette, on reconnaît le West Side, peut-être même le coin de la 10e Avenue et de la 46e Rue. Vous êtes dans une limousine avec Simon. Vous ramassez une pute et vous mégotez jusqu'à ce qu'elle accepte la passe à cinq dollars. Puis vous sortez de la voiture pendant que Simon se la tape. Vous remontez dans la voiture quand ils ont fini, et votre chauffeur redémarre.

— D'accord.

— D'accord.

— Et alors ?

— Ce n'est qu'une des cassettes.

— Ben merde alors ! fit-il avec un sourire haineux. Vous avez vu une cassette de Simon et vous vous croyez autorisé à vous pointer comme ça dans une de mes...

— L'autre cassette, l'interrompis-je, celle qui compte, se

passe à l'intérieur d'une fourgonnette. Le véhicule est garé près de Tompkins Square Park pendant une émeute de rues. Je ne crois pas qu'il soit nécessaire que je développe.

— Hum. Il la trouvait tellement géniale qu'il voulait s'en resservir telle quelle.

— Très bien.

— Très bien ?

— Oui, très bien.

— Comment ça, très bien ?

— Les flics sont au courant de l'existence de cette cassette, Billy. Je leur en ai parlé. Je ne la leur ai pas encore donnée. Nous sommes en train de négocier certaines conditions. Grâce à cet enregistrement, ils vont pouvoir identifier l'assassin, le coincer et l'inculper. Je serai appelé à témoigner et je devrai révéler d'où je tiens cette cassette. Or il se trouve que je n'ai aucune envie de me retrouver à la barre des témoins. Ce n'est pas dans mon intérêt de journaliste. Mais ils me poseront des questions vous concernant. Est-ce que je vous ai parlé, est-ce que vous étiez au courant pour la cassette, ce genre de choses. Les flics sauront que je vous ai demandé pourquoi vous ne leur avez rien dit à ce sujet. Et je serai forcé de leur répéter ce que vous venez de me dire, Billy. Or vous avez dit : « Il la trouvait tellement géniale qu'il voulait s'en resservir telle quelle. » Vos propres paroles. Prononcées il y a moins d'une minute. Je peux me rappeler des phrases entières pendant des années, vous savez. Bon, où en étions-nous ? Ah oui. Donc si je rapporte vos propos aux flics, ils vont dire : « Putain de merde, ce William Munson détenait une pièce à conviction dans cette affaire de meurtre d'un flic. » Et vous savez ce qu'ils vont vous faire, Billy ? Vous avez déjà regardé Rudy Giuliani au fond des yeux ? Vous allez vous retrouver à la prison d'Attica à vous faire ramoner par de drôles de bonshommes. Bon, peut-être que vous échapperez à une condamnation. Mais les journaux vont vous sauter à la gueule, Billy. Je rédigerai moi-même la manchette : « Un investisseur étouffe le meurtre d'un flic. » Ça fera la une, Billy. Vous aurez droit à Tom Brokaw, *CBS Evening News*,

CNN. *Vanity Fair* fera un papier sur vous, ils iront interviewer toutes vos anciennes petites copines. Servez-vous de votre imagination, d'accord ?

— Eh, un moment...

— Non, c'est vous qui allez m'écouter, dis-je en braquant mon doigt sur lui. Il y a une solution. Si je ne répète pas aux flics ce que vous m'avez dit, alors vous pouvez aller voir votre avocat, dès ce soir, et commencer à mettre au point le baratin que vous allez leur sortir quand ils viendront vous trouver. Il vaudrait mieux avoir une réponse toute prête. Vous pourriez prétexter un problème de toxicomanie. Faites-vous fabriquer un dossier médical accablant, imaginez un passé d'alcoolique, n'importe quoi pourvu que vous puissiez convaincre la police que vous étiez dans les vapes et que vous ne vous rappeliez plus rien au matin. Il y a des avocats qui sont spécialisés dans ce genre de défense...

— Qui ça ? Vous en connaissez ?

— Non. Mettez votre secrétaire sur le coup. Bon, nous disions donc, que s'est-il passé le jour où Simon a disparu ?

Munson regarda par la vitre. Il se savait au pied du mur.

— On a roulé, c'est tout.

— Quel véhicule ?

— La camionnette de son père.

— De son père ?

— Celle que prenait autrefois son père pour aller bosser.

— Celle dans laquelle vous étiez pendant les émeutes ?

Il tripota ses boutons de manchette.

— Oui.

— Y avait-il un équipement vidéo à l'intérieur ?

— Son père y entreposait toutes sortes d'outillage, et Simon avait des caméras, de la came, de la gnôle, des bouquins, un matelas, un vélo, pas mal d'outils, des trucs comme ça. Il y avait de tout, vraiment.

— Où êtes-vous allés ?

— On s'est rendus à la maison de retraite, et Simon et son père ont parlé ensemble. Je n'ai pas écouté. J'ai fait le poireau dans le couloir. Je voulais pas voir Simon avec son

père. Je me disais qu'il devait chialer, et je voulais pas voir
ça. J'ai juste serré la main du vieux.

— Quel était son degré de lucidité ?

— Il allait bien pour certains trucs, encore que... C'était
pas Alzheimer, mais autre chose. Il ne pouvait plus lire ni
écrire. Il pouvait encore parler un peu, je crois. Moi je ne
le comprenais pas, mais Simon, lui, si.

— Bon, vous êtes partis et ensuite ?

— Je sais pas. On a roulé au hasard. On est allé manger
quelque chose, on a fait un saut à un bureau.

— Un cabinet juridique ?

— Je sais pas. Un bureau dans une maison.

— Des gens du nom de Segal.

— Je me rappelle pas.

— Pourquoi vous êtes-vous arrêtés là ?

— Merde, j'en sais rien. Je suis resté dans la camionnette. C'était un arrêt hypercourt.

— C'était dans le Queens ?

— Oui, près de la maison de retraite.

— Est-ce que Simon vous a déjà parlé de Sebastian
Hobbs ?

— Le mec qui détient votre journal ?

— Ouais.

— Pourquoi il m'en aurait parlé ?

— Je vous demande simplement s'il a mentionné son
nom.

— Non.

— Il ne vous a jamais montré sa collection de cassettes ?

— Non, jamais.

— Pourquoi ?

— Pas son genre. Les cassettes, c'était son domaine
privé, genre dialogue intérieur, vous me suivez ? Il les
faisait pour lui. Les gens lui envoyaient des cassettes, aussi,
quand ils pensaient avoir filmé du sérieux. Je l'ai accompagné plusieurs fois, on faisait des trucs, on les filmait, mais
il ne m'a jamais laissé les voir. Il ne me l'a jamais proposé
et je ne lui ai jamais rien demandé. C'était comme qui dirait
flatteur d'être filmé avec lui. Il a fait tout un tas de

322

cassettes sans moi, également. Je ne les ai jamais vues. Et vous savez, vers la fin, on a été trop occupés par nos vies pour se voir beaucoup.

— Où étiez-vous le lendemain du jour où vous avez fait cette virée ?

— Eh, j'ai gardé la facture de la compagnie aérienne. Je me rendais à Hong Kong. Je descends toujours au Conrad. J'ai passé des coups de fil depuis l'avion, même depuis la voiture de l'hôtel, y a sûrement des traces, des relevés téléphoniques. Ils avaient une Rolls rouge qui venait vous chercher à l'aéroport, la vraie classe. Je n'ai appris sa mort qu'une semaine après, en regardant CNN.

— Vous n'avez jamais dit à la police que vous aviez passé une partie de la journée avec Simon ?

— Non.

— Vous étiez son ami ?

Munson fit la grimace.

— Merde, quoi, faites pas chier. Simon et moi on s'est quittés vers, disons, trois heures de l'après-midi. Il m'a déposé à l'aéroport. J'ai aucune idée d'où il est allé après. J'ai juste passé quelques heures avec lui. On a quitté Manhattan, on est allés voir son paternel, tac, un arrêt à ce bureau, tac, et zou, à l'aéroport. Point final. D'après ce que j'ai compris, la police a même jamais pu établir la date exacte de sa mort, pas vrai ? Qu'est-ce que je viendrais faire là-dedans ? Je suis pas dans le tableau. Simon a pu rencontrer des centaines de personnes après moi. Et vous savez quoi ? J'ai longtemps gambergé là-dessus. J'y ai pensé, repensé, et je me suis dit : Que dois-je faire ? J'ai une femme et deux gosses. Je les entretiens, et ce genre d'histoire ne ferait que foutre la merde dans ma vie. Sans raison. Simon aurait été d'accord avec moi, en fait. Il m'aurait dit : Reste à carreau.

Le taxi avait pris une route vraiment en sale état, et on était brinquebalés.

— Mais il avait aussi la cassette avec l'épisode de Tompkins Square Park. Vous aviez tout intérêt à ne pas y être mêlé.

— Je suppose.

— Vous n'aviez pas peur que la cassette refasse surface ?

— Je savais que ça dépendait de Caroline.

— Comment ça ?

Il eut un petit sourire, comme pour s'excuser du mensonge qu'il avait fait en prétendant ne pas savoir où se trouvaient les cassettes.

— Elle m'a appelé un jour pour me dire qu'elle avait vu la cassette et pensait que ça ferait du tort à la mémoire de Simon si on en parlait à la police.

— Elle a dit ça ?

— Ouais. Mais c'était du baratin.

— Je ne comprends pas.

— Ce que je veux dire, c'est qu'elle a pas dit ça par respect pour son défunt mari. Si cette histoire de cassette éclatait, ça risquait de porter un sale coup à la valeur marchande de Simon. Y a quand même tout ce circuit des films commercialisés en vidéo, les droits perçus dessus, etc. Les gens auraient pu trouver dégueulasse que la succession s'enrichisse ainsi.

— Elle sait que vous avez passé du temps avec Simon ce fameux jour ?

— Je l'ignore. Je lui en ai pas causé.

— Il a très bien pu la voir entre le moment où il vous a quitté et celui où il a disparu, dis-je, me rappelant que Caroline n'avait pas parlé de Munson dans sa déposition. Il a pu lui dire qu'il vous avait vu.

— C'est possible.

Le taxi était arrivé à l'aéroport.

— Vous partez quand même pour Hong Kong ? demandai-je.

— Oui. Je quitte le pays. Et je vais être difficile à joindre. (Il sortit son portefeuille, compta quatre billets de vingt qu'il tendit au chauffeur.) Ramenez mon ami en ville.

Je pouvais tenter quelques questions en dessous de la ceinture, à présent.

— Simon vous a-t-il parlé de Caroline ?

— Ouais.

— Qu'a-t-il dit ?

— Il a dit qu'elle était tout juste bonne à se faire sauter. (Il me regarda droit dans les yeux.) Tel quel. Et je suis capable de me souvenir d'une phrase des années après.

J'étais sur le point de sourire quand mon beeper sonna.

TOMMY BLESSÉ PAR BALLE – HÔPITAL ST. VINCENT.

Petites lettres lumineuses : événements graves.

Un gosse. Un gosse d'à peine dix-huit mois, endormi dans un lit d'hôpital, avec une petite bulle qui gonfle et dégonfle à ses commissures, et qui rêve de ces choses dont rêvent les enfants – sa mère, son biberon, des gâteaux, sa sœur, un animal, la couleur rouge, le jaune, le vert. Il ne comprend pas le fait qu'une balle ait traversé le minuscule biceps de son bras gauche, il sait seulement qu'un méchant monsieur était dans la pièce, que Josephine a crié, qu'il y a eu un bruit, quelque chose l'a brûlé au bras et il s'est mis à pleurer, Sally s'est mise à pleurer, Josephine à crier. Il ne peut pas savoir que la balle, censée se fendre et éclater au contact de la chair, a traversé son bras comme s'il était immatériel, bien trop jeune et tendre pour offrir une résistance tiède et humide à un projectile. De même qu'il ignore que cette même balle a, après avoir traversé son bras, pénétré ce genou qu'il était en train d'étreindre, et que la balle a éclaté conformément aux caractéristiques diaboliques de son créateur en une noria d'éclats de cuivre tranchants, pulvérisant la rotule d'une femme noire de cinquante-deux ans.

Pris dans un tourbillon de rage, de peur et de culpabilité, je contemplai Tommy dans son lit. J'aurais aimé pouvoir pleurer. Lisa arriva.

— J'ai moi-même examiné la plaie, dit-elle d'une voix éteinte.

— C'est grave ?

— Tu veux des détails ? Le muscle a subi une déchirure, mais pas sur toute l'épaisseur. Il va devoir faire de la rééducation, surtout pour que la musculature reste souple.

Le bras ne sera pas faible, mais il n'aura jamais la puissance contractile qu'il aurait dû avoir.

— Des cicatrices ?

Elle regarda Tommy et ferma un instant les yeux.

— Comme il va encore beaucoup grandir, ça ne se verra pas trop. Ça fera juste comme une fossette. Taux de chéloïde extrêmement faible – il est trop jeune.

— Josephine ?

Lisa soupira.

— La balle a touché la rotule gauche. Irréparable. Elle devra subir quelques opérations, faire de la rééducation. Ça prendra un an, certainement.

Lisa alla voir Sally, qui dormait sur un divan dans un bureau. Entre-temps, j'avais appris qu'ils avaient tous été transportés dans la même ambulance – Tommy, Sally et Josephine –, cette dernière insistant au plus fort de sa douleur pour qu'on ne la sépare pas des enfants. Lisa était arrivée une heure à peine après le drame et avait trouvé les enfants anormalement calmes. En la voyant, ils avaient éclaté en sanglots, terrorisés, et s'étaient cramponnés à elle, surtout Sally qui était encore traumatisée par la vue du sang de Tommy et de Josephine.

— J'ai tout arrangé pour Josephine, me dit Lisa.

— Tout est réglé ?

— Oui.

— Une chambre particulière ?

— Je lui ai obtenu la meilleure de l'hôpital.

— Je peux la voir ?

— Elle est sous sédatif, mais je pense que tu peux y aller.

Mon épouse parlait d'une voix froide et lointaine. Elle me parut seule.

— Sous sédatif ?

— Elle a subi un traumatisme, et les anxiolytiques permettent de calmer également la douleur. Le stress accroît la douleur.

— À qui était l'arme ?

— À l'homme.

— Mais Josephine a tiré avec son revolver ?

— La police pense que oui. Elle était incohérente. Elle va aller mieux maintenant. Je n'ai pas pu lui parler. Ils s'occupaient de son genou.

— Donc, elle a quand même gardé son arme.

— Oui, dit Lisa. Je crois que je suis un peu perdue.

Nous restâmes un moment sans rien dire. Elle me cachait quelque chose.

— Ils vont avoir besoin de son lit, dit-elle enfin.

— Le lit de Tommy ?

— Oui.

Elle se tourna vers moi.

— Mais il vient de recevoir une balle dans le bras ! m'écriai-je.

— C'est une blessure relativement bénigne. Elle a été désinfectée, recousue, pansée. Il va prendre quelques antibiotiques et tout ira bien.

Sa voix était tendue, indifférente à mon inquiétude pour Tommy.

— Je ne te comprends pas. Le ton sur lequel tu dis tout ça, pour être précis.

— Je suppose que tu sais qui était cet homme.

— J'ai une idée sur la question.

Elle me dévisagea. Pour l'instant, elle était la mère de ses enfants, et non ma femme.

— Ce n'est pas fini, hein ?

— Non.

— Je ne veux pas que les enfants soient mêlés à ça, Porter.

Tommy bougea dans son sommeil, et elle réajusta sa couverture.

— Tu t'es comporté comme si tu avais des tas d'ennuis.

— C'est le cas.

— Je veux dire, toutes ces heures en vadrouille, cette histoire d'agression, de vol. Tu me prends pour une idiote.

— Non.

— Tu dois vraiment te faire une fausse idée de moi.

— Non.

327

— Alors, de toi.

— Peut-être.

Ses yeux noirs me clouèrent.

— « Peut-être » ? C'est la réponse d'un lâche.

Je ne dis rien.

— Peux-tu m'assurer que ces hommes ne reviendront pas ?

— Non.

— On dirait que tu as vraiment contrarié quelqu'un, Porter ?

— Ce n'est pas tout à fait ça.

L'amertume figeait ses traits en un masque redoutable.

— J'espère au moins que c'est pour une bonne raison.

— Ce n'est pas tout à fait ça non plus.

— Je pars chez ma mère avec les enfants. Ce soir. Je prendrai les billets à l'aéroport. Un taxi doit nous prendre dans dix minutes.

Sa mère habitait sur les collines en dehors de San Francisco, elle fabriquait des cages à oiseaux à partir de planches en pin et de vieilles plaques d'immatriculation.

— Et ton cabinet ? demandai-je.

— C'est ce qui me fait le plus chier, Porter. J'ai pas mal de patients qui attendent d'être opérés. Heureusement, il y a les élections la semaine prochaine. Quant au suivi, j'ai pris mes dispositions, mais ça ne me plaît pas. Je n'aime pas trop l'idée de m'enfuir comme ça. Tout le monde à l'hôpital sera au courant. Mais il s'agit de mes enfants.

— Oui.

— J'ai beaucoup de choses à te dire, mais ce qui est arrivé à Tommy me met trop hors de moi. Bon sang, Porter, ça craint, ça craint vraiment.

— Oui.

Elle prit Tommy dans ses bras tandis qu'une infirmière s'occupait de Sally. J'embrassai mes deux enfants, qui heureusement dormaient, car ainsi je n'avais pas à leur dire pourquoi je ne les accompagnais pas. J'aurais pu suivre Lisa et essayer de tout lui expliquer. Je n'en fis rien.

Je montai à l'étage et passai ma tête dans la chambre de Josephine, m'attendant à y trouver des membres de sa famille.

— Josephine ?

Elle était allongée sur le côté et regardait la télévision.

— Oh, Porter ! fit-elle, et je vis des larmes dans ses yeux. J'étais avec Tommy et Sally, j'allais faire cuire des nouilles, quand j'ai entendu sonner à la grille, alors je me suis dit peut-être que Porter rentre plus tôt, quelque chose comme ça, j'ai levé les yeux et vu cet homme à la fenêtre...

Manifestement, l'homme envoyé par Hobbs s'y connaissait en serrures.

— De quoi avait-il l'air ?

— C'était un Blanc, il devait bien avoir dans les cinquante ans, un manteau épais, je me suis dit. Oh non, ça ne va pas, quelque chose cloche, personne ne m'a parlé d'un homme qui devait venir, alors il me sourit et frappe à la porte, et moi je lui dis derrière la vitre : « Qui êtes-vous ? » Et lui il répond rien, alors je dis : « Partez ou j'appelle la police. » Alors il a défoncé la porte, carrément. Les gosses ont tout vu. Sally, ça lui a fait très peur. Puis il est entré dans la cuisine et je me suis dit, Oh non, ça ne va pas, cet homme est méchant, et il a dit : « Où est le bureau de Porter ? » Je lui ai dit que ça ne le regardait pas, il a dit : « Montre-moi le bureau ou l'un d'entre vous va le regretter. » Alors je lui ai montré où se trouvait le bureau, parce que j'ai pensé que...

— Vous avez bien fait, Josephine. Il n'y a pas de mal.

— Il a commencé à fouiller partout, à tout sortir, alors j'ai voulu m'enfuir avec les enfants, mais il a dit : « Venez là tous les trois. » Je voulais prendre Tommy dans mes bras pour pouvoir courir. Mais il est sorti du bureau, il avait une arme. « Tout le monde dans le bureau », il a dit, alors j'ai pris mon sac et on est tous allés là-bas avec les enfants et lui il dérangeait vos papiers, il ouvrait les tiroirs, il jetait tout partout en disant : « Mais où c'est, mais où c'est ? » Alors j'ai dit : « Monsieur, je sais pas de quoi vous parlez », alors il a dit qu'il allait devoir emmener un des enfants avec lui, et alors – oh mon Dieu. (Josephine porta les mains à son cou et baissa les yeux.) Moi j'ai... je sais que vous m'aviez demandé de plus prendre mon arme avec moi, mais...

— Ne revenons pas là-dessus, Josephine.

— J'ai juste dit : « Non, vous pouvez pas faire ça, monsieur, vous prendrez pas les enfants », et j'ai sorti mon arme, j'ai visé et j'ai tiré. Il a crié et m'a traitée de tous les noms – vous savez comment ils sont quand ils sont furieux – et il a tiré et c'est là que Tommy et moi on a été touchés, on a crié tous les deux, je suis tombée avec Tommy et j'ai tiré à nouveau, je crois que je l'ai touché, c'est possible, j'ai tiré encore et cette fois je l'ai raté, la balle est entrée dans le mur, alors il s'est enfui. Il est passé par la porte de la cuisine, il a traversé le jardin, puis il est tombé, une fois, il s'est relevé et il est parti. Je ne l'ai pas suivi. Je suis restée avec les enfants dans mes bras. Ils étaient tellement choqués que je suis juste restée à les tenir contre moi et à les embrasser, c'est tout.

Je quittai l'hôpital et me rendis directement au journal. Hal Fitzgerald avait laissé deux messages sur mon répondeur et paraissait inquiet, plus pour lui que pour moi. Mais j'étais incapable de penser à lui pour l'instant. Je demandai au gardien d'ouvrir la salle des archives. Mrs. Wood était partie, mais je connaissais le système. Campbell. Il fallait que je sache où se trouvait Campbell. Quel était son prénom ? Impossible de me rappeler. On aurait aligné devant moi un millier de types que je l'aurais reconnu immédiatement, mais bon sang de bon sang je ne me rappelais plus son prénom. Je pouvais chercher « Campbell » sur l'annuaire électronique mais ça m'aurait donné trop de noms. M'installant aux commandes des ordinateurs de Mrs. Wood, je me mis au travail. À force de tâtonnements crispés et de recoupements vicieux, je parvins à dénicher son adresse. Sa propriétaire s'appelait Lucy Delano et habitait au premier étage. Le troisième était occupé par un certain Tim Westerbeck. Il me fallait le numéro de téléphone de Campbell. J'appelai d'abord Westerbeck mais son répondeur m'apprit qu'il était en voyage de noces au Brésil. Qu'il aille se faire foutre. Je composai le numéro de Mrs. Delano.

— Allô ? fit, hésitante, une voix de vieille femme.

— Mrs. Lucy Delano ?

— Oui ?

Je me présentai et lui dis que j'étais journaliste.

— Qu'est-ce que vous voulez ?

— Nous cherchons désespérément à joindre votre voisin, Mr. Campbell.

— Comment savez-vous que c'est mon voisin ?

— C'est de notoriété publique, madame. Auriez-vous par hasard son numéro ?

— Oui, mais je ne peux pas vous le donner.

— Je vois.

— Désolée.

— Il faut vraiment que je lui parle, voyez-vous.

— Si vous voulez, je peux aller frapper chez lui.

C'était risqué.

— D'accord, dis-je.

Je l'entendis reposer le combiné. Un bruit de toux, des sons indistincts. Rien. Rien et rien. Rien et encore rien. Peut-être qu'elle était morte en traversant le couloir. Rien. Des bruits indistincts, un toussotement. Puis :

— J'ai bien peur qu'il ne soit absent.

— Mrs. Delano ?

— Oui ?

— Il me faut vraiment ce numéro.

— Je suis désolée. Ça fait longtemps que j'habite dans cette ville.

— Mrs. Del...

— Je me suis fait cambrioler pour la première fois en 1966.

Je ne dis rien.

— Alors vous comprenez, conclut-elle en raccrochant.

Oui.

35e Rue, onze heures du soir, janvier. C'était un immeuble de grès brun à trois étages, ce qui était bon signe ; pas de portier. Il était large d'environ huit mètres, une largeur standard à Manhattan, avec des baies vitrées aux premier et deuxième étages. La véranda avait été ôtée, et l'entrée principale se résumait à présent à trois marches donnant accès au premier niveau, légèrement en dessous du niveau de la rue. L'interphone comportait trois sonnettes, ce qui signifiait qu'il y avait trois appartements pour quatre niveaux. L'un d'eux était un duplex – le rez-de-chaussée et le premier. Mrs. Delano, en femme âgée, aurait choisi cette solution afin d'éviter les escaliers, trop fatigants. Donc Campbell habitait au-dessus de chez elle et le dénommé Westerbeck au dernier étage. Je sonnai chez Campbell. Il n'était pas encore rentré. Peut-être ne rentrerait-il pas. Il pouvait avoir une maîtresse en ville. Une pétasse en bottes rouges qui promenait son caniche.

Les lumières étaient éteintes chez Mrs. Delano : elle devait dormir. Je cherchai un moyen de m'introduire dans le bâtiment. Je ne vis que des autocollants vantant un système d'alarme et des barreaux aux fenêtres. Je changeai de trottoir, trouvai un coin plongé dans l'ombre et attendis. Ce faisant, je remarquai que le couvercle de la poubelle à côté de moi était attaché à une grille au moyen d'une cordelette.

Une heure plus tard Campbell arrivait, seul et à pied, un sac de courses dans les bras. Je le vis s'immobiliser sur le perron de son immeuble et sortir ses clefs. Je jaillis de l'ombre et, en quelques enjambées, je fus sur lui.

Il poussa un cri mais j'avais déjà passé la cordelette autour de son cou. Il lâcha ses courses, que j'envoyais valdinguer par la porte ouverte, puis je le poussai à l'intérieur et ramassai le trousseau.

— J'ai de l'argent, gémit-il. Mon portefeuille...
— Monte.
— Mon portefeuille...
— Ferme-la.
Je tirai sur la cordelette et il suffoqua.
— Ramasse tes courses.
Il obtempéra. De la sorte, il aurait les mains occupées.

Une fois devant sa porte, je lui demandai de m'indiquer la bonne clef.

— Ne me tuez pas, je vous en supplie.

— Allume.

Il obtempéra. Un bel appartement, des tapis, des lampes ; un décor victorien, d'une propreté un peu triste. L'antre solitaire d'un célibataire endurci.

— Vous voulez baiser ?

— Pardon ? fis-je.

— C'est ça que vous voulez ?

— Hein ?

— Je suis bon, vous savez. Je vous donnerai du plaisir.

J'éclatai de rire et tirai sur la cordelette. J'étais plus fort que lui. Je le traînai dans la cuisine.

— Montre-moi le tiroir où tu ranges ton couteau le plus gros et le plus affûté.

Il se figea.

— Allez !

— Non. Vous allez me tuer.

— Obéis, Campbell.

Je donnai une sacrée secousse sur la corde et ses jambes se dérobèrent sous lui. Quand il fut à terre, je m'aperçus qu'il se faisait teindre les cheveux.

— Debout, fumier.

— Aaarh... Je... vais mourir.

— Non, pas encore.

— Aaarh...

Il parvint à se relever.

— Montre-moi ce tiroir.

Cette fois-ci il n'obtempéra pas. Je le traînai vers les tiroirs, en ouvris quelques-uns, m'emparai d'un énorme couteau à découper, puis d'un petit, que je glissai dans ma poche arrière. Je poussai Campbell vers le téléphone.

— Tu sais qui je suis ?

— Non, s'étrangla-t-il. Je n'ai pas vu votre visage.

— Wren. Porter Wren. Je travaille pour toi.

— Aaarh...

— Tes sbires ont blessé mon petit garçon cet après-midi. Tu le savais ?

Je resserrai le garrot improvisé avant qu'il puisse répondre. Ses mains frôlèrent le rebord de la tablette où était posé le téléphone.

— Je devrais te tuer, Campbell.

— Non, je vous en prie.

— Appelle Hobbs.

— C'est impossible.

— Pourquoi ?

— Il est... au Brésil.

— Je ne marche pas.

— Je vous le jure !

Je sortis le petit couteau de ma poche et le plantai dans son derrière, l'enfonçant d'au moins deux centimètres. Il hurla. C'était douloureux, mais pas grave.

— Fais marcher ta cervelle, Campbell.

Je le fis s'allonger sur le tapis et m'assis sur son dos – je pèse dans les cent dix kilos. Je posai le téléphone par terre, ainsi que ce qui devait être un répertoire professionnel assez fourni.

— Mets les mains dans ton dos.

— Non.

Je lui donnai un autre coup de couteau.

Il obéit. Je lui attachai les mains avec la corde. Puis je déposai le répertoire près de son visage et appuyai sur la touche haut-parleur pour pouvoir entendre la conversation.

— On appelle qui ?

— C'est impossible, gémit-il.

Je susurrai à son oreille :

— Écoute-moi bien, Campbell. Mon fils a un an et demi, c'est un vrai petit ange, il est l'innocence même. Tu as abîmé son corps et peut-être également son âme. Je ne suis pas d'un naturel violent. Mais je jure que je vais te torturer jusqu'à ce que tu joignes Hobbs au téléphone.

— Je vais perdre mon boulot ! hurla-t-il en se débattant.

Je lui replantai le couteau dans le cul. Assez profondément. Mais ça ne saigna pas beaucoup. Je recommençai, en remuant la lame cette fois-ci. C'était une sensation à la fois étrange et familière, comme si je vérifiais la cuisson d'un rôti. Je remis ça. Campbell se mit à hyperventiler.

— Appelle-le, dis-je.

— Vous ne comprenez pas. Je ne peux pas...

Je compris que lui donner de gentils petits coups de couteau dans le derrière ne suffirait pas. Peut-être qu'il était maso. Je m'emparai de la lampe qui était sur la tablette, en virai l'abat-jour d'un coup sec et agitai l'ampoule brûlante devant la bouche de Campbell.

— Ouvre grand la bouche, dis-je. Ça va éclairer ta lanterne.

— Non !

— Qu'est-ce que tu préfères, le couteau ou l'ampoule !

— D'accord, d'accord ! On appelle Londres ! On réveille Mrs. Fox !

Cela nous prit quelques minutes. Mrs. Fox était l'intendante de Hobbs. Campbell expliqua à Mrs. Fox qu'il lui fallait le numéro personnel de Mrs. Donnelly. Mrs. Donnelly était la secrétaire personnelle de Hobbs et l'accompagnait partout. Ce fut Mr. Donnelly qui répondit. À Londres, il faisait à peine jour. Un Anglais assoupi parlant à un type hystérique à Manhattan. Il me faut le numéro de votre épouse au Brésil, dit Campbell. Pourquoi ? Donnez-le-moi, c'est tout ! Vous êtes bien grossier ? Et ainsi de suite. Un appel au Brésil, avec le code international. Pas de réponse. Dix sonneries. Puis une voix en portugais. On alla chercher Mrs. Donnelly. Elle était en train de dormir. Oui, elle se souvenait de Mr. Campbell, que pouvait-elle faire pour lui ? Il faut que je parle à Mr. Hobbs. Je suis vraiment désolée, il est absent pour le moment. Et ainsi de suite. Campbell transpirait, les lèvres sèches. Je vous en prie, dit-il, je vous en prie, Mrs. Donnelly, je suis dans une situation très difficile, il s'agit d'une urgence. Donnez-moi le numéro de son cellulaire. Il a toujours un cellulaire sur lui. Je suis désolée, Mr. Campbell, il a bien insisté pour qu'on ne le dérange pas. Campbell gémit. Je réfléchis ! me lança-t-il, le souffle court. Il a bien un cellulaire, Mrs. Donnelly ? Pas que je sache. Pas de cellulaire ; donc la couverture cellulaire était mauvaise. Mrs. Donnelly ! Oui ? Son chauffeur doit avoir une liaison satellite ! Qu'est-ce que c'est ? Un combiné qui marche par liaison satellite ; ça se range en général dans le coffre de la limousine ! Je ne suis pas très versée dans... Mais si, vous savez, c'est le numéro de la voiture, appelez la voiture. Oh, le numéro de la voiture. Bon, d'accord. Elle le lui donna. Je composai le numéro. Cinq sonneries. Oui ? fit une voix britannique. C'est le chauffeur ? Oui. C'est Campbell, à New York. Passez-moi Hobbs. Je crains que... C'est une urgence. Il est à une réception. Il y a du monde. Faites-le venir jusqu'à la voiture. Je ne peux pas faire ça, monsieur. C'est Campbell à New York. Je ne vous connais pas. Campbell, à New York. Je m'occupe du bureau américain ! Je suis désolé, monsieur. Écoutez, allez sonner à la porte et demandez le numéro de son hôte. Vous pouvez bien faire ça. On va les appeler. Il y eut un long silence. Je fais ce que je peux, putain ! lâcha Campbell. J'ai mal aux fesses. Vous m'avez planté votre couteau dans les fesses. La voix à l'autre bout du fil lui communiqua alors le numéro de la maison, et nous appelâmes. Une domestique répondit, elle parlait portugais. Beaucoup de mal à se faire comprendre. Puis la fille de l'hôte, une adolescente qui parlait un anglais parfait. Oui ? Ils sont en train de dîner. Je vais aller demander à mon père. Papa, un Anglais ! Oui ? Une voix de basse. Ici Arturo Montegre. Walter Campbell de New York, à l'appareil. Je dois parler à l'un de vos invités, Mr. Sebastian Hobbs. C'est une requête plutôt inhabituelle, non ? Je sais, monsieur, mais je suis vraiment dans le pétrin. Un long silence.

Oui ? Hobbs. Qui est à l'appareil ?

Je laissai Campbell exposer l'affaire. Expliquer qu'il avait merdé. Mais il se répandait en excuses, pleurnichait, et mon message ne passait pas. Je pris le relais :

— Écoutez-moi, Hobbs, espèce de saligaud. Si vous ne rappelez pas vos putains de chiens de garde, je ferai un millier de copies de la cassette. (C'était le mensonge le plus facile de toute ma carrière.) Je ferai un millier de copies et je les enverrai à tous les journaux et à toutes les chaînes de télé de ce pays et j'établirai une transcription dactylographiée pour les crétins qui auront la flemme de le faire eux-mêmes. Je vais tirer la chasse et vous allez vous retrouver dans l'œil de ce cyclone nauséabond. Vos sbires m'ont tabassé, m'ont volé la mauvaise cassette et ont blessé mon fils, Hobbs, et vous êtes assez intelligent pour savoir combien c'était stupide. Vous pouvez me traîner en justice pendant cent ans, je m'en tape. Je sens que je vais péter les plombs, Hobbs, s'il arrive quoi que ce soit d'autre à ma femme ou à mes enfants. Je vous retrouverai où que vous alliez et je vous arracherai le cœur, espèce d'immonde et grosse saloperie, c'est bien compris ? Mais avant de faire ça, j'irai dire à la police de New York que votre homme de paille, votre cher Campbell, est en possession de la cassette que vos sbires m'ont piquée, une cassette où l'on voit un policier se faire tuer. Les flics veulent cette cassette. Ils vont expédier Campbell à Rikers Island. Vous avez déjà entendu parler de Rikers Island ? La plus grande colonie pénitentiaire au monde, en plein New York ! Dix-sept mille prisonniers ! Campbell y va et il... Un instant ! Votre homme est en train de pleurer, Hobbs. Écoutez.

J'approchai le combiné de la bouche de Campbell.

— Supplie-le, ordonnai-je.

La respiration complètement déréglée, il fut incapable de dire quoi que ce soit. J'enfonçai la pointe du couteau dans son oreille.

— Mr. Hobbs ! Mr. Hobbs ! s'écria Campbell. C'est ma faute ! Je suis vraiment désolé ! Je suis allé trop loin ! J'ai besoin... je vous en prie, donnez-moi l'autorisation de rappeler mes hommes !

Un silence. Sa tête retomba sur le tapis.

— C'est bon, dit-il.

Je repris le combiné.

— Je veux vous entendre le dire, Hobbs, fis-je.

— Vous avez ma parole, Mr. Wren. Je serai bientôt à New York. Nous pourrons alors procéder à l'échange des cassettes. Et maintenant, puis-je aller reprendre mon dîner ?

Il était près de trois heures du matin quand je poussai mon portail en prenant soin de surveiller mes arrières. Une fois dans le tunnel, je remarquai quelques gouttes de sang sur la brique du mur ainsi qu'une longue traînée oblongue sur le porche, et encore du sang à l'intérieur, du sang partout, sur le sol, sur le téléphone, dans deux linges imbibés, ainsi qu'une vaste éclaboussure sur le mur. Les secours médicaux avaient laissé des emballages vides de seringues et une boule de gaze déchirée. J'étais content que Lisa et les enfants soient ailleurs. Je n'étais plus digne d'eux à présent. D'une certaine façon, cela ne m'étonnait pas ; j'avais toujours su à quel point j'étais égoïste et con, un vrai trouduc pour parler crûment. Je ne suis pas bon. Je suis ponctuellement mauvais. Je suis capable d'un tas de choses répréhensibles. Mon père, lui, était un homme doux et patient, et après la mort de ma mère il a toujours veillé à m'inculquer de solides principes moraux. Comme je contemplais les taches rouges qui mouchetaient la cuisine, je me souvins d'un après-midi de juillet il y a de cela des années, quand j'avais quinze ans. Mon père m'avait demandé de repeindre la cuisine d'une certaine Miss Whitten, une vieille femme qui habitait en ville. Mon père était membre du conseil de notre église, et je suppose qu'il avait eu vent du dénuement dans lequel vivait cette Miss Whitten. Je lui dis que je ne voulais pas faire ce travail, mais sans guère de conviction, car je savais que mon père ne m'aurait pas imposé une tâche aussi pénible si cette dernière n'avait revêtu à ses yeux une grande importance. Il m'expliqua qu'il s'était proposé pour repeindre lui-même la cuisine, mais qu'il avait mal au dos depuis quelques jours. Effectivement, j'avais vu la douleur déformer ses traits alors qu'il déchargeait les pots de peinture du camion. Nous nous sommes donc rendus chez Miss Whitten après le petit déjeuner, et en chemin mon

338

père m'a expliqué comment m'y prendre pour repeindre une pièce. « Sers-toi de bouts de chiffon pour étaler la peinture, mets de l'adhésif sur ce que tu ne dois pas peindre. Le plus important, c'est de ne pas se hâter. » Miss Whitten nous accueillit sur le seuil de sa modeste maison en bardeaux, appuyée sur une canne. « Ainsi donc vous voilà », dit-elle. Dès que nous sommes entrés, elle s'est laissée tomber dans un fauteuil roulant et a glissé la canne dans un anneau fixé à l'un des bras en fer du siège. Mon père s'est montré inhabituellement prévenant à son égard. Elle nous a précédés dans une grande cuisine à l'ancienne, pleine d'ustensiles datant des années 1950, avec du linoléum craquelé et un comptoir ; la peinture écaillée pendait du plafond en frondes grisâtres. Mon père m'a aidé à transporter les pots de peinture et les chiffons puis m'a annoncé qu'il passerait me prendre le soir vers six heures.

Je me suis mis au travail avec zèle, commençant par détacher ce qui restait de peinture, installant du ruban adhésif aux endroits qu'il ne fallait pas peindre, puis apprêtant les bouts de tissus dont j'allais me servir pour étaler la peinture comme mon père me l'avait indiqué. Miss Whitten venait de temps à autre surveiller mes progrès. Elle ne prononça pas une seule parole. Il faisait très chaud, et en début d'après-midi j'ôtai mon T-shirt et bus de l'eau au robinet. « Jeune homme, remettez votre T-shirt », m'ordonna-t-elle depuis son fauteuil roulant. Je la regardai, haussai les épaules et obéis. Sa mauvaise humeur ne m'atteignait pas ; j'étais tout entier absorbé par le rythme plutôt agréable de ma tâche et, surtout, je songeais aux culottes de coton que portait Annie Frey, à la fragile douceur du tissu, à la bordure élastique et froncée de la taille, qui, une fois écartée par mes doigts, livrait son secret renflé et odorant de poils pubiens. Annie poussait toujours un soupir résigné quand je la caressais ainsi – ce qu'elle voulait, bien sûr, c'était de l'émotion – et ces soupirs induisaient tout un système complexe de transactions sexuelles. Chaque bien était acquis moyennant un certain nombre de soupirs tolérants, et une fois que j'eus appris à ignorer les haussements de sourcils

patients d'Annie, j'y allais à l'instinct. Telles étaient mes préoccupations alors que je peignais la cuisine de Miss Whitten, et c'est pourquoi je tombai des nues lorsque celle-ci s'écria depuis le seuil de sa salle à manger : « Tu as tout gâché ! Tu as tout gâché ! » Là-dessus, elle désigna de sa canne une tache de peinture de la taille d'une pièce de dix *cents* qui avait traversé l'espace impeccable de la cuisine pour aller atterrir sur le vieux tapis d'un rouge passé de la salle de séjour. Je me précipitai, affolé, vers la tache scandaleuse. « Je vais arranger ça, la rassurai-je en me penchant pour l'examiner. Je vais aller chercher un chiffon et…
– Non ! Non ! hurla-t-elle. C'est foutu ! Oh, quel idiot, ce garçon ! » Là-dessus, elle brandit sa canne et l'abattit sauvagement sur mon épaule. « Idiot ! Pauvre idiot ! De la peinture partout sur mon tapis ! » Elle s'apprêtai à m'assener un autre coup et je fis un bond de côté. J'étais sur le point de lui dire combien j'étais navré, mais mon regard croisa le sien ; j'y discernai un foyer de haine, qu'entretenaient encore les braises d'une vie entière d'amertume. Elle me fit peur, mais seulement un court instant, et je retrouvai assez d'assurance pour laisser s'exprimer un peu de ma propre cruauté. Comme Miss Whitten continuait de me fusiller du regard, sa canne brandie, je lui décochai un sourire vicieux et dégoûté qui, dans le langage du corps, signifiait quelque chose comme : *Tu ne me fais pas peur, espèce de vieille peau de bique à roulettes.* Mais Miss Whitten ne se laissa pas effrayer, elle ne capitula pas. Elle abaissa sa canne et son regard s'étrécit de façon théâtrale. « Tu es un mauvais garçon, proclama-t-elle. Ne crois pas que je ne voie pas qui tu es, jeune homme. Je te vois. Je lis sur ton visage. Tu te crois si malin. Mais tu décevras ton père, tu décevras tout le monde. » Et sur ce, elle recula dans son fauteuil roulant et ne fit plus aucune autre apparition de tout l'après-midi. Je me hâtai de terminer le travail, pissai dans l'évier de la cuisine puis déposai seaux et chiffons sur le porche, où je m'assis pour attendre mon père, à qui je ne rapportai pas l'incident.

Tu décevras.

J'étais toujours dans la cuisine, bien trop abattu pour avaler quoi que ce soit. La seule vue des boîtes de céréales de Tommy m'anéantissait, idem pour les petits bols en plastique dans lesquels les mangeaient Tommy et Sally. Je sortis sur le porche et contemplai à nouveau la neige ensanglantée. Puis j'entendis une voix à l'extrémité du tunnel de briques.

— Ouais, qu'est-ce que vous voulez ? gueulai-je.

— Mr. Wren ?

— Ouais, dis-je en me dirigeant vers le portail.

C'était un jeune policier.

— J'ai un message de la part du divisionnaire Fitzgerald.

Je pris l'enveloppe.

— Merci.

J'attendis qu'il soit remonté dans sa voiture et qu'il ait démarré. Une simple feuille de papier. *Magne-toi*, était-il écrit.

C'est ce que je fis. Je filai dans le Queens. La résidence des Segal était entourée de massifs d'azalées non taillés. Le trottoir était craquelé ; le porche paraissait sur le point de s'effondrer d'un instant à l'autre. Une petite pancarte à la fenêtre annonçait SEGAL & SEGAL, CABINET JURIDIQUE, mais personne ne pouvait réellement imaginer que l'endroit abritait la moindre activité juridique. Je sonnai. Il n'y eut aucune réponse. Je sonnai à nouveau, de façon plus insistante. L'interphone émit un grésillement.

— ... une minute.

Un homme tout ratatiné d'environ quatre-vingts ans

m'ouvrit la porte, les verres épais de ses lunettes constellés de poussière et de quelque chose qui faisait penser à de la confiture.

— Oui ?

— Je viens voir Norma Segal.

— Elle est partie faire des courses.

— Vous êtes Mr. Irving Segal ?

Ses dents du bas parurent se désolidariser de sa bouche et s'avancèrent comme le tiroir d'une caisse enregistreuse. Puis il ravala le tout et dit :

— Oui.

— Je m'appelle Porter Wren...

Je mentionnai le cabinet juridique qui gérait les affaires de Caroline.

— Je connais bien ce cabinet, croassa le vieil homme. Je le connais très bien, jeune homme.

Je lui expliquai que je venais de la part de Caroline Crowley. Mr. Segal me serra la main avec une molle hésitation, comme s'il avait peur de se briser les os de la main, puis me précéda dans un couloir lambrissé dont la moquette était vieille d'au moins quarante ans. Il poussa une porte et nous nous retrouvâmes dans un bureau lambrissé rempli de dossiers. Les volets étaient fermés et, hormis une lampe de bureau, l'endroit était plongé dans l'obscurité.

— Comment avez-vous dit que vous vous appeliez ?

— Porter Wren.

— Vous avez une pièce d'identité ?

Je sortis de mon portefeuille plusieurs justificatifs, que j'étalai sur la table ; Segal les examina les uns après les autres à la lueur de la lampe.

— Les gens se prétendent n'importe quoi de nos jours, marmonna-t-il. On ne sait plus trop. L'identité de chacun... il n'y a plus de domaine privé. De nos jours il n'y a que le sexe qui compte. Il n'y a qu'à voir ces romans qu'on trouve dans les drugstores, rien qu'aux couvertures, je ne vous dis que ça, n'empêche qu'autrefois les rapports sexuels entre hommes et femmes étaient quelque chose de privé.

Aujourd'hui, les jeunes font tout un tas de choses qui sont contre nature, si vous voulez mon avis. (Il secoua la tête, approuvant ses propres déclarations.) Bon, bien sûr, ça vient de l'enseignement. Faut leur apprendre la manière, faut qu'ils sachent parfaitement leur alphabet. Ce qu'on a dans ce pays, c'est... oh, on pourrait appeler ça, ma foi, disgrâce serait un terme clément, oui. Je pense que le mot généreux serait plutôt... Je pense que le mot disgrâce serait clément, alors qu'en fait la situation avec ces immondes, immondes livres pornographiques sont... est... J'en ai examiné quelques-uns, et il y en a qui sont répugnants, en plein magasin, là où des gamines peuvent les voir, des petites, ces gamines... ah... et alors j'ai dit au vendeur du drugstore qu'à mon époque de telles choses étaient inacceptables.

Il me regardait droit dans les yeux mais ne voyait rien.

— Inacceptables. Je me souviens du temps où les Ezzinger possédaient ce drugstore, ça c'était une famille. Bert Ezzinger était un bon père, il avait trois filles, je me rappelle. L'une d'elles avait quelques années de moins que moi, et elle avait... elle était vraiment... bon, euh, à cette époque on employait des mots qui étaient respectueux quand une fille était... pas ces immondes, immondes, immondes partouzes dont parlent tout le temps les gamins et qu'ils voient à la télé.

Le vieil homme s'interrompit pour reprendre son souffle et j'en profitai pour récupérer mes papiers d'identité.

— Mr. Segal, je suis venu pour me renseigner sur l'arrangement spécial que vous avez passé avec la succession Crowley...

— Quel nom vous avez dit ?

— Crowley.

Il me tendit un papier et un stylo.

— Veuillez me l'écrire, s'il vous plaît.

Je notai le nom, il prit le papier, se leva difficilement et se dirigea d'un pas traînant vers l'énorme armoire à classeurs verte. Il ouvrit un tiroir et quelques feuilles tombèrent, sans qu'il y prît garde.

— Hmm, non, C. D'abord nous avons le B., ici... (Un autre tiroir, d'autres papiers.) Ça doit être là... elle l'a classée... Je lui ai demandé de s'occuper de la paperasserie. Comment je pourrais me souvenir de tout ? Le cabinet me prend beaucoup de temps, comment je pourrais passer mon temps à tenir à jour... Quel nom vous avez dit ?

— Crowley ? Vous aviez le papier à la main.

— Oui, bien sûr.

Il regarda sa main, mais un instant plus tôt il avait posé le papier, lequel s'était déjà mêlé au fouillis par terre. Mon beeper sonna. J'y jetai un coup d'œil. PORTER, RAPPELLE-MOI. HAL. Mr. Segal entreprit de nettoyer ses lunettes.

— Vous connaissiez Simon Crowley ? demandai-je, me disant que je devais conduire la conversation.

— Ma foi oui, il est venu nous voir il y a de ça un bout de temps.

— Que voulait-il ?

— Je ne peux pas vous le dire. C'est confidentiel. Vous pouvez comprendre ça, bien sûr.

— Il est mort.

— Ah bon ?

— Oui.

L'homme fronça les sourcils avec méfiance.

— Vous avez un double de son certificat de décès ?

— Non.

J'étais sur le point d'abandonner. Mais Irving Segal parut se rappeler quelque chose.

— Il y avait... certaines instructions... Je me souviens qu'on avait tout mis par écrit – on était obligés – et qu'il fallait facturer cet arrangement, envoyer un... vous savez, on avait tout archivé proprement à la cave, mais avec cette canalisation, enfin, on a eu toutes sortes d'ennuis, même des bras, euh, des rats, et aussi de terribles problèmes à l'époque, je n'avais pas réussi à traîner à temps et on a été freinés en justice par un Coréen, alors... (Le vieil avocat ouvrit un tiroir, à la recherche d'un calepin.) Nous allons devoir mettre de l'ordre ici, tôt ou tard. D'ordinaire, notre organisation est tout ce qu'il y a... (Il sortit une pile de revues pornos d'un tiroir et elles tombèrent sur le sol en un obscène éventail.) Je cherchais des... (Il s'interrompit, puis redressa la tête.) Normie ? Normie, c'est toi ?

On entendit une porte se refermer, et quelqu'un posa des sacs de course sur une table, puis une femme entra, la soixantaine passée. Elle fut surprise de me voir.

— Normie, ce monsieur est ici pour nous interroger sur le... euh...

— Crowley, Simon Crowley.

— Oui, fit-elle sans la moindre hésitation. Je suis très au fait des dossiers de mon mari, et je me rappelle que nous avons autrefois travaillé pour un client du nom de Crowley, mais ça remonte à des années, peut-être deux ou trois ans, et je ne pense pas que nous ayons depuis...

— Oui, oui, fit Mr. Segal. Absolument. Ça remonte à plusieurs années, mais rien récemment, monsieur, rien du tout qui puisse vous servir, alors je crains de devoir m'occuper d'affaires plus... suis très pris, monsieur, content d'avoir parlé avec vous.

Et là-dessus il se mit à farfouiller dans ses papiers et ses prospectus, les retournant comme un enfant qui joue-rait avec des cartes en couleurs représentant des animaux. Il choisit un numéro du *Reader's Digest* datant du premier mandat de Reagan et s'installa dans un fauteuil.

— Venez, je vais vous montrer, dit Mrs. Segal.

Une fois que nous fûmes hors de portée d'oreille de son mari, elle se tourna vers moi et dit :

— Je ne voulais pas le blesser, vous savez. De quoi s'agit-il ?

Je lui expliquai qui j'étais et pourquoi j'étais là.

— Vous écrivez pour le journal ?

— Oui. Mais je ne vais pas mettre ceci dans le journal.

— Je ne suis pas obligée de vous croire.

— Je dois également vous informer qu'hier j'ai rendu visite à Mr. Crowley...

— Vous avez vu Frank ?

— Oui.

— Comment allait-il ?

— Eh bien, j'ignore en fait comment il va d'habitude, mais il ne m'a pas paru très en forme, Mrs. Segal. (Je la regardai et décidai de tenter le tout pour le tout.) C'était un bon père pour Simon ?

— Non.

J'attendis.

— Vous savez, nous venons tous du même quartier, Mr. Wren. Nous habitions un peu plus bas. Mrs. Crowley est morte quand Simon était tout petit, il devait avoir deux ans. Cancer du sein. Après ça, Simon a passé du temps avec nous. Je voulais un enfant, vous savez, et ça m'a pris sept ans pour tomber enceinte. Je pensais que j'avais un problème, mais finalement, à l'âge de trente-six ans, j'ai eu un enfant. Un petit garçon, Michael...

Mon beeper sonna une nouvelle fois.

— Excusez-moi.

APPELLE-MOI FISSA – HAL (TON POTE).

Je rangeai mon beeper.

— Bref j'ai eu un garçon que j'ai appelé Michael, et tous les deux, Simon et Michael, ont pris l'habitude de jouer ensemble. Ils étaient comme deux frères. Mr. Crowley – Frank – travaillait tard. C'était un brave homme, mais je pense que... eh bien, il n'a jamais eu beaucoup d'imagination. J'ai pensé qu'il était de mon devoir de faire ce que la mère aurait fait si elle avait vécu, vous comprenez. Les gosses jouaient ensemble, et parfois Frank me donnait de l'argent pour que j'achète des habits à Simon. Il ne s'est jamais remarié. Je ne pense pas qu'il y ait jamais songé. Il n'y avait que les ascenseurs qui comptaient pour lui. Mais Simon et Michael s'entendaient à merveille et...

Elle s'interrompit et ôta ses lunettes. Puis elle les remit et me regarda.

— Michael s'est tué quand il avait cinq ans. Il s'est noyé dans la piscine d'un motel. C'était ma faute. Je suis allée dans la chambre pour chercher une autre serviette, il s'est cogné la tête, et depuis ce jour, Mr. Wren, je me maudis pour ma stupidité. Cela a fait vingt-cinq ans en juillet dernier.

— Je suis vraiment désolé.

— C'était... on gagnait bien notre vie, on pensait même aller s'établir en Floride pour vivre la grande vie. Irving avait un bon salaire, on roulait dans une Cadillac. J'avais plus de quarante ans, Irving un peu plus, la cinquantaine. C'était son second mariage, et avec Michael on prenait souvent la Route 1, on longeait la côte est de la Floride. À cette époque la Floride était un État sûr, les gens ne... bref, c'est de l'histoire ancienne. On avait une maison dans St. Petersburg et on envisageait de déménager. Irving a installé ses bureaux ici. Il possédait plusieurs immeubles. C'était avant la mort de Michael. Quand Michael est mort, ce fut... ce fut la fin de tout, Mr. Wren, on s'est complètement laissés aller. Je me suis mise à boire. Je... une des raisons pour lesquelles Michael s'est noyé, c'est que je voulais en fait me préparer un autre verre, et j'ai passé trop de temps à le préparer, voilà l'ignoble vérité, Mr. Wren...

Elle me regarda, les yeux humides.

— Continuez.

— Je suppose que c'est à partir de là que je me suis mise vraiment à boire, et Irving, le pauvre, il a commencé à tout oublier. On avait des immeubles, certains en très bon état, mais...

— Dans St. Petersburg ?

— Oui, magnifique, le ciel, l'air...

— Vous aviez des immeubles à New York ?

— Oui.

— Lesquels ?

— Oh, on en avait quatre. On avait deux petites maisons dans le quartier, par ici. On avait un magasin. Et on avait un immeuble à Manhattan.

— Au 537 11e Ruc Est ?

— Oui, un immeuble épouvantable. Frank... je veux dire Irving, n'aurait jamais dû l'acheter.

Elle avait commis un étrange lapsus.

— C'est là qu'est mort Simon.

— Oui.

— Quel est le lien ?

— Oh, Simon possédait les clefs de notre immeuble. Il s'y rendait parfois à ma demande.

— Pourquoi ? Je ne comprends pas.

Elle me dévisagea, se demandant si elle devait en dire davantage. J'y allais trop fort.

— Je suis désolé, dis-je. Reprenez où vous en étiez.

— Je crois que je me suis laissée aller. Après la mort de Michael, Simon était souvent là. Je n'avais plus de petit garçon à moi. Ces choses, on n'en revient pas toujours, vous comprenez ? Mais j'étais trop âgée. Ça ne servait à rien. Mais comme je le disais, Michael – je veux dire Simon – passait souvent ici, il me tenait compagnie, je lui faisais la lecture, tout ça. J'avais un petit chevalet dans la cuisine, il s'est mis à peindre. Un garçon bourré de talents. On avait un principe, c'était pas de télévision ici. Simon était extrêmement brillant, le gosse le plus intelligent du quartier. Mais il n'était pas très grand, et il commençait... Il avait une drôle de tête, il ressemblait à sa mère. Souvent les autres gosses se moquaient de lui, alors il venait ici et je le réconfortais. On faisait des dessins, on lisait des livres, et parfois on cuisinait ensemble. Je pense que Frank était... ça me rend malade rien que d'y penser... Frank ne se rendait pas compte à quel point Simon était intelligent. Aucune idée. Enfin quoi, il avait la chance d'avoir un gosse qui... oh, bon, je ferais mieux de me taire. Bref, ce furent de très belles années pour moi. J'avais Simon, et je ne m'inquiétais pas trop, même si les affaires d'Irving marchaient moyennement. Parfois il emmenait Simon faire le tour des immeubles, et comme ça il rencontrait des gens, ou du moins il en voyait, car c'était un enfant très réservé. Un jour, Irving a acheté une caméra, je l'ai montrée à Simon et il a voulu s'en servir.

— Mrs. Segal, l'interrompis-je gentiment, il faut que je vous pose une question à présent. Vous m'avez parlé de vos rapports avec Simon quand il était enfant. Mais par la suite ? Il y a tout un tas de choses que je ne m'explique pas. Vous possédiez un immeuble à Manhattan, et Simon gardait un jeu de clefs, or c'est là qu'il a trouvé la mort.

Vous allez rendre visite à son père deux fois par semaine, et cela depuis longtemps. Vous recevez une compensation régulière pour ces visites de la part de la succession Crowley, et des paiements encore plus importants à intervalles irréguliers. Je n'arrive pas à comprendre ce que signifie tout cela, Mrs. Segal, pouvez-vous éclairer ma lanterne ?

L'instant dilatoire. Mrs. Segal me regarda, vaguement effrayée, et je me dis que j'ignorais ce que c'était que d'être une femme de soixante-huit ans avec un époux sénile et aucun enfant ni petit-enfant. Mrs. Segal joua un instant avec la salière et le poivrier sur la table, deux porcelaines qui auraient maintenant fait la joie de collectionneurs.

— Mr. Wren, je... Oh, je crois que je ne suis qu'une vieille femme avec de stupides petits secrets. Voilà, j'étais amoureuse de Frank Crowley. (Elle pleurait à présent.) Je l'aimais comme une épouse, on pourrait dire. Il était... il était très gentil avec moi. Nous... Pendant des années... Enfin, vous comprenez. Mon mari... après la mort de Michael, il ne voulait pas d'autre enfant, il ne voulait pas ou il ne pouvait pas, et Simon était souvent là, et bon, c'est dur à expliquer. Mon mari était au courant, bien sûr, mais ça lui était égal, il ne... (Elle secoua tristement la tête, comme si elle regrettait que son mari n'ait jamais connu la jalousie.) Frank était... c'était un très bel homme, très costaud, très... Après la mort de sa femme, il s'est montré si attentionné... Oh, tout cela est stupide, bien sûr, ça n'intéresse personne.

— Moi, ça m'intéresse.

— C'est vrai ?

— Oui.

— Eh bien, je ne sais plus trop à quelle question vous voulez que je réponde en premier. Dès qu'il s'est mis à gagner de l'argent, Simon m'a demandé s'il pouvait s'occuper de nous, je lui ai dit non, que c'était son argent, qu'il l'avait mérité. Mais il a insisté. Le cabinet qui gérait ses affaires s'est mis à m'envoyer de l'argent, mille dollars par mois. Ça m'a bouleversée, je me suis dit qu'il fallait que je fasse quelque chose en contrepartie, même si c'était l'argent de Simon. J'allais voir Frank deux fois par semaine, alors j'ai commencé à noter mes visites sur une carte de remerciement. Ils m'ont téléphoné et ils m'ont dit : « Veuillez s'il vous plaît établir vos factures sur un formulaire spécial », alors c'est ce que j'ai fait. Il nous restait des vieux facturiers, et je m'en suis servi. Simon a appris la chose et ça lui a fait très plaisir. Il n'aimait pas tous ces avocats et ces comptables. C'était une petite plaisanterie entre nous.

— Et pour les gros versements ?

— C'était un peu différent. Simon savait qu'on avait des problèmes d'argent. Irving a renversé un Coréen avec sa voiture et l'homme a eu une très grave fracture à la hanche. Il ne pouvait plus marcher. Il nous a intenté un procès. Et on a eu des problèmes d'argent. Je n'ai pas dit à Simon à quel point c'était grave, mais il a proposé de nous acheter une nouvelle maison. J'ai refusé, je me plaisais où j'étais. Vous savez, tout le monde se connaît ici, le boucher, les gens du supermarché. Finalement Simon a dit qu'il voulait qu'on fasse quelque chose pour lui, et que c'était le cabinet qui paierait. Je devais envoyer quelque chose à une certaine adresse, puis envoyer une facture au cabinet...

— En échange de cinq mille dollars ?

— Oui.

— S'agissait-il d'une cassette, Mrs. Segal ?

Elle me regarda, en proie à une peur grandissante. Il y eut un silence, à la faveur duquel je pus entendre le sifflement discret des radiateurs et des bruits de papiers qu'on déplaçait dans le bureau de son mari. La maison sentait le temps englouti, l'approche de la mort.

— Oui, dit Mrs. Segal, c'était une cassette vidéo. Je devais l'envoyer et la facturer sans trop entrer dans le détail. Simon paraissait enchanté par cet arrangement.

Vous étiez censée envoyer cette cassette à une date particulière ?

— Quand je le voulais, m'avait dit Simon.

— Continuez.

— Un jour, j'ai trouvé Irving la cassette à la main, et je l'ai vite reprise pour qu'il ne la perde pas. C'est alors que j'ai décidé d'en faire une copie chez le vendeur d'appareils vidéo, au cas où Irving égarerait l'original. On traversait une période très difficile. On avait perdu nos vieux clients, enfin, vous pouvez voir par vous-même que...

— La cassette, Mrs. Segal.

— Oui, eh bien, je l'ai envoyée à l'adresse indiquée, enfin, je veux dire, j'ai envoyé une copie de la cassette. Je n'ai pas osé la regarder, bien sûr, mais je l'ai expédiée puis j'ai adressé la facture au cabinet de Simon. J'espère que je n'ai pas causé trop d'ennuis à des gens en faisant cela. J'ai juste mis la cassette dans une enveloppe marron, je l'ai postée, et puis trois semaines après j'ai reçu un chèque de cinq mille dollars. C'est la chose la plus extraordinaire que j'aie jamais vue.

— C'était après la mort de Simon ?

— Oui. On sortait tout juste de cet épouvantable procès, vous comprenez...

— Et donc vous en avez envoyé une autre.

— En fait, ça ne s'est pas passé comme ça. Pas vraiment. Mais il y a eu un mois où on a pris du retard dans les paiements, vous savez ce que c'est, une chose en entraîne une autre, alors je me suis dit, et si j'essayais une nouvelle fois, donc j'ai fait une autre copie de la cassette et je l'ai envoyée à la même adresse, puis j'ai envoyé une facture. Je me suis contentée de l'adresser à la succession Crowley en expliquant que j'agissais conformément aux instructions du défunt, quelque chose dans ce genre, et de nouveau j'ai été étonnée, j'ai reçu un autre chèque de cinq mille dollars !

— Vous avez continué longtemps comme ça ?

— Nous n'avons pas beaucoup d'argent, Mr. Wren. Et, pour répondre à votre question, eh bien oui, j'ai continué à le faire. Je me suis dit, qui ira jeter un vieil homme de quatre-vingts ans et son épouse en prison ?

— J'ai cru comprendre qu'il y avait eu quatre ou cinq envois au cours des seize derniers mois.

— Ma foi, j'espère vraiment que je n'ai causé aucun ennui à qui que ce soit, fit-elle une fois de plus.

— Il me faut la cassette, Mrs. Segal.

— Mr. Wren...

— Vous pouvez me la confier ou bien avoir affaire à des personnes très désagréables, Mrs. Segal. J'irais même jusqu'à dire que je vous épargne pas mal de mésaventures en vous la reprenant.

— Je suis tout à fait disposée à la restituer, mais vous devez comprendre que nous sommes vraiment...

— Continuez d'envoyer vos factures, Mrs. Segal. En fait, vous pouvez même monter la somme à sept mille cinq cents.

— Vous croyez ?

— Oui. La cassette, je vous prie.

Elle se leva et se dirigea vers un coin de la cuisine. Mon beeper grésilla une fois de plus : PAS DE BLAGUE, PORTER. Je le remis dans ma poche, en essayant de me rappeler la question que j'étais sur le point de poser.

Mrs. Segal venait d'ouvrir une vieille boîte en fer-blanc.

— Je l'ai toujours gardée là, n'est-ce pas, Irving est tellement distrait. Il ne se rappelle jamais rien.

Elle me tendit la cassette, et je l'examinai très attentivement. L'étiquette, rédigée par Simon, indiquait : CASSETTE N° 63.

— J'ai un coup de fil à passer, dis-je.

J'appelai Campbell, oubliai scrupuleusement de m'enquérir de sa santé et lui déclarai que Hobbs devait rentrer au plus vite d'Amérique du Sud.

— Il est déjà en ville, me répondit Campbell.

Incroyable.

— Il a pris un avion cette nuit ?

— Il aime dormir en avion.

— S'il veut sa chère cassette, qu'il me retrouve au Noho Star, au coin de Broadway et Lafayette, à deux heures.

— Mr. Hobbs déjeune d'ordinaire au Royalton.

Un endroit grotesque pour sociologues branchés et

sectaires ; l'urinoir était une paroi chromée contre laquelle vous deviez pisser en feignant d'ignorer votre reflet.

— Pourquoi l'incommoder ? fis-je. Va pour le Royalton.

Là-dessus je raccrochai et pris congé de Mrs. Segal. J'avais bien encore une ou deux choses à lui demander mais j'étais trop excité pour me rappeler de quoi il s'agissait. Et de toute façon je devais joindre Hal.

— Porter, nous avons un problème de vélocité, dit-il dès que je l'eus au bout du fil.

— De quoi est-ce que tu parles ?

— Mon patron a légèrement perdu patience. Je lui ai dit qu'il fallait attendre mais il ne m'a pas écouté, et, bon, bref, il a lâché le morceau à Giuliani.

— Oh, va chier, Hal.

Je raccrochai. La police est capable de localiser un appel dans Manhattan en moins de dix secondes. L'idée qu'un journaliste de la presse écrite puisse retarder l'identification et l'arrestation de l'assassin d'un policier allait rendre Giuliani fou furieux. Et Giuliani, je le savais, était un passionné d'opéra italien. Je rappelai.

— Allô ? dit Fitzgerald. Porter ?

— On en est où ? demandai-je. Tes gars ont mis à sac ma maison ?

— Euh, ils ont un peu fouillé, oui.

Je raccrochai. Puis rappelai.

— Porter. On n'essaie pas de...

— Oh que si.

— Il faut que tu viennes ici.

— Ça ne servira à rien. Je fais de mon mieux, je touche au but.

— Écoute-moi, Porter, on doit pouvoir...

Dix secondes. Je raccrochai. Puis rappelai.

— Merde, Porter...

— Va dire au maire que je touche au but.

— Dis-le-lui toi-même, Porter !

— Entendu.

Un silence. Ça faisait dix secondes au total.

Une voix glaciale. Une voix qui régnait sur la ville. Giuliani.

— Monsieur le maire, avec tout le respect que je vous dois, je touche au but, je vous le promets.

Je raccrochai et m'éloignai au plus vite de ma voiture. La police la repérerait d'ici à dix minutes. Ils devaient sûrement avoir déjà localisé la cabine téléphonique d'où j'avais passé mes appels et dépêché une voiture sur les lieux. Je m'engouffrai dans le métro et montai dans une rame qui quittait Manhattan. Puis je pris un taxi et lui demandai de rouler. La ville est pleine de voitures de police quand vous ne voulez pas en voir. Où aller ? Ils devaient surveiller ma maison – un véhicule banalisé devant ma grille, le moteur tournant au ralenti. Mon bureau ? Trop de monde. Un inspecteur assis dans mon fauteuil. Il me fallait dégoter un magnétoscope dans un endroit sûr. Je me demandai s'ils pouvaient me repérer à partir de mon beeper – je l'éteignis. Je me fis déposer dans la 7ᵉ Avenue et m'achetai une casquette en laine rouge et des lunettes de soleil. Puis j'appelai Caroline. Dix sonneries, pas de réponse. Peut-être était-elle sortie. Peut-être était-elle en train de baiser avec Charlie. De veiller au grain. Je pouvais essayer d'aller à la banque où étaient conservées les cassettes de Simon, mais sans autorisation préalable on ne me laisserait sans doute pas entrer. Or Caroline n'était pas chez elle et ne le serait peut-être pas avant plusieurs heures. Je pouvais toujours entrer dans un magasin de hi-fi, acheter un magnétoscope et un petit téléviseur, puis louer une chambre dans un hôtel. Mais ça pouvait prendre une bonne heure avant de trouver un hôtel qui ne soit pas complet. Il fallait que je fasse vite, que je trouve un endroit où... Cet endroit existait, et tout près.

Nous vivons une drôle d'époque. Une Noire de cinquante-deux ans avec une blessure au genou somnole dans une chambre d'hôpital dotée de tout l'équipement disponible au pays du dollar roi. Sa conscience erre quelque part dans les verts pâturages de la morphine, et quand elle ouvre les yeux, ce qu'elle fait plus ou moins toutes les dix minutes, elle a l'impression de voir un homme blanc assis à son chevet, un homme qui ne fait pas attention à elle mais regarde fixement son poste de télévision. C'est son employeur. Elle préfère son épouse, à vrai dire. Elle aimerait l'interroger sur les enfants, lui demander comment va Tommy, mais cela exigerait d'elle un trop grand effort, et en outre il y a sur l'écran de drôles d'images : un gros bonhomme, une jeune femme. Alors elle regarde, ou elle croit qu'elle rêve, de toute façon elle ne s'en souviendra pas.

[Plan cahoteux d'une opulente chambre d'hôtel. La caméra se stabilise. Un coin de l'écran est flou à cause d'un objet situé trop près de l'objectif, peut-être la bride d'un sac à main. À l'autre bout de la pièce il y a un grand lit, une chaise et une fenêtre. Il fait nuit.]

CAROLINE : ... serait intéressant, c'est tout. [L'immense masse de Hobbs apparaît dans le champ, il porte un costume luxueux. Il tourne le dos à la caméra. Il décroche un téléphone.]

HOBBS : La réception ? Ici la chambre 1412. Je ne veux pas être dérangé, aucun appel. À une exception. Si un certain Murdoch appelle, passez-le-moi. Murdoch, Rupert Murdoch. M-U-R-D-O-C-H. Oui, c'est cela, merci, personne à part lui. [Il repose le combiné.] Ça m'étonnerait qu'il appelle, mais il se peut que mon bureau lui ait communiqué le numéro ici. [On frappe à la porte. Hobbs se tourne, consulte sa montre.] Oui ?

UNE VOIX : C'est Springfield, monsieur.

HOBBS : Entrez, Springfield.

[Une personne entre, dos à la caméra.]

HOBBS : Oui.

SPRINGFIELD : Nous venons de mettre au point le programme de Londres, monsieur. Mr. Campbell a dit que je devais vous en informer.

HOBBS : Très bien, Springfield, je vous écoute.

SPRINGFIELD : Eh bien, il y a Mr. Trump à huit heures, puis Mr. Ridgeway de la banque à dix heures ; déjeuner avec le groupe de Mr. Lok...

HOBBS : Nous avons les chiffres pour cette réunion ?

SPRINGFIELD : Il faudra que je demande à Mr. Campbell, monsieur. Mais je pense que oui.

HOBBS : Dites à Campbell que si les chiffres ne sont pas prêts, il peut aller s'acheter des cacahuètes pour son dîner.

SPRINGFIELD : Oui, monsieur. Ça sera tout pour ce soir ?

HOBBS [il se tourne vers Caroline] : Désirez-vous quelque chose, Miss ? Cigarettes, fleurs ?

CAROLINE : Non merci, tout va bien.

HOBBS [il lève une main] : OK, Springfield.

SPRINGFIELD : Bonne nuit, monsieur. Mademoiselle. [Il s'en va.]

HOBBS : Mettons les choses au clair.

CAROLINE : Entendu.

HOBBS [il ôte sa veste avec difficulté] : Je veux que vous me disiez exactement ce que vous voulez.

CAROLINE : Entendu.

HOBBS : Vous attendez une forme quelconque de rétribution ?

CAROLINE : Non.

HOBBS : Étrange. Vous ne cherchez pas de travail, un salaire, rien de tout cela ?

CAROLINE : Non. Je veux juste passer un peu de temps avec vous. Vous m'intéressez.

HOBBS : Vous savez, si je vous pose ces questions, c'est qu'étant donné ma position les gens me demandent tout le temps des conneries de ce genre. C'est Carol, c'est cela ?

CAROLINE : Caroline.

HOBBS : Bien sûr. Je suis vraiment désolé. [Elle secoue la tête puis sort quelque chose de la masse de ses cheveux, qu'elle laisse tomber.] Vous voulez qu'on baisse la lumière ?

CAROLINE : Éteignez. Les lumières de la ville sont bien suffisantes.

356

HOBBS [il s'approche du mur, éteint les lampes. Ils s'installent sur le lit] : Bien... [Elle prend sa main entre les siennes.] Laissez-moi vous dire quelque chose, ma chère Caroline. Nous nous observons de part et d'autre d'un gouffre. Nous savons tous deux, bien sûr, de quoi il retourne. [Il parle lentement, d'une voix grave et affectée.] Vous êtes une ravissante jeune femme, vous êtes américaine, vous avez toute la vie devant vous. Et nous savons parfaitement tous les deux que je suis... oui. Je suis un...

CAROLINE : Chhht. [Elle entreprend de se déshabiller.]

HOBBS : C'est très gentil. Mais laissez-moi vous dire simplement ceci, ma chère Caroline : je veux que vous sachiez que je sais qui je suis. Je sais à quoi je ressemble, comment vous me voyez. C'est très important à mes yeux. Parce que cela me permet de vous exprimer ma gratitude. Je suis vieux et obèse. Je suis une abomination, une obscénité. Cela fait trente ans que je ne peux plus me pencher et toucher mes pieds. Je suis également incapable de toute activité sexuelle normale, ma chère Caroline.

CAROLINE : Vous en êtes sûr ?

HOBBS : Sûr et certain. [Il ôte ses chaussures.]

CAROLINE : Vous ne pouvez pas faire l'amour ?

HOBBS : Non. Mais, de grâce...

CAROLINE : [Elle continue de se déshabiller.] Ça vous dérange si je vous demande pourquoi ? Je veux dire, est-ce...

HOBBS : Non, pas du tout, pas de votre part. [Il baisse son pantalon, déboutonne sa chemise.] Il s'est passé quelque chose, il y a fort longtemps.

CAROLINE : Je veux que vous me racontiez.

HOBBS [dans un soupir] : C'est une vieille histoire.

CAROLINE : Je peux l'entendre. Je ne suis pas née de la dernière pluie, vous savez.

HOBBS : Permettez que j'aille prendre une cigarette. [Il se déplace vers la salle de bains, et sa masse nue est soudain illuminée, tel un astre, par le bref éclat de la flamme d'un briquet.] Fort bien. Puisque vous insistez. Je n'ai pas parlé de tout cela depuis des années, en fait. Il était une fois, ma chère Caroline... J'avais vingt ans et mon père était le neuvième homme le plus riche d'Australie. Nous ne nous entendions pas très bien, pas du tout, même. Il voulait que je travaille dans la presse et moi j'avais d'autres projets. Je m'intéressais davantage aux bateaux et aux filles, vous savez. J'avais pas mal d'argent à dépenser pour un garçon de mon âge, et je fréquentais les bordels de Melbourne, qui, je dois le dire, sont des endroits merveilleux. Mon père n'avait pas réussi à me faire inscrire à Oxford ou Cambridge et avait dû se contenter de l'université de Sydney. Une énorme déception, n'en doutez pas. Il s'inquiétait pour mon avenir, ça oui. Je ne lui en veux pas. Nous avions de terribles disputes. L'été qui préceda ma dernière année à l'université, j'ai commis l'irréparable. Je me suis engagé à bord d'un cargo. À l'époque, un cargo était quelque chose de fantastique, il transportait de tout et partout, et pas seulement du pétrole comme aujourd'hui. Le travail à bord m'enchanta. Nous avons longé la côte occidentale de l'Afrique, contourné Gibraltar et fait route vers la France. J'envoyais de très brèves missives à mes parents depuis chaque port, sachant qu'elles mettraient des semaines à arriver jusqu'en Australie. À Marseille, nous avons mouillé pour décharger des pneus que nous avions embarqués lors d'une précédente escale. Marseille était une ville dure, une ville très dure. Notre capitaine nous avait même mis en garde, mais je n'avais pas peur. Non, pas peur du tout. Nous avions un problème avec la chaudière, et du coup nous devions rester à quai cinq jours, et tout ce temps-là je fus libre comme l'air.

CAROLINE : Il y a une femme dans cette histoire, je me trompe ?

HOBBS : Vous ne vous trompez pas.

CAROLINE : Elle était belle ?

HOBBS : Aussi belle que vous, sauf que sa peau était noire comme l'ébène. C'était la prostituée la plus chère de Marseille, et encore, quand elle voulait bien de vous. J'avais pas mal d'argent sur moi, et j'ai commis la bêtise la plus extraordinaire qui se puisse concevoir.

CAROLINE : Laquelle ?

HOBBS : Je suis tombé amoureux d'elle. Je lui ai proposé de l'argent pour passer du temps avec elle, beaucoup de temps. Elle a accepté.

CAROLINE : Elle profitait de vous.

HOBBS : Je le savais très bien. Mais ça m'était égal. Nous avons passé la moitié de notre temps ivres, à sillonner la campagne française. J'avais loué une voiture. Cette fille se faisait appeler Monique. Elle était à moitié indienne, un quart zouloue, un peu chinoise et le reste boer. Elle était native de Capetown. Elle avait eu une drôle de vie. Son français était très approximatif. Elle avait été enlevée et conduite à Marseille par un capitaine à la fin de la guerre. Il l'avait enlevée, et elle était tombée amoureuse de lui. Vous imaginez aisément comme tout cela pouvait fasciner un jeune homme de vingt ans allongé sur l'herbe, en pleine campagne, et à moitié saoul. J'étais vraiment toqué. Notre liaison était condamnée d'avance, bien sûr. Je savais que j'allais devoir retourner sur le cargo quelques jours plus tard. Ces heures passées sont pour moi aussi réelles que le petit déjeuner de ce matin. Je peux regarder par la fenêtre, Caroline, et savoir que je suis à Manhattan, au Plaza Hotel, que nous sommes le 18 juin ou je ne sais quoi – je ne fais plus attention aux dates –, je suis également là-bas, en train de sonder le noir regard de ma Monique. Je ne possède pas de photographie d'elle. Ni de lettre. Je n'ai gardé que son souvenir, et celui de ce dernier jour où nous nous sommes vus, le 23 mai 1956, à onze heures cinquante-sept du soir. Je devais être de retour sur le cargo à minuit. Nous levions l'ancre à deux heures du matin. [Caroline allume une cigarette.] Son appartement était au deuxième étage, à quatre rues du port. Je lui avais donné tout mon argent, et de bon cœur. Nous étions restés ensemble presque cinq jours d'affilée. J'avais le cœur brisé à l'idée de la quitter, car je savais que je ne la reverrais jamais. Mais j'étais aussi étrangement heureux, parce que je savais que je venais de vivre, comment dire ? une aventure sentimentale, oui, et bientôt j'allais être à nouveau sur mon cargo et reprendre le large.

CAROLINE : Vous lui avez dit au revoir ?

HOBBS : Absolument. Je lui ai dit au revoir, je l'ai embrassée, je lui ai dit que je l'aimais, que je ne l'oublierais jamais, et toutes ces choses qu'on dit quand votre cœur s'enflamme, et alors elle m'a dit que je devais partir, qu'il fallait trois minutes pour rejoindre les quais, et moi je lui ai dit que je pouvais parcourir la distance en deux fois moins de temps. « Bien, a-t-elle dit, peut-être deux minutes. » Et je crois que nous nous sommes embrassés encore une fois. Puis je l'ai regardée, un tout dernier regard, un regard qui, vous le savez, devra vous suffire pour le restant de vos jours, puis j'ai dévalé les escaliers, j'ai foncé dans les rues sombres, et je n'avais pas fait deux cents mètres que des marins marseillais me sont tombés dessus, ils m'ont sauvagement frappé, et l'un d'eux m'a poignardé à l'entrejambe une douzaine de fois, puis ils m'ont laissé pour mort.

CAROLINE : Mon Dieu...

HOBBS : Ils m'en voulaient parce que j'avais monopolisé Monique, vous comprenez. Ils savaient que je n'étais pas un vrai marin puisque je l'avais payée pour cinq jours, j'avais loué une voiture, acheté plein de vins. Ils m'attendaient. Ils savaient quand partait mon bateau. J'étais dans de sales draps. Mon bateau est parti sans moi. Ils m'avaient traîné à l'écart de la rue principale et laissé derrière un tas d'ordures. C'est une vieille femme qui m'a découvert au matin. J'étais très mal en point. Le médecin a estimé que j'avais dû perdre la moitié de mon sang, et que seul mon jeune âge m'avait sauvé. Mais mes agresseurs avaient tranché mes nerfs, ils avaient tranché tout ce qu'il était possible de trancher à cet endroit-là. Je ne pouvais plus avoir d'érection. Or je le voulais. Cela fait près de quarante ans que j'essaie en vain. Rien. J'ai vu les meilleurs docteurs de la planète. Les meilleurs. J'ai espéré en vain qu'on mettrait au point une nouvelle technique... un médicament, mais rien. Les nerfs sont tous morts dans cette région de mon corps. Je sens mon sexe quand j'urine, une sensation diffuse, mais c'est bien tout. À part ça, presque rien. Le chaud, le froid, et encore. Impossible de bander.

CAROLINE : Que vous est-il arrivé après ça ?

HOBBS : Je suis resté à l'hôpital. J'allais très mal. Je n'avais plus d'argent, je parlais très mal le français. Finalement, j'ai demandé à une infirmière d'aller chercher le directeur du journal local. Mais au lieu de ça elle est revenue avec un homme qui avait travaillé pour la BBC et qui était à la retraite. Nous avons pu parler en anglais. Je lui ai donné le nom et l'adresse de mon père. Il l'a contacté. Trois jours plus tard mon père est arrivé. Il m'a fait transporter dans un hôpital parisien. Il est resté là-bas avec moi un mois. Il me lisait les journaux. Nous avions beaucoup changé, lui et moi. Il s'est mis à m'expliquer les problèmes qu'il rencontrait dans la gestion de ses journaux. Il était assez malin pour savoir se montrer passionnant. Tous les jours, pendant des heures. Parfois il me faisait la lecture. Il avait fait installer un téléphone spécial dans la chambre pour pouvoir s'occuper un peu de ses affaires quand il venait me voir. Quand je fus rétabli, nous sommes rentrés en Australie. Il m'a aussitôt intégré à l'équipe du journal. Jamais je n'aurais accepté si je n'avais pas été agressé, mais j'avais besoin de repères. C'était un malin, mon père. Il me manque. [Hobbs se tait.] Trois ans plus tard il a fait un infarctus et il est mort. Je me suis retrouvé avec ce satané empire sur les bras. [Dans la chambre obscure, Caroline est pelotonnée contre l'énorme masse de Hobbs. Les minutes s'écoulent. La respiration de Hobbs est oppressée ; celle de Caroline est à peine audible. Il semble qu'il lui caresse lentement l'épaule et le cou. Elle prend sa grosse main, la pose sur son visage et l'embrasse.] Je ne vous répugne pas ?

CAROLINE : Je vous trouve adorable. [Elle prend chacun de ses doigts qu'elle glisse l'un après l'autre dans sa bouche.]

HOBBS : Il y a quelque chose que j'aimerais également faire.

CAROLINE : Et c'est ?

HOBBS : Je pense que ça peut être assez... c'est très important pour moi.

CAROLINE : Je ne...

HOBBS : Laissez-moi juste... [L'énorme masse de Hobbs quitte le lit et passe devant la caméra.] Voilà, si vous pouvez juste... là, vous mettre comme ça... [Hobbs est à l'autre bout du lit et s'agenouille avec difficulté.] Vous savez, ma petite Caroline... [Hobbs a mis sa tête entre les jambes de Caroline ; ses paroles sont comme assourdies.] J'ai une... peut-être l'avez-vous remarqué, ma langue est... J'ai une langue plutôt... ma foi, si vous le permettez, je vais juste...

CAROLINE : Eh, oh !

HOBBS [Il relève la tête] : Oui ? Je crois que c'est plutôt... [Il baisse la tête et pose une grosse main charnue sur chacune de ses cuisses.]

CAROLINE : Oh. C'est votre langue ? Je ne peux pas le croire... oh ! elle est si... [Des sons indistincts. Plusieurs minutes s'écoulent, la respiration de Caroline s'accélère.] Ne... moins vite... un peu moins vite... un peu... non, allez-y maintenant, sur les côtés... je... [Elle agite la tête de droite à gauche.] Maintenant arrêtez, recommencez... aah, oui, maintenant, c'est trop... J'ai dit arrêtez mais je veux que vous continuiez... oh, oui, ça y est... [On n'entend plus rien pendant quelques instants, hormis la respiration sifflante de Hobbs, et les bruits que fait Caroline en s'agitant sur le lit. Une sirène retentit dans la rue. Puis Caroline se tourne sur le côté.] C'était... Je me sens si détendue.

HOBBS [il se relève lentement] : Je triche aujourd'hui, vous comprenez, je triche tout le temps. [Il s'allonge sur le lit.] Quand je suis ici, comme ça, dans le noir, que je vous sens à côté de moi, je me souviens vraiment du passé, ma chère Caroline, j'y retourne, le temps n'a pas de prise sur moi... J'ai passé de nombreuses heures en compagnie des prostituées du Caire. Je ne saurais vous décrire à quel point c'était agréable. Je ne peux pas non plus vous exprimer à quel point je suis heureux en cet instant ; c'est là tout ce qu'un homme comme moi peut encore goûter. Je fumais pas mal à l'époque, sur les balcons des bordels, avec la foule à mes pieds. Après mon accident, j'ai découvert que je ne prenais plus aucun plaisir à ces choses-là. Je me sentais comme défiguré, aussi ai-je entrepris de me défigurer encore plus – ou, du moins, c'est ainsi que je m'explique la chose. Je suis mortifié d'être vivant, ma chère Caroline, et cependant, aujourd'hui, je suis ravi d'être en vie. Oh, je sais ce qu'ils pensent de moi, et je comprends cela, mais ils forment à mes yeux comme une sorte de famille. J'éprouve une certaine fierté à avoir créé des postes pour ces gens, presque neuf mille personnes de par le monde, ma chère Caroline, et il y a là quelque chose qui... enfin, je pense qu'on peut reconnaître... [Soudain il se tait, en proie peut-être à la mélancolie.] L'autre nuit, je survolais ce qui était naguère la Yougoslavie et le ciel était dégagé. Je pouvais voir les mortiers en dessous, les éclairs... et moi je me rendais à Francfort. Ils pilonnaient Sarajevo. C'est... terriblement étrange, vraiment, je n'habite plus nulle part, ma chère Caroline. Je sillonne la planète, mais... je dois admettre que... que je n'ai jamais eu quelqu'un, Caroline, peut-être aurais-je dû me marier, mais je n'ai jamais compris la nécessité humaine qu'il y avait à le faire. J'ai été stupide. Il est trop tard à présent. Je ne peux plus m'établir où que ce soit. Et de fait je n'habite nulle part. Je ne connais personne... Je ne fais que sauter d'avion en avion, encore et toujours. [Elle prend son bras et le masse.] Je trouve une certaine quiétude dans des moments comme celui-ci. Vous êtes jeune et encline à m'écouter... votre bizarrerie m'autorise à me montrer intime avec vous. Je sens que vous avez vécu, sinon vous ne seriez pas ici... Nous sommes la belle et la bête, peut-être. [Il rit.] Non, permettez que je rectifie : la belle et le capital. Étrange comme ces deux choses se recherchent toujours, non ? Je regarde votre visage et j'oublie qui je suis, ce que je suis, j'oublie... mes errances, mes... [Il enfouit son énorme tête entre les seins de Caroline et elle lui caresse les cheveux. Trente secondes s'écoulent ainsi. Finalement Caroline penche sa tête sur Hobbs, ses longs cheveux blonds les encadrant tous deux comme les deux pans d'un rideau. Elle l'embrasse, peut-être, elle lui murmure quelque chose.] Vous faites toujours ça aux hommes ? Vous les transformez toujours en épaves ?

CAROLINE : J'aime les hommes. C'est en quelque sorte mon problème.

HOBBS : Les hommes se damneront toujours pour vous.

CAROLINE : C'est ça qui me fait peur.

HOBBS : Il y a de quoi. Je penserai à vous.

CAROLINE : C'est vrai ?

HOBBS : Oui. Je me rappellerai la jeune femme ravissante qui s'est montrée si patiente avec l'homme gros et vieux, qui l'a laissé divaguer, et croire que ce qu'il disait avait un sens.

CAROLINE : Vous êtes trop dur avec vous-même.

HOBBS : Je n'ai rien, Caroline. J'aimerais que vous puissiez le comprendre. Je ne connais de moment comme celui-ci qu'une fois par an au mieux, mais c'est tout ce que j'ai. Tout le reste n'est rien à mes yeux... rien. [Ils se rhabillent lentement, sans rien dire. Elle enfile sa robe et il lui déclare qu'il va se charger de la boutonner, une tâche dont il s'acquitte consciencieusement, le souffle court tandis que ses gros doigts passent chaque bouton dans la boutonnière correspondante.] Parfait. [Elle se retourne.] J'aimerais vous revoir.

CAROLINE : Je ne sais pas trop.

HOBBS : Entendu. Si vous en avez envie, appelez mon bureau ici, demandez Mr. Campbell. [Il met sa veste.] Vous voulez que je vous appelle une voiture ?

CAROLINE : Ça ira.

HOBBS : Laissez-moi au moins faire ça pour vous. [Il décroche le téléphone.] Springfield, une voiture en bas s'il vous plaît. Oui. Très bien. [Il raccroche.] C'est entendu, alors ?

CAROLINE : Oui.

HOBBS : Ce sera un très bref au revoir.

CAROLINE : Où serez-vous la semaine prochaine ?

HOBBS : La semaine prochaine ? Peut-être à Berlin. Non, d'abord Londres et ensuite Berlin. [Il décroche à nouveau le téléphone.] Je serai dans le hall dans cinq minutes. Hmm ? Oui. Faxez-le. Oui. Dites au pilote que nous partirons à trois heures et demie. Oui, cinq minutes à peu près. [Il raccroche.] Je vais devoir vous dire au revoir.

CAROLINE : Vous prenez l'avion cette nuit ?

HOBBS : Londres, oui.

CAROLINE : Faites bon voyage.

HOBBS : Merci.

CAROLINE : Au revoir.

HOBBS : Appelez Mr. Campbell si vous souhaitez me revoir.

CAROLINE : Je ne sais pas encore.

HOBBS : Bon, eh bien au revoir. [Une porte s'ouvre puis se referme ; on voit la masse de Hobbs pénétrer dans un carré de lumière. Caroline Crowley reste assise sur le bord du lit, sans bouger. Une minute ou deux s'écoulent. Elle regarde par la fenêtre puis se tourne vers l'objectif. Elle se dirige vers son sac, son visage disparaît du champ, un bras passe devant l'objectif. L'image redevient noire.]

Hobbs m'attendait au Royalton sur une immense banquette. Je remarquai une mallette noire à ses pieds. Un de ses secrétaires était assis à une autre table.

— Mr. Wren, fit Hobbs en m'invitant à m'asseoir. Je vous en prie. J'espère que cette fois-ci nous pourrons nous conduire en gentlemen.

Mon sentiment à son égard avait désormais changé ; je le savais vulnérable et sujet à l'angoisse comme tout un chacun.

— J'espère que vous me laisserez vous offrir ce repas, dit Hobbs.

Je n'avais que faire de ses prévenances.

— Je veux le nom du type qui a tiré sur mon fils et sa baby-sitter, dis-je.

Hobbs me fixa droit dans les yeux.

— Non.

— L'entrevue est finie, répondis-je en me levant.

— Une minute.

Il fit signe à son assistant, qui lui apporta un téléphone mobile.

— Son numéro et son adresse, également.

Hobbs et son assistant discutèrent une minute à voix basse. Puis Hobbs me tendit un bout de papier. Phil Biancaniello, Bay Ridge, un numéro de téléphone de Brooklyn.

Nous avons commandé nos plats. Puis j'ai sorti la cassette de la poche de mon manteau et la lui ai tendue par-dessus la table.

Hobbs la contempla d'un air ravi.

— Ça paraît si inoffensif, non ?

Il fit signe à nouveau à son assistant, lequel sortit d'une serviette un engin de la taille d'un ordinateur portable. Il était doté d'un minuscule écran sur le dessus, et Hobbs introduisit la cassette dans une des fentes latérales.

— Où est la batterie ? demandai-je.

Hobbs venait de chausser des lunettes en demi-lune.

— Oh ! c'est quelque part là-dedans, de la taille d'un cachet, sûrement. (Il regarda l'écran, fronça les sourcils, l'air contrarié.) Rien que de la neige...

Une peur soudaine. Glaciale.

— Rembobinez, dis-je.

Ce qu'il fit. La machine bourdonna agréablement, cliqueta, puis diffusa l'image. Hobbs mit des écouteurs, puis se pencha sur l'écran de sorte à être le seul à voir l'image affichée. On nous apporta les entrées, mais Hobbs ne releva pas la tête. Ses traits se détendirent, et je vis alors un visage que je ne connaissais pas encore, doté d'une expression à la fois lasse et méditative. J'attaquai mon repas. Hobbs avait raison : c'était délicieux. Le discret cliquetis des couverts en argent résonnait autour de nous ; toutes les personnes attablées étaient riches ou célèbres, mais curieusement il découlait de cette concentration de stars une étrange intimité. Je reconnus Larry King, William Buckley et Dan Quayle. Hobbs ne les remarqua même pas. Finalement, il ôta ses écouteurs et plongea la main dans son sac. Il en sortit une machine de taille similaire et y introduisit la cassette. Puis il consulta un petit écran. Il hocha la tête, puis me regarda. Il fit pivoter sa machine afin que je puisse lire ce qui était affiché. On lisait : ORIGINAL – CECI N'EST PAS UNE COPIE.

— Bien joué, Mr. Wren.

— J'étais très motivé.

— Effectivement, et moi de même. Je dois à présent vous poser trois questions.

— Allez-y.

— Existe-t-il à votre connaissance des copies de cette cassette ?

— Non.

— Est-ce Caroline Crowley qui m'envoyait la cassette ?

— Non.

— Qui alors ?

Je lui expliquai qui était Mrs. Segal, et quel rôle innocent elle avait joué dans toute cette affaire.

— A-t-elle regardé l'enregistrement ?

— Cela fait quatre questions.

— Certes, et ce n'est pas la dernière. Je veux croire que vous aurez l'obligeance d'y répondre, ainsi que je le ferai avec vous plus tard.

— Ce n'est que justice. Non, Mrs. Segal n'a pas vu la cassette. Il est possible que son mari l'ait regardée, mais il est plutôt sur le déclin.

— Quel âge a-t-il ?

— Il doit approcher les quatre-vingt-dix ans.

— Je n'ai pas à m'inquiéter à son sujet, donc.

— Non, en effet.

— Avez-vous montré la cassette à Caroline Crowley ?

— Non.

— Pourquoi ?

— Je me suis dit que plus tôt j'en serais débarrassé, plus tôt je pourrais reprendre une vie normale.

Hobbs hocha la tête.

— Votre sbire a blessé mon fils, Hobbs.

Il s'empara de sa fourchette.

— Je vais goûter à ces crevettes. Bon, dernière question. Avez-vous visionné la cassette ?

— Oui.

Nous échangeâmes un long regard.

— J'offre un spectacle plutôt ragoûtant, non ?

Je ne répondis pas.

— Vous comprenez maintenant pourquoi je voulais récupérer cette cassette. C'est mon petit secret, en quelque sorte. Une question de fierté, rien de plus.

J'acquiesçai en silence.

— Et comme je suis un gentleman, j'ai quelque chose pour vous, dit Hobbs. Deux choses, en fait.

Il sortit une cassette de son sac. L'étiquette était rédigée de la main de Simon : CASSETTE Nº 15. La cassette Fellows.

Je la pris.

— Vous permettez ? dis-je.

J'insérai la cassette dans son portable. C'était la bonne : Tompkins Square Park, les manifestants, les forces de l'ordre. Je mis l'avance rapide afin de vérifier que le plan crucial n'avait pas été coupé. Et une fois de plus je pus voir Fellows s'écrouler comme un arbre qu'on abat, et son agresseur prendre la fuite. J'arrêtai la cassette, la rembobinai et l'éjectai, puis la glissai dans ma serviette.

Nous mangeâmes alors de bon appétit, Hobbs et moi, puis nous passâmes au dessert et au café.

— Et maintenant la dernière chose.

— Oui.

Cette fois, il sortit une enveloppe de sa poche de poitrine.

— Nous sommes en possession de ceci depuis un bout de temps, mais puisque tout est bien qui finit bien, j'ai pensé qu'il était de mon devoir de vous la remettre.

Il me tendit l'enveloppe, qui contenait un petit objet dur. Je la déposai sur la table sans l'ouvrir.

— Ainsi que vous pouvez vous en douter, nous nous sommes introduits chez Caroline Crowley. Nous cherchions la cassette, naturellement. J'ignore si elle s'en est aperçue.

— Elle s'en est aperçue.

— Ça ne m'étonne pas. Les femmes sentent ce genre de chose. Nous avons examiné toutes ses clefs, à la recherche d'une qui corresponde à un coffre bancaire, un autre appartement, une voiture, que sais-je... Nous les avons toutes identifiées sauf une. Celle-ci. Je n'en ai plus besoin et j'ai estimé qu'elle pouvait la récupérer.

J'ouvris l'enveloppe. C'était une toute petite clef, quelconque, plate et plus toute neuve. Trois trous minuscules au lieu d'un. Elle était dentelée des deux côtés. Enfant, j'avais assez farfouillé dans la ferme paternelle pour savoir qu'elle devait correspondre à un petit cadenas. Je connaissais toutes les pièces de l'appartement de Caroline et n'avais rien vu de tel. Cette clef avait en tout cas intrigué les hommes de Hobbs, lesquels avaient jugé bon de la confisquer.

— Ce n'est pas une clef d'appartement, décréta Hobbs.

Nous quittâmes ensuite le restaurant et plusieurs clients suivirent Hobbs du regard. Dehors, une limousine l'attendait. Hobbs tendit son sac au chauffeur et se tourna vers moi.

— Affaire classée, alors ?

— Je pense que oui.

Il monta dans la voiture et le chauffeur referma la portière. Mon reflet convexe laissa place à son visage quand il abaissa sa vitre.

— Au fait, Caroline Crowley gardait cette clef au-dessus du réfrigérateur, dans un placard. (Il posa sur moi ses yeux d'un vert clair ; ses lèvres étaient encore humides suite au repas.) Drôle d'endroit pour une si petite clef, non ?

J'appelai Hal Fitzgerald depuis la cabine du coin.

— J'ai la cassette.

— Porter ?

— Je l'ai.

— Bien, c'est très bien.

— Dis-moi simplement où je dois l'apporter.

— Eh bien, voyons voir, euh... tu es entre la 14ᵉ et la 59ᵉ rue ?

Leurs appareils commençaient à être au point.

— Oui, je...

— Au coin de la 6e Avenue et de la 44e ?

— Oui.

— Attends là. On va t'envoyer une voiture.

— Je peux venir si tu veux.

— Non, dit Hal. Nous, euh... un instant, Porter. (Il dut parler à quelqu'un.) Non, attends quelques minutes. Une voiture banalisée va venir. Disons dans quatre ou cinq minutes.

J'attendis. Il n'allait pas tarder à neiger de nouveau. La circulation était fluide. Le feu eut le temps de changer deux fois, puis, au bout de la 6e Avenue, se profila une limousine noire avec un gyrophare rouge derrière le pare-brise. La voiture me dépassa lentement et la portière s'entrouvrit. Je me penchai et vis... les yeux sombres et inquisiteurs de Rudolph Giuliani, maire de New York et archange vengeur.

— Monsieur le maire.

Le regard brûlant, la bouche déformée par un sourire avide, il tendit la main. J'y déposai la cassette. Il hocha la tête et se tourna vers son chauffeur.

— Roulez, ordonna-t-il.

Et ils disparurent dans le flot clairsemé des voitures.

Mais je n'en avais pas fini avec Hal. Je le rappelai depuis la même cabine.

— Hal, il faut qu'on discute d'un dernier petit détail.

— Lequel ?

— J'arrive. Retrouve-moi devant le poste.

Je hélai un taxi.

— Seriez pas Porter Wren, par hasard ? fit le chauffeur. Le type du journal ?

— Gagné.

— Je trouve que votre chronique se ramollit. Faudrait pas trop tarder à frapper fort, si vous voyez ce que je veux dire.

— Je comprends.

— Bon, d'accord, ce truc sur le mec qui a buté sa nana, le journal d'un taré, un truc comme ça, avec la robe de mariée et tout, c'était pas mal, mais bon.

— J'ai fait mieux.

— Là, je suis bien obligé d'être d'accord avec vous.

— Donnez-moi une dernière chance, je vais peut-être vous étonner.

— Sûr, pas de problème.

Il me déposa devant le siège de la police ; Hal était en train de descendre les marches de granit en manches de chemise, les cheveux décoiffés par le vent, visiblement très excité. Il avait tenu ses promesses, même avec un peu de retard, et maintenant sa carte de parcours était on ne peut plus séduisante.

Il me serra la main.

— Le maire est ravi.

Ce qui était également le cas de Hal, de toute évidence. Le contentement du maire était une forme de devise, convertible au moins en promotion, et par conséquent en une augmentation substantielle ; Hal n'avait pas seulement obtenu une cassette intéressante, mais de quoi améliorer les études de ses enfants, se payer le voyage à Atlantic City avec sa femme, et s'acheter, qui sait ? une ou deux chemises monogrammées. L'heure était venue pour moi de faire valoir mon exigence.

— J'ai encore une ou deux conditions, Hal.

— Eh, attends...

— Non, toi, écoute-moi. C'est moi qui me suis pris des coups dans les burnes, moi dont la maison a été retournée par les flics, moi dont le gosse s'est chopé une balle, et moi dont la femme a quitté la ville. Hal, je suis de mauvaise humeur. Je vais poser mes conditions, Hal, et tu vas les accepter. Un, je dois sortir mon papier sur cette affaire, et ça sera demain. Deux, quand on te demandera d'où tu tiens cette cassette, tu tairas mon identité. Tu diras que tu l'as reçue par la poste, anonymement. Trois, tu vas envoyer quelques inspecteurs chez ce type et ils vont s'arranger pour qu'il lui arrive quelque chose.

Je lui tendis le bout de papier avec le nom de Phil Biancaniello dessus.

— Les deux premières conditions ne posent aucun problème. Mais la troisième, j'ai du mal à comprendre.

— C'est le type qui a blessé mon gamin.

Hal aplatit sa cravate.

— On ne peut pas le faire disparaître, ça ne se passe pas comme ça.

— Arrangez-vous d'une façon ou d'une autre. Qu'il paie la facture.

Il resta sans rien dire, puis hocha la tête et me regarda droit dans les yeux, ce qu'en général les hommes ne font qu'avec une extrême prudence, et je sus qu'il s'en occuperait. Peut-être pas aujourd'hui, ni même très prochainement, mais un jour. Il faut faire confiance à la police, et je faisais confiance à Hal.

J'aurais pu en rester là. J'aurais pu prendre mes distances avec Caroline. Lui renvoyer la clef, partir en vacances, m'envoler pour la Californie. Oui, j'aurais pu louer une voiture et débarquer chez la mère de Lisa, créer la surprise et commencer à sauver les meubles. Mais je ne fis rien de tout cela. Il y avait trop de questions qui restaient en suspens dans ma tête, telle cette neige légère mais persistante qui avait commencé de tomber. J'appelai Caroline et lui annonçai que j'avais de bonnes nouvelles pour elle.

— Et si tu passais chez moi ? fit-elle gaiement. Nous venons juste de rentrer d'une réception.

— Charlie et toi ?

— Oui. On était à la banque de Charlie.

Il devait être à côté d'elle.

— Je peux passer une autre fois...

— Non, j'aimerais que tu fasses sa connaissance.

J'avais là une occasion de mieux connaître Caroline ; et peut-être était-ce ce qu'elle souhaitait. Mais pas nécessairement.

Napoléon était en train de lire un autre roman policier. Il leva les yeux.

— Qui est-ce qui gagne ? demandai-je. Les bons ou les méchants ?

— Les méchants.

À l'étage, je trouvai la porte ouverte et, comme j'ignorais ce que Caroline avait dit à Charlie nous concernant, je pris soin d'entrer comme si je n'avais jamais passé de nombreuses heures voluptueuses en ces lieux.

Il était bien là, dans un costume qui lui donnait l'air d'un sénateur, en train de rajouter une bûche dans la cheminée du salon. Il se redressa et j'entrevis soudain son avenir : quarante années à s'en mettre plein les poches.

— Ah, vous devez être Porter, dit-il en souriant et en me tendant une main. Charlie Forster.

— J'ai cru comprendre que vous reveniez d'une réception, dis-je poliment.

— Oui, nous... notre banque a annoncé une nouvelle...

— J'arrive dans cinq minutes ! lança Caroline depuis la cuisine. Porter, qu'est-ce que tu veux boire ?

— Tu sais bien préparer le gin-tonic ?

Je m'assis sur le vaste canapé blanc à côté d'un sac à main rose.

— Je vais faire de mon mieux ! rétorqua-t-elle.

— Vous suivez les Knicks ? demandai-je à Charlie.

Il tisonnait le feu à présent.

— Bien sûr. Je suis allé les voir l'autre soir avec deux clients japonais. Nous... la banque a souvent des places excellentes.

— Caroline s'intéresse aux matchs ?

Il plissa le nez pour montrer qu'il réfléchissait avant de répondre.

— Pas vraiment. Je l'ai emmenée à un ou deux matchs, mais elle n'y a guère pris d'intérêt.

— Qu'est-ce qui ne m'a pas intéressée ? fit Caroline en entrant dans le salon avec le même plateau en argent que la dernière fois.

Mais cette fois-ci, au lieu d'être nue, elle était habillée :

robe de velours noir à manches longues, bracelet de diamant, montre Cartier. Elle avait des diamants aux oreilles, des chaussures à talons aiguilles, des bas couleur champagne, les cheveux coiffés en chignon.

— Qu'est-ce qui ne m'intéresse pas, alors ?

— Les matchs de basket-ball, les joueurs, les équipes, tout ça, dit Charlie.

— Il a raison, fit-elle en s'asseyant. Charlie sait tout de moi.

— Un bon atout pour se marier, dis-je.

Je n'osais pas la regarder ; je goûtai mon gin-tonic.

Charlie consulta sa montre.

— Tu n'es pas au courant, Porter, mais nous fêtons quelque chose aujourd'hui. Charlie vient d'être nommé vice-président.

— Félicitations.

— Merci. Une simple promotion, vous savez...

— Vous êtes bien jeune pour être vice-président.

— Oh, vous savez, ce sont juste des titres ronflants.

— Nous allons acheter une maison, annonça Caroline. Dans le Connecticut, si possible.

— Il y a de très beaux endroits par là-bas, dis-je.

— J'ai grandi à Litchfield, dit Charlie. Aussi... eh bien... je crois que je n'ai pas envie que mes enfants grandissent en ville.

— Mmm.

Caroline alluma une cigarette.

— Porter a deux enfants.

— Ah oui ?

— Une fille et un garçon. (Je regardai Caroline.) Je ne sais plus si tu m'as dit où tu avais grandi ?

— Oh, dans une petite ville de l'Ouest.

Charlie regarda de nouveau sa montre.

— Eh bien, dis-je, il se fait tard, aussi je crois que je...

— Oh non, non, fit Charlie en riant. Ce n'est pas... J'attends un appel de notre bureau à Pékin. Je vais peut-être devoir repasser à la banque.

— Tu peux rester encore un peu pour bavarder ? me demanda Caroline.

— Une petite demi-heure, alors, pas plus.

Charlie fronça les sourcils, préoccupé par son appel de l'étranger.

— Ils ont peut-être essayé de me joindre au bureau.

Il se leva et alla dans la cuisine.

— Un gentil garçon, ton fiancé, dis-je.

— Il n'y a pas plus gentil. Comment trouves-tu ton gin-tonic ?

— C'est l'œuvre d'une professionnelle.

Je fixai ses yeux bleus, puis ses sourcils foncés, puis son nez, ses lèvres, et de nouveau ses yeux.

— Bien...

— Tu as de bonnes nouvelles ?

— Pour toi, d'excellentes, comme d'habitude.

— Si tu continues à me faire du charme, je vais mouiller ma culotte.

Mais Charlie revint à ce moment-là.

— Un ponte de là-bas a rencontré un de nos émissaires hier soir, et tout est réglé. Il faut que je leur fasse parvenir les chiffres tout de suite, ma chérie.

Je le trouvais on ne peut plus sympathique.

— Tu dois vraiment partir ?

Il sortait déjà son manteau de la penderie. Je me levai et lui serrai la main.

— J'aurais aimé vous poser toutes sortes de questions sur votre métier, dit-il.

— Je t'accompagne, lui dit Caroline. Porter, ne bouge surtout pas.

Ces dernières paroles avaient deux significations : ne fouille pas partout, et ne t'en va pas, or je comptais faire les deux, et dans cet ordre. Dès que j'entendis les portes de l'ascenseur se refermer, je filai directement dans la cuisine. Je montai sur un tabouret et ouvris le placard au-dessus du réfrigérateur. Il me fallut tendre sacrément le bras mais finalement je parvins à sentir sous mes doigts trois petits clous qui formaient un étroit triangle. La clef correspondait-elle ? Je sortis cette dernière de ma poche et l'y plaçai. Elle y tenait parfaitement.

Je revins dans le salon et me postai devant la baie. Caroline revint, les cheveux constellés de neige fondue.

— Il a l'air très sympa.

— Il l'est, fit-elle tristement.

— Tu l'aimes ?

— Quelle drôle de question. (Elle prit son verre et le vida.) J'aime sa gentillesse. Mais, non, je ne l'aime pas, lui.

— C'est embêtant ?

— Non.

Je compris que Caroline était capable de s'inventer une nouvelle personnalité au gré des circonstances. Peut-être, avec l'âge, commençait-elle à se dire que les trains seraient de moins en moins nombreux à s'arrêter en gare. Peut-être n'avais-je aucune idée de ce dont il retournait exactement – oui, c'était plutôt cela.

Pourquoi une femme irait-elle ranger une clef sur trois petits clous au fond d'un placard, au-dessus du frigo ? Elle aurait pu la cacher dans des endroits plus accessibles.

— Tu dois rendre ta chronique pour demain ?

— Je rencontre quelques problèmes.

— Suis-je l'un d'entre eux ?

— Non, tous.

Cela lui plut.

— Bon, passons aux bonnes nouvelles.

— Je t'écoute.

— Tu es libre d'épouser ton vice-président sans avoir à redouter d'interférence de la part du méchant milliardaire.

— Qu'est-ce que tu as...

— J'ai retrouvé la cassette. L'original.

— Comment ?

Je lui racontai toute l'histoire, en passant sous silence mon entretien avec Billy Munson et le fait que Hobbs m'eût confié une clef qui avait sa place dans le placard de sa cuisine.

— Je n'arrive pas à y croire, dit-elle. La brave Mrs. Segal lui envoyait la cassette ?

376

— Elle avait besoin d'argent après les procès intentés par ce Coréen.

— Tu as dit tout ça à Hobbs, tu lui as expliqué que je n'y étais pour rien ?

— Absolument.

— Et il t'a cru.

— Absolument.

Elle joignit les mains comme si elle priait, et son visage s'éclaira.

— Oh, oui ! Oui ! C'est si bien. J'avais tellement peur qu'il me fasse quelque chose ou qu'il vire Charlie.

— Non, il s'est montré très courtois.

— Tu dois rentrer chez toi ?

— Ma femme est partie en Californie avec les enfants.

— Pourquoi ?

Je lui expliquai.

— Je veux que tu oublies quelques instants tous tes soucis, me dit Caroline.

Je crois que nous oublions la rapidité avec laquelle nous en venons à connaître une autre personne – si ce n'est son histoire ou ses secrets, du moins sa réalité matérielle, les mouvements de ses yeux, sa façon de marcher, ses silences. Je pensais à tout cela en attendant dans le lit que Caroline revienne de la salle de bains ; nous n'avions passé ensemble que vingt-cinq heures, mais, alors que je tendais l'oreille, j'aurais pu dire exactement à quel moment elle mettait son diaphragme – je crus distinguer le petit grognement qu'elle émit, comme une toux, suivi d'une profonde inspiration. Ce soir-là, nous avons fait l'amour pour la dernière fois, et je ne pense pas m'abuser en disant que je le savais et me montrai tout particulièrement attentif. Dans la pénombre grise de la chambre, je pus admirer son cou, ses seins, sa fente, son ventre, ses yeux – qui se fermaient, s'ouvraient, se fermaient –, et ses cheveux, gris sur sa peau grise. Nous étions suffisamment intimes pour procéder de façon extrêmement détachée ; je ne me rappelle ni ce que nous avons dit ni si nous avons dit quoi que ce soit. Nos mouvements étaient lents, peut-être même empreints d'une forme de respect un peu triste à l'égard de toutes ces choses qui dépassaient notre entendement. Notre histoire touchait à sa fin, et je pense qu'elle le savait elle aussi.

— Regarde, dit-elle quelques minutes plus tard.

Elle alluma la lampe de chevet et se coucha sur le ventre pour que j'examine son épaule.

— Tout a disparu.

Effectivement, il ne restait de son tatouage qu'une vague tache bleue sous la peau.

— Ce petit nuage coloré sera parti d'ici une semaine ou deux.

Je massai l'endroit avec mes doigts.

— Incroyable.

Elle avait l'air ravie.

— Oui.

— Plus la moindre trace.

— Presque.

— Presque ?

— J'en ai une qui ne partira jamais.

J'étais perplexe. Je croyais connaître parfaitement son corps.

— Entre tes doigts de pied ?

— Non.

Elle s'assit en tailleur sur le lit, glissa ses mains entre ses cuisses et dégagea ses poils pubiens.

— J'avais autrefois un petit anneau au clitoris.

— Tu ne me l'as jamais dit.

— Tu ne m'as jamais posé la question.

J'approchai la lampe pour mieux voir.

— Tu la vois ? dit-elle en écartant les lèvres roses de son sexe juste au-dessus du clitoris.

— Il y a une toute petite, mais alors toute petite cicatrice.

C'était effectivement le cas ; on aurait plutôt dit une bosse. Je la touchai.

— Tu l'as fait enlever quand tu as rencontré Charlie ?

— Oui.

Je reposai la lampe sur la table de chevet.

— Ça te manque ?

— Beaucoup. (Elle se leva et enfila une culotte.) Charlie veut partir très bientôt. La Chine et le Japon.

— Tu devrais l'accompagner.

— C'est ce que je compte faire.

Elle alla se chercher une cigarette dans la cuisine et l'alluma devant moi.

— Je dois être complètement folle.

— Pourquoi ?

— J'ai dit à Charlie que j'allais arrêter de fumer.

— Et tu vas y arriver ?

— J'espère que non. (Elle recracha un long panache de fumée.) Qu'est-ce que tu as vu quand tu as regardé la cassette avec Hobbs ?

— Comment ça ?

— Je veux dire, qu'est-ce que tu as compris, me concernant ?

Je songeai à la façon qu'elle avait eue de se pelotonner contre l'énorme masse de Hobbs, à son plaisir manifeste à l'écouter.

— Je pense avoir deviné pourquoi tu appréciais sa compagnie. Il comprenait quelque chose chez toi que tu n'avais pas trouvé chez d'autres hommes, et tu t'es ouverte à lui. Le fait qu'il soit bien plus âgé que toi y était pour beaucoup.

Elle enfila un T-shirt.

— C'est également pour ça que je t'aime bien.

— Pourquoi n'épouses-tu pas un homme mûr ?

— Ils sont trop malins. Ils devinent qui je suis.

— C'est ce qu'a fait Hobbs ?

— En trois secondes.

— Mais tu l'as revu.

— Oui.

— Ça a dû rendre fou Simon.

— Oh oui...

Un jour, Hobbs lui avait envoyé un présent et elle avait dû se justifier auprès de Simon.

— Qu'est-ce que tu lui as dit ?

— J'ai dit que c'était juste le cadeau d'un ami. Mais Simon avait regardé la cassette, et je crois qu'il a vu ce que tu as vu. Aussi, je comprends son arrangement avec Mrs. Segal. Je dois dire que je soupçonnais quelque chose de ce genre-là, mais je n'avais aucune idée de la façon dont il avait pu s'y prendre. (Elle se choisit une paire de jeans dans sa penderie.) Quoi qu'il en soit, en ce qui concerne Charlie, le fait est que lui ne me fera jamais de mal. Il sera toujours gentil avec moi.

Elle avait prononcé ces dernières paroles sans la moindre nuance d'affection pour Charlie, comme s'il s'agissait là d'un sujet qu'elle avait du mal à aborder, comme s'il était un moindre mal. J'ai la théorie suivante : les hommes et les femmes dotés d'une force d'âme pour ainsi dire brute sont le fruit d'une série d'événements qui les ont conduits jusqu'à un point de non-retour. Ils ont compris que la vie demande une capacité à endurer froidement la douleur, quelle qu'elle soit. Je ne suis pas de cette trempe, pas plus que ne l'est ma femme, et j'espère que mes enfants n'auront pas à s'endurcir à ce point. Mais de tels individus sont légion en ce bas monde. Et ils feront tout ce qui est en leur pouvoir pour survivre ; ils dissimuleront leurs défauts, sauf devant ceux qui ne peuvent leur faire du mal. Et, surtout, ils profiteront de leur avantage dès que l'occasion s'en présentera.

Le téléphone sonna. Caroline décrocha.

— Salut mon chou. (Elle écouta un moment.) Oui. Oui. Bien sûr. Je peux être... je l'ai dans mon tiroir. Bien sûr. Entendu. Oui. Au revoir.

Elle raccrocha et me regarda.

— Je pars demain pour la Chine.

Nous nous sommes dit adieu, et l'on n'aurait jamais cru à nous voir que ce pût être la dernière fois que nous nous voyions, tellement Caroline était détendue. Je sentais bien que ses pensées étaient complètement accaparées par l'idée de ce voyage – elle pensait à Charlie, aux vêtements qu'elle allait devoir emporter, à son passeport, à la planète si vaste.

Mais désormais je savais. Je savais que la clef se trouvait bel et bien dans l'appartement de Caroline, ainsi que Hobbs l'avait prétendu. Et je me souvenais que la police avait interrogé le propriétaire coréen du 537 mais pas les Segal. Je savais également que Simon Crowley avait fait un saut chez ces derniers le jour de sa disparition. J'appelai Mrs. Segal depuis une cabine publique devant l'immeuble de Caroline.

— J'ai encore une ou deux questions à vous poser, lui dis-je.

— Attendez, je vais baisser le son de la télévision.

Quand elle revint, je lui demandai si elle se souvenait du jour où Simon était venu la voir pour la dernière fois.

— Oui, bien sûr.

— A-t-il emporté quelque chose ?

— Je ne me rappelle pas...

— Une clef, a-t-il pris une clef ?

— C'est possible, oui.

— Une clef donnant accès à l'immeuble du 537 ?

— Nous avions pas mal de clefs.

J'essayai de me rappeler quand avait été vendu précisément l'immeuble.

— Mrs. Segal, je crois que vous aviez déjà conclu l'accord de vente avec le Coréen. Vous deviez donc lui remettre les clefs de l'immeuble. En fait, il se trouve que je sais qu'on les lui a remises.

— Oui.

— Alors pourquoi avez-vous gardé des doubles ?

— Oh, je ne me rappelle plus, je... ils... ils allaient démolir l'immeuble, oui, c'était ça.

Quelque chose m'échappait. Simon possédait une clef du 537, mais les nouveaux propriétaires avaient fait poser des serrures neuves. Peut-être ces dernières n'étaient-elles pas encore installées quand il était entré.

— Vous m'avez dit que vous saviez que c'était là qu'ils avaient retrouvé Simon, Mrs. Segal. Vous saviez cela.

— Je... oui...

— Pourquoi n'avez-vous pas dit à la police que vous saviez que Simon était venu chercher la clef de l'immeuble ?

— Mr. Wren... je... les temps étaient durs, on avait de terribles problèmes d'argent...

Elle se tut et je pus entendre sa respiration angoissée. Je comprenais à présent.

— Est-ce que c'était parce que vous et le nouveau propriétaire de l'immeuble aviez passé une sorte d'accord, Mrs. Segal ? Vous lui aviez vendu l'immeuble à très bas prix et accepté un dessous de table en liquide ?

— Ces choses sont compliquées. Nous... oui, il y a eu une négociation de ce genre...

Je raccrochai. Elle avait eu peur, un point c'est tout. La police n'avait pas été capable d'expliquer comment le corps de Simon Crowley avait pu atterrir au beau milieu des gravats parce qu'elle pensait qu'il était déjà mort quand il avait franchi le seuil du 537. Mais si Simon avait pénétré dans l'immeuble au moyen d'une clef ? Avait-on retrouvé la clef sur lui avant de la renvoyer à Caroline ? Non. C'eût été une pièce importante du dossier. Je l'aurais vue mentionnée dans le rapport des inspecteurs. La police aurait rapidement deviné que cette clef correspondait à une serrure et aurait pu ainsi expliquer la présence du cadavre. Non, si la clef avait quitté l'immeuble, ce devait être autrement.

C'est alors que je compris que la clef n'avait pas pu servir à Simon pour entrer – pas par la porte principale du 537, en tout cas, car, ainsi que l'avait établi le rapport des inspecteurs, la Jack-E Demolition avait érigé un passage protégé devant et derrière le bâtiment *avant* sa démolition. Pour accéder au 537, Simon aurait eu besoin d'une autre clef, celle du passage protégé en question, or Mrs. Segal ne la possédait pas.

C'était troublant. J'avais en main une clef qui avait pu donner accès à un immeuble qui n'existait plus et qui ne pouvait pas servir à y entrer quand il existait encore. Cette histoire de clef me rendait dingue. Quelque chose m'avait échappé.

Ma voiture étant restée dans le Queens, je dus prendre un taxi. Je sonnai au 535, et une minute plus tard Mrs. Garcia vint m'ouvrir. Elle me laissa entrer et me conduisit une fois de plus jusqu'au bureau de son beau-fils, Luis.

— Ouais ? fit-il en levant les yeux à mon arrivée.

— Tu connais cette clef ? lui demanda Estrella en espagnol.

Elle lui remit la clef, il me dévisagea puis regarda la clef.

— C'est celle des portes qui donnent sur le trottoir. Où l'avez-vous eue ?

Je lui dis qu'elle appartenait à Mrs. Segal. Il hocha la tête d'un air las.

— Pourquoi les Segal avaient-ils la clef de votre immeuble ?

— Venez. Je pourrais vous expliquer, mais c'est plus simple que vous jetiez vous-même un coup d'œil.

Il se leva, prit son manteau, une paire de gants, un chapeau et une écharpe, et nous sortîmes du bâtiment. Il me désigna les portes métalliques qui servaient pour les livraisons. Elles étaient masquées par la neige la dernière fois que j'étais venu.

— Le type qui a fait bâtir ces deux immeubles a commis comme qui dirait des erreurs. Il les a construits trop vite, sûrement. Ils étaient censés être identiques. Peut-être que l'argent lui a manqué, je sais pas. Il n'a fait construire qu'une seule goulotte à charbon. Regardez. Ça c'est la goulotte. Le type du charbon livrait en une seule fois pour les deux immeubles. Je sais pas pourquoi.

Il se pencha et introduisit une clef dans le cadenas qui maintenait fermées les deux portes métalliques. Le panneau grinça mais s'ouvrit sans difficulté. Il promena le faisceau de sa torche sur des marches qui descendaient.

— Un jour, ils ont vendu l'autre immeuble et ils ont fait poser ces portes.

Effectivement, les marches qui descendaient aboutissaient à deux autres portes, dont l'une donnait accès au 535 et l'autre directement au 537.

— Que se passe-t-il si l'on ouvre la porte du 537 ?

— Alors c'est que vous êtes l'homme le plus costaud du monde.

— Elle est fermée à clef ?

— La serrure de cette porte doit être cassée depuis près de vingt ans.

— Je ne comprends pas.

— La porte s'ouvre vers l'intérieur.

Là, je compris.

— Et le sous-sol est rempli d'éboulis suite à la démolition.

— Ouais.

— Donc, vous avez dû donner cette clef au propriétaire du 537.

— Mon prédécesseur la lui a donnée, oui, il y a longtemps.

J'examinai les portes métalliques. Chacune possédait une plaque vissée, qui devait correspondre de l'autre côté à un système aisément cadenassable.

— Vous voulez dire que quand le 537 existait encore, cette clef, que le propriétaire du 537 possédait, permettait d'ouvrir ce cadenas, et qu'une fois franchi ces portes, le 537 était complètement libre d'accès ? N'importe qui pouvait entrer ?

— Ouais.

— La police vous a interrogé là-dessus ?

— Non.

— Parce qu'on a l'impression que ces portes donnent accès à votre immeuble, et non aux deux.

Luis haussa les épaules.

— Probablement.

— Pourquoi ne l'avez-vous pas dit à la police ?

Il prit très mal ma question.

— Parce que je n'ai vu personne ouvrir cette porte, voilà pourquoi ! Je ne connaissais pas ce Simon. La serrure n'avait pas bougé. Personne n'y avait touché. Tout le monde pouvait la voir. Ce n'est pas à moi d'apprendre aux flics leur métier.

Il faisait froid et je savais tout ce que je voulais savoir.

— Je peux utiliser votre téléphone ?

Nous retournâmes dans le sous-sol sombre qui empestait l'huile. La question, à présent, était la suivante : comment la clef qu'avait utilisée Simon avait-elle pu finir dans le placard de Caroline ? J'appelai celle-ci chez elle. Elle devait sûrement faire sa valise. Le téléphone sonnait toujours quand j'entendis un bruit. L'ascenseur arrivait au niveau du sous-sol. Quelque chose me troubla alors. C'était un ascenseur relativement étroit avec un plafond décoré et pointu comme une cage à oiseaux et une porte qui se repliait en accordéon.

C'était l'ascenseur que Mr. Crowley avait confectionné à partir de boîtes de céréales.

Oui. Je me rappelai alors que McGuire, le type de l'entreprise de démolition, m'avait dit que la compagnie d'ascenseurs avait « largué la boîte » avant que commencent les travaux. La cabine gisait désormais au fond de la cage d'ascenseur de ce qui avait été le 537. Simon Crowley avait vu son père le jour où il avait disparu. Le père de Simon Crowley avait été réparateur d'ascenseur. Le père de Simon Crowley avait confectionné un modèle réduit de l'ascenseur de l'immeuble dans lequel Simon Crowley avait vraisemblablement trouvé la mort. Ascenseur, ascenseur, ascenseur. Et maintenant il gisait sous des tonnes de béton à environ trois ou quatre mètres en dessous du niveau du jardin de Mrs. Garcia.

Je me tournai vers Luis.

— Le 537 était l'exacte réplique du 535 ? Ou une copie inversée ?

— Je pige pas.

— Les deux immeubles avaient exactement le même plan horizontal ?

— Le même, au centimètre près. Copie conforme.

— Allô ? fit à ce moment la voix de Caroline à l'autre bout du fil. Allô ?

Je raccrochai doucement.

Capital, travail et technologie. Les fonds étaient faciles à réunir. Je m'arrêtai à un distributeur automatique de billets, retirai deux mille dollars, ce qui est tout à fait possible de nos jours. Puis je pris un taxi et me rendis à Chinatown. Le chauffeur était un petit homme presque chauve, et une plaque vissée à son tableau de bord indiquait qu'il s'appelait Bill Clinton.

— Bill Clinton ? fis-je.

L'homme hocha la tête avec lassitude.

— Je sais, je sais...

Sur Canal Street, toutes les boutiques étaient fermées. Mais je réussis à me faire ouvrir la porte d'une quincaillerie dont la vitrine était encore allumée. Un jeune Chinois vint pour me servir, et je lui tendis une liste rédigée sur mon reçu bancaire. Le gosse fronça les sourcils.

— Je dois demander à mon père, dit-il. Attendez s'il vous plaît.

Le père, la cinquantaine, les jambes arquées, revint la liste à la main. Il n'avait pas l'air ravi.

— C'est une très longue liste.

— Je paie cash.

Il hocha la tête et fit venir plusieurs de ses employés qui commencèrent à me servir. Puis je lui demandai où je pouvais louer une camionnette jusqu'au lendemain matin. Les hommes s'entretinrent un moment en chinois.

— Vous n'avez rien contre camionnette très sale ? me dit le vieux. Toute cabossée, plein de graffitis horribles ?

— Tant qu'elle roule.

— Ça vous coûtera deux cents dollars.

— Parfait. Il me la faut tout de suite.

Tout ce que j'avais demandé fut alors transporté devant la boutique : quatre paires de gants de travail fourrés, quatre gros pulls, quatre chapkas, quatre paires de chaussures, quatre paires de chaussettes en laine, un pied-de-biche, cent mètres de cordelettes ultra-résistante, quatre lampes sur trépied, un ruban-mètre de trente mètres, un chalumeau à acétylène avec une réserve de gaz, divers tournevis, une pince multiprise, deux marteaux, une échelle pliable en aluminium de six mètres.

— Il me faut des bras.

Les hommes se regardèrent. Ils étaient trop âgés.

— Tant pis. Merci quand même.

La camionnette penchait d'un côté et les freins étaient mollassons, mais l'ensemble roulait. La neige avait cessé de tomber. Je remontai la 10ᵉ Avenue et allai me garer derrière le terminus de bus de Port Authority. Un sans-abri m'observait sans bouger.

— Oh ! fis-je.

— Oh quoi ?

— J'ai besoin de trois hommes capables de travailler dur pendant quatre ou cinq heures.

— Trois hommes qui quoi ?

Il se leva et s'approcha. Il boitait.

— Il me faut deux ou trois gars qui peuvent travailler. C'est payé.

— Quand ça, demain ?

— Non. Maintenant.

— Z'êtes fou.

— Chaque homme recevra deux cents dollars en liquide.

— Vous comptez les buter ou quoi ?

— Non. Il s'agit de déplacer du béton et des briques.

— Tout le monde dort, ici.

— Il y aura du café, de quoi manger.

— Ben merde...

— Ce n'est pas une petite somme.

— Faites voir.

Je sortis ma liasse.

— Il vous faut deux gars ?

— Ouais.

J'étais mal garé, mais tant pis.

Il disparut dans le terminus et je consultai ma montre. Sept minutes plus tard, il ressortait en compagnie de deux hommes, jeunes, le genre petites frappes. L'un était corpulent et l'autre maigrelet. Ils s'approchèrent de la camionnette.

— Vous avez envie de bosser ?

— De quoi qu'il s'agit ?

— Déplacer des briques, des blocs de béton.

— Fait un putain de froid, dehors.

— Je vous paierai le café, de quoi manger.

— Ben merde.

— Il me faut deux hommes costauds.

— On est costauds.

— Alors faites vingt pompes.

Ils s'allongèrent et s'exécutèrent sans problème. Celui qui boitait fit trois pompes puis s'effondra.

— Quand est-ce qu'on est payés ? En ce qui me concerne, c'est la question numéro un.

— Dès que j'aurai ce que je cherche.

— Et c'est quoi ?

— C'est mes oignons.

— C'est aussi les nôtres.

Je ne dis rien.

— Qu'est-ce qui se passe si vous trouvez pas ce que vous cherchez ?

— Vous serez payés quand même.

— Pourquoi on peut pas attendre qu'il fasse jour ? Z'avez les flics au cul ?

— Ça n'intéresse pas la police.

— La police, elle s'intéresse à tout.

— Vous toucherez quand même votre... (Sa nervosité ne me plaisait pas.) Dis donc, t'as passé combien de temps à Rikers ?

— Moi ! J'ai jamais fait de taule.

L'autre type éclata de rire.

— Ben merde. T'as une piaule de réservée en permanence là-bas !

— Au moins, moi, j'ai pas buté un flic.

— Vous avez tué un flic ?

— J'étais dans le cirage.

L'autre gloussa de plus belle.

— C'était plus du cirage, mon pote, c'était carrément de la mélasse !

Ils commencèrent à s'insulter.

Le vieil homme me regarda.

— Vous occupez pas d'eux. Moi je peux venir. Je m'appelle Richard.

— Vous ne m'avez pas l'air très en forme, Richard.

— Je peux travailler.

J'en doutais.

— Entendu.

Il monta dans la camionnette et je démarrai. Je vis les deux hommes en venir aux mains dans le rétroviseur. J'avais les fonds et le matériel mais la main-d'œuvre me faisait encore défaut. Où trouve-t-on des bras par une nuit de janvier ? Il était onze heures et demie passées.

— Vous ne connaissez personne d'autre ? demandai-je à l'homme.

— Je connais toutes sortes de types, mais y en a pas des masses par ici qui seront en état de déplacer des blocs de ciment. Ils seront tous trop dans les vapes pour ça.

J'eus une idée, consultai à nouveau ma montre et me dirigeai vers l'angle de Broadway et de la 86e Rue. Ralph, le professeur philosophe, y postait Ernesto à minuit pour prendre ses messages. J'avais un peu d'avance et me garai à proximité du carrefour. Richard tripota la radio mais ne put capter que des ondes AM. À minuit trois, Ernesto apparut. Richard se pencha en avant et essuya le pare-brise.

— Ben ça, c'est ce que j'appelle une baraque.

J'appelai Ernesto, qui s'approcha prudemment de ma vitre baissée. Je m'identifiai une fois de plus et lui tendis un message pour Ralph :

J'AI BESOIN D'ERNESTO PENDANT SIX HEURES ENVIRON. EST-CE POSSIBLE ? JE LUI DONNERAI DE QUOI MANGER ET LUI ACHÈTERAI UN CHAPEAU, UN MANTEAU, DES GANTS, ETC. IL S'AGIT DE DÉPLACER DES BLOCS DE BÉTON. RIEN QUI SOIT ILLÉGAL. CINQ CENTS DOLLARS, LA MOITIÉ À L'AVANCE.

— J'espère qu'il va dire oui, fit Richard.

Un quart d'heure plus tard, Ernesto réapparut, une page de carnet à la main :

1. ERNESTO N'EST PAS UN ESCLAVE DONT ON PEUT ACHETER OU VENDRE LA FORCE DE TRAVAIL.

2. TOUTEFOIS, MOYENNANT 1 000 $ JE FERAI FI DE MON CODE MORAL ET LUI DEMANDERAI DE TRAVAILLER POUR VOUS POUR UNE DURÉE N'EXCÉDANT PAS LES SIX HEURES.

3. SI CES CONDITIONS VOUS CONVIENNENT, FAITES-MOI PARVENIR TOUT DE SUITE 500 $.

Ernesto hocha la tête quand je lui donnai l'argent, puis s'éclipsa. Dix minutes plus tard, il grimpait à l'arrière de la camionnette.

J'allai trouver Luis et lui demandai de couper le courant d'une ligne dédiée dans le sous-sol de son immeuble. Puis je garai la camionnette sur le terrain vague, ce qui ne dut pas arranger les pneus, et refermai la grille derrière moi. Nous nous mîmes à creuser ; nous progressions lentement mais l'effort nous réchauffa. Avec le mètre-ruban, je fus en mesure de localiser l'emplacement du puits de l'ascenseur. Il restait encore de grosses plaques de béton qu'il allait falloir briser à la masse avant de pouvoir les déplacer.

Richard commençait à donner des signes de fatigue. Pas Ernesto. À nous deux, nous déplaçâmes d'énormes morceaux de béton. Il en souleva quelques-uns tout seul, que peu d'hommes auraient été capables de soulever. Une autre heure s'écoula. Je crois qu'Ernesto avait les mains qui saignaient à force de manier le pied-de-biche et la masse, mais il n'émit jamais la moindre plainte. Il ne travaillait pas pour moi ; il travaillait pour Ralph, c'était un acte de loyauté. Nous déblayâmes des couches de briques, de plâtre, de parquet, puis encore de briques. Puis des tuyaux, des éclats d'appliques en porcelaine et des carreaux de salle de bains tombèrent en pluie dans le trou. Ernesto examinait chaque bloc avant de décider lequel soulever. Parvenu à une profondeur de trois mètres cinquante, il n'y avait toujours rien et je commençais à me dire que j'avais mal calculé mon coup.

C'est alors que je vis le câble de l'ascenseur qui gisait au milieu des gravats tel un serpent mort. Nous creusâmes encore trente centimètres. Un bloc de béton glissa et atterrit sur la botte d'Ernesto. Il ne dit rien et je l'aidai à l'écarter. J'ôtai mes gants et examinai mes mains. Elles n'étaient pas belles à regarder. Je remis mes gants. Puis nous dégageâmes le toit de l'ascenseur. Il avait été sérieusement endommagé par la chute des gravats, mais au lieu de se fendre, il s'était simplement chiffonné comme le dessus d'une boîte de conserve qu'on aurait attaquée au marteau.

— J'arrive pas à y croire, croassa Richard.

Je m'étais déjà servi d'un chalumeau à acétylène quand j'étais adolescent. Je fixai le tuyau à la réserve de gaz et tournai le robinet. J'enflammai une allumette et l'approchai du bord de l'ajutage. Une flamme bondit, longue de près de soixante centimètres.

Cela me prit un certain temps, je fis pas mal d'étincelles et manquai me brûler les orteils, mais je finis par découper un carré inégal, décalé par rapport au centre du toit, entre deux épaisses barres d'acier. La trappe ainsi improvisée chuta brutalement dans le trou noir. Je fis signe à Ernesto d'apporter la corde, m'allongeai sur le toit de la cabine et braquai ma torche à l'intérieur.

Rien. Le sol de la cabine était une mosaïque de carreaux noirs et blancs qui perçaient sous un linoléum recouvert partiellement par la poussière rose des briques pulvérisées. Les barreaux de la cage d'ascenseur étaient gracieusement incurvés dans le style des années 30 et, en d'autres circonstances, j'en aurais sans doute apprécié l'élégance.

Mais pour le moment je me glissai par l'ouverture aux bordures encore brûlantes et me laissai tomber lourdement sur le plancher. Je promenai ma torche autour de moi et remarquai dans un coin un éclat de pierre verte que je ramassai. C'était un bout de jade sculpté, d'environ quatre centimètres de long. La tête d'un cheval aux oreilles brisées. Je me rappelai que le rapport de police mentionnait un morceau de jade retrouvé dans la poche de Simon. Peut-être les deux fragments appartenaient-ils à la même statue ou figurine. Je le glissai dans ma poche et regardai une fois de plus autour de moi. Je me sentis idiot. Il n'y avait rien d'autre dans la cabine.

Rien hormis le panneau de visite. Alors pourquoi ne pas l'ouvrir, tant que j'étais là ? Un tournevis était inutile ; les vis étaient conçues pour que le premier idiot venu ne puisse pas les extraire avec un tournevis ordinaire. Il fallait pour cela un outil spécial. Je me servis de la masse et défonçai suffisamment le panneau pour pouvoir glisser le pied-de-biche derrière la plaque en trois brèves secousses. J'ai beau être ignare en matière de circuits électriques d'ascenseur, je sais reconnaître une caméra miniature munie d'un câble optique. Ce dernier était fixé en place du bouton correspondant au dixième étage et raccordé au courant de l'ascenseur. Je retirai soigneusement la cassette de son compartiment ; l'étiquette portait la mention CASSETTE N° 78, et c'était bien l'écriture de Simon.

— Ernesto, Richard ! criai-je par le trou noir.
— Ouais !
— Vous pouvez commencer à remballer.

Le journal ne ferme jamais. Jamais. (Il peut couler, si le gérant fait faillite et qu'il n'y ait pas de repreneur, mais il ne ferme jamais.) Peut-être s'est-il passé quelque chose. Un mouvement de troupes pendant la nuit, un tremblement de terre en Turquie, le meurtre d'une célébrité, etc. Si le pont de Brooklyn venait à s'effondrer à quatre heures du matin le journal dépêcherait sur les lieux un photographe dans les dix minutes qui suivent. Après avoir déposé Ernesto et Richard, je garai la camionnette dans le parking du journal. Le gardien se réveilla en sursaut et scruta le sous-sol avec l'air d'un homme qui s'attend à se faire assassiner. Je lui fis un signe de la main.

— Il se fait tard, Mr. Wren.

— Il se fait toujours tard.

— Je suis de tout cœur avec vous.

Dans la salle de rédaction, Bobby Dealy trônait à son bureau dans un halo de fumée de cigarette, penché sur une maquette d'avion, un doughnut dans la bouche, en train de fixer une minuscule roue au train d'atterrissage de l'engin. Un combiné téléphonique était coincé entre son menton et son épaule, mais il semblait davantage absorbé par les voix métalliques qui sortaient de sa Cibi. Devant lui, des dépêches de l'Associated Press venues du monde entier défilaient sur un écran, et des images de la chaîne CNN s'affichaient sur un autre. Il reposa le combiné en me voyant.

— T'as plein de boue partout.

— Je sais.

— Tu veux causer ?

— Pas le temps.

— J'en tiens une bonne. Les flics ont trouvé un gars qui...

— Pas le temps.

— T'es sur un coup ?

Je haussai les épaules.

— T'as besoin de quelque chose ?

— Oui, d'un de tes beignets.

J'allai m'enfermer dans mon bureau derrière moi, enlevai le courrier qui encombrait mon fauteuil, enclenchai la cassette dans le magnétoscope et la rembobinai.

Puis j'appuyai sur la touche Marche.

[De la neige. Intérieur sombre. La cabine de l'ascenseur du 537, à hauteur d'œil. Le profil gauche de Caroline Crowley.]

CAROLINE : ... ne me plaît pas, Simon.

SIMON : [hors champ] : C'est pour l'ambiance. [Un bras apparaît, qui referme la porte en accordéon. On aperçoit les parois du puits à travers la cage comme l'ascenseur s'élève. Les paliers défilent.]

SIMON : Cet immeuble va être bientôt démoli.

CAROLINE : C'est pour ça qu'il n'y a pas de lumières ?

SIMON : Si signora.

CAROLINE : Comment marche l'ascenseur ?

SIMON : L'amigo Simon il a plus d'un tour dans sa mancha, Conchita.

CAROLINE : Et le padre de l'amigo Simon était réparateur d'ascenseur.

SIMON : C'est un fait. Or il se trouve que pas plus tard qu'aujourd'hui je suis allé le consulter sur quelques petits points techniques, du genre comment extraire la langue d'un mec de la fente de votre femme.

CAROLINE : Ça va pas recommencer !

SIMON : Nous y voilà. [L'ascenseur s'arrête au septième étage. Simon ouvre la porte. Ils sortent de la cabine et se retrouvent dans ce qui devait être autrefois une sorte de hall. Caroline porte une robe jaune assez ample. Lui a une casquette de base-ball, un T-shirt rouge et un jean.] Des gens habitaient ici autrefois. [Juste en face de l'ascenseur, on voit un lit, récemment fait. L'endroit n'est éclairé que par un drôle d'appareil placé à côté du lit : une ampoule reliée à une batterie de voiture. Un emballage de lait en carton repose par terre. Derrière le lit on devine la peinture écaillée d'un mur rongé par l'humidité.]

CAROLINE : Vraiment charmant.

SIMON : C'est ton genre d'endroit.

CAROLINE : Pourquoi es-tu si agressif avec moi ? Pourquoi ?

SIMON : Tu me résistes.

CAROLINE : Je suis fatiguée, Simon, c'est tout. Ces petites expériences ne m'intéressent plus.

SIMON : Tu sais tout ce que tu as besoin de savoir ?

CAROLINE : Je sais que t'es rien que du vent, Simon.

SIMON : Je ne suis que vérité.

CAROLINE [elle s'assoit sur le lit] : Du vent, de la vérité, ce que tu veux. [Elle lève les yeux.] Qu'est-ce que tu fais ? [Simon a approché une petite table du lit. Dessus, plusieurs objets divers, mais l'angle de la caméra est tel qu'on ne peut les identifier.] C'est quoi ces trucs ? Mon cheval ? Tu l'as pris dans l'appartement ? [Elle s'empare d'une petite figurine.]

SIMON : Il s'agit là de pièces diverses, d'intérêt conjugal.

CAROLINE [elle repose la figurine] : Je m'en vais. [Elle se précipite dans l'ascenseur. Visage face à l'objectif, regard inquiet. Elle se tourne vers Simon, qui n'a pas bougé.]

SIMON : Ça ne marchera pas. Il y a un code. Il faut taper un code, puis appuyer sur le bouton Descente. Sinon, rien. [Elle ressort de la cabine, passe devant le lit, sort du champ.] Ça ne marchera pas non plus. Elles sont toutes verrouillées. [Elle passe devant lui. Bruits divers.] Caroline, je viens de te dire que toutes ces putains de portes étaient fermées à clef !

CAROLINE : Qu'est-ce que tu veux ?

SIMON : Viens ici.

CAROLINE : Va te faire foutre.

SIMON : Viens ici.

CAROLINE : Non.

SIMON : Je suis ton mari. Tu m'as épousé.

CAROLINE : C'est toi...

Mon téléphone sonna. Je fis un bond. J'enfonçai la touche Arrêt sur image : Caroline resta le poing brandi, son visage métamorphosé en traînée lumineuse.

— Allô ?

Rien.

— Allô ?

— Bonsoir.

— Caroline ?

— Tu me manques.

— On vient de se voir.

— Je n'ai pas aimé la façon dont on s'est dit au revoir.

— Peut-être ne nous dirons-nous jamais au revoir.

— Pourquoi n'es-tu pas chez toi ?

— Je travaille sur une histoire.

— C'est intéressant ?

— C'est très compliqué.

— Ça parle d'un homme et d'une femme ?

— Ça parle toujours d'un homme et d'une femme, non ?

— C'est vrai.

— Et souvent le méchant est l'un des deux.

— Je ne crois pas à ce genre d'histoires, dit Caroline.

— Non ?

— Je pense que tout le monde est méchant. Certains un peu, d'autres beaucoup.

— Tu as sans doute raison.

Elle soupira.

— Et donc, dans ton histoire, qui est le plus méchant, l'homme ou la femme ?

— Ce n'est pas clair.

— Pas encore ?

— Pas encore.

— Porter, je me sens seule. Je sais que ça peut paraître stupide, mais je me sens seule.

Elle se tut un instant. J'entendis de la musique en fond.

— Tu passes me voir ?

— J'ai bien peur que ce ne soit pas possible.

— On pourrait prendre le petit déjeuner ensemble.

Je regardai ma montre. Le soleil allait se lever d'ici environ trois heures.

— Je suis partant.

— Tôt ?

— Huit heures, c'est assez tôt ?

— Oui.

Je lui demandai de me retrouver au Noho Star, au coin de Bleecker et de Lafayette.

— Huit heures ?

— Oui.

— Tu n'oublieras pas ?

— Non, fis-je. Tu oublies que tu es inoubliable.

Je remis en marche la cassette. Le visage courroucé de Caroline reprit forme et vie.

CAROLINE : ... qui as voulu m'épouser.

SIMON : Je te l'ai demandé parce que je voulais savoir ce que ça faisait d'être marié.

CAROLINE : Je n'appelle pas cela un mariage. Toi, tu te barres à L.A. et tu sautes des nanas dans des soirées pendant que moi je reste seule à la maison, un pouce dans le cul. Tes parents, eux, ils étaient mariés.

SIMON [il s'empare de la figurine] : Parle-moi de ce petit cheval, Caroline. Dis-moi pourquoi Hobbs te l'a donné. Ce truc a au moins mille ans. Une saloperie de ce genre vaut un sacré paquet de fric. Même pour un type comme Hobbs.

CAROLINE : C'était un cadeau.

SIMON : Qui commémorait quoi, exactement ?

CAROLINE : Je lui ai raconté une histoire débile, comme quoi, quand j'étais gamine, je voulais un cheval, alors il m'a envoyé ce cadeau. C'est tout, Simon.

SIMON : Raconte-moi l'histoire en question.

CAROLINE : Non.

SIMON : Allez, raconte.

CAROLINE : Non. C'est juste...

SIMON : C'est quelque chose d'important. Sinon tu ne la lui aurais pas racontée.

CAROLINE : Donne-moi le code de l'ascenseur, Simon.

SIMON : L'histoire.

CAROLINE : Non.

SIMON : L'histoire, après tu pourras partir.

CAROLINE : Je ne raconterai jamais cette histoire, Simon,

jamais. [Il lui lance le cheval. La statuette atterrit dans l'ascenseur et se brise.] C'est quoi ton problème, merde !

SIMON : C'est baiser, mon problème ! Tu ne comprends pas que, s'il y a une seule chose que je te demande, c'est d'être fidèle. C'est trop exiger de toi ? Je suis quelqu'un de très, très occupé, et je subis toutes sortes de pressions. J'ai besoin que tu sois là, que tu m'attendes. C'est trop te demander ? C'est moi qui suis allé te chercher dans ce bar minable ! Tu étais sur le déclin, ma poupée, je t'ai trouvée et je t'ai ramassée. On pourrait penser que, du coup, je suis en droit d'espérer un peu de fidélité, non ? Mais quand je t'ai appelée l'autre soir, tu étais où ? Je sais très bien où tu es allée – tu étais avec ce gros porc ! Comment est-ce possible ? Comment ma femme peut-elle me préférer un gros tas de deux cents kilos ?

CAROLINE : Ce n'est pas ce que tu crois. On a juste parlé, on était simplement... [Simon a levé la main, comme s'il allait la frapper. Elle tressaille. Il ne se passe rien. Elle se détend. Il la frappe alors avec le plat de la main.]

SIMON : Tu me prends pour qui, bordel ? Un crétin ? Un pauvre lobotomisé ? Je te parle de Hobbs ! Ce type est en train de racheter Hollywood, New York et la Chine. Il ne mange pas de nourriture, il bouffe les gens ! Il te bouffe, toi ! Et ça te plaît, tu en redemandes, pas vrai ? J'ai vu la bouche de ce type. Il a une langue, on croirait une bête de cirque ! Je sais ce que vous faites tous les deux. Je sais qu'il te parle, qu'il te met en confiance, t'as l'impression d'avoir un vrai papa...

CAROLINE [amère et méprisante] : C'est cruel, Simon. C'est vraiment très cruel de dire ça.

SIMON : Tiens, prends ce couteau. [Il tend un couteau à Caroline, qu'il gardait dans sa poche. Elle refuse de le prendre. Il saisit ses doigts, plaque le manche sur sa paume et referme dessus ses doigts.] Allez, frappe-moi avec. Vas-y. C'est moi qui te le demande. Fais-le ! Fais-le, pauvre connasse ! T'as pas le cran, t'es rien que du vent ! Allez, fais-le ! Quoi ? Que vois-je ? Mais tu gamberges, ma petite Caroline, voilà que tu te mets à gamberger ! Derrière ces longues tresses blondes, des petits rouages se mettent en branle ! Tu penses à quoi ? Tu te dis : Je dois lui extorquer le code de l'ascenseur ! C'est juste ! T'en as besoin pour sortir d'ici. No problemo ! Le code, c'est ta date de naissance. Le 21 février. 2-1-2. Tue-moi, Caroline, et tu penseras à ton anniversaire le restant de tes jours ! Astucieux, non ? C'est ma spécialité, ce genre de trucs, ma belle. Bon, on en était où ? Ah, oui, tu allais me tuer. Je vais t'aider. Dépêche-toi. Plus vite ça sera fait, mieux ça sera, parce que peut-être que je vais vouloir inverser la situation. Oh, fais-le, allez allez allez. Attends, attends ! Nous avons oublié la clef ! Tu as oublié la clef ! [Il brandit une petite clef.] Il nous a fallu une clef pour entrer dans cet immeuble, tu te rappelles ? Si tu me tues et que tu partes sans remettre le cadenas, il ne s'écoulera pas beaucoup de temps avant que quelqu'un se pointe ici et trouve mon cadavre. Mais si on ne retrouve pas mon corps avant plusieurs jours, c'est tout bénef pour toi, ma belle, parce qu'ils vont en faire de la bouillie de cet immeuble, et ton pote, ton mari, va faire le grand saut dans les gravats comme une poupée de chiffons. C'est bien étudié, non ? Sauf qu'il y a un problème. Regarde. Je me suis entraîné. [Il met la clef dans sa bouche, s'empare du carton de lait rempli d'eau, penche la tête en arrière, avale une bonne gorgée, balance le carton par terre, redresse la tête, ouvre la bouche. Il a avalé la clef.] Suis-je le Mal incarné ? Non, c'est trop grandiloquent. Je n'aspire pas au mal, j'aspire à la vérité, ce que je veux c'est t'obliger à déballer tes tripes, Caroline. Vide ton sac, vas-y. Je veux l'histoire de la petite fille. Je veux savoir comment la nana qui traînait à LA et baisait avec des joueurs de basket professionnels, puis qui a échoué à New York pour se faire lever dans un bar par le réalisateur de cinéma le plus brillant depuis Scorsese, comment cette fille-là a fait pour survivre. Elle ne veut pas que je le sache, moi, son mari ? Est-ce qu'elle l'a révélé à Hobbs ? Non, je suppose que non. Je suppose qu'elle était trop occupée à l'écouter disserter. Elle veut qu'on l'aime ! Elle va là où elle croit qu'est l'amour, et quand elle s'aperçoit qu'il n'y est plus, elle change d'endroit. Elle est très forte dès qu'il s'agit d'embobiner les hommes ! Ils tombent comme des mouches ! Mais quelque chose, quelque chose d'incompréhensible fait que ces hommes commencent bientôt à la trouver répugnante ! Comment cela est-il possible, ma ravissante épouse, toi qui as un anneau d'or à ton charmant clitoris ? Elle est passée de son mari dévoué au sieur Hobbs. Bon, soit. Combien de temps cela va-t-il durer ? Oh, sans doute pas très longtemps. Il va te percer à jour et se détourner, ou alors tu remarqueras son dégoût avant qu'il ne s'en rende compte lui-même et tu t'en iras. Tu raconteras alors ta triste petite histoire, toujours la même, à quelqu'un d'autre. Tout ton malheur, tes peines ! Et caetera, et caetera. T'es fortiche, ma belle. Vraiment. T'as failli m'avoir ! C'était du tout cuit. J'avais dit amen. J'y croyais, ça oui ! L'artiste avait trouvé sa muse ! Mais la muse a tout pigé. Ben merde alors, ma belle. C'est moi qui t'ai percée à jour. C'est l'instant où la roue quitte l'asphalte. Je me casse. Mais d'abord... oui ! Oui, bien sûr, j'ai l'intention de te tuer, j'y suis contraint, tu comprends ? Qu'est-ce que je peux faire d'autre ? Te dire bye-bye et laisser les avocats se démerder ? Non, non, non, par le démon Flibbertygibbet ! Ah, pauvre Tom ! Tu connais ? C'est dans *Le Roi Lear*, une pièce que tu n'as sûrement jamais lue ! C'est le truc de la muse, ma belle, le bon vieux plan américain de la muse. Tu es tellement spéciale ! Ma petite Yankee à moi. Regardez-la, regardez un peu ces dents, ces cheveux, ces yeux bleus, ces seins ! Élevée au grain ! Et ce ne sont pas de vilains Américains qui pourront la tuer ! Ils vont faire un film sur elle, oui ! Un putain de film ! Elle est ricaine à cent dix pour cent ! Élevée au grain qu'on vous dit ! La pin-up de *Playboy*. Et vous savez quoi, sa putain de fente est à base de céréales ! Elle caquette comme le coq des paquets Kellog's ! Sauf qu'elle, elle est à la page, elle est prête pour l'an 2000 ! La petite ricaine postmoderne ! Qui s'est fait bronzer les miches sur la côte Est *et* sur la côte Ouest ! Ça sait conduire une Chevrolet assemblée par Toyota à Mexico !

Ça a zappé sur toutes les chaînes de télé ! Ça a baisé avec une superstar ! Ça a ouvert les jambes devant un milliardaire ! Voilà ce qu'elle est ! Mais ça ne suffit pas. Elle veut de l'amour, encore et toujours de l'amour ! Elle en a jamais assez ! Sa mère bossait pour Visa, et son père était à la solde d'ARCO. Elle a le capitalisme dans les gènes ! Tu ne vois pas le côté tragique de la chose ? Tu es la tragédie incarnée, ma belle ! Tu as tout ce que l'Amérique peut te donner et pourtant tu as encore faim ! Oh, je t'en prie, mets un point final à tout ça, ma petite chérie, plante ce couteau dans mon corps, là, dans ma gorge, mon estomac, mes couilles, n'importe où pourvu que je la ferme. Fais-le ! Oh, la ricaine ! Vas-y. Allez viens viens viens ! Je suis obligé de te l'ordonner ? Tue-moi. Fais-le. Je te mets au défi. Non ! Attends. [Il se précipite dans un coin de la pièce et ramasse quelque chose. Il revient, une expression démente sur le visage.] J'ai une arme, oui ! Je te l'ai déjà montrée ? Je t'avais montré que j'avais une arme ? Quand tu m'auras tué, je propose que tu l'embarques et la balances à la flotte – ça se fait, c'est un classique du genre. Ou alors efface tes empreintes dessus et jette-la dans la rue ! Donne-la au gamin de neuf ans qui s'emmerde au coin de la rue. Il saura s'en servir. Il la voudra, lui. Maintenant, écoute-moi bien, ma belle, ce truc est chargé. Je vais t'exploser ton petit crâne permanenté si tu ne me poignardes pas. Allez, vas-y, que je voie si tu vas te sortir de celle-là. Tu crois que tu vas y arriver, ma pin-up d'amour ? Allez, viens, tiens-le bien à deux mains, et flanque un bon coup ! Enfonce-le ! Y a tellement d'hommes qui te l'ont enfoncé, qui t'ont mis leurs doigts, leur bite, leur langue dans ta bouche, ta fente et ton cul ! Enfonce le, ce putain de couteau ! [Il braque l'arme sur elle.] Vas-y. Maintenant. Je vais appuyer sur la détente. Maintenant, c'est compris ? Je vais t'envoyer valser jusqu'à l'aéroport Kennedy, ma cocotte. Le compte à rebours va commencer. Rassemble un peu tes molécules aux pétales de maïs, Miss América, bande tes muscles, cinq, quatre, mes doigts sont sur le starting-block, chérie, trois... deux... plus trop le temps de voir si... [Il semble se raviser et abaisse l'arme. Ils se toisent un moment. Simon laisse échapper un long soupir. C'est alors que Caroline lui plante le couteau en pleine gorge.] Ha... aaah. [Simon se redresse. Il arrache la lame. Du sang gicle à plus d'un mètre, il chancelle en arrière. Sa casquette tombe. Le couteau tombe par terre.] Oh, merde. [Il montre l'arme : elle n'était pas chargée. Puis il s'écroule, une main plaquée contre son cou. Le sang se répand rapidement par terre. Il lève les yeux vers Caroline. Celle-ci recule.] Caaa... Caro...! [Elle s'avance vers lui, mais il a un spasme, son cou émet un son humide. Il a perdu tellement de sang qu'il ne peut plus se mettre à genoux. Il roule sur le dos et, ce faisant, ses dernières forces semblent le quitter. Son corps est alors tout mou, il cesse de gémir et de remuer. Elle s'agenouille à côté de lui. Il a les yeux ouverts. Les épaules de Caroline tremblent. Elle reste ainsi quelques minutes. Il n'y a pas un bruit dans la pièce. Puis on distingue un couinement et Caroline tourne la tête. La silhouette d'un rat passe en arrière-plan. Les minutes s'écoulent. Elle pleure puis se reprend, puis pleure à nouveau. Elle reste ainsi, les genoux remontés, à se balancer d'avant en arrière. Finalement elle se lève.]

CAROLINE : Oh, la clef. [Elle a dit cela dans un murmure. Elle ramasse le couteau, remonte le T-shirt rouge de Simon. Elle pleure. Elle tâte son ventre livide. Puis elle se redresse et passe une main le long de sa gorge, entre ses seins, puis juste sous son diaphragme. Elle touche lentement cette partie de son corps, en experte. Puis elle s'agenouille près de Simon. Elle enfonce le couteau dans son estomac d'environ deux centimètres. L'arme reste bien droite. Elle se relève brusquement et se dirige vers le lit. Là, elle quitte ses souliers d'un mouvement sec, ôte sa robe jaune par le haut et la dépose soigneusement sur le lit. On distingue une forme colorée sur son omoplate, un papillon. Elle dégrafe son soutien-gorge, enlève sa culotte. Elle les dépose également sur le lit. Puis elle se baisse, ramasse la casquette de Simon et y glisse ses cheveux. Une femme nue, assise en équilibre sur ses talons. Puis elle se dirige vers le cadavre. Le couteau saille toujours du ventre. Elle se penche sur Simon, détourne le regard, puis appuie de tout son corps sur le couteau. Celui-ci s'enfonce dans un bruit de chairs qui cèdent et de sang qui gicle. Elle est trempée à présent. Elle regarde son corps et soupire. Puis elle taille dans les chairs. Elle écarte un pan de peau et enfonce plus profondément la lame. Du sang gicle en geyser alors qu'elle s'escrime, il jaillit de la plaie et se répand sur le ventre de Simon, glisse sur ses flancs, dessinant tout d'abord des bandes le long de ses côtes, puis les recouvrant complètement alors qu'elle fouaille avec la lame. Elle sort sa main de la plaie béante et l'agite frénétiquement pour en faire tomber un bout de chair. Puis elle enfonce à nouveau sa main dans la cavité et recherche. Rien. Elle soupire. Son ventre, ses bras et ses genoux ruissellent de sang. Il y en a aussi sur le bout de ses seins. Elle découpe alors un large pan de chair. Puis elle s'assoit à côté de Simon et le fait rouler sur le ventre. On entend clairement le contenu de son estomac qui se déverse sur le sol. Elle le remet sur le dos. Elle fouille dans les vestiges sanglants avec le bout de la lame, lève les yeux. Des rats s'agitent déjà dans un coin de la chambre.] Éloignez-vous de moi ! [Elle se remet au travail. Elle enfonce une main dans la cavité et en ressort soudain quelque chose, elle contemple l'objet sanguinolent qu'elle tient à la main. La clef. Elle se relève, la dépose sur la table, retourne vers le lit, puis s'essuie soigneusement les mains et le ventre avec une taie d'oreiller vide. Il y a un peu de sang sur ses cuisses et ses genoux. Elle frotte vigoureusement chaque endroit. Elle examine les poils de son pubis au cas où il y aurait du sang dessus, et, ce faisant, rentre le ventre, les deux mains appuyées sur ses hanches. Puis elle essuie ses doigts et ses mains, regarde l'arrière de ses jambes, examine ses fesses. Elle remet sa culotte et ses chaussures, ajuste son soutien-gorge et enfile sa robe jaune, la boutonnant dans le dos avec cette grâce maladroite qui est l'apanage des femmes. Elle ôte la casquette, l'inspecte, la secoue, l'inspecte de nouveau, puis la jette par terre près de Simon. Elle récupère la clef sur la table et la met dans son sac à main. Elle ramasse le carton de lait vide, y dépose le couteau et l'arme. Elle regarde autour d'elle une dernière fois. Elle remarque alors quelque chose hors champ, qu'elle ramasse. C'est un fragment du cheval. Elle retourne vers Simon et se tient devant lui, une expression à la fois victorieuse et désolée sur son visage. Elle s'agenouille, frotte le fragment contre sa robe, le glisse dans la poche de poitrine du T-shirt de Simon, puis trempe un doigt dans le sang qui suinte de son cou et le porte à sa langue. Elle se redresse vivement, ramasse le carton de lait et va droit vers l'ascenseur.]

CAROLINE [de face par rapport à l'objectif, mais les yeux baissés] : Deux-deux-un. [Sa voix n'est qu'un murmure à peine audible.] Deux. Deux. Un. [Elle regarde autour d'elle.] Descend. [Rien ne se passe.] Oh, merde. [Elle s'aperçoit que la porte grillagée de l'ascenseur est restée ouverte, elle la ferme.] Descend. [La cabine commence à descendre en grinçant. Le cadavre de Simon Crowley, et le palier sur lequel il gît, s'élèvent lentement. Le chiffre sept apparaît sur la paroi du puits, puis, à la faible lueur de la cabine, on devine un six, un cinq, un quatre, un trois, un deux. Elle éclate alors en sanglots, suffoque, pliée en deux. Quand l'ascenseur atteint le premier niveau, elle ouvre la porte et sort en courant. La porte se referme lentement puis reste entrebâillée. On entend le bruit d'une lourde porte qu'on ouvre, il y a un bref éclat lumineux, qui se reflète sur plusieurs murs, ultime message de la lumière, puis c'est le noir complet. On n'entend pas la porte claquer. Il n'y a plus un bruit. Juste le noir.]

Manhattan, le matin. Beau fixe. Des taxis jaunes et rutilants filent dans les rues. Des Mexicains bichonnent des parterres de tulipes devant les épiceries coréennes. Les gens vont au travail, l'air satisfait d'eux-mêmes. Les métros fusent comme des informations. Les immeubles reçoivent en pleine façade l'éclat du jour naissant. Et au fond des bars, des boîtes de nuit et des restaurants, cent mille conversations disparaissent, balayées, lavées à grande eau, jetées dans le caniveau. Une mère brosse les cheveux de sa fille. On va se faire des millions aujourd'hui, mon pote. Les membres de la chorale grecque de New York parcourent le journal pour y lire les critiques du matin. Une balayeuse municipale passe, ses roues soyeuses escamotent un portefeuille vide. Le soleil s'engouffre dans les iris. Plaisir de cligner des yeux. Un homme contemple son ventre, y lit la déchéance sous forme de bourrelets. Une femme se félicite du choix de son rouge à lèvres. Quelles chaussures va-t-elle bien pouvoir mettre ? L'odeur rédemptrice du premier café. Des camionnettes cabossées pleines de poissons remontent l'avenue. Des choses prennent forme, d'autres se dégradent. Je perds du fric sur ce coup-là. Pointe-toi au bureau à la première heure. Tout va peut-être se jouer aujourd'hui. Putain, c'est pas mon jour. Expédiez-le par Federal Express. Dans un atelier, une Chinoise s'installe devant sa machine à coudre. Des photos de mannequins virevoltent dans la contre-allée d'une agence. Un type a braqué l'épicerie du coin, il en a profité pour rafler deux bagels rassis. Je vais te le faxer. Zones non-fumeurs sur la 42e Rue. Woody Allen est fini. Un coursier à vélo se cramponne à l'arrière d'un bus qui file vers Broadway. Ils ont augmenté mon loyer. Les gardiens de Rikers Island aboient leurs ordres aux nouveaux prévenus : « Levez les bras, montrez vos aisselles, ouvrez la bouche, tirez la langue, soulevez vos bourses, puis penchez-vous, écartez vos fesses, et toussez fort cinq fois de suite. » Ne quittez pas. Je vais essayer un nouvel antidépresseur. Un comptable examine la carte de visite qu'une femme lui a donnée hier soir. Un incendie dans Harlem, six morts dont cinq enfants. Je vais vous le passer. Ewing se fait vieux, moi je te le dis. Je t'en prie, Harry, va voir un docteur. Vous réglez cet achat avec quelle carte bancaire ? Sally de Brooklyn à l'appareil. Le ferry de Staten Island heurte mollement l'embarcadère. Le respect se perd de nos jours. Sur le grand parking en bordure de West Side Highway, un homme vérifie la pression des pneus de sa voiture. N'oublie pas ton déjeuner. Une femme est assise sur le bord de son lit et se rappelle que son test HIV de la veille est positif. Puisque je te dis que MTA jette les millions par la fenêtre. Des gens font la queue devant un dispensaire pour avoir de la méthadone. Times Square n'est plus ce qu'il était. La ville a de sérieux problèmes raciaux. Le président est en ville ; la circulation va virer au cauchemar. Tu nous dois ce fric. Ça n'a rien rapporté. Ce n'est pas une question d'argent. Tu l'auras, ton pognon. Je n'ai pas d'argent. Ça coûte cher. Des bus remplis de touristes venus du Middle West. Ils sont allés s'installer dans le New Jersey. Le médecin légiste enfile ses gants en plastique et allume la radio. Je ne suis pas gay, je suis pédé, explique un homme à sa mère dans son appartement de Riverside Drive. La cocaïne est arrivée à bon port et ce matin Spanish Harlem a des faux airs de paradis. Je regarde trop la télé. Un super appart dans cette échelle de prix. Signez là, s'il vous plaît. Ce n'est plus vraiment une démocratie. Dans un bureau au sud de Central Park, toutes les portes sont closes ; le patron a été viré. Pourquoi tu ne réserves pas par téléphone ? Devant le Plaza Hotel, un chauffeur de taxi arnaque ses clients en leur rendant la monnaie, le sourire aux lèvres. Je vais me payer une liposuccion. Un homme marche d'un pas vif sur Lafayette, une clef dans une poche, un fragment de pierre précieuse dans l'autre, il pénètre dans un restaurant, c'est le premier client de la journée. Il n'est pas rasé. Ses habits sont maculés de boue séchée. Il porte un petit paquet. Un serveur plie des nappes propres.

— Bonjour, monsieur.

— Bonjour. (Je vérifiai ostensiblement qu'il me restait du liquide.) Je sais que je suis crade à faire peur.

— Ça ne fait rien, monsieur.

Je m'assis et regardai les premiers clients entrer. Le petit déjeuner est le plus optimiste des repas, et cela se voit sur le visage des gens. J'allai aux toilettes et examinai mon visage dans le miroir. Mes cheveux, les rides autour de mes yeux et mes oreilles étaient noirs de crasse. Mes gencives s'ourlaient, mes dents brunissaient, mes cheveux grisonnaient. Aller simple.

S'agissait-il d'un meurtre ? Caroline avait poignardé Simon dans le cou alors qu'il abaissait une arme qui n'était pas chargée. Ce n'était pas de la légitime défense. Bien sûr, la tension était alors à son comble, avec Simon qui hurlait et se comportait bizarrement, mais je me demandais pourquoi elle ne s'était pas contentée de monter dans l'ascenseur, puisque Simon lui avait donné le code. Elle aurait pu crier par la fenêtre. Le coup de la clef avalée, c'était de la frime. Simon devait avoir prévu une autre issue. Il lui suffisait d'une bonne paire de tenailles planquée quelque part. S'il avait pris la peine de remplir un vieux carton de lait avec de l'eau, d'installer une lumière alimentée par une batterie et de mettre en place une caméra miniaturisée, alors emporter une pince coupante ne devait poser aucun problème. Billy Munson avait dit qu'on trouvait toutes sortes d'outils dans la camionnette du père de Simon. Caroline n'avait pas dû penser à toutes ces choses sur le moment, mais poignarder Simon uniquement parce qu'il délirait, ça ne tenait pas. J'avais repassé ce moment dix ou douze fois dans mon bureau. Il y avait comme un blanc, une longue pause, entre le moment où Simon abaissait son arme et celui où Caroline lui donnait le coup de couteau. Une longue pause à la faveur de laquelle chacun regardait l'autre, dans l'expectative. Et pendant laquelle Simon était vulnérable. Or elle avait profité de l'occasion. C'est ainsi que je voyais la chose ; elle avait toujours agi de la sorte.

La scène avait dû se dérouler dans la nuit du 6 au 7 août. Même si quelqu'un avait aperçu Caroline quitter l'immeuble, il avait dû oublier ce détail quand le corps de Simon avait été retrouvé, à savoir plus d'une semaine après. Mais l'attitude de Caroline n'était pas le seul indice de sa culpabilité. Elle avait pris toutes sortes de précautions par la suite. Elle avait menti à la police. Elle avait nié reconnaître le minuscule fragment de jade. Elle avait eu l'intelligence d'engager un détective privé pour tenter de savoir ce qui était arrivé à Simon. C'était très malin, car l'enquêteur en question aurait pu à son insu lui fournir un renseignement qui lui aurait permis d'anticiper certaines déconvenues. Et d'autant plus malin que sa démarche, si la police était venue à en prendre connaissance, aurait éloigné d'elle tout soupçon. L'enquêteur, bien sûr, n'avait rien trouvé, car, s'il avait interrogé le propriétaire du 537, il aurait découvert que celui-ci était un Coréen, et non les Segal. Si, comme la police, il avait interrogé le propriétaire coréen, celui-ci n'aurait rien pu lui apprendre, car, ignorant tout de l'immeuble promis à la démolition, il ne pouvait connaître l'astuce de la double entrée. Ce qu'ignorait également le chef d'équipe de Jack-E Demolition, lequel était obsédé par le bout de corde qu'il avait retrouvé. Les inspecteurs de police, eux, n'avaient aucune raison de chercher du côté des Segal, et Mrs. Segal, du fait de son marché douteux avec les Coréens, avait une bonne raison de ne pas aller trouver la police. Laquelle police avait interrogé le gardien du 535, mais en privilégiant la piste du toit du 535. Il est vrai que si la police avait examiné les papiers de la succession Crowley, elle aurait fini par arriver jusqu'à Mrs. Segal, comme cela avait été mon cas. Mais moi, je recherchais un objet précis, à savoir la cassette de Hobbs, et non un renseignement sur la façon dont Simon avait pu s'introduire dans l'immeuble. Finalement, personne n'avait agi en connaissance de cause, personne n'avait planifié aucun des événements survenus, y compris Caroline. Alors, s'agissait-il d'un meurtre ? Selon moi, oui.

Une femme superbe en vison et jean entra dans le café en même temps qu'un rayon de soleil. Plaçant l'une devant l'autre ses bottes de cow-boy noires en peau de lézard, elle adressa un sourire confiant au serveur, puis à moi.

— Salut, mon chou, fit-elle en m'offrant sa joue fraîche.

J'y déposai un baiser intrigué, n'ayant jamais embrassé une meurtrière de ma vie. La douceur de sa peau accentuait par contraste la dureté de son âme. Dire que j'éprouvai de la répulsion serait faux. Archifaux.

— Tu t'es roulé dans la boue ?

— Je suis un fouille-merde, tu le sais bien.

— Qu'est-ce qui s'est passé ?

Je tripotai le fragment de jade au fond de ma poche.

— C'est une longue histoire.

— Tu me la racontes ?

— Bien sûr.

Les clients commençaient à affluer.

— On va d'abord passer commande.

Son soulagement était manifeste. Hier, je l'avais délivrée de Hobbs, et aujourd'hui elle allait s'envoler pour la Chine. C'était la première fois depuis notre première rencontre qu'elle n'avait plus aucune raison d'être inquiète. Ses yeux brillaient et un sourire flottait sur ses lèvres. Elle n'avait plus besoin de moi ; elle voulait juste mettre un point final en douceur. La chaîne du restaurant diffusait un morceau de Vivaldi, et je savais que nous allions tous deux être différents d'ici quelques minutes, aussi me contentai-je de la regarder. Ce qui était fort agréable. Elle me parlait de tout et de rien, et laissa à un moment une trace de rouge à lèvres sur le rebord de son verre d'eau. Tout en l'écoutant, je laissai mon esprit vagabonder et se changer en une

flaque argentée de luxure, une flaque qui se métamorpho-
sait en un ruban humide qui, alors, escaladait ses chaussures, remontait le long de ses jambes, contournait ses
genoux, ses cuisses, s'enfonçait soudain en elle, toujours
plus profondément, puis ressortait en frôlant la minuscule
cicatrice à son clitoris, reprenait son ascension, caressait ses
hanches, tournait autour de son nombril, massait son dos,
son ventre, s'attardait désespérément dans le sillon en
demi-lune sous ses seins avant d'envelopper ces derniers,
de frotter les paumes de mon imagination sur leurs tétons,
puis je remontai jusqu'aux os délicats de son cou, glissai
sur ses épaules et parcourus ses bras jusqu'à ces doigts qui
avaient tenu le couteau. Jusqu'au bout de ses doigts.
Jusqu'à ses magnifiques et impeccables ongles manucurés.
Puis mon désir remonta le long de ses bras, s'en alla
caresser son menton, sa mâchoire, avant de s'enfoncer dans
sa bouche, de couler sur cette langue rose qui m'avait
léché, avant de repasser ses lèvres et d'escalader ses
pommettes ; mon désir se posa alors sur ses yeux, fit frémir
ses cils, abaissa ses paupières, puis escalada son front et
s'enfonça comme des doigts dans l'épaisse masse de ses
cheveux blonds, toujours plus loin, plus haut, avant de
prendre son essor, s'éloignant d'elle à tout jamais. Oui, tout
cela je le fis avec mes yeux. Caroline allait me manquer.
Quand je serais vieux, cette femme allait me manquer.

— J'ai quelque chose à te montrer, dit-elle.

C'était une de ces brochures sur papier glacé comme en
impriment les agences immobilières des quartiers huppés.

— Je l'ai feuilletée dans le taxi en venant ici. Regarde ça.

C'était une photo en couleurs d'une grande maison
blanche avec une immense pelouse, des tas de fenêtres, de
porches, d'avant-toits, de pignons. On aurait dit un yacht,
ou une pièce montée de mariage.

— Charlie va adorer, dit-elle. Le type de l'agence m'a dit
qu'elle était à sept minutes à pied de la gare.

Elle continua d'examiner la photo, et comme je contemplais son visage, je vis que le temps commençait à faire
son douloureux travail autour de ses yeux. Je ne pouvais

réellement croire qu'elle souhaitât aller s'enterrer dans une grande maison blanche avec Charlie. Je pense que ces choses lui offraient une espèce de refuge, où elle avait tout loisir de se perdre et d'oublier son passé. Mais ses appétits seraient les plus forts, je savais qu'ils l'éloigneraient toujours des petites maisons blanches qu'avait à lui offrir la société. D'un autre côté, je voyais bien qu'elle avait désespérément besoin d'une nouvelle vie. Or cette dernière était là, devant elle, si proche qu'elle en était presque palpable, et peut-être qu'elle se disait que son long et étrange périple touchait à sa fin.

— Moi aussi j'ai des choses à te montrer, lui dis-je.

— C'est vrai ? Est-ce qu'elles sont aussi intéressantes que celles que je viens de te montrer ?

— La concurrence est rude.

— Montre-moi donc la première.

Je glissai une main dans ma poche et la refermai sur le fragment de jade. Je pouvais m'arrêter là, je pouvais dire que je plaisantais et tout serait beaucoup plus simple. Je déposai l'éclat vert sur la table. Les oreilles étaient cassées, mais les yeux et la bouche demeuraient intacts.

Elle fronça les sourcils et prit le fragment entre ses doigts.

— C'est magnifique, dit-elle. Qu'est-ce que c'est ? Enfin je veux dire, d'où ça vient ?

J'admirai son beau visage, ses yeux bleus, cette façade, et j'eus l'impression que je ne l'avais jamais connue, que je ne la connaîtrais jamais.

— Ne me mens pas maintenant, Caroline, murmurai-je.

Elle baissa les yeux, puis regarda ailleurs.

— C'est le cadeau, dis-je. Le cadeau qu'il t'a fait.

— Oui.

— Hobbs.

— Oui.

— Un cadeau très précieux.

— Sûrement. Il l'avait depuis longtemps.

— Simon l'a trouvé et ça l'a mis en rogne.

— Oui, je t'ai raconté tout ça.

411

— Tu n'as pas voulu raconter à Simon l'histoire que tu avais racontée à Hobbs, parce que tu voulais garder quelque chose pour toi.

— Oui. On a déjà parlé de ça l'autre soir, Porter.

— Il te l'a jeté au visage dans l'immeuble de la 11e Rue et il s'est fracassé contre la paroi de l'ascenseur.

Elle me fixait à présent, et dans son regard je pouvais lire tout à la fois de la peur, de la haine, de l'étonnement, et même, je crois, quelque chose comme de l'amour, parce que, enfin, je voyais clair en elle.

— Oui, fit-elle.

Je ne dis rien. Je m'attaquai alors à mon omelette, faisant glisser avec la pointe de mon couteau des petits bouts d'oignons sur mes morceaux. On entendait autour de nous le cliquetis de l'argenterie sur la porcelaine.

— Porter ?

Je levai les yeux. Puis je fis glisser la clef sur la table.

Elle la regarda fixement.

— Une clef ?

— La clef.

De nouveaux ses yeux bleus se posèrent sur les miens. Du bout de l'ongle, elle souleva la clef et la prit entre le pouce et l'index.

— C'est Hobbs qui me l'a rendue, dis-je. Ses hommes l'ont...

— Je sais, je sais.

La serveuse m'apporta un verre de jus de tomate.

— Tu savais qu'il avait filmé la scène ? dis-je finalement.

Elle goûta à ses œufs.

— Quelle scène ?

— Il avait relié une caméra miniature au système électrique de l'ascenseur. L'objectif était dissimulé derrière le panneau de visite.

Elle était à deux doigts de tout comprendre.

— Au septième étage, quand l'ascenseur s'est arrêté, une fois la porte ouverte, la caméra pouvait filmer la pièce. C'est là où...

— Qu'est-ce que tu racontes ?

— Il a tout filmé, Caroline. Tout. La dispute, le couteau, la clef.

Elle hocha la tête, comme sonnée.

— Je pense qu'il a demandé à son père comment s'y prendre, l'ascenseur étant d'un modèle assez ancien.

— Je vois.

— C'était une pure mise en scène de sa part.

— Il m'a bien eue, alors.

— Tu en es sûre ?

Elle ne répondit pas.

— Il y a l'enregistrement original, fis-je. Et il y a maintenant une copie. L'original est dans un endroit que tu ne connais pas et voici la copie. Tiens, elle est pour toi. Tu pourras la regarder chez toi dans l'intimité. Bien, de quoi s'agissait-il ?

— Comment ça ?

— L'histoire que Simon voulait à tout prix entendre.

— Oh, c'est juste une histoire que j'ai racontée à Hobbs. Qui remonte à mon enfance.

— Pourquoi ?

— Il avait envie de l'entendre.

— Je ne comprends pas.

— Il me comprenait, j'ignore pourquoi, c'était complètement dingue. Et d'une façon dont personne ne m'avait jamais comprise. C'est ça que Simon détestait par-dessus tout. Tu as vu la cassette, tu as vu dans quel état ça le mettait. (Elle regarda par la vitre et je sus que notre histoire à nous était en train de disparaître, que ce n'était plus qu'une question de minutes.) C'est juste un souvenir d'enfance. Hobbs voulait savoir ce qui m'avait endurcie, et je lui ai parlé de cet épisode quand j'étais gosse.

Petite, elle voulait un cheval, mais Ron se moquait bien de satisfaire son désir, et sa mère était incapable d'intercéder en sa faveur. Le mariage allait à vau-l'eau. En outre, Ron était toujours obsédé par Jackie Onassis et avait réuni une impressionnante documentation la concernant. Il existait un marché sur ce sujet, et Ron achetait avidement tout ce qu'il pouvait trouver, expliquant à son épouse que sa

413

collection vaudrait un jour très cher. Il arrivait souvent qu'il la frappe. Mais ce n'était pas tout, il y avait aussi l'alcool, les affaires qui périclitaient, l'ulcère qui le rongeait. Ron avait fini par basculer progressivement dans une espèce de folie. Et cependant la gamine de dix ans qu'était alors Caroline continuait d'enquiquiner Ron avec son histoire de cheval, insistant pour qu'il lui en offre un à l'occasion de son prochain anniversaire, qui tombait en février. Un cheval, elle voulait un cheval. Elle en parlait tous les jours. Et donc, par un froid matin de février, Ron lui dit de monter dans la fourgonnette, qu'ils partaient faire une balade. Ils ont roulé au milieu des prairies gelées, sans rien dire, un homme brisé avec un vieux manteau noir qui lui tombait sur les genoux et une fillette blonde qui était déjà troublante à regarder. Soixante-quinze kilomètres et quarante minutes plus tard, ils sont arrivés devant un enclos perdu au milieu d'un paysage désertique. Ron est sorti du véhicule, il a claqué la portière et s'est éloigné dans la neige. Elle l'a suivi jusque dans l'enclos. Il y avait des empreintes de sabots et du crottin gelé par terre ; elle a vu alors une pauvre rosse qui piaffait pour essayer de se réchauffer. C'est bon signe, se dit-elle, mais où donc est mon cheval ? Le pauvre canasson faisait peine à voir, rongé qu'il était par une maladie des sabots. Ron s'est dirigé droit sur lui, elle a pressé le pas pour le rattraper. Ils sont restés là un instant, devant le cheval qui paraissait trop gelé pour avancer. Elle ne comprenait rien. « Joyeux anniversaire, Caroline, a dit Ron. Voici ton cheval. » Là-dessus, il a sorti un vieux pistolet de son manteau, armé le chien et tiré une balle dans la tête du cheval. Puis une autre, juste avant qu'il tombe. Caroline a fait un bond en arrière comme l'animal s'écroulait ; du sang s'est répandu sur l'herbe constellée de givre.

— C'est tout, fit Caroline. C'était ça mon histoire.

— Celle que Simon voulait entendre ?

— Il m'avait déjà tout pris, Porter. Je lui avais tout dit de ma vie.

— Tu l'as tué à cause d'un souvenir ?

— Ce n'est pas exactement comme ça que je vois les choses.

— Tout est là, dans la cassette.

La serveuse m'apporta l'addition et je réglai en liquide. Il n'y aurait aucune trace écrite de notre petit déjeuner.

Caroline tripota sa cuiller.

— Pourquoi cherchais-tu cette cassette ?

— Je crois que c'est ce que tu attendais de moi, Caroline.

Elle ne répondit rien.

— Parfois il se passe des choses et on a besoin d'en parler. Tu n'avais pas vraiment besoin que je retrouve la cassette de Hobbs. Tu savais où elle était. Plus ou moins. Il suffisait de découvrir que la succession effectuait des versements pas très catholiques. Tu n'avais pas besoin de moi comme amant. Tu avais besoin de moi pour autre chose, Caroline, et je suis vraiment con de ne pas l'avoir compris depuis le début. Bon sang, Caroline, il fallait simplement que tu racontes tout ça à quelqu'un avant d'épouser Charlie.

Quand elle leva la tête, je vis des larmes dans ses yeux. Je ne crus pas à leur sincérité.

— Il faut que tout cela cesse, tu m'as compris ? lui dis-je.

Elle hocha la tête.

— J'éprouve une certaine... j'ai ressenti comme... mais maintenant c'est fini. Tu te moquais bien de moi, tu t'es juste dit que je pourrais t'être utile.

Elle prit une cigarette dans son sac à main.

— Mademoiselle, fit une serveuse. Vous êtes dans une zone non-fumeurs.

— Oui, oui, bien sûr, fit-elle, troublée. Je ne pouvais pas en parler à Charlie, tu comprends, et si je l'épousais sans mettre les choses au clair...

Elle n'eut pas besoin d'achever. Je savais que Charlie la quitterait s'il venait à apprendre une telle chose. Non seulement il la mépriserait mais il aurait également peur que son passé ne vienne déteindre sur sa carrière, or s'il y avait bien quelque chose qu'il souhaiterait protéger, c'était ça. Une fois qu'elle aurait épousé Charlie et pris son nom, ses problèmes deviendraient également les siens. La banque de Charlie comptait Hobbs parmi ses clients, et ce dernier aurait pu le faire virer très facilement. Je comprenais à présent pourquoi elle avait porté son dévolu sur Charlie. C'était l'homme idéal, une belle enveloppe vide, d'une impeccable fadeur.

— Pourquoi es-tu allée à la réception donnée par Hobbs ?

— Je voulais le voir pour lui dire que je n'avais pas la cassette. Mais je n'ai pas pu parvenir jusqu'à lui. Tous ces gens autour de lui... Je suis restée avec Charlie, et c'est alors que j'ai vu qu'on te présentait à lui. Je t'ai reconnu d'après ta photo.

Elle avait vu en moi quelqu'un qui possédait l'art et la manière de s'immiscer dans la vie d'autrui, mais elle ne voulait en aucune façon que cette histoire de cassette transpire dans les journaux. Elle allait donc devoir s'arranger pour que je m'occupe de son affaire à titre privé. Elle comprit tout cela en me regardant et en voyant que je la regardais. Elle s'était alors approchée de moi. Elle savait s'y prendre pour lever un homme. Peut-être avait-elle été également attirée par moi, même si cela n'avait pas été dans ses intentions. Elle avait aimé la façon dont je lui avais donné la réplique au cours de cette première conversation. Le fait que je sois marié était un atout supplémentaire qui pourrait jouer en sa faveur, une prise de plus sur moi.

La serveuse nous resservit du café.

— Tu veux savoir si je compte donner une copie de cette cassette à la police ?

— Oui.

— Ma réponse est la suivante. Si jamais ma femme apprend ce qui s'est passé entre nous, alors la police aura la cassette. J'ignore ce qu'ils en feront. As-tu assassiné Simon ? Ce n'est pas une question facile. Il t'a menacée, c'est certain. Était-ce de la légitime défense ? Épineux. Très épineux, dirais-je même. Tu aurais pu essayer de t'enfuir.

— Il allait me tuer.

— Non. C'était une mise en scène. Il n'aurait pas pris la peine de planquer une caméra s'il...

— Je te jure qu'il était sur le point de me tuer.

— Regarde l'enregistrement, Caroline. Il abaisse l'arme. Il s'écoule un certain temps. Puis tu le poignardes. Tout a été filmé.

— Non, ce n'est pas...

Je me sentis soudain très las.

— Au revoir, Caroline.

Je me levai et laissai un pourboire.

— Ne t'en va pas comme ça. Dis-moi quelque chose.

Je la regardai, et je sus que peu lui importait ce que je pensais, si ce n'est qu'une fois que je serais parti elle se retrouverait seule avec elle-même, comme cela avait toujours été le cas. Je me penchai et l'embrassai délicatement sur la joue.

— Porte-toi bien, lui dis-je. Du mieux que tu pourras.

Puis je partis sans me retourner, heureux de prendre mes distances, de retrouver la rue, déjà préoccupé par le papier que je devais écrire sur l'affaire Fellows. Au moment de pousser la porte je faillis me retourner, j'en eus même très envie, pour voir Caroline une dernière fois, mais je n'en fis rien, et quand je fus au bout de la rue, je sus que j'allais déjà mieux.

La laideur de mes actes, je la ressens d'autant plus fortement quand je suis avec ma femme et mes enfants. Quand ils jouent sur la plage, quand nous dînons ensemble. Quand je touche la cicatrice de Tommy. Je pourrais parler à ma femme de ma liaison avec Caroline, et je crois qu'avec le temps elle finirait par me pardonner. C'est une femme authentiquement généreuse. Mais s'il y a une chose à laquelle elle croit, c'est à la famille, et, telle une tasse dont on a recollé les morceaux, notre union laisserait apparaître une fêlure distincte à jamais. Peut-être suis-je foncièrement lâche, mais je préfère garder ma culpabilité pour moi plutôt que d'obliger ma femme à l'affronter.

Repensant à tout cela, je m'aperçois que je suis incapable de déterminer où commence et où finit toute cette histoire. Est-ce l'histoire de Simon ? L'histoire d'un jeune garçon devenu un brillant réalisateur devenu un cadavre ? L'histoire d'un homme d'affaires coréen traînant en justice un vieil avocat juif et son épouse ? D'une chirurgienne qui prit la peine de déposer un smoking dans la voiture de son époux pour qu'il puisse assister à une réception ? D'un pauvre truand de Bay Ridge qui, parce qu'il a un jour tiré sur un petit enfant de dix-huit mois, a fini poussé par la police dans un escalier, se cassant les deux bras et quelques dents ? Ou bien est-ce l'histoire de la veuve de l'agent Fellows, qui, après avoir appris par la police qu'on venait d'appréhender l'assassin de son époux, est allée sangloter dans sa cuisine ? Ou encore l'histoire d'un milliardaire obèse et vieillissant qui a ouvert son cœur à une ravissante femme un soir dans une chambre d'hôtel de New York et a fini un jour par le regretter ?

Comme me l'avait dit ce vieux journaliste alcoolique, il ne s'agit que d'une seule et même histoire, et je suppose qu'il avait raison, mais le fil que je ne parviens pas à relier à l'ensemble, c'est celui de Caroline. Il continue de résister. Comment la fillette qui contemplait un cheval mort au fin fond du Dakota est-elle devenue la femme dans l'ascenseur de cet immeuble promis à la démolition, puis l'épouse d'un cadre en partance pour la Chine ? On pourrait assurément se poser les mêmes questions à mon sujet, et bien que ma vie ne soit pas empreinte d'un caractère aussi dramatique, je ne peux m'empêcher de me demander comment le petit garçon qui pêchait sur le lac gelé a pu, trente-cinq ans plus tard, devenir l'homme en train de déposer un baiser sur la joue d'une meurtrière dans un café de Manhattan, l'homme qui l'a laissée partir impunément. Caroline et moi nous sommes croisés à une vitesse hallucinante, ou, pour reprendre les termes de Hal Fitzgerald, au gré d'une vélocité qui nous échappait totalement.

Pourquoi n'ai-je pas dénoncé Caroline ? Par amour ? Non. Je ne supporte tout simplement pas l'idée qu'elle se retrouve en prison. Néanmoins je conserve la cassette dans le coffre d'une obscure banque new-yorkaise. Quant à la clef donnant accès à ce coffre, je me suis longtemps demandé où je devais la cacher. Finalement, après de nombreuses hésitations, j'ai trouvé l'endroit idéal. Il y a un très léger renfoncement dans le métal de notre portail ; la clef y loge parfaitement et je n'ai eu qu'à passer une couche de peinture noire pour la dissimuler aux regards. De temps en temps, du bout du doigt, je vérifie qu'elle est bien là.

Un jour, quand j'aurai cinquante ou soixante ans, j'irai récupérer la cassette à la banque et je la détruirai. Il sera alors intéressant de savoir si j'ai envie de la regarder une dernière fois. Je me demanderai si Caroline a conservé quant à elle sa copie, et où, si elle l'a regardée, une fois ou plusieurs, si elle l'a montrée à quelqu'un. Ces questions resteront problablement sans réponse. De nombreuses choses vont se passer, et toutes ne seront pas agréables. Viendra le temps où ma famille et moi devrons quitter notre petite maison. Je redoute un tel jour, car cela signifiera qu'une partie de notre existence s'achèvera, que nous n'aurons fait que passer dans cette maison.

Ne faire que passer : telle a été ma dernière réflexion alors que j'achevais il y a quelques mois ce récit. Je pensais être enfin en paix avec moi-même. Mais je me trompais. Voici donc mon ultime confession, et je pense qu'elle montre assez ma faiblesse de caractère, mon indécrottable sentimentalisme, mon incapacité à laisser les choses trouver une juste fin.

C'était en septembre dernier. Je planchais sur un regrettable assassinat à Spanish Harlem. Deux types qui avaient braqué une épicerie fine. Après avoir raflé la recette du jour, un des braqueurs avait tiré sur la porte vitrée du magasin en croyant que la police arrivait – il n'avait fait qu'apercevoir son propre reflet. Du coup, il avait tiré sur son complice – qui se trouvait être son frère –, le tuant sur le coup. Voyant cela, l'homme avait retourné contre lui son arme et s'était logé une balle en plein cœur. Une des clientes couchée sur le sol de la boutique avait suivi la scène de bout en bout et me l'avait ensuite racontée. J'allais interviewer la grand-mère des deux hommes, une vieille femme qui écoutait les disques de Tito Puente et élevait des perroquets. Je devais rendre ma chronique dans l'après-midi et, comme je descendais la 5ᵉ Avenue au volant de ma voiture, toutes vitres baissées, je passai devant l'ancien immeuble de Caroline. Le cœur serré, je m'aperçus qu'elle me manquait absurdement. Caroline avait dû épouser Charlie et quitter New York. J'appelai les renseignements sur mon téléphone mobile et l'on me communiqua l'adresse de Charlie et Caroline Forster.

Moins d'une heure plus tard, je m'engageais dans une petite rue bordée d'arbres. C'était un quartier résidentiel de grand standing. Je trouvai facilement la maison. C'était celle de la photo. Deux hêtres encadraient un porche vitré auquel menait une allée en gravier. Le vent agitait les feuilles des arbres.

J'ignore combien de temps je restai ainsi, plongé dans mes pensées. Je songeais à Lisa, à la façon dont mon silence avait à jamais endommagé notre mariage. Finalement j'étais sur le point de repartir quand j'aperçus une silhouette près des massifs de rhododendrons, à l'autre bout de la maison. Une femme, les cheveux blonds ramassés en chignon, était agenouillée et jardinait. J'avais failli ne pas la voir. Oh, Caroline... Elle était absorbée par sa tâche et ne remarqua pas ma voiture. Elle enfonçait son déplantoir dans la terre, puis plongeait la main dans un seau rempli de bulbes. Elle ne se savait pas observée, elle se croyait en sécurité. Nous en apprenons plus sur les gens quand ils ignorent que nous les regardons. C'est là une chose que Simon Crowley avait parfaitement comprise. Quelle ironie ! Simon voulait connaître sa femme, mais c'était lui qu'il avait fini par exposer au grand jour. C'était là sa dernière œuvre et il ne la verrait jamais. Et maintenant sa femme, celle qui l'avait tué, celle que j'avais aimée, était occupée à jardiner. Ses gestes tranquilles et résolus réveillèrent quelque chose en moi et je levai mon pied de la pédale de frein. Un agréable pincement au cœur, j'espérai qu'en dépit de son âme endurcie Caroline finirait par connaître une forme de rédemption, et qu'en dépit de mes trahisons je parviendrais à demeurer digne de l'affection des miens. Il valait mieux que Caroline et moi gardions pour nous nos petits secrets. D'autres soucis nous attendaient, d'autres crises, d'autres espérances. Un jour ou l'autre, la vie nous apporte notre lot de souffrances. Comme il serait bon que nous fussions tous égaux à cet égard.

Mais peut-être une telle pensée n'est-elle qu'un naïf mensonge. Peut-être ne sommes-nous plus désormais qu'une société d'assassins – d'assassins et de leurs complices.

Remerciements

Je suis très redevable à Michael Daly, chroniqueur au *Daily News*, à Peg Tyre et Paul Moses de *Newsday*, Karen Van Rosen, ancienne documentaliste à *Newsday*, et à Mark Lasswell ; à Kristin Juska et Pat Friedman, les auteurs de la lettre aux parents d'élèves ; à Rahul Mehta, Nora Krug et Hilary Davidson ; à mes collègues Susan Burton, Clara Jeffery et Ben Metcalf ; à Babo Harrison, Jack Hitt, Don Snyder, John Bradford, médecin légiste, Mark Costello, Greg Critser, Tony Earley, Earl Shorris et Richard Zacks ; à Kris Dahl, Karen Rinaldi et Ann Patty.

Et à Kathryn.

Le récit de la mort du cheval m'a été fait par une Canadienne française, alors que je gardais le lit pour cause de maladie dans un hôtel bon marché de Cozumel, au Mexique, en janvier 1986. Elle avait la trentaine, était blonde, et d'une sagesse hors du commun pour son âge. Je me suis souvenu de son histoire mais pas de son nom.

Colin Harrison
Havana Room

À la suite d'un drame dont il a été rendu responsable, Bill
Wyeth a tout perdu : sa famille, son travail d'avocat, sa dignité.
Désœuvré, il traîne chaque nuit sa solitude à la même table
d'un restaurant de Manhattan. Mais dans cet établissement
apparemment sans histoire, l'entrée du *Havana Room*, un salon
très privé, lui est encore interdite. Bill se raccroche alors à une
obsession : découvrir ce que cache cette porte toujours close...
Une virée nocturne orchestrée par le nouveau maître du polar
new-yorkais.

Colin
Harrison
Havana Room
domaine étranger

**10
18**

n° 3921 – 9,40 €

Richard Price
Le Samaritain

Ancien prof devenu scénariste à succès, Ray Mitchell décide de retourner dans la banlieue pauvre de son enfance. Pour se libérer du sentiment de culpabilité qui l'habite depuis toujours, il dirige un atelier d'écriture dans son ancien lycée. Quelques semaines après, il se fait sauvagement agresser. Refusant toutefois de coopérer, son amie de toujours et inspectrice Nerese Simmons va mener l'enquête contre son gré… Car c'est une certitude : Ray connaît son agresseur. Alors pourquoi étouffer l'affaire ?

n° 3774 – 10 €

Gregory Macdonald
Rafael, derniers jours

Il est illettré, alcoolique, père de trois enfants, sans travail
ni avenir. Il survit près d'une décharge publique, quelque part
dans le sud-ouest des États-Unis. Mais l'Amérique ne l'a pas
tout à fait oublié. Un inconnu, producteur de *snuff* films, lui
propose un marché : sa vie contre trente mille dollars.
Il s'appelle Rafael, et il n'a plus que trois jours à vivre... Avec
ce roman, Gregory Mcdonald n'a pas seulement sondé le cœur
de la misère humaine, il lui a aussi donné un visage et une
dignité.

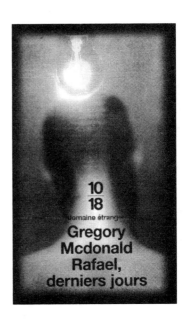

n° 3791 − 6,50 €

Impression réalisée par

C P I
Brodard & Taupin

La Flèche (Sarthe), 55100
N° d'édition : 4073
Dépôt légal : juin 2008
Nouveau tirage : novembre 2009

Imprimé en France